Sergej Lukianenko
Der Herr der Finsternis

Meiner Frau Sonja

Sergej Lukianenko

Der Herr der Finsternis

Roman

Aus dem Russischen
von Christiane Pöhlmann

BELTZ
& Gelberg

Sergej Lukianenko, geboren 1968 in Kasachstan, war lange Zeit als Psychiater tätig. Heute lebt er als freier Schriftsteller und Drehbuchautor in Moskau. Mit seinen Romanen *Wächter der Nacht* und *Wächter des Tages* gelang ihm der internationale Durchbruch. Er ist der populärste russische Fantasy- und Science-Fiction-Autor der Gegenwart. Bei Beltz & Gelberg ist bereits sein Roman *Das Schlangenschwert* erschienen, dem 2007 der internationale Buchpreis CORINE für das beste Jugendbuch verliehen wurde. Mehr zu *Das Schlangenschwert* auf Seite 407.

www.beltz.de

Die Originalausgabe erschien 1997
unter dem Titel Мальчик и Тьма
bei Argus Moskau

Aus dem Russischen von Christiane Pöhlmann
Einband: init, Büro für Gestaltung
Einbandmotive: getty images
Satz und Bindung: Druckhaus »Thomas Müntzer«, Bad Langensalza
Druck: Druck Partner Rübelmann, Hemsbach
ISBN: 978-3-407-81043-4
1 2 3 4 5 12 11 10 09 08

Und Gott sprach: Es werde Licht!
Und es ward Licht.
Und Gott sah, dass das Licht gut war,
und Gott schied das Licht von der Finsternis.

1. Moses 1,3

Erster Teil

Die Flügelträger

1
Der Sonnenkater

Die ganze Geschichte passierte eigentlich nur, weil ich krank geworden war.

Obwohl es bereits nach zwei Uhr mittags war, lag ich immer noch im Bett und blätterte im *Peter Pan*, den ich schon mehr als zehnmal gelesen hatte. Den Wickel, den mir meine Mutter heute Morgen um den Hals gebunden hatte, hatte ich längst abgenommen und in die Ecke geschleudert. Mir war völlig schleierhaft, wie ein in Wodka getränkter Verband gegen Husten helfen sollte. Natürlich hatte ich meine Mutter erst mal machen lassen, aber sobald sie aus dem Haus war, hatte ich meine Behandlung selber in die Hand genommen.

Ich hatte mich mit einem Buch ins Bett gepackt und darauf gewartet, dass der Krankheit diese langweilige Beschäftigung zum Hals raushing. Normalerweise funktioniert das. Okay, nicht auf Anhieb, aber nach zwei, drei Tagen schon.

Draußen herrschte ein Hundewetter. Mal schaute die Sonne kurz heraus, dann regnete es sich wieder ein, mit richtig ekelhaftem Nieselregen. In mein Zimmer fiel die Sonne allerdings sowieso nie, dafür stand unser Haus zu blöd: Auf allen Seiten versperrten Hochhäuser die Sicht. »In einer Wohnung wie dieser kann man höchstens Pilze züchten«, hatte Papa immer gesagt, als er noch bei uns wohnte.

Ich legte das Buch neben dem Bett auf den Fußboden und streckte mich auf dem Rücken aus. Wenn ich in diesem Moment die Augen geschlossen hätte, wäre all das vielleicht nie geschehen. Stattdessen schaute ich jedoch an die Decke und lauschte auf das Ticken der Uhr im Flur.

Da flog plötzlich ein Sonnenfleck durchs Fenster ins Zimmer. Ein kleiner Fleck nur, höchstens so groß wie meine Hand, dafür aber unglaublich hell. Als ob draußen eine heiße Sommersonne schiene und im Haus gegenüber jemand mit einem Spiegel auf dem Balkon herumspielte.

Der Sonnenfleck huschte über die Zimmerdecke, rutschte an der Wand runter, ließ die Glasschale auf der Kommode aufblitzen und kam mit einem leichten Zittern über dem Kopfende von meinem Bett zum Stehen.

»Bleib doch!«, sagte ich, denn mir war klar, dass der Sonnenfleck gleich weiterziehen und für immer aus meinem Zimmer verschwinden würde. »Geh nicht weg …«

Und genau damit fing alles an.

Der Sonnenfleck löste sich von der Wand und schaukelte durch die Luft. Im ersten Moment begriff ich nicht mal, dass so was gar nicht sein konnte. Erst als sich dieser schwebende Lichtfleck aufblähte und in eine pelzige, orangefarbene Kugel verwandelte, machte es bei mir klick: Direkt vor meinen Augen geschah ein Wunder.

Aus der leuchtenden Fellkugel streckten sich vier Pfoten heraus, ihnen folgten ein Schwanz und ein Kopf. Grüne Katzenaugen blinzelten mich kurz an und behielten mich danach fest im Blick. Der orangefarbene Ball glich jetzt überhaupt sehr einem kleinen Kater. Bloß dass dieser Kater in der Luft hing, leuchtete und leicht wie eine Feder zu sein schien: Einmal gepustet – und schon würde er davonfliegen.

»Hallo«, sagte der Kater. Immerhin miaute er nicht. »Vielen Dank für die Einladung.«

Rasch schloss ich die Augen. Doch als ich dann wieder hinsah, war der Kater immer noch da. Sogar näher als vorher.

»Ich glaube nicht an Märchen«, versicherte ich mir selbst und setzte mich langsam auf. »Dafür bin ich schon zu groß.«

»Im Vergleich zu dem kleinen Mädchen, das gerade den Wahren Spiegel gehalten hat, darfst du in der Tat als groß gelten«, erklärte der Kater, während er auf die Bettdecke segelte. Ängstlich starrte ich auf die Decke. Ob die gleich losschmurgelte? Aber nein, sie fing kein Feuer. In meinem Bauch brannte es ein bisschen, doch nicht wirklich schlimm. Der Kater legte den Kopf auf die Seite und fuhr fort: »Aber als Erwachsener dürftest du dennoch nicht durchgehen. Wie alt bist du? Zehn?«

»Ich werde bald vierzehn«, antwortete ich. Die sachliche Frage des Katers beruhigte mich irgendwie. »Wer bist du überhaupt?«

»Ein Sonnenball«, antwortete der Kater, während er sich neugierig musterte. »Zumindest äußerlich. Ich sehe doch so aus, oder?«

»Wie?«

»Wie ein Ball.«

»Eher wie ein Kater.«

»Das ist in meinem Fall dasselbe«, maulte der Kater und reckte sich.

Mir fiel nichts Besseres ein, als zu wiederholen: »Wer bist du denn nun?«

»Also hör mal, darüber haben wir uns doch gerade eben geeinigt!«, blaffte der Kater. »Ein Sonnenball, genauer ein Sonnenkater, denn diesem Tier ähnle ich weit mehr als einem Ball! Ist das so schwer zu begreifen?«

Ich geriet gewaltig ins Schleudern. Klar, ein kleines Tier, das Steine frisst, muss ein kleiner Steinbeißer sein. Das weiß jedes Kind. Folglich muss dieser Sonnenball hier ein Sonnenkater sein – weil er einem Ball halt überhaupt nicht ähnelt.

»Kann denn jeder Sonnenball lebendig werden, wenn man ihn ruft?«, fragte ich vorsichtig, denn ich befürchtete, der Kater könnte gleich wieder einschnappen.

»Wo denkst du hin!« Er tat entrüstet und schüttelte den Kopf. »Jeder? Pah! Nur das Wahre Licht, zurückgeworfen vom Wahren Spiegel, kann uns beleben.«

»Und was ist …?«, setzte ich an.

Der Kater wartete das Ende meiner Frage gar nicht erst ab. »Das Wahre Licht ist das Sonnenlicht«, erklärte er, während er über meine Bettdecke stolzierte. »Und Sonnenlicht ist etwas sehr Kostbares. Denn die meisten Sonnenstrahlen kommen gar nicht hier an. Lediglich einer unter Abertausenden von Sonnenstrahlen schafft es, zur Erde vorzudringen. Bei Sonnenaufgang oder bei Sonnenuntergang …« Der Kater sah zum Fenster hinaus und verzog angewidert das Gesicht. »… und manchmal sogar bei solchem Sauwetter.«

Er schwieg eine Weile, dann öffnete er den Mund wieder und fuhr sich entschuldigend mit der Pfote über den Kopf. »Und was der Wahre Spiegel ist … also, das weiß ich nicht. Vor fünf Minuten hat es mich schließlich noch nicht gegeben und mit dem Spiegel habe ich erst kurz davor Bekanntschaft geschlossen. Der Wahre Spiegel … also, das ist ein Spiegel, der das Wesen der Dinge enthüllt. Dergleichen ist höchst selten. In einem Wahren Spiegel sieht sich ein Mensch so, wie er wirklich ist, während die Dinge darin so aussehen, wie sie sein sollten. Aus diesem Grund zerstört man die Wahren Spiegel nur allzu oft«, beendete der Kater seine Ausführungen mit einer unvermuteten Wendung. »Und damit habe ich alles gesagt, was ich weiß.«

Behände sprang er von der Decke hinunter und landete weich auf dem Boden. Anschließend rannte er zum Fenster und machte einen langen Hals. »Jetzt ist die Sonne ganz weg«, meinte er traurig. »Ich habe es ja geahnt.«

Das orangefarbene Fell des Katers leuchtete mit einem weichen, dunkelroten Ton. Und obwohl es gar nicht viel Licht spendete, ließ sich plötzlich alles besser als sonst erkennen. Unter der Heizung erspähte ich eine Münze, die wer weiß wann dahin gekullert war, auf dem Teppich zeichnete sich klar und deutlich ein Fleck ab, der von dem Tee stammte, den ich vor ewigen Zeiten verschüttet hatte. Damit kapierte ich aber auch endgültig: All das geschah wirklich. Ich hockte tatsächlich in meinem Bett und unterhielt mich mit einem Sonnenkater, der aus dem Wahren Licht entstanden war, das ein Wahrer Spiegel zurückgeworfen hatte.

»Bist du ein Zauberer?«, erkundigte ich mich leise, denn ich schämte mich wegen dieser Frage.

»*Ich glaube nicht an Märchen, dafür bin ich schon zu groß*«, äffte mich der Kater nach, dem meine Verlegenheit nicht entgangen war. »Ja! Ich bin ein Zauberer. Solltest du jedoch darauf bestehen, bete ich dir aber auch gerne etwas über Photonen, Protonen und Magnetfelder herunter. Schreib dir allerdings eins hinter die Ohren: Daran glaube *ich* nicht.«

Sein spöttischer Ton ärgerte mich ein bisschen.

»Was kannst du denn überhaupt?«, fragte ich. »Vielleicht miauen?«

»Natürlich!«, sagte er empört. Er sprang er in die Luft, blieb dort hängen und gab ein kurzes Miauen von sich. »Na, überzeugt? Und soll ich dir auch noch beweisen, dass ich Mäuse fangen kann?«

»Nicht nötig«, antwortete ich. »Aber wenn du ein Zauberer bist, dann vollbring doch mal ein Wunder!«

»Ich selbst bin das Wunder.« Theatralisch drehte der Kater mir den Rücken zu.

Ich schob die Decke beiseite, setzte mich auf die Bettkante und ließ die Füße baumeln. Ich wollte den Kater streicheln und spielte sogar mit dem Gedanken, mich bei ihm zu entschuldigen, damit er nicht mehr sauer auf mich war und nicht weglief. Doch da musste ich ziemlich heftig husten.

»Bist du krank?«, fragte der Kater, ohne sich umzudrehen.

»Mhm.«

»Leg dich hin.«

Der Kater kam zu mir geflogen und stoppte direkt neben meinem Hals, und zwar so überraschend, dass ich einen Schreck bekam.

»Leg dich hin, hab ich gesagt!«, wiederholte der Kater mit strenger Stimme. »Keine Angst, ich beiße nicht, erkältete kleine Bengel schmecken mir nämlich nicht.«

Wie er sich an mir festhielt, blieb mir ein Rätsel. Die Krallen, falls er überhaupt welche hatte, fuhr er jedenfalls nicht aus. Ob er in der Luft über mir schwebte? Kaum hatte ich mich gehorsam hingelegt, kauerte er sich neben mich und bettete den Kopf auf mein Kinn.

»Wozu soll das gut sein?«, fragte ich zaghaft.

»Ich kuriere dich. Ist es warm?«

»Ja.«

»Dann lieg still. Wenn es heiß wird, sag Bescheid.«

Es wurde jedoch nicht heiß, sondern nur warm. Das sagte ich dem Kater auch. Der blieb eine Minute liegen, dann sprang er runter auf den Boden. »Das genügt«, verkündete er.

»Willst du mir etwa weismachen, ich sei wieder gesund?«

Er nickte. Ein nickender Kater sieht absolut komisch aus, doch da sein Fell feuerrot leuchtete, verkniff ich mir mein Lachen lieber.

»Ich merke aber gar nichts! Bloß mein Hals kratzt nicht mehr …«

»Und was gedachtest du zu merken?«, schnauzte der Kater. »Schließlich hattest du nur eine schnöde Erkältung! Ein kräftiger Junge, aber beim ersten Husten, schwupps, verschwindet er im Bett!«

Ich wollte ihm schon antworten, dass mich meine Mutter ins Bett gesteckt hatte, überlegte es mir dann aber anders. Schließlich war meine Mutter längst zur Arbeit gegangen. Was sie wohl zu einem sprechenden und leuchtenden Kater sagen würde? Ob sie Angst vor ihm hätte?

»Also, was kannst du?«, fragte ich.

»Das weiß ich nicht«, sagte er. »Schließlich bin ich ja noch klein.«

»Wirst du noch größer?«

»Wohl kaum«, antwortete der Kater und wurde prompt traurig. »Das Wahre Licht ist eine Seltenheit. Um groß zu werden, bräuchte ich jedoch genau dieses Licht. Oh! Weißt du, was ich kann? Ich kann verloren gegangene Sachen wiederfinden! Knöpfe und Münzen zum Beispiel! In mir selbst steckt nämlich Wahres Licht – und vor dem kann sich nichts und niemand verstecken!«

»Klasse«, brachte ich ohne allzu große Begeisterung hervor. Dann konnte ich mich nicht mehr beherrschen, streckte die Hand aus – und streichelte den Kater. Heiß war er nicht, aber ein bisschen wärmer als ein richtiger Kater. Früher hatte ich mal einen Kater gehabt, doch eines Tages hatte meine Mutter verlangt, dass ich ihn weggebe. Aus heiterem Himmel hatte sie nämlich eine Katzenallergie gekriegt.

Der kleine Kater hier tat so, als bemerke er gar nicht, wie ich ihn streichelte. Trotzdem hatte ich in den Eindruck, dass es ihm gefiel.

»Außerdem kann ich noch …«, stotterte der Kater, »… ich kann … also, ich kann Türen finden.«

Ich brach in schallendes Gelächter aus. »Eine Tür finde

ich gerade noch allein! Wenn allerdings meine Haare leuchten würden, könnte ich es auch in der Dunkelheit schaffen.«

»Dummkopf!« Der Kater warf mir einen überlegenen Blick zu. »Ich meine selbstverständlich keine normalen Türen. Ich meine die Verborgenen!«

In dem Moment hatte ich natürlich nicht den geringsten Schimmer, von was für Türen er sprach. Trotzdem zitterte ich ein bisschen, als ginge eine Welle eisiger Luft durchs Zimmer.

»Und was soll das sein, eine Verborgene Tür?«, fragte ich, wobei ich unwillkürlich flüsterte.

»Eine Verborgene Tür führt von einer Welt in eine andere«, antwortete der Kater ebenfalls mit gesenkter Stimme. »Die Menschen sehen sie normalerweise nicht.«

Eine Tür, die von einer Welt in eine andere führt? Wer's glaubt, wird selig!

»Und wo verstecken sich diese Türen?«, fragte ich.

»Die können überall sein«, erklärte der Kater. »Würde mich nicht wundern, wenn es in deinem Zimmer auch welche gäbe. Aber das haben wir gleich.«

Zielstrebig stolzierte er zur Wand rüber.

Und noch während er sich ihr näherte, geschah etwas höchst Merkwürdiges. Plötzlich sah ich nämlich ganz klar die drei Schichten Tapeten, die in meinem Zimmer übereinandergeklebt waren. Konnte ich mich an die mittlere Schicht noch erinnern – die hatten wir ausgesucht, als wir aus der alten Wohnung hierhergezogen waren –, musste die untere von den Vormietern stammen. Darunter klebten noch Zeitungen, die ich nicht mal mehr dem Namen nach kannte. Als Letztes kam die Ziegelmauer.

Der Kater lief an der Wand lang und mit einem Mal bemerkte ich zwischen den Ziegelsteinen eine grobe Holztür!

»Da ist eine!«, schrie ich, aber der Kater blieb nicht stehen. »Kannst du sie aufmachen?«

»Das könnte dir so passen!«, schnaubte er. »Hinter einer solchen Tür wartet kein Vergnügen.«

Die nächste Tür fand der Kater in einer Ecke. Sie war aus Metall, grau, mit einem kleinen Rädchen statt einer Klinke, genau wie bei einem Tresor. Diesmal zögerte er kurz. »Dahinter gibt es vermutlich allerlei Photonen, Protonen und Magnetfelder«, sagte er abfällig. »Lass uns weitersuchen!«

»Okay«, antwortete ich. Abenteuerlust hatte mich gepackt. Als ich dem Sonnenkater folgte, bekamen meine Beine seine Wärme ab! Klasse! Vor allem, wenn du barfuß rumläufst und auf keinen Fall gleich wieder krank werden willst, nachdem du gerade erst gesund geworden bist.

»Ha!«, quiekte der Kater triumphierend. »Die ist besser, oder?«

Die Tür machte wirklich was her. Sie war aus Ebenholz und mit Schnitzereien verziert und hatte eine gewaltige Klinke aus Bronze, die ein bisschen aus der Tapete herausragte. Was das Wahre Licht alles an den Tag bringt!

»Wollen wir mal einen Blick durch die Tür werfen?«, fragte der Kater.

Damit überraschte er mich nun tatsächlich.

»Geht das denn?«

»Selbstverständlich. Alles, was du im Wahren Licht erblickst, steht dir offen.«

Zweifelnd zuckte ich die Schultern. Ich blickte an mir herunter: Bloß in Unterhose und Unterhemd stand ich da, nicht mal Hausschuhe hatte ich an. Was, wenn hinter dieser Tür ein Palast lag, in dem gerade ein Ball stattfand? Was sollte ich dann sagen? Etwa: Darf ich um den nächsten Tanz bitten, meine Dame?

»Ich zieh mir wohl besser erst was an«, brachte ich unsicher hervor. Dem Kater entging meine Zaghaftigkeit nicht.

»Dummkopf!«, kanzelte er mich ab. »Glaubst du vielleicht, es ist ein Kinderspiel, eine Verborgene Tür zu beleuchten? Schließlich bin ich noch klein! Da reichen meine Kräfte nicht sehr lang!«

Das sah ich ein. Und wahrscheinlich hätte auch sonst niemand an meiner Stelle Protest eingelegt. »Wie geht sie auf?«

»Schau auf die Klinke!« Der Kater brachte nur noch ein Flüstern zustande. Anscheinend strengte die Beleuchtung der Tür ihn tatsächlich an. »Schau sie fest an, bis du sie ganz klar erkennst. Dann packst du sie und öffnest die Tür.«

Ich starrte auf die Klinke. Zuerst wirkte sie etwas verschwommen, wie durch Milchglas. Nach einer Weile sah ich sie jedoch völlig scharf. Die Bronze war roh und unbehandelt und nur am Rand glatt, als wäre sie durch unzählige Berührungen abgeschliffen worden. Benutzte etwa jemand regelmäßig diese Tür? Ich streckte die Hand aus und fasste das kalte Metall an.

»Mach schon, beeil dich«, drängelte der Kater mit jämmerlich schwacher Stimme. Entschlossen zog ich die Tür zu mir.

Sie war schwer, sehr schwer sogar. Als wären die Angeln im Laufe der Jahre eingerostet oder versteinert. Da ich aber unverdrossen weiterzog, bewegte sich die Tür langsam in meine Richtung – und zwar durch die Ziegelsteine, die alten Zeitungen und die drei Schichten Tapete hindurch. Mich wunderte schon gar nichts mehr.

Kalter Wind schlug uns entgegen. Die Blätter an den Bäumen raschelten leise. Außerdem war es stockdunkel. Aber wenigstens gab es hier keinen Palast.

»Hier ist Nacht«, bemerkte der Kater enttäuscht. »Und nicht ein einziger Stern ist zu sehen. Schade. Bei Sternenlicht handelt es sich nämlich stets um Wahres Licht …« Schon im nächsten Moment schöpfte er jedoch neuen Mut. Er sprang über meinen Fuß drüber und zur Tür hinaus.

»Pass auf!«, schrie ich.

Der leuchtende Fleck blitzte bereits zehn Meter entfernt von mir auf.

»Papperlapapp! Was soll einem Sonnenkater schon passieren? Und sei's in der Nacht! Komm her, hier gibt's Gras!«

Daraufhin trat ich ebenfalls durch die Tür. Unter meinen Füßen spürte ich warmes Gras. Herbst herrschte hier mit Sicherheit nicht. Sommer oder Frühling musste es sein …

»Kater!«, rief ich, während ich mich in der Dunkelheit vortastete. Jetzt bloß nicht stolpern! »Kater!«

»Die Tür!« Der leuchtende Fleck schoss auf mich zu. »Du dummer Junge!«

Ich drehte mich um und sah, wie die helle Türfüllung nach und nach von der Dunkelheit verschluckt wurde. Als ich zurückhechtete, stieß meine Hand nur noch gegen Stein. Beinahe hätte ich mir sogar die Stirn an dem Felsen aufgeschlagen.

Furchtbare Angst packte mich.

»Du bist der allerdümmste Junge auf der ganzen Welt!«, giftete der Kater. »Was hast du da nur angerichtet? Jetzt ist die Tür zu!«

»Das sehe ich auch, dass sie zu ist!«, knurrte ich. »Also beleuchte sie! Dann machen wir sie wieder auf.«

»Ein Versuch kann ja nicht schaden ...«, meinte der Kater.

Er trat dicht an den Stein heran, und ich sah, wie sich schwach die Umrisse der Holztür abzeichneten. Jetzt fiel mir auch auf, wie riesig der Stein war, in dem die Tür lag. Es war gar kein Felsblock, sondern ein Teil eines Bergs. Doch so fest ich die Tür auch ansah, klar erkennen konnte ich sie nicht! Und meine Finger stießen auch bloß auf Stein, nicht aber auf die Bronzeklinke.

»Es klappt nicht«, sagte ich schuldbewusst.

»Das ist mir nicht entgangen«, höhnte der Kater. »Es ist schwer, eine Verborgene Tür durch Stein hindurch zu erkennen. Dabei handelt es sich eben nicht bloß um alte Zeitungen. Vielleicht sollten wir eine andere suchen ... Es existiert da ein Gesetz: Drei Türen müssen von einer Welt in eine andere führen.«

»Kannst du nicht doch diese hier aufmachen?«, fragte

ich, denn meine Angst wuchs immer weiter. Außerdem kam es mir dumm vor, jetzt überall nach einem Ausgang zu suchen, wo wir doch genau vor einem standen. Aber der Kater sagte kein Wort.

»Nun antworte schon!«, jammerte ich. »Warum sagst du denn nichts?«

»Ich kann es nicht«, flüsterte der Kater kaum hörbar. »Schließlich bin ich ja noch klein. Und es hat mich schon ungeheure Kraft gekostet, die Tür in deinem Zimmer zu öffnen.«

»Das hast du wirklich prima hingekriegt, Sonnenkater«, sagte ich, wobei ich mit den Tränen kämpfte. Irgendwann ließ ich mich einfach vor dem Felsen ins Gras plumpsen. Ein spitzer Stein bohrte sich schmerzhaft in mein Bein, aber darauf achtete ich nicht weiter. Die Tür konnte ich kaum noch erkennen. »Ob es was bringen würde, den Stein wegzuhauen?«

»Das weiß ich nicht«, gestand der Kater traurig und schmiegte sich gegen mein Bein. Sofort löste sich meine Wut in Luft auf. »Du bist aber auch nicht ganz unschuldig, du dummer Junge. Du hättest die Tür im Auge behalten müssen.«

»Das hättest du mir doch sagen müssen! Und warum nennst du mich eigentlich die ganze Zeit einen dummen Jungen?«

»Wenn du darauf bestehst, nenne ich dich von jetzt an einen klugen Jungen«, erwiderte der Kater.

»Ich habe auch einen Namen!«

»Damit vorgestellt hast du dich aber nicht!«

Eine Minute lang sagten wir beide kein Wort. »Und

wie heißt du?«, fragte der Kater schließlich mit leiser Stimme.

»Danka.«

»Es gibt schlimmere Namen«, meinte der Kater. »Also, pass auf! Du brauchst keine Angst zu haben! Wir warten einfach bis morgen früh. Ich brauche lediglich einen Funken Wahren Lichts, um diese dämliche Verborgene Tür zu beleuchten.«

»Wirklich?«

»Ganz bestimmt!«, versicherte der Kater. »Du könntest mit leerem Magen ja wohl auch keinen Marathon laufen, oder?«

»Nicht mal mit vollem«, gab ich zu. »Was hat es eigentlich mit diesem Spiegel auf sich? Woher kommt er?«

»Das weiß ich doch nicht. Er ist sehr alt. Das kleine Mädchen, das ihn gehalten hat, hatte ihn einfach an sich genommen und dann Sonnenstrahlen damit eingefangen! Puh, dieses Mädchen hat nicht die blasseste Ahnung, was für ein erstaunliches Ding es bei sich zu Hause aufbewahrt!«

Da saß ich nun neben dem Sonnenkater und ließ mir durch den Kopf gehen, was ich eben gehört hatte. Bestimmt staubten in etlichen Haushalten Wahre Spiegel vor sich hin, mit denen man eigentlich Wunder hätte vollbringen können. Wir beachten diese Dinger gar nicht, obwohl wir sie nur ins Morgenlicht stellen müssten, um …

»Sag mal, Kater, wie kriegt man raus, ob man einen Wahren Spiegel vor sich hat?«

»Du brauchst bloß in ihn hineinzuschauen und dir

dabei zu wünschen, dich so zu sehen, wie du tatsächlich bist. Die meisten Menschen haben jedoch Angst vor diesen Spiegeln und schauen sich lieber ihr Abbild an statt ihr eigentliches Wesen.«

»Und worin besteht der Unterschied zwischen beidem?«

»Du dummer, dummer Danka«, sagte der Kater. »Du bist wirklich noch sehr klein ...«

Beleidigt verzichtete ich auf jede weitere Frage.

»Ist dir nicht kalt?«, fragte der Kater und legte sich auf meine Füße.

»Nein.«

»Nimm's mir nicht übel, wenn ich dich aufziehe. Im Grunde bin ich an allem schuld. Ich wollte ein bisschen vor dir angeben ...«

»Schon gut. Warten wir auf den Sonnenaufgang, dann gehen wir wieder nach Hause. Es ist nur schade, dass wir gar nichts von dieser Welt gesehen haben.«

»Was sollte es hier schon zu sehen geben?«, fragte der Kater schläfrig. »Zwischen den Felsen erstreckt sich ein kleines Tal. Hundert mal zweihundert Meter, nicht mehr. Ferner gibt es einen kleinen Bach, ein paar Bäume und ein paar einzelne Felsblöcke.«

»Woher weißt du das denn?«

»Das sehe ich doch.«

»Bei der Dunkelheit?!«

»In mir brennt immerhin Wahres Licht«, erinnerte mich der Kater mit einem Seufzer. »Lass uns schlafen, Danka!«

»Ich will aber nicht schlafen.«

»Dann halte den Mund, damit ich schlafen kann.«

Habt ihr schon mal in völliger Dunkelheit dagesessen? Mit einem schlafenden Kater auf den Knien? Und es war wirklich stockfinster, denn nachdem der Kater eingeschlafen war, leuchtete sein Fell nicht heller als die Birne eines Nachtlichts in einem Kinderzimmer. Was hättet ihr in dieser Situation gemacht?

Eben. Ich schlief auch ein.

2
Warten auf den Sonnenaufgang

Ich wachte auf, weil mir eiskalt war. Der Kater schlief noch. Er strahlte zwar unablässig seine Wärme aus, doch die reichte nur für meinen Bauch und den oberen Teil der Beine. Über meine Schultern strich dagegen eisiger Wind.

Als ich die Arme um meine Schultern schlang, hob der Kater sofort seinen Kopf und leuchtete mit ganzer Kraft auf. »Frierst du?«

»Wie kommst du denn darauf?« Meine Zähne klapperten wie verrückt, außerdem hatte ich wahnsinnigen Hunger. »Mit Sicherheit fang ich mir gleich die nächste Erkältung ein!«

»Dann kuriere ich dich eben wieder«, sagte der Kater absolut gelassen. »Hab noch etwas Geduld, gleich bricht der Tag an. Vor Sonnenaufgang ist es immer besonders dunkel und kalt.«

»Aber dann wird es hell, ja?«

Vorsichtig setzte ich den Kater auf die Erde und fing an herumzuhüpfen, um warm zu werden. Aber es half kaum.

»Vielleicht haben wir zu wenig Schlaf abgekriegt?«, meinte ich, nachdem ich mich wieder ins Gras gesetzt hatte.

»Siebeneinhalb Stunden. Reicht dir das etwa nicht?«, schnaubte der Kater. »Machst du dir eigentlich einen Begriff, was für ein famoses Zeitgefühl Sonnenkater haben?«

Plötzlich kam mir ein furchtbarer Verdacht, den ich jedoch erst mal für mich behielt. »Und vor Sonnenaufgang kannst du die Tür ganz bestimmt nicht aufmachen?«, fragte ich stattdessen.

»Unter keinen Umständen.«

»Und wenn ... also ... äh ... wenn die Nacht hier sehr lange dauert?«

»Wie meinst du das?«

»Ein paar Monate zum Beispiel. Wie am Nordpol oder am Südpol!«

Der Kater schwieg eine Weile. Irgendwann fing er an, durchs Gras zu tigern. »Ich hatte gehofft, du würdest nicht auf diesen Gedanken kommen«, meinte er niedergeschlagen.

Ich schlang die Arme erneut um meine Schultern und starrte ihn an. »Heißt das, wir müssen in diesen Bergen verrecken?«, schnauzte ich. »Hier finden wir ja nicht mal was zu essen!«

»Das ist mir durchaus bewusst«, knurrte der Kater. »Immerhin haben wir Wasser, du kannst also gern ein Schlückchen trinken.«

»Meine Mutter sucht mich garantiert schon«, fiel mir plötzlich ein. »Was soll sie denn denken? Ich bin aus dem Bett verschwunden und hab nicht mal Hausschuhe an!«

»Wir wollen noch ein wenig warten«, schlug der Kater vor. So warteten wir denn, schweigend, denn keiner von uns wollte sich unterhalten. Allerdings verkündete der Kater mit seinem famosen Zeitgefühl jede Viertelstunde, die vergangen war. Irgendwann teilte er mir mit einem Seufzer mit, es sei eine Stunde um.

»Und wo bleibt dein Sonnenaufgang?«, stieß ich hervor.

»Er lässt auf sich warten«, räumte der Kater ein. »Ich spüre ihn nicht einmal. Die Sonne ist noch weit, weit weg. Warten wir noch ein wen…«

»Mir reicht's«, fiel ich ihm ins Wort. »Ich hab's satt, hier rumzusitzen.«

»Eine Möglichkeit gäbe es in der Tat«, sagte der Kater und seufzte. »Immerhin beherrsche ich die Kunst des Fliegens. Ich könnte mich in die Lüfte erheben und fliegen, bis ich irgendwo auf Sonnenschein stoße.«

»Und dann?«

»Dann schöpfe ich neue Kraft und kehre zu dir zurück. Sonnenkater verfügen über einen famosen Orientierungssinn, deshalb werde ich dich unbedingt wiederfinden. Danach öffnen wir völlig mühelos die Tür und alles ist wieder in Ordnung.«

»Warum bist du damit nicht gleich herausgerückt?«, maulte ich.

»Weil ich eben kein Sonnenstrahl mehr bin!«, erklärte der Kater ungeduldig. »Obwohl ich sehr schnell fliegen werde, kann so ein Ausflug ein paar Tage in Anspruch nehmen.«

Jetzt bekam ich richtig Angst. »Ist dir klar, was du da sagst?«, zischte ich. »Weißt du, was meine Mutter mit mir macht?«

»Einen anderen Ausweg sehe ich nicht. Entweder wir warten – oder ich fliege.«

Ich wandte den Blick von dem Sonnenkater ab. Mit einem Mal begriff ich, warum mir dieser Vorschlag nicht gefiel: Weil ich ja schon jetzt eine Heidenangst hatte.

Vermutlich fürchtete ich mich plötzlich in der Dunkelheit und ohne den Sonnenkater würde diese undurchdringlich sein. Außerdem: Was, wenn er nicht zurückkam?

»Okay«, presste ich heraus. »Flieg schon. Am besten gleich, sonst überlege ich es mir noch anders.«

»Kopf hoch, Danka.« Er wusste genau, wie ich mich gerade fühlte. »Ich beeile mich. Wenn du Durst hast, der Bach liegt direkt vor dir, etwa dreißig Meter einfach geradeaus. Warte hier auf mich.«

Bevor ich antworten konnte, ich hätte es mir anders überlegt und würde doch lieber nicht allein in dieser Düsternis zurückbleiben, sprang der Kater hoch und stieg in die Luft auf. Das orangefarbene Lichtknäuel gewann rasch an Höhe, verwandelte sich in einen winzigen Punkt am schwarzen Himmel – und flog davon. Er war wirklich verdammt schnell. Schon nach ein paar Sekunden hatte ich ihn aus den Augen verloren. Aber ob seine Kräfte ausreichten, um dieses Tempo die ganze Zeit über beizubehalten?

Die nächsten zehn Minuten heulte ich, das Gesicht in das dichte, weiche Gras gepresst. Komischerweise wurde mir dabei sogar ein bisschen wärmer. Irgendwann stand ich auf und fing an, den Bach zu suchen, von dem der Kater gesprochen hatte.

Es ist ziemlich merkwürdig, wie ein Blinder durch die Finsternis zu tapsen. Du verlierst dabei jedes Gefühl für Entfernung und Zeit. Einzig und allein die Steine, auf die du hin und wieder trittst, beweisen dir, dass du dich überhaupt fortbewegst.

Die Arme hatte ich ausgestreckt, denn ich fürchtete, jeden Moment auszurutschen. Schon bald hörte ich jedoch Wasser plätschern, kurz darauf spürte ich unter meinen Füßen feuchten Sand.

Ich hockte mich hin und trank gierig das kalte, saubere Wasser. Danach trat ich ein paar Schritte zurück, nur so viel, dass ich den Bach immer noch hören konnte, und streckte mich auf dem Rücken im Gras aus, das so hoch war, dass es quasi ein Dach über mir bildete.

Es gab absolut nichts, was ich hätte tun können. Bisher war mir überhaupt nicht klar gewesen, wie sehr solches Nichtstun schlaucht. Ich lag bloß da, lauschte auf das plätschernde Wasser und den heulenden Wind irgendwo hoch über mir. Und vermutlich lag ich ziemlich lange so da. Irgendwann schlief ich wieder ein.

Bis mich Schritte weckten. Ich wollte schon etwas rufen, um den Kater auf mich aufmerksam zu machen, begriff aber im letzten Moment, dass es nicht seine Schritte waren. Dazu waren sie viel zu schwer. Das waren die Schritte eines Menschen.

Sofort bekam ich wieder Angst.

Die Schritte näherten sich von zwei Seiten. Ein paar Meter von mir entfernt trafen sie sich.

»Hier ist niemand«, nörgelte jemand.

»Hier auch nicht.«

Obwohl ich die beiden verstand, hatte ich den seltsamen Eindruck, sie unterhielten sich in einer Fremdsprache. Außerdem brachten diese brummeligen, tiefen Stimmen mich halb um den Verstand. Wie erstarrt blieb ich liegen, höllisch darauf bedacht, mich ja nicht zu rühren.

»Absolut niemand. Komisch, dabei hat die Patrouille doch ein Licht gesehen.«

»Die Patrouille hat ein Wahres Licht gesehen.«

»Das kann nicht sein.«

»Aber die Patrouille hat es doch gesehen.«

»Hier ist kein Licht. Hier ist niemand.«

»Der, von dem das Licht ausging, ist längst weggeflogen.«

»Oder in den Bergen verschwunden. So hoch sind die hier ja nicht.«

»Mit Sicherheit fangen wir uns jetzt einen Rüffel ein, weil wir nicht schnell genug waren.«

»Schöne Aussicht! Lass uns einfach behaupten, es wäre der Flügelträger gewesen, der gestern geflohen ist.«

»Dann wird man uns fragen, wo sein Herz ist.«

»Dann erklären wir eben, er habe sich gewehrt. Und deshalb seien wir gezwungen gewesen, das Tal mit Schwarzem Feuer zu versengen.«

»Wir können doch das Schwarze Feuer nicht einfach so vergeuden.«

»Das ist immer noch besser, als wenn sie uns drankriegen, weil wir zu langsam gewesen sind.«

»Stimmt. Hast du Schwarzes Feuer?«

»Ja, im Turm.«

»Ich habe keins mehr. Also gut, wir fliegen zu dir, holen das Feuer und zünden das Tal an.«

»Dann los.«

Als die Stimmen schwiegen, spürte ich wieder die Finsternis, die absolut undurchdringliche Düsternis. Zwei riesige Flügelpaare schlugen. Wind, in dem ein ätzender Menschengeruch lag, peitschte mir ins Gesicht. Die Wesen der Finsternis stiegen in den Himmel auf.

Die nächsten Minuten lag ich stocksteif da und versuchte mir einzureden, ich hätte einen Albtraum gehabt. Doch der scharfe Geruch hing noch immer in der Luft, und an der Stelle, wo die beiden gestanden hatten, ertastete ich herausgerissene Grasbüschel.

Auf keinen Fall wollte ich die Rückkehr derjenigen abwarten, die hier das Gras samt Wurzeln herausgerissen hatten. Noch weniger Wert legte ich darauf, dieses Schwarze Feuer kennenzulernen – was auch immer sich dahinter verbergen mochte.

Als ich aufstand, schien sich alles um mich herum zu einem Käfig aus Dunkelheit und Angst zusammenzuziehen. Ach, Kater, Kater! Hast du wirklich nicht gewusst, wohin uns diese Verborgene Tür führt?

»Ich habe keine Angst«, verkündete ich laut. Die Dunkelheit antwortete mir nicht. »Ich bin schon groß. Ich klettere jetzt auf die Felsen, so hoch sind die hier ja nicht.«

Die Dunkelheit schwieg.

Mit vorgestreckten Armen stapfte ich am Bach entlang. Die Finsternis folgte mir. Es ging recht steil aufwärts. Aber weil das Wasser kein Geräusch machte wie bei einem Wasserfall, konnte die Felswand wohl kaum senkrecht sein. Mein sechster Sinn sagte mir, ich solle neben dem Wasser hochkraxeln, damit sein leises Rauschen meine Bewegungen übertönte.

Als ich über den Stein tastete, fand ich einen lächerlich schmalen Vorsprung, auf den ich trotzdem raufkletterte. Dann kam der zweite. Ich hielt mich an einem Strauch fest, der zum Glück nicht pikte, und bewältigte den nächsten Meter. Alles in allem ließ sich die Sache ganz gut an, vor allem weil ich gar keine Vorstellung hatte, wie hoch ich eigentlich war.

»Ich falle nicht«, flüsterte ich wem auch immer zu. »Hört ihr mich? Ich falle nicht. Wo hätte es denn so was schon gegeben – dass man in eine Zauberwelt gerät und dort dann gleich von einem Berg abstürzt!«

Unter meinem Fuß gab ein Stein nach. Mir stockte der Atem. Von da an bewegte ich mich lieber schweigend weiter. Als ich mir nach zehn Minuten mit der Hand über den Mund fuhr, schmeckte ich Blut. Ich hatte mir die Finger am Fels aufgeschürft. Meine nackten Füße vermutlich auch, aber ich spürte keinen Schmerz. Und da ich nicht wie eine Kakerlake an einer Mauer hängen konnte, musste ich die Felswand ja sowieso weiter erklimmen.

Nach fünf Minuten war ich am Ende meiner Kräfte und wusste, dass ich früher oder später abstürzen würde. Genau in dem Moment gelangte ich zu einem kleinen Vorsprung. Ich presste mich fest gegen den Stein, setzte mich hin und ließ die Beine in der Finsternis baumeln. Wie hoch ich wohl geklettert war? Fünf Meter? Oder zehn? Na ja, garantiert nicht weit genug, um mich vor dem mysteriösen Feuer dieser fliegenden Kreaturen in Sicherheit zu bringen.

Ich zog mein Unterhemd aus und presste es mir nacheinander auf Hände und Füße und wartete jeweils ein paar Minuten, bis kein Blut mehr floss. Durch den Anstieg war ich ins Schwitzen geraten, die Kälte spürte ich jetzt nicht mehr. Ich ließ das zerrissene und feuchte Unterhemd auf dem Felsabsatz liegen und setzte den ersten Gipfelsturm meines Lebens fort. An dem rauschenden Wasser links von mir orientierte ich mich. Einmal verirrte ich mich an eine Stelle, wo mir bereits Spritzer auf den Kopf prasselten. Als ich spürte, wie glitschig die Felsen hier waren, versuchte ich vorsichtig, wieder nach rechts zu kommen. Sobald ich einen sicheren Vorsprung fand, machte ich jedes Mal eine kurze Pause, danach kletterte ich weiter. Die Finsternis kroch mir nach, verbarg die Höhe vor mir und verschlang die Zeit. Vielleicht dauerte der Anstieg eine halbe Stunde, vielleicht zog er sich auch ein paar Stunden hin, keine Ahnung. Das Einzige, was ich mit Sicherheit wusste, war, dass ich noch nie so müde gewesen war.

Plötzlich hörte ich Flügelschläge. Die beiden Wesen der Finsternis schwebten fast auf meiner Höhe. An die Felswand gepresst, vernahm ich ein pfeifendes Flüstern: »Gieß es aus!«

Sehen konnte ich nichts, nur ein Knistern hörte ich, das klang, als würden im ganzen Tal trockene Äste knacken. Irgendwann zischte das Wasser im Bach. Heiße, glühende Luft schlug in die Höhe.

Die Felsen unter mir fingen in null Komma nichts an

zu glühen. In der sengenden Hitze bekam ich kaum noch Luft. Aus dem Tal zog Wind herauf und zerzauste meine Haare. Irgendwann merkte ich sogar, wie der Schorf an meinen Füßen abbröckelte.

Alles hörte genauso abrupt auf, wie es angefangen hatte. Die Flügelgeräusche verschwanden, die Temperatur fiel wieder. Ich klebte an der Felswand und brach quasi nachträglich in Schweiß aus.

Das Schwarze Feuer erlosch. Als unter mir das Tal in purpurroten, fast schwarzen Flammen gestanden hatte, hatte ich immerhin gesehen, wie hoch ich inzwischen geklettert war. Mindestens fünfzig Meter! Zurück konnte ich jetzt nicht mehr. Also dann: Weiter nach oben!

»Ich habe keine Angst«, wiederholte ich, als wäre das ein Zauberspruch.

Die Dunkelheit und die Stille folgten mir weiter den Berg hoch. Es wurde immer kälter, meine Finger starben fast ab, meine Füße spürte ich kaum noch. Als ich den nächsten Vorsprung erreichte, blieb ich lange liegen, um meine restlichen Kräfte zu mobilisieren. Dann erkundete ich mit der Hand den Felsen. Und endlich berührten meine Finger wieder weiches Gras.

Hatte ich es also doch geschafft! Ich rappelte mich hoch, krabbelte aus der steinernen Falle und gelangte zu einem Plateau, über das ein kalter Wind pfiff. Das Gras war nass vom Tau. Womöglich gab es in der Ferne ja noch andere Berge, aber mir kam es so vor, als ob um mich herum eine riesige freie Fläche lag. Hier hätte ich, ohne zu murren, auf den Sonnenkater gewartet – wenn ich was zum Anziehen und zum Essen gehabt hätte.

Normalerweise wäre ich jetzt völlig am Ende gewesen. Weil ich fror und weil ich mutterseelenallein allein war. Aber die geglückte Flucht vor den Wesen der Finsternis hatte etwas in mir verändert.

Zu Hause, da heulte ich schon, wenn ich mich im Hof prügelte oder meine Mutter mit mir schimpfte. Aber hier war es selbst zum Weinen viel zu schrecklich. Andererseits hätte ich mich auch nicht ins Gras legen, gottergeben vor mich hinfrieren und auf die Rückkehr des Katers warten können, denn ich platzte vor Stolz.

Deshalb stellte ich mich kerzengerade hin, legte die Hände an den Mund und rief: »He! He!«

Wahrscheinlich wollte ich einfach das Echo hören. Und mich überzeugen, dass es in dieser Dunkelheit noch andere Geräusche gab als das Klopfen meines Herzens.

Doch noch bevor das ferne Echo meinen schwachen Schrei wieder zu mir zurückbrachte, zitterte ein paar Schritt von mir entfernt das Gras. »Eine Bewegung und ich bring dich um«, sagte jemand, den ich in der Finsternis nicht erkennen konnte.

Angst bekam ich nur deshalb keine, weil die Stimme völlig anders klang als das zischende Pfeifen dieser geflügelten Wesen. Eigentlich hörte sie sich sogar wie die eines ganz normalen Menschen an.

»Ich rühr mich bestimmt nicht vom Fleck«, antwortete ich leise.

»Was hast du hier verloren?«, drang es an mein Ohr, offenbar aus größerer Nähe als gerade eben. Mein unsichtbarer Gesprächspartner pirschte sich also an mich heran.

Was ich hier verloren hatte? Tolle Frage! Ich warte auf einen Sonnenkater, erfriere allmählich und brülle mit letzter Kraft herum …

»Ich warte auf den Sonnenaufgang«, antwortete ich, wobei ich immer noch stocksteif dastand.

Jemand griff nach meiner Hand. Ich unterdrückte mit letzter Kraft einen Schrei.

Der andere sagte: »Der Sonnenaufgang wird kommen.« Es klang formelhaft. Dann fuhr die Stimme fort: »Es hätte nicht viel gefehlt und ich hätte dich umgebracht.«

»Ach ja?«, fragte ich automatisch. Jetzt hörte ich das leise Klirren von Metall.

»Hast du die Freiflieger gesehen?«

»Sie haben das Tal mit Schwarzem Feuer in Brand gesetzt«, sagte ich in der Hoffnung, die richtige Antwort zu geben.

»Das habe ich mitbekommen. Die waren hinter mir her.«

»Und dabei hätten sie mich beinah umgebracht.«

Diese Worte gaben vermutlich den Ausschlag.

»In dieser Gegend hätte ich doch nie jemanden vermutet«, rechtfertigte sich der Unbekannte verlegen. »Tut mir leid. Zum Glück ist dir ja nichts passiert. Gehen wir!«

Er zog mich sanft mit sich. Ich streckte die freie Hand vor, um nirgendwo dagegenzulaufen.

»Wo ist denn deine Brille?«, fragte er sofort.

»Ich habe noch nie eine gehabt.«

»Wirklich nicht? Pass auf, hier sind Bäume.«

Doch da war ich schon mit einem Aufschrei in einen zurückschnellenden Zweig gelaufen. Obwohl der andere mich nicht rechtzeitig gewarnt hatte, war ich nicht sauer auf ihn.

»Wir sind gleich da. Bück dich!«

Gehorsam bückte ich mich und spürte, wie fester Stoff mein Gesicht streifte. Ich zwängte mich dem Unbekannten hinterher durch einen schmalen Spalt, hinein in etwas Warmes, offenbar ein kleines Zelt.

»Mach den Eingang wieder zu! Ach, stimmt ja, du siehst ja nichts. Setz dich.«

Hinter mir raschelte der Stoff. Dann klatschte der Jemand in die Hände, und Licht blendete mich, das noch dazu von allen Seiten zugleich kam!

Mit geschlossenen Augen kämpfte ich in den nächsten Minuten gegen den unangenehmen Eindruck an, gemustert zu werden. Schließlich riskierte ich es, ein Auge zu öffnen. Blinzelnd sah ich mich um.

Ich saß wirklich in einem kleinen, runden Zelt. Seine Innenseite war schneeweiß und leuchtete schwach.

Vor mir hockte ein Junge in meinem Alter. Er war mager und hatte blonde Haare. Außerdem war er extrem blass, was mich allerdings überhaupt nicht wunderte. Er trug nur kurze, weiche Shorts aus grellblauem Wollstoff. An einem breiten Ledergürtel hing eine Scheide mit einem langen, dünnen Schwert.

Nach und nach legte sich meine Angst. Irgendwie hatte ich damit gerechnet, einen erwachsenen Kerl mit fieser Visage vor mir zu haben, nicht aber einen Jungen in meinem Alter.

»Ich kenne dich gar nicht«, meinte der Junge misstrauisch.

»Ich dich auch nicht«, sagte ich. Im Zelt war es warm und hell. Die Wesen der Finsternis kamen mir jetzt wie ein wilder Traum vor. Angst hatte ich absolut keine mehr.

Der Junge setzte das Verhör fort. »Woher kommst du?« Seine Hand lag auf dem Schwert, als wolle er es gleich ziehen und sich in den Kampf stürzen.

»Von weit her«, erklärte ich ehrlich – ohne damit die geringste Information preiszugeben.

Trotzdem akzeptierte der Junge die Antwort. Er ließ aber noch nicht locker. »Wo sind deine Eltern? Wo sind deine Freunde?«

»Dort, wo es Licht gibt.« Aus purer Gemeinheit beschloss ich, meine Antworten so mysteriös wie möglich zu halten.

»Tut mir leid«, murmelte der Junge betroffen. »Meine sind ... ach egal. Bist du ganz allein?«

Die Wahrheit ist im Grunde ungeheuer bequem, man braucht gar nicht zu lügen. Am Ende hört eh jeder, was er hören will.

»Ich war mit einem Freund unterwegs, aber der ist los, um Licht zu suchen.«

Ich hoffte, nach dieser Auskunft würden mir sämtliche Fragen nach meinem Freund erspart bleiben. Die Rechnung ging auf. Der Junge schniefte bloß und streckte mir die Hand entgegen.

»Len.«

»Danka.« Ich gab ihm die Hand.

»Ich war auch mit einem Freund unterwegs«, sagte er. »Aber er hat es nicht geschafft, aus dem Turm zu entkommen. Er war mein Senior.«

»Also mein Freund, das war mein Junior«, sagte ich aufs Geratewohl.

»Tatsächlich?« Ihm war seine Verblüffung deutlich anzumerken. »Was hast du jetzt vor?«

»Von hier verschwinden.«

»Willst du mit in unsere Stadt?«

Warum eigentlich nicht? Die Wärme in diesem Zelt lullte mich langsam ein. Ich musste aufpassen, bei unserer Unterhaltung nicht den Faden zu verlieren. Was sollte ich hier nackt in den Bergen sitzen und auf den Sonnenkater warten, der vielleicht gar nicht wiederkam? Da war es doch besser, mich auf den Weg in die Zivilisation zu machen …

»Werde ich da keine Schwierigkeiten bekommen?«, erkundigte ich mich zaghaft.

»Du kannst Fragen stellen!«, sagte Len. »Wenn ich für dich bürge, gibt's keine Probleme! Und das sage ich nicht bloß so dahin!«

»Ich glaub dir ja«, versicherte ich matt. »Kann ich vielleicht vorher noch etwas schlafen, Len?«

»Ich bin aber auch ein Idiot!« Len sprang hoch und kramte in einer kleinen Tasche herum. »Du hast bestimmt Hunger, oder? Viel hab ich leider nicht …«

Kurz darauf machte ich mich über etwas Zähes her, vielleicht geräuchertes, vielleicht aber auch nur vertrocknetes Fleisch. Als ich es vertilgt hatte, hielt mir Len noch eine Handvoll Datteln oder etwas, das fast genauso aussah, und eine Flasche hin.

»Und du?«, protestierte ich schwach, während ich mich bereits auf die Datteln stürzte.

»Wenn wir zusammen zurückgehen, bist du doch der Senior«, erklärte Len. »Davon abgesehen habe ich heute schon was gegessen.«

Vielleicht war das nicht besonders fair – aber ich widersprach ihm nicht. Ich trank die Flasche mit dicker, süßer Milch leer (sie schmeckte wie leicht verdünnte, gesüßte Kondensmilch) und linste dann zu Len rüber. Er hatte inzwischen eine kurze Decke auf dem Boden ausgerollt.

»Schlaf jetzt, dann sehen wir weiter«, schlug Len vor, der mich fast auf die Decke schubste. »Na komm, leg dich hin.«

Er verhielt sich wirklich merkwürdig. Einerseits so, als sähe er in mir tatsächlich den Anführer, den er bedienen musste wie … wie ein Soldat seinen Oberst. Andererseits verhätschelte er mich, als wäre ich ein Baby.

Gründlich darüber nachdenken konnte ich aber nicht mehr. Kaum hatte ich mich ausgestreckt, ratzte ich schon weg. Das hatte ich nun davon! Was musste ich auch stundenlang mit leerem Magen in der Kälte hocken und mir dann, kaum dass ich im Warmen saß, den Bauch vollschlagen?!

Ich wurde wach, weil Len auf mir lag und mir mit der Hand den Mund zuhielt. Im Halbschlaf glaubte ich, er wollte mich ersticken. Deshalb setzte ich zum Gegenangriff an und rammte ihm den Ellbogen in den Magen. Er stöhnte leise.

»Pst!«, flüsterte er mir dann ins Ohr. »Draußen ist eine Patrouille. Kein Wort jetzt!«

Ich erstarrte. Knapp über uns, das hörte ich jetzt auch, schlugen langsam und hallend riesige Flügel.

Aneinandergepresst lagen Len und ich da, während etwas durch die Luft glitt, das mir allein durch sein Geräusch Angst einjagte.

Endlich verschwand das Flügelschlagen in der Ferne. Wir setzten uns auf.

»Er ist abgezogen«, sagte Len leise. »Zum nächsten Turm.«

»Ist auch besser so«, antwortete ich, obwohl ich keine Ahnung hatte, was hier eigentlich vor sich ging.

»Aber er hat uns gesehen!«, jammerte Len plötzlich. So, wie er schluchzte, würde er bestimmt gleich losheulen.

Dieses Märchenland hatte echt wackere Krieger!

»Len!« Ich legte ihm den Arm um die Schulter. »Beruhige dich! Wir müssen uns dünne machen!«

»Was? Was heißt das?«

»Fliehen, abhauen, die Beine in die Hand nehmen …«, sagte ich.

»Klar, sicher.« Hastig packte Len die Sachen. Er stopfte die Decke in die Tasche, öffnete das Zelt (woraufhin das Licht sofort erlosch) und warf die Tasche nach draußen. Aus der Dunkelheit drang Kälte herein.

»Geh raus!«, befahl er in strengem Ton, als hätte ich etwas angestellt.

Schulterzuckend tastete ich nach dem Ausgang.

»Warte …« Er drückte mir ein kaltes, elastisches Band in die Hand. »Setz die Brille auf!«

»Und du?«

»Ich hab doch die Flügel!«, sagte Len verwundert.

Sobald ich aus dem Zelt gekrabbelt war, hielt ich mir die Binde vor die Augen. Ich fuhr zusammen. Plötzlich konnte ich in der Finsternis etwas erkennen. Eine hügelige Ebene mit Bergen am Rand. Um uns herum wuchsen vereinzelte Bäume. Als ich nach oben sah, prallte mein Blick förmlich an einem tief hängenden, grauen Himmel ab. Er wirkte wie aus Blei gegossen. Ich verknotete die Binde am Hinterkopf und drehte den Kopf ein wenig, um zu sehen, ob diese seltsame Brille fest saß. Alles klar, die würde nicht rutschen. Das Ding hatte nichts mit diesen Nachtsichtgeräten zu tun, die ich aus dem Kino kannte und die einen Gegenstand umso klarer erkennbar machen, je wärmer er ist. Diese Brille hier verwandelte die Nacht in schwaches Dämmerlicht, mehr nicht.

Hinter mir raschelte etwas. Als ich mich umdrehte, sah ich, wie das kleine, runde Zelt in sich zusammenfiel. Allerdings sackte es nicht einfach weg, sondern schrumpfte ganz zielsicher, bis es den Jungen, der mittendrin stand, einhüllte und sich in eine Art Overall mit angeknüpftem Umhang verwandelt hatte. An Lens Armen hing in breiten Falten schwarzer Stoff. Sollten das etwa die Flügel sein?

Len kam auf mich zu. Seine Augen schützte ein kleines, durchsichtiges Visier, durch das er bestimmt ebenfalls in der Dunkelheit sehen konnte. Er griff nach der Tasche.

»Das schaffen wir sowieso nicht«, sagte er. »Du hast ja keine Flügel. Und zu Fuß kommen wir hier nicht weg.«

Die Worte machten mich wütend. Wenn ich mir vorhin den Kopf darüber zerbrochen hätte, ob meine Flucht glücken wird, würde ich vermutlich immer noch da unten im Tal auf das Schwarze Feuer warten!

»Wo liegt deine Stadt?«

Nach kurzem Zögern wies Len in die Richtung. »Dort!

Wir müssen über einen Fluss fliegen … und dann noch ein Stückchen zu Fuß gehen.«

»Ist es weit bis zum Fluss?«

»Zu Fuß eine halbe Stunde.« Len sah mich mit neuer Hoffnung an. »Hast du eine Idee?«

»Ich weiß noch nicht genau«, sagte ich vage. »Auf alle Fälle hindert dich niemand daran, wegzufliegen.«

Len wirbelte herum. »Danka! Es war nicht meine Schuld, dass ich meinen Senior verloren habe, das schwöre ich!«

»Ich glaube dir ja«, versicherte ich, ohne überhaupt zu wissen, wovon er redete.

»Warum schlägst du mir dann vor, dich im Stich zu lassen?«

Ich griff nach seiner Hand. Unter dem schwarzen Stoff fühlten sich die Finger hart und angespannt an.

»He, Len! Das habe ich doch gar nicht gemeint. Aber wenn sich einer von uns retten kann, dann …«

»Und umgekehrt? Würdest du mich im Stich lassen?«

Ich starrte ins Nichts. Was würde ich machen, wenn die Typen mit dem Schwarzen Feuer wieder am Himmel auftauchen würden und ich fliegen könnte, aber ein Junge, den ich kaum kenne, nicht? Was würde ich dann tun? Ich wusste es nicht.

Zum Glück machte sich Len auf mein Schweigen seinen eigenen Reim.

»Siehst du, Danka. Und ich lasse dich auch nicht im Stich. Ehrenwort.«

»Gehen wir runter zu dem Fluss, den du erwähnt hast«, schlug ich vor. »Und zwar schnell.«

So brachen wir auf. Mit der Brille bereitete mir das gar keine Schwierigkeiten. Nach zwanzig Minuten kamen wir an einen steilen Abhang. Unter uns lag der Fluss.

Ein ganz normaler Bergfluss, sehr schnell, ziemlich schmal, mit Steinen, die hier und da aus dem Wasser ragten.

Mir kam meine Idee sofort idiotisch vor, aber das durfte Len nicht mitbekommen. »Wir klettern runter zum Fluss«, sagte ich. »Dort verwandelst du deinen Overall in ein Boot …«

»Wozu denn das?«

»Das Ding ist doch wasserdicht, oder?«

»Natürlich!«

»Prima. Wir setzen uns einfach rein, lassen es zu Wasser und fahren bis zur Stadt.«

»Wie bitte?«, fragte Len empört. »Ist dir klar, wie die Flügel danach aussehen?«

»Und ist dir klar, wie wir aussehen, wenn diese fliegenden Monster uns erwischen?«

Len schluckte. »Dann bring ich uns erst mal runter. Halt dich fest, Senior!«

Unsicher trat ich hinter ihn und wollte schon die Huckepackposition einnehmen. Len zeigte mir einen Vogel. »Fliegt man in deiner Stadt etwa mit den Lasten auf dem Rücken?«

»Wir fliegen überhaupt nicht mit Lasten«, gestand ich.

»Mach einfach, was ich dir sage!«

Len verlangte, dass ich mich vor ihn hinstellte und die Arme um seinen Hals, die Beine um seine Taille schlang. In amerikanischen Actionfilmen tragen die tapferen Polizisten auf diese Weise die Kinder fort, die sie gerade aus den Klauen der Terroristen gerettet haben. Aber Len war kein Polizist mit der Figur eines Bodybuilders. Er schwankte und ging tief in die Knie. Trotzdem trat er an den Rand der Schlucht. Kaum hatte ich einen kurzen Blick in den Abgrund geworfen, da hätte ich am liebsten auf das Experiment verzichtet.

»Len«, setzte ich an. Aber er hörte nicht auf mich. Er machte einfach einen Schritt in die Tiefe.

Mit geschlossenen Augen klammerte ich mich an Len, wie eine hungrige Zecke an einen fetten Hund. Len schaffte es kaum, mit den Flügeln zu schlagen. Wir fielen eher, als dass wir flogen. Len strengte sich gewaltig an und irgendwann schlugen die Flügel tatsächlich etwas kräftiger. Auf diese Weise fingen wir den Fall ab, wurden aber ordentlich durchgerüttelt.

»Lass los!«, schrie Len. Ohne abzubremsen, knallte er auf einen Stein.

Wir waren am Ufer gelandet, direkt auf den feuchten Steinen. Zweihundert Meter waren wir mindestens geflogen!

»Erstklassiger Flug«, lobte ich, worauf Len strahlte. »Was ist, versuchen wir's?«

»Ja.«

Aus der Nähe wirkte der Fluss zwar noch viel reißender, dafür aber auch tiefer und breiter, sodass wir wirklich eine Chance hatten. Wir breiteten das Zelt aus, legten es ins flache Wasser, kletterten hinein und schlossen den Eingang. Jetzt brauchten wir nur noch mit ein paar Kleinigkeiten fertig zu werden: mit dem Zeltstoff, in dem wir uns verheddert hatten, mit den Untiefen hier am Ufer und mit dem Wasser, das durch die Tür eindrang.

Als unser provisorisches Boot irgendwann mehr oder weniger gleichmäßig in der Strömung trieb, fiel mir etwas ein, das ich Len schon längst hätte fragen sollen: »Es kommt doch kein Wasserfall, oder?«

»Nein, nur ein paar Stromschnellen«, beruhigte mich Len.

Daraufhin setzten wir die Fahrt erst mal schweigend fort. Wir kullerten über den feuchten Zeltboden, knallten gegeneinander und schauten immer mal wieder zu dem kleinen Fenster hinaus, das wohl das Visier war, wenn das Zelt ein Overall war. Es mag sich komisch anhören, aber nach fünf Minuten jagte es uns keine Angst mehr ein, wenn unser Boot gegen einen Stein stieß. Wir brachen dann nur noch in schallendes Gelächter aus. Keine Ahnung, warum Len lachte, aber ich selbst konnte das, was wir erlebten, einfach nicht ernst nehmen. Es kam mir wie ein riesiger Freizeitpark vor. Schade war bloß, dass der Kater nicht schon zurück war. Denn dass er mich irgendwann finden würde, daran zweifelte ich keine Minute. Immerhin war er ein Zauberer, wenn auch noch ein kleiner.

Nachdem wir zwei Stunden gefahren waren, verkündete Len, als er durch das Fenster sah: »Da vorne! Der Stadtrand!«

3
Ein neuer Partner

Die Stadt, in der Len wohnte, überraschte mich. Aus unerfindlichen Gründen war ich mir nämlich sicher gewesen, sie würde versteckt unter der Erde liegen und aus feuchten, engen Höhlen mit getarnten Eingängen bestehen, vor denen finstere Kerle mit riesigen Schwertern in der Hand Wache schieben. Stattdessen erreichten wir nach einem Fußmarsch von knapp einer Stunde eine ganz normale Stadt, die auf einem Hügel lag und sich in keiner Weise tarnte. Okay, es war mitten in der Nacht – mitten in jener grausam langen Nacht, wie sie hier üblich war. Vielleicht besaßen ihre Feinde ja nicht diese Brillen, mit denen man in der Dunkelheit sehen konnte. Aber was war tagsüber? Oder flogen sie dann nicht? Waren sie nachtaktiv? Aber dann hätten sie uns in der Dunkelheit entdecken müssen …

All das ergab keinen Sinn. Bis zum Stadtrand trafen wir niemanden. Dann näherten sich uns jedoch zwei kräftige Jungen. Der eine trug eine Armbrust über der Schulter, der andere hatte ein langes Schwert an seinem Gürtel hängen. Gekleidet waren sie ziemlich normal: Hosen und Jacken, nicht dieser komische Flügeloverall von Len, der sich in ein Zelt verwandeln konnte. Neugierig musterten mich die beiden, schnaubten und starrten dann Len an.

Der blickte sofort weg, wurde nervös und wich mir nicht von der Seite.

»Hallo«, meinte der mit der Armbrust so nachdenklich, als überlege er noch, ob er mich überhaupt ansprechen solle.

»Guten Tag, Shoky«, sagte Len schnell. »Wie sieht's in der Stadt aus?«

»Ruhig. Wo ist dein Senior?«

»Die Freiflieger haben uns erwischt«, antwortete Len. »Wir haben uns tapfer geschlagen, aber sie haben uns überwältigt. Als sie uns in ihren Turm geschleppt haben, hat Kurt mich losgeschickt, um Hilfe zu holen. Er selbst wollte die Freiflieger ablenken ...«

»Und warum nicht anders herum, Len? Warum hast du sie nicht abgelenkt, damit Kurt Hilfe holen konnte?«

»Er fliegt doch schon nicht mehr so gut!«, verteidigte sich Len. »Ihr wisst selbst, wie schwer er ist! Kurt wusste, dass er es nicht schaffen würde, deshalb hat er mir befohlen ...«

»Ich habe Kurt gewarnt, dass er mit dieser Rotznase noch sein blaues Wunder erleben würde«, mischte sich der Junge mit dem Schwert ein. »In welchem Turm hast du ihn sitzen lassen?«

»Ich habe ihn nicht sitzen lassen!«

»Wo ist Kurt?«

»Im Runden Turm am Ostkamm. Da, wo ...«

»Den kenn ich. Inzwischen dürfte es zu spät sein, um Kurt zu befreien. Er ist schon zu lange in *deren* Gewalt. Und wen schleppst du da an?«

Jetzt platzte mir der Kragen. Die oberen Klassen bei

uns in der Schule sind voll mit Idioten wie diesen beiden. Wenn du denen nicht sofort Kontra gibst, machen sie mit dir, was sie wollen.

»Riskier nicht so eine große Lippe, du Blödmann!«, rief ich. »Und hör auf, auf Len rumzuhacken! Außerdem könnte dein Hirn absaufen, wenn du es mit zu viel Infos fütterst!«

Die beiden erstarrten. Schließlich baute sich Shoky vor mir auf. »Wer ist dein Senior, Kleiner?«, zischte er. »Und wie viel bist du ihm wert? Wie viel knöpft er mir als Strafe ab, wenn ich dich kaltmache?«

»Er kommt aus einer anderen Stadt«, erklärte Len schnell. »Seine Leute sind alle tot. Ich habe ihm versprochen, ihn zu beschützen!«

»Wenn du es versprochen hast, dann werden wir ihn natürlich nicht umbringen«, sagte Shoky grinsend. »Wozu er uns nützen soll, ist mir allerdings schleierhaft. Einer, der es fertigbringt, nicht nur seinen Senior zu verlieren, sondern auch noch seine Waffe und seine Flügel. Oder sehe ich das falsch?«

»Er war selbst der Senior in seinem Team«, informierte Len ihn leise. Das erstaunte die beiden anderen nun wirklich.

Derjenige, dessen Namen ich noch nicht kannte, wandte sich an mich: »Stimmt das, was Len sagt? Antworte!«

Anscheinend traute mir niemand eine Lüge zu. Umso besser.

»Len sagt die Wahrheit. Ich war der Senior in unserem Team und bin als Einziger übrig geblieben.« Da die beiden nichts darauf erwiderten, beschloss ich, den Erfolg auszubauen. »Was die Waffe und die Flügel angeht … Wenn ihr an meiner Stelle gewesen wäret, hättet ihr euch vor Angst in die Hose gemacht, darauf könnt ihr aber wetten.«

Sie brachten keinen Ton hervor. Und sie machten keine Anstalten, meine Lüge aufzudecken. »Aus welcher Stadt bist du denn, Senior, der hier um Schutz gebeten hat?«, fragte Shoky, und zwar ohne jedes Misstrauen, aus purer Neugier.

»Aus Moskau«, sagte ich. Das war zwar gelogen, doch es brachte mir Erfolg auf der ganzen Linie. Aber ich glaube, jede andere Stadt hätte das auch getan.

»Davon habe ich schon mal gehört«, behauptete Shoky. »Kommst du heute Abend in den Club?«

Ich nickte, denn eine andere Antwort erwartete er offenbar nicht. Dann folgte ich Len endlich, der mir schon seit geraumer Zeit mit den Augen signalisierte, wir sollten besser abziehen. Wir waren jedoch noch keine fünf Meter weg, da rief Shoky mir nach: »He, Senior aus der anderen Stadt!«

Ich drehte mich um und sah ihn an.

»Willst du etwa mit Len ein Team bilden?«

Da ich nicht verstand, wovon er eigentlich redete, wusste ich nicht, was ich antworten sollte.

»Ich persönlich würde dir nämlich davon abraten«, fuhr Shoky fort. »Er ist ein Feigling. Der lässt dich genauso im Stich, wie er Kurt im Stich gelassen hat. Also, bis nachher.«

Len und ich gingen weiter. Len schwieg, und ich wusste auch nicht, was ich sagen sollte. Außerdem gab es so viel zu sehen, dass ich das Gespräch auf der Stelle vergaß und alles um mich herum aufsaugte.

Als ich sagte, die Stadt sei ganz normal, meinte ich natürlich nicht, sie sei mit einer Stadt auf der Erde zu vergleichen. Sie passte einfach haargenau in diese Märchenwelt. Es gab Kopfsteinpflaster, Steinhäuser mit den unterschiedlichsten Türmen, die an Minischlösser erinnerten, und sogar ein paar richtige Schlösser in der Ferne. Nur Menschen sah ich nirgends.

»Hier ist ja niemand«, sagte ich.

»Es ist schon spät. Während wir mit den beiden gesprochen haben, haben die Glocken acht Uhr geschlagen«, erklärte Len mir. »Die Leute sind jetzt entweder im Club, in Versammlungen oder zu Hause. Normalerweise gehen wir abends nicht spazieren.«

Es dauerte ein Weilchen, bis mir aufging, was Len eben gesagt hatte.

»Es ist acht? Abends?«

»Ja. Wir sind uns heute Morgen begegnet, dann hast du geschlafen, anschließend sind wir hierhergekommen ... Stimmt was nicht?«

Len wurde total nervös, aber ich achtete nicht weiter auf ihn. Ich akzeptierte jetzt endlich, was ich schon lange ahnte. Hier gab es keinen Tag. Oder vielleicht doch, aber dann unterschied er sich durch nichts von der Nacht.

Und das bedeutete, dass mich der Kater nicht nach Hause zurückbringen konnte. Ob seine Kräfte überhaupt reichten, diese Welt zu durchqueren, wenn hier überall Finsternis herrschte?

»Ich brauche Wahres Licht«, murmelte ich.

»Wir sind ja fast da«, versicherte mir Len. »Zu Hause schalten wir dann das Licht an, du nimmst die Brille ab ...«

Er wusste nicht, was Wahres Licht war. Das konnte man nämlich nicht anschalten.

»Len«, stammelte ich. »Len ... Wenn du wüsstest, wie tief ich in der Tinte sitze.«

»Da wären wir«, erklärte Len, dessen Stimme sich plötzlich verändert hatte. Er ging auf ein einstöckiges Haus mit einem hohen, runden Turm zu und öffnete die Eingangstür aus Holz. Sie glich jener Verborgenen Tür, durch die der Sonnenkater und ich in diese Welt gelangt waren. Das machte mich nur noch trauriger.

»Gib mir deine Hand«, forderte Len mich auf. Seine Stimme zitterte leicht, das entging mir nicht. »Es ist besser, wenn die Tür sich an dich erinnert ... selbst wenn du es dir noch anders überlegst.«

Ohne zu verstehen, worauf er hinauswollte, gab ich ihm meine Hand. Len drückte sie auf die Bronzeklinke und legte seine Hand darüber. »Das ist ein Freund«, flüsterte er leise. »Er darf immer hereinkommen.«

»Wow, das ist ja ein toller Mechanismus«, sagte ich begeistert, nachdem wir ins Haus gegangen waren und die Tür hinter uns geschlossen hatten.

»Solche Schlösser haben nicht alle, sondern nur wir, die Flügelträger«, meinte Len. Er klatschte in die Hände und im Zimmer leuchteten weiße Glaskugeln grell auf. Betrieben wurden sie offenbar nicht elektrisch – es führten jedenfalls keine Stromkabel zu den Dingern –, sie gaben aber trotzdem genug Licht. Ich nahm die Brille ab und Len schlüpfte aus dem Overall.

Nachdenklich sah er mich an. »Weißt du was, Danka? Ich gebe dir Kurts Sachen, du bist schließlich der Senior in unserm Team. Er braucht sie jetzt sowieso nicht mehr. Allerdings war er größer als du … Vielleicht ziehst du also doch lieber was von mir an?«

»Okay«, sagte ich, während ich mich umsah.

Das Zimmer, das direkt hinter der Eingangstür lag, war riesig, vielleicht nahm es sogar das ganze Erdgeschoss ein. Außerdem sah es reichlich merkwürdig aus. In der Mitte stand ein runder Tisch, um ihn herum ein paar gepolsterte Stühle. Das war noch völlig normal. Aber der Rest! Als hätte man die Möbel von wer weiß woher zusammengetragen und hier aufgestellt. Es gab Bücherschränke und ein weiches Sofa mit einem Couchtisch, auf dem Boden lag ein Teppich mit Unmengen von Kissen drauf. Ein roh gezimmerter Tisch war mit kleinen Glaskolben und Reagenzgläsern vollgestellt, ein Hängeschrank darüber beherbergte allerlei Chemikalien. Einen Teil der Wand nahmen verschiedene Waffen ein wie Messer, Schwerter, Armbrüste, aber auch solche, von denen ich mir nicht mal vorstellen konnte, wie sie gebraucht wurden. Selbst ein Musikinstrument fehlte nicht, eine Art kleines Klavier, nein, jetzt fiel mir die Bezeichnung wieder ein: ein Cembalo. In einem riesigen Aquarium schwammen bunte Fische. An einer Wand hingen Bilder, davor stand eine mit Stoff abgedeckte Staffelei …

Die Bilder konnte ich mir nicht mehr ansehen, denn Len brachte mir ein paar Sachen zum Anziehen, das reinste Trauerzeug allerdings: ein grauer Anzug, in dem normalerweise bloß Wunderkinder ihren Auftritt als Geiger absolvieren, ein weißes Hemd und eine hellblaue Krawatte.

»Ein tolles Zimmer«, sagte ich anerkennend.

Mit einem stolzen Lächeln hielt Len mir die Sachen hin.

»Hast du nichts anderes?«, fragte ich.

»Du willst doch in den Club. Da trägt man das …«

»Schon gut. Bei uns geht's etwas lockerer zu«, sagte ich. Aber Len war mit seinen Gedanken längst woanders. Er suchte nach Worten, öffnete den Mund, sagte dann aber anscheinend doch nicht das, was ihm auf der Zunge lag. »Das Bad ist oben, im ersten Stock, genau wie die Schlafzimmer. Such dir einfach ein Zimmer aus, Kurts oder meins, das ist egal.«

»Haben denn deine Eltern nichts dagegen?«, fragte ich vorsichtshalber.

»Meine Eltern?« Len gingen fast die Augen über. »Ich bin doch ein Flügelträger und … und mein Vater ist sowieso vor langer Zeit verschwunden, aber auch meine Mutter besucht mich nur selten.«

»Dann gehe ich mal hoch.« Da ich ahnte, dass ich mich verplappert hatte, wollte ich mich lieber verdrücken. Deshalb stürzte ich zur Treppe, die nach oben führte.

»Danka!«, rief Len mir nach. Er stieß meinen Namen förmlich aus, als fürchte er, der Mut würde ihn gleich wieder verlassen.

»Was denn?«

»Ich bestehe nicht darauf, dass wir ein Team bilden, wirklich nicht. Wenn du dir einen anderen Partner suchen willst, helfe ich dir dabei. Aber Shoky hat nur Lügen über mich erzählt, das musst du mir glauben. Ich bin kein Feigling. Und ich habe Kurt nicht im Stich gelassen.«

Was sollte ich darauf antworten? Von ihrer Gesellschaft wusste ich noch weniger als von den Rangbezeichnungen in der kuwaitischen Armee. Aber Len stand da und sah mich an, als hinge sein Schicksal von meinen Worten ab. Ich konnte ihm einfach nicht sagen, dass ich kein Senior, ja, dass ich noch nicht mal ein Flügelträger war.

»He, Junior, machst du uns was zu essen?«, fragte ich. Daraufhin strahlte Len über beide Backen und nickte.

Das Bad fand ich ohne Schwierigkeiten. Ich klatschte in die Hände, das Licht ging an und ich stieß einen Pfiff aus.

Donnerwetter! Vor mir lag ein richtiges kleines Schwimmbecken. Zwei dicke Rohre sorgten für kaltes und warmes Wasser.

Ich drehte die Hähne weit auf, zog mich aus, was angesichts meiner spärlichen Kleidung nicht allzu lange dauerte, und stieg ins heiße Wasser. Klasse! Wie gut das tat! Was hatte ich mir eigentlich dabei gedacht, nur in Unterhosen durch die Berge zu kraxeln, um mich vor irgendwelchen Monstern zu verstecken? Und wie kriegte ich jetzt aus Len alles raus, was ich wissen musste, ohne dass er Verdacht schöpfte?

Am liebsten wäre ich gar nicht mehr aus der Wanne gestiegen. Erst als ich kurz davor war, einzuschlafen, schnappte ich mir das nächstbeste Handtuch, trocknete mich ab und zog mich für den Club an. Der Anzug passte ganz gut, nur das Jackett schlabberte etwas in den

Schultern, und den Krawattenknoten bekam ich auch nicht hin. Ich ging nach unten, wo Len gerade einen ganzen Berg von Wurstbroten schmierte. Auf dem Tisch thronte außerdem eine riesige Flasche mit einem orangefarbenen Saft.

Das sah ja schon mal gut aus. Aber das Essen musste noch warten.

»Danka, du kommst zu spät in den Club!«, rief Len »Es ist ja schon fünf vor neun.«

Er trug ebenfalls einen Anzug, einen weißen, aber keine Krawatte. »Ich gehe auch in den Club«, erklärte er mir, als er meinen Blick auffing. »Es gehört sich nicht, nach einem Patrouillenflug nicht in den Club zu gehen. Was ist? Hast du Probleme mit dem Knoten?«

Er nahm mir diesen absolut lächerlichen Teil meiner Garderobe aus der Hand, ließ sich auf einen Stuhl plumpsen, breitete die Krawatte über seinem Schenkel aus und fing an, sie zu binden. »Kurt bekam den Knoten auch nie hin. Das heißt, er konnte es schon, machte es aber nicht gern. Deshalb hat er immer mich dazu gezwungen.«

Dieses »gezwungen« gab mir zu denken. »Wart ihr eigentlich Freunde?«

»Wir beide? Hm, ja, schon. Schließlich waren wir Partner …«

Ich bohrte nicht weiter nach. Len hatte die Krawattenschlinge vorbereitet und half mir jetzt, sie über den Kopf zu ziehen.

Kritisch betrachtete er mich. »Ja, das geht«, meinte er. »Es sieht natürlich komisch aus, aber das liegt daran, dass du für einen Senior noch reichlich jung bist …« Len stockte und sah mir streng in die Augen. »Bist du wirklich ein Senior, Danka?«, fragte er.

Für einen Rückzieher war es jetzt zu spät. »Natürlich. Weshalb fragst du?«

»Lügner werden bei uns nämlich umgebracht.« Er lächelte zaghaft. »Deshalb … ich hatte Angst um dich.«

Entzückend! Mit einem Mal begriff ich, dass hier trotz der grellen Lampen und des heißen Wassers noch finsterstes Mittelalter herrschte.

»Bei uns drückt man schon mal ein Auge zu«, brachte ich mit einem Lächeln hervor. »Klar, wenn du beim Lügen erwischt wirst, musst du zusehen, wie du deinen Kopf wieder aus der Schlinge ziehst, aber …«

»Gehängt werden bei uns nur Verräter«, sagte Len. »Lügner werden mit dem Schwert getötet.« Er blickte zur Seite, zögerte, fügte dann aber doch hinzu: »Und Feiglinge auch.«

»Behauptet denn jemand, du wärst ein Feigling?«

»Du hast mich doch zum Partner gewählt«, antwortete Len. »Also hast du dich dafür verbürgt, dass ich kein Feigling bin.«

Ah ja. »Und das konnte ich tun, weil du für mich gebürgt und mir Schutz versprochen hast«, meinte ich, nachdem ich kurz nachgedacht hatte. »Stimmt's?«

»Mhm.«

»Na, großartig. Wenn sich da die Katze nicht in den Schwanz beißt!«

Len stand da wie ein Häufchen Elend.

»Sag mal, kommen wir nicht zu spät?«, fragte ich, um das Thema zu wechseln.

»Ach du wild gewordener Flügel!«, schimpfte Len in einer mir völlig unverständlichen Weise. »Jetzt aber los.«

Wir stürmten aus dem Haus. Len beschrieb mir rasch, wie ich vom Club aus wieder nach Hause kam. Da ich nicht genau verstand, was diese Erklärung sollte, fragte ich nach: »Du bist doch auch im Club. Wieso gehen wir dann nicht zusammen nach Hause?«

»Ich gehe doch in den Juniorclub«, sagte Len verblüfft. »Dieses Moskau muss eine seltsame Stadt sein, bei euch ist alles ganz anders.«

»Das stimmt«, bestätigte ich, obwohl ich in meinem Leben noch nie in Moskau gewesen war.

»Soll ich vielleicht am Eingang auf dich warten?«, schlug Len vor. »Ich könnte ja früher aus dem Juniorclub losgehen ...«

»Nicht nötig, ich finde den Weg schon«, sagte ich tapfer. Je mehr ich von dieser Gesellschaft mitbekam, desto weniger gefiel sie mir. Es herrschte eine Ordnung wie in der Armee, wenn nicht sogar wie im Gefängnis. Dazu noch die ewige Düsternis und die leeren Straßen! Puh!

»Da ist euer Club!« Len wies mit dem Finger auf ein riesiges Gebäude auf der anderen Straßenseite. Zu dem Haus gehörte ein hoher Turm, sodass es wie eine orientalische Moschee aussah. »Unserer liegt zwei Blocks weiter, in der Straße, die links abgeht. Wie sieht's aus, kommst du allein zurecht?«

»Klar.«

»Und ich soll nachher bestimmt nicht auf dich warten?«

»Hör auf damit, Len!«, fuhr ich ihn an. Sofort gab er

klein bei, schüttelte mir verunsichert die Hand und rannte die Straße hinunter. Er hatte es ziemlich eilig, vermutlich kam er bereits gewaltig zu spät.

Bevor ich das Gebäude betrat, nahm ich die Brille ab und blieb kurz davor stehen, um in der Dunkelheit die Straße hinunterzuspähen. Aus keinem einzigen Fenster fiel auch nur der schwächste Lichtschein, die Umrisse der Häuser erahnte ich nur, sehen konnte ich sie nicht. Ich suchte ich den Himmel rundum nach einem leuchtenden Punkt ab: nach dem Sonnenkater. Aber da war nicht der kleinste Lichtpunkt. Schließlich holte ich tief Luft und stieß die Tür zum Club auf.

Drinnen sah es genauso aus, wie ich es mir vorgestellt hatte. Ein Saal mit Tischen, Stühlen und einer Theke wie in einer Bar. Es waren rund dreißig Leute anwesend, alle noch jung, so etwa zwischen fünfzehn und zwanzig. Bei meinem Auftauchen verstummten die Gespräche, alle Blicke richteten sich schlagartig auf mich.

Nach kurzem Zögern steuerte ich die Bar an. Ob man hier zahlen musste? Hinterm Tresen stand ein vielleicht siebzehnjähriger Junge, der sich inmitten all der Flaschen und Kannen langweilte. Er war sehr blass und mager, doch das hielt ich inzwischen für ein allgemeines Charakteristikum in dieser Gegend.

»Einen Wein?«, fragte er lächelnd.

Das hätte mir gerade noch gefehlt, dass ich mich jetzt betrinke! Ich schüttelte den Kopf. »Einen Saft.«

»Mehr nicht? Und was für einen?«

»Egal.«

Achselzuckend goss er eine grellgelbe Flüssigkeit in ein

hohes Glas. »Moment mal!«, rief er plötzlich. »Du bist doch der neue Senior, den unser Junior Len mitgebracht hat!«

»Ja«, sagte ich zögernd. Ob das eine Falle war?

»Hervorragend!« Der Barkeeper band sich die Schürze ab, auf die orangefarbene Blumen gedruckt waren. »Dann übernimmst du meinen Posten. Das ist bei uns nämlich so üblich. Vergiss nicht, den Boden zu wischen, nachdem alle gegangen sind, und ...«

Ich ließ den Blick durch den Saal schweifen. Offenbar genossen alle Anwesenden das Intermezzo.

»Hab schon bessere Witze gehört«, meinte ich mit dem freundlichsten Lächeln und trat vom Tresen weg. Schweigend band sich der Barkeeper die Schürze wieder um – also hatte ich genau richtig reagiert.

»Danka!«

Als ich mich nach der Stimme umdrehte, entdeckte ich Shoky, der zusammen mit zwei anderen Jungen an einem Tisch beim Kamin saß. Alle drei wirkten wie um die zwanzig, was hier wohl das Höchstalter war. Sie sahen ziemlich mager aus. Einer rauchte eine lange Zigarette. Der Tabak roch seltsam, eher süßlich und überhaupt nicht wie sonst der eklige Qualm.

Wie hatten die wohl meinen Namen rausgekriegt?

»Setz dich zu uns!«, rief Shoky.

Mir fiel kein Grund ein, warum ich die Einladung hätte ablehnen sollen. Deshalb ging ich zu ihrem Tisch hinüber und setzte mich auf einen freien Stuhl, genau gegenüber von Shoky.

»Wie gefällt dir unser Club?«

Ich zuckte bloß die Achseln.

»Und die Stadt?«

Jetzt lächelte ich.

»Also, ein Plappermaul bist du wirklich nicht«, sagte Shoky. »Aber keine Sorge, Danka, ich pass schon auf, dass dich niemand beleidigt. Du bist nämlich noch sehr jung ... äußerlich zumindest ... darin besteht das Problem.«

»Ich weiß«, erwiderte ich, da es mir schwerfiel, weiter den großen Schweiger zu mimen. »Aber das wird sich ändern.«

»Das wird es, leider«, seufzte Shoky. »Du solltest dir aber nichts auf deine Figur einbilden, Danka. Nimm zum Beispiel mich, ich habe mich absolut damit abgefunden, dass ich höchstens noch ein halbes Jahr fliegen werde. Gnat und Alkk ...« Er blickte zu den beiden anderen hinüber. »... sind sich ebenfalls darüber im Klaren. Obwohl sie alles tun, um ihr Gewicht zu halten. Aber dein Auftauchen hat natürlich viele neidisch gemacht. Du bist schon Senior in deinem Team, wirst aber noch viele Jahre fliegen. Ihre Zeit dagegen läuft ab.«

Endlich machte es bei mir klick. Die Flügel nutzten Erwachsenen nichts. Deshalb trugen in dieser Stadt nur Kinder und Jugendliche diese Dinger, um damit zu fliegen und gegen die Monster der Finsternis zu kämpfen.

Nun begriff ich auch die Gefühle der Senioren gegenüber ihren Junioren: Ihre eigene Zeit lief aus, aber sie wollten die Flügel unbedingt behalten. Kopfzerbrechen bereitete mir allerdings noch die Frage, was eigentlich die Erwachsenen taten.

»Danka …«

Ich sah Shoky an.

»Hast du Len zu deinem Partner gewählt?«

»Ja.«

»Überstürze nichts, Danka. Ich brauche dir nicht zu erklären, was von deinem Partner abhängt. Und Len ist ein Feigling. Sicher, er hat dir geholfen, als du deine Flügel verloren hattest, als du ohne Waffe dastandest und nicht wusstest, wohin. Aber glaub mir, er profitiert davon.«

Ich nippte an dem Saft in meinem Glas. Er war extrem sauer. War das etwa pure Zitrone? Sogar die Kiefer zogen sich mir zusammen.

»Außerdem ist Len ein miserabler Kämpfer. Zwar fliegt er tadellos und kann jedem Freiflieger entwischen. Aber schließlich tragen wir die Flügel nicht, um unseren Feinden zu entwischen.«

Heldenhaft setzte ich meine Marter fort, indem ich abermals an dem Saft nippte.

»Nicht zuletzt«, schwadronierte Shoky mit strenger Stimme weiter, »seid ihr gleich alt, du und Len. Zumindest fast. Wenn du nicht vorher stirbst, wird er in zwei, drei Jahren selbst Senior werden. Und falls er sich vorher nichts zuschulden kommen lässt, natürlich. Such dir lieber einen anderen Partner. Warum willst du dir das Leben unnötig schwer machen? Ich finde einen anständigen Junior für dich, dem gerade die ersten Flügel angepasst wurden. Und ich sorge dafür, dass euch keine schwierigen Aufgaben zugeteilt werden, solange dein Partner noch unsicher ist. Einverstanden?«

Schweigend kämpfte ich weiter mit dem Saft.

»Obendrein wird Len mit Sicherheit nicht lange gehorsam und höflich sein, Danka. Noch ist er froh, dass er den Freifliegern und unserer Strafe entkommen ist. In ein paar Tagen wird er sich jedoch fragen, warum er sich eigentlich einem Altersgenossen unterordnen sollte. Dann musst du entweder hart durchgreifen, wie es Kurt gemacht hat, oder dich mit einem aufsässigen Partner abfinden. Ich glaube, auf beides kannst du gut und gern verzichten.«

Shoky tischte mir keine Lügen auf, das spürte ich. Was er sagte, glaubte er wirklich. Und anscheinend mochte er mich. Deshalb sollte ich mir seine Worte in Ruhe durch den Kopf gehen lassen. Meine Chancen, nach Hause zurückzukehren, schrumpften immer mehr. Und wenn ich die Absicht hatte, in dieser Stadt zu leben – sei es auch nur für eine Weile –, dann sollte ich mich nicht taub stellen, wenn mir jemand einen guten Rat gab.

Len hatte mich gerettet. Aber ich ihn auch. Und im ersten Moment hatte er mich sogar umbringen wollen.

Wenn ich mir jetzt einen anderen Partner wählen würde, dann …

»Es tut mir leid, Shoky«, sagte ich und sah ihm fest in die Augen.

»Das habe ich mir schon gedacht«, erwiderte er. »Aber ich musste dich warnen. Ich mag dich, Danka. Wenn du noch Junior wärst, würde ich dich zu meinem Partner machen.«

Da mir genau in diesem Moment jemand auf den Rücken schlug – und zwar nicht gerade freundlich, sondern eher provozierend –, konnte ich auf dieses überraschende Kompliment nicht mehr antworten.

Hinter mir stand der Junge, der bei Shoky gewesen war, als Len und ich ihm am Stadtrand begegnet waren. Der finstere Blick, den er für mich übrig hatte, kam ganz bestimmt nicht von dem sauren Saft.

»Du bist ein sehr junger Senior, Danka«, erklärte er mit einem angedeuteten Lächeln.

Um uns herum wurde es sofort still. Ich sah den Jungen an, musterte seinen Anzug, der spannte und ihm allmählich zu klein wurde. Dabei versuchte er verzweifelt, weniger kräftig auszusehen, als er war.

»Und du bist ein sehr erwachsener Senior«, erwiderte ich.

Er schnitt eine Grimasse. Ich hatte seinen wunden Punkt getroffen.

»Bist du sicher, dass du gut auf dich aufpassen kannst, Senior Danka?«

»Ja.«

Ein leichtes Zittern packte mich. Nur gut, dass es innerlich war und damit für die anderen nicht zu sehen.

»Willst du dich mit mir anlegen?«

»Auf der Stelle?«, fragte ich leise.

»Warum nicht?«

Als ich zum Aikido gegangen war, wurde uns dieser Angriff gleich zu Beginn beigebracht, noch vor dem eigentlichen Unterricht. Für den Fall, dass irgendein seltsamer Onkel die Absicht hatte, in einem dunklen Tordurchgang unsere Bekanntschaft zu schließen. Ohne aufzustehen, trat ich zu.

Der andere klappte in der Mitte zusammen und hielt sich die Eier. Jetzt sprang ich vom Stuhl hoch, riss dabei mein Glas mit dem sauren Saft vom Tisch und baute mich vor dem anderen auf. Langsam richtete sich mein Gegner wieder auf.

»Ich bringe dich um …«, zischte er.

Wie kann jemand nur so dämlich sein, mit voller Kraft zuzuschlagen, wenn sein Gegner Aikido beherrscht? Ich wich zur Seite aus, packte den Arm meines Angreifers und korrigierte seinen Flug ein wenig. Anmutig segelte er am Tisch vorbei und knallte mit dem Kopf gegen das Eisengitter des Kamins.

Nach einer solchen Darbietung stehen nur die Helden aus asiatischen Karatefilmen wieder auf. Mein Kontrahent kannte diese Filme anscheinend nicht, denn er machte keine Anstalten, wieder auf die Beine zu kommen. Das Feuer, das im Kamin loderte, ließ allerdings seine Haare leise knistern.

»Jemand sollte ihn von da wegziehen, bevor er in Flammen aufgeht«, sagte ich, während ich mich wieder setzte.

Nach wie vor erfüllte Grabesstille den Raum. Shoky griff nach seinem Glas, in dem noch etwas Wein war, nahm einen Schluck und reichte es an mich weiter. Ohne lange darüber nachzudenken, trank ich davon. Der Wein schmeckte sauer und süß zugleich, genau wie Sekt.

»Er gehört jetzt dir«, erklärte Shoky völlig gelassen. »Erlaubst du, dass wir ihn da wegziehen?«

Ich nickte. Ganz langsam legte sich meine Angst wieder.

»Gnat«, wandte sich Shoky an den Jungen, der neben

ihm saß, »rette diesen Idioten! Er muss morgen Patrouille fliegen.«

Gnat zog den Idioten ohne jede Hast vom Kamin weg und deponierte ihn in einer Ecke.

»Ich glaube, einen Teil des Problems, über das wir vorhin sprachen, hast du geklärt«, bemerkte Shoky mit einem anerkennenden Unterton. »Es ist wirklich bedauerlich, dass du kein Junior mehr bist.«

»Lässt sich nicht ändern«, erwiderte ich. »Ich muss jetzt gehen. Mein Junior wartet auf mich.«

Schweigend nickte mir Shoky zu. Ohne mich von jemandem zu verabschieden, verließ ich den Seniorclub.

4
Gerüchte

Mein neues Zuhause erreichte ich, ohne mich zu verlaufen. Mein Junior war noch nicht zurück, doch die Tür öffnete sich problemlos, sobald ich die Hand auf die Klinke legte.

Als ich den Tisch mit den vor sich hintrocknenden Wurstbroten sah, war es vorbei mit meiner ehrlichen Absicht, auf Len zu warten und mit ihm gemeinsam zu essen. Ich vertilgte nicht weniger als die Hälfte der Dinger, trank fast den ganzen Saft aus der Flasche und lümmelte mich in den Sessel. Ob hier zum Abendessen nie gekocht wurde? Oder warteten die jungen Verteidiger der Stadt auf den Besuch ihrer Mutter, die ihnen Borschtsch kochen und Buletten braten, ihre piekfeinen Hemden waschen und die Anzüge bügeln würde, um anschließend wieder wer weiß wohin zu verschwinden?

Als mir die Absurdität des Gedankens aufging, schnaubte ich. Na schön, warum nicht mit dieser Logik fortfahren? Was war das denn nun für eine Märchenwelt, in die ich da geraten war?

Hier herrschte ewige Nacht. Und es waren dunkle Kräfte am Werk, die ihren Namen selbstverständlich nicht umsonst trugen! Die dunklen Kräfte waren die Freiflieger, diese Geschöpfe der Finsternis …

Kaum erinnerte ich mich jedoch wieder an das Flügelschlagen in der Düsterkeit, die dunkler war als jede Nacht, da verging mir das Lachen. Unwillkürlich fuhr ich zusammen und dachte gleich etwas ernster über alles nach.

Es gab hier Städte, in denen Menschen lebten. Diese Menschen hatten Flügel, mit denen sie gegen die Freiflieger kämpfen konnten. Die Flügel waren aber nur für Jugendliche geeignet. Deshalb waren es die Jugendlichen, die kämpfen mussten. Klang das logisch? Absolut.

Aber was machten dann die Erwachsenen? Offenbar gingen sie weniger heldenhaften Beschäftigungen nach: Sie bauten Häuser, hüteten Vieh, bestellten Felder ... Das heißt: Was wollten sie hier säen, wo es doch kein Licht gab? Andererseits: Das Gras und die Bäume schafften es ja auch, irgendwie zu wachsen. Vielleicht hatte sich also auch der Weizen angepasst? Ich guckte mir eines der Wurstbrote von allen Seiten an. Das Brot sah völlig normal aus.

Okay, also weiter. Wer profitierte von dieser Situation? Wer hatte das Sagen? Die Freiflieger? Irgendwie schien man hier in dieser Stadt keine sonderliche Angst vor ihnen zu haben. Verließen die Flügelträger allerdings die Stadt, riskierten sie, getötet zu werden, das immerhin wusste ich schon. Der Krieg zwischen ihnen steckte aber irgendwie in der Sackgasse, das sprang sofort ins Auge. Man bräuchte also nur mit den Freifliegern zu reden und eine friedliche Lösung zu finden. Für diese Vermittlungsaufgabe war ich absolut geeignet, denn ich kam aus einer anderen Welt und betrachtete alles mit einem frischen Blick.

Mir blieb keine Gelegenheit, mich an meinen fundierten und optimistischen Schlussfolgerungen zu freuen, denn die Tür flog auf und Len stürmte ins Haus.

»Ist dir jemand auf den Fersen?« Automatisch setzte ich mich ordentlich hin.

»Mir? Nein, ich habe mich nur beeilt.« Len kam an den Tisch und setzte sich neben mich. »Ich bin in euerm Club vorbeigegangen, aber du warst schon weg. Ich habe mir Sorgen gemacht, du könntest dich verlaufen haben ... Gab es im Club irgendwelche Probleme, Danka?«

»Warum fragst du?«

»Weil mich alle so ... so merkwürdig angestarrt haben.« Len erschauderte. »Gab es Streit?«

»Ja.«

»Mit wem?«

»Leider hat er sich mir nicht vorgestellt. Und nach unserer Auseinandersetzung war ihm offenbar die Lust vergangen, sich mit mir zu unterhalten.«

»Klasse!« Len strahlte über beide Backen. »Ich wusste ja, dass wir beide als Team unschlagbar sind!«

Als ihm klar wurde, dass er sich verplappert hatte, sagte er kein Wort mehr.

»Und du, Len? Wirst du auch für uns einstehen?«, fragte ich ihn ganz offen. »Weißt du, ich fliege ... nicht gerade toll. Auf festem Boden fühle ich mich wohler. Wenn wir also Schwierigkeiten mit den Freifliegern kriegen ...«

»Danka!«

»Len, die anderen haben mir ...«

Er senkte den Blick.

»Die anderen haben mir gesagt, ich würde einen Riesenfehler machen, wenn ich dich zum Partner nehme.«

»Und was hast du geantwortet?«

»Dass du mein Partner bist.«

Len biss sich auf die Lippe. Er machte den obersten Knopf an seinem Hemd auf. Anscheinend wusste er nicht, wohin mit seinen Händen. »Gib mir eine Chance, Senior«, bat er. »Ich werde mir auch Mühe geben, dich nicht zu verraten.«

Diese Erklärung förderte meinen Optimismus nicht gerade. Gleichzeitig schämte ich mich jedoch auch dafür, wie sehr ich Len in die Ecke gedrängt hatte. Ich beugte mich vor und berührte seine Schulter. »Schon gut, Junior, versuchen wir's miteinander«, sagte ich. »Aber jetzt gehe ich schlafen. Ist das Zimmer deines alten Partners rechts oder links im Flur?«

»Links.«

»Gut, dann nehm ich das. Bis morgen!«

Len sah mir nach, wie ich die Treppe hinaufstieg, sagte jedoch kein Wort. Ich betrat das Zimmer, das jetzt mir gehörte, und schaute mich verlegen um. Noch vor ein paar Tagen hatte hier jemand anderes gelebt, der dann den Freifliegern in die Hände gefallen war. Pech gehabt. Jetzt war das Zimmer frei, sollte es sich nehmen, wer wollte.

Der Raum war groß, es gab aber kaum Möbel. Wie im Erdgeschoss hingen dunkle Gardinen vorm Fenster. Mitten im Zimmer stand ein breites Bett mit einer dicken Zudecke. Sofort beschloss ich, es morgen zu verrücken, denn ich schlafe nun mal gern an der Wand. Dann gab es noch einen Schrank, in den ich jedoch nicht reinschaute, und Waffen, die an der Wand aufgehängt waren. Ich konnte der Versuchung nicht widerstehen, griff nach einem kurzen, nur fünfzig Zentimeter langen Schwert und betrachtete es von allen Seiten.

Ein gutes Stück – nahm ich zumindest an. Woher sollte ich etwas von Stichwaffen verstehen? Schließlich hängte ich die Klinge an ihren Platz zurück, kroch unter die Decke und klatschte in die Hände, eine Geste, die mir schon in Fleisch und Blut übergegangen war. Das Licht erlosch.

»Gute Nacht«, sagte ich zu mir selbst und schloss die Augen. Ich war hundemüde. An diesem Tag war einfach zu viel passiert. Schon im nächsten Moment schlief ich ein.

Ich hatte einen Traum. Einen Albtraum, in dem sich alles verhedderte, was geschehen war, nachdem ich durch die Verborgene Tür gegangen war. Ich träumte, ich würde durch die Düsternis stolpern, ganz allein und nackt. Unter meinen Füßen spürte ich kaltes Felsgestein. Irgendwann sah ich nach unten und erblickte einen tiefen Abgrund, an dessen Boden ein Schwarzes Feuer brannte. Ich aber marschierte durch die Luft, ohne runterzufallen. Im Traum wunderte ich mich überhaupt nicht darüber, sondern lief einfach weiter. Plötzlich hörte ich Flügel schlagen und vor mir tauchte ein Wesen der Finsternis auf. Als ich stehen blieb, kam das Monster langsam auf mich zu. Da erkannte ich sein Gesicht.

»Len?«, flüsterte ich.

Len nickte. Er breitete seine Flügelarme aus, als ob er mir sagen wollte: Tut mir leid, dass es so gekommen ist.

»Aber du hast doch gesagt, du würdest mich nicht verraten«, sagte ich und spürte in meiner Hand ein Schwert. Genau das, das in meinem Zimmer an der Wand hing. Len langte mit der Hand in die Dunkelheit, die ihn wie ein Gewand einhüllte, und zog aus ihr ein Schwert hervor. Ganz langsam und mit einem quietschenden Geräusch tauchte die Waffe aus der Finsternis auf. Die Klinge wuchs immer weiter, das ekelhafte Geräusch verstummte nicht …

Ich wachte auf.

Und hörte, wie Krallen an der Holztür kratzten. Sofort war ich in kalten Schweiß gebadet. Ich klatschte in die Hände, um das Licht anzuschalten, sprang aus dem Bett und riss das Schwert von der Wand. Die Kälte des Metalls in meinen Händen verband Traum und Wirklichkeit. Ich baute mich an der Tür auf, hob das Schwert und drückte mit der linken Hand die Klinke runter.

Die Tür öffnete sich gehorsam. Im Flur war niemand. Unter der Tür des anderen Zimmers schimmerte Licht durch, also schlief Len noch nicht. Wie angewurzelt stand ich da und starrte in die Leere. Als etwas meine nackten Füße berührte, verlor ich die Kontrolle über mich und schrie los.

»Danka …«

Vor mir saß der Sonnenkater. Aber wie er aussah! Ich erkannte ihn kaum wieder, so hatte er sich verändert. Das Fell leuchtete kein bisschen mehr, sondern war einfach rot. Die Augen blickten stumpf und er war mager wie der allererbärmlichste Straßenkater. Ich bückte mich und nahm ihn auf den Arm.

»Du dummer Junge«, flüsterte der Kater. »Immerhin

bist du so klug gewesen, für dich eine anständige Unterkunft zu finden ...«

»Was ist mit dir?«, presste ich mit Mühe heraus. »Was ist denn los?«

»Hier gibt es keinen Tag, Danka«, fuhr der Kater fort, ohne auf mich einzugehen. »Hier gibt es nirgendwo Wahres Licht. Ich kann dich nicht nach Hause zurückbringen.«

»Das weiß ich doch. Aber ... was ist denn mit dir?«

»Ich sterbe«, verkündete der Kater mit überraschendem und unangemessenem Stolz. »Hier gibt es kein Wahres Licht. Ist dir klar, was das heißt? Ich werde verhungern.«

Ich drückte ihn gegen meine Brust, setzte mich auf den Fußboden und fing an zu weinen. Was konnte ich tun? Wo fand ich Wahres Licht? Aus den Augenwinkeln heraus bemerkte ich Len, der auf meinen Schrei hin in den Flur gestürmt war und uns verblüfft anstarrte. Ich hörte, wie erschöpft der Kater hechelte, wie meine Tränen auf den Boden tropften, wie Len auf dem kalten Boden von einem Fuß auf den anderen trat.

Wo fand ich Wahres Licht, um meinen Freund zu retten? Plötzlich drehte sich der Kater mühevoll um. »Danka, ich werde doch nicht sterben«, teilte er mit einer Stimme mit, die zumindest etwas kräftiger klang.

Len wich entsetzt zurück. Ich achtete nicht auf ihn. Ich presste den Kater nur fester an mich. »Wirklich nicht?«, fragte ich. »Schwindelst du mich auch nicht an?«

»Wirklich nicht. Ich bin noch dümmer als du, Danka, denn eine Sache hatte ich völlig vergessen. Die Liebe ist ebenfalls eine Form des Wahren Lichts. Solange du mich liebst, werde ich nicht sterben. Das ist die Wahrheit.«

Ich lachte unter Tränen und blickte zu Len hoch. Der beäugte ängstlich den Kater.

»Du brauchst keine Angst zu haben, das ist bloß ein Sonnenkater. Er ist mein Freund«, erklärte ich.

Len nickte unsicher.

»Kater, das ist Len. Er ist jetzt mein Junior, mein Partner.« Der Kater befreite sich sanft aus meinen Händen und sprang zu Boden. Voller Freude bemerkte ich, dass sein Fell bereits wieder schwach leuchtete.

»Das weiß ich doch! Vergiss nicht, dass ich ein Zauberer bin. Hallo, Len!«

»Hallo«, hauchte Len.

»Hast du jetzt genug gegessen?«, wollte ich vom Kater wissen.

»Dummkopf!«, kanzelte er mich in gewohntem Ton ab. »An der Liebe kannst du dich nie überfressen. Und deine Liebe hat mir immerhin das Leben gerettet.«

Allem Anschein nach war ihm die Schwäche, unter der er gelitten hatte, peinlich. Ich wurde selbst ganz verlegen.

»Da kann ich … also, ich habe …«, durchbrach Len die Stille. »Wartet, ich bin gleich wieder da!«

Verständnislos sahen der Kater und ich uns an.

»Was hat er denn? Hat er etwa ein Pfund Wahres Licht im Schrank versteckt?«, fragte der Kater verwundert.

Ich zuckte bloß die Achseln. Len kam jedoch schon zurück, mit etwas, das er vor die Brust gepresst hielt. Als mir klar wurde, weshalb er davongestürzt war, hätte ich beinahe laut losgelacht.

Vorsichtig stellte Len eine tiefe Schüssel vor den Kater hin, in die er etwas aus einer Tonkanne goss.

»Hier, bitte. Das ist Sahne. Gute Sahne.«

Der Kater taxierte Len mit einem verächtlichen Blick, bevor er sich mir zuwandte. »Sind hier alle so … fürsorglich? Nein, was für ein braver Junge!«

»Pass auf«, zischte ich, »beleidige ihn nicht! Woher soll er wissen, dass du keine Sahne trinkst? Tu so, als ob es dir schmeckt!«

Der Kater linste zu Len hinüber, der vor Freude strahlte, und stolzierte seufzend an die Schale heran. »Muss ich das wirklich ausschlecken?«, fragte er, wobei er aus den Augenwinkeln zu mir hochblickte.

Ich nickte aufmunternd.

»Und die ist auch nicht sauer?«

»Die ist ganz frisch!«, verkündete Len.

Daraufhin machte sich der Kater mit dem Gehabe eines Märtyrers daran, die Schüssel auszulecken. Anfangs langsam, dann immer schneller und schneller. Seine Zunge huschte nur so über die rasant abnehmende Sahne dahin. Auf mich machte das durchaus nicht den Eindruck, als würde er sich aus diplomatischen Erwägungen dazu zwingen müssen.

»Wo kommt er her?«, fragte Len begeistert.

Das war nun der Moment: Entweder tischte ich ihm eine unglaubliche Lüge auf oder ich gestand die Wahrheit.

»Ich werde dir jetzt alles von Anfang an erzählen, Len. Unterbrich mich bitte nicht, sondern hör dir erst alles an.«

Dann erzählte ich. Von meinem Fenster, durch das nur selten Sonne scheint, vom Wahren Licht, das von einem Wahren Spiegel zurückgeworfen wird …

Einfach alles erzählte ich ihm.

»Ich habe noch nie die Sonne gesehen«, sagte Len. »Bei uns in der Stadt lebt ein Alter, der sich noch an sie erinnert. Aber er ist schon sehr alt, und es gibt nur wenige, die ihm glauben …«

Er streckte die Hand aus und streichelte den Kater. Der Kater ließ sich das sogar gefallen. Er legte sich auf meinen Schoß und putzte sich, genau wie ein ganz normaler Kater.

»Wenn der Sonnenkater diese Verborgene Tür aufkriegt, gehst du dann wieder nach Hause, Danka?«, fragte Len plötzlich.

»Klar!«

»Kann ich vielleicht mitkommen?«

Was sollte ich darauf antworten? Okay, in Büchern kann man seine Freunde nach Hause mitbringen und sagen: »Mama, er wird jetzt bei uns wohnen …« Aber im richtigen Leben würde das einen Haufen Probleme geben!

»Ich bin doch dein Partner, Danka …« Len schniefte und fügte kleinlaut hinzu: »Ich fliege gut. Und ich bin ein guter Kämpfer.«

Prompt stellte ich mir Len vor, wie er auf einem feindlichen Militärstützpunkt hockte, über und über behängt mit Handgranaten, während um ihn herum lauter Flaks auf ihn gerichtet waren – damit er ja nicht im Flug entkam. Ich zuckte zusammen. Wie sollte ich ihm meine Welt erklären?

Der Kater kam mir zu Hilfe. »Ich glaube nicht, dass du in Dankas Welt fliegen könntest. Deine Flügel sind aus dieser Welt. Darüber hinaus ist mir völlig unklar, wie ich diese Tür öffnen könnte.«

»Aber du hast doch die ganze Sahne aufgeschleckt! Oder brauchst du noch mehr?«

»Die Sahne stärkt meine Zauberkräfte nun wirklich nicht«, schnaubte der Kater. »Obwohl sie immerhin ganz schmackhaft ist. Aber für meine Zauberei brauche ich Wahres Licht. Wenn es hier doch nur tagen würde, wenn die Sonne wenigstens ganz kurz durchbräche ...«

»Der Sonnenaufgang wird kommen«, seufzte Len. »Wenn wir uns hier begrüßen, sagen wir oft: *Ich warte auf den Sonnenaufgang.* Und der andere sagt dann: *Und der Sonnenaufgang wird kommen.* Aber im Grunde glaubt niemand daran.«

»Erzähl mir etwas von deiner Welt, Len«, bat ich. »Sonst verstehen wir überhaupt nichts.«

»Zunächst werde ich etwas erzählen«, sagte der Kater mürrisch. »Es ist mir nämlich geglückt, diese Welt hier in ihrer Gänze kennenzulernen. Um es auf den Punkt zu bringen: Es ist überall dunkel. Wenn ich noch weiter ins Detail gehen soll: Ich habe etliche Städte gesehen, in denen Menschen leben, und noch weitaus mehr Türme ...« Der Kater erschauderte. »... in denen seltsame Gestalten der Finsternis leben. Ich habe gesehen, wie ihr gegeneinander kämpft, wie diese Finsterlinge euch gefangen nehmen und wie ihr die dunklen Gestalten tötet. Kein sehr erbaulicher Anblick. Ferner sah ich, wie aus einer großen Stadt am Meer Karawanen aufbrachen und Schiffe in See stachen, um im Nichts zu verschwinden.«

»Das sind die Händler«, sagte Len und winkte ab. »Zu uns kommt auch bald eine Karawane. Wir können nicht selbst für unser Essen sorgen, denn bei uns wächst zu wenig. Die Händler mischen sich nicht in unseren Krieg ein, da sie aus einer anderen Welt kommen. Sie machen ihre Geschäfte sowohl mit uns wie auch mit den Freifliegern.«

»Und was gebt ihr ihnen dafür?«, fragte ich wissen. »Gold?«

»Wozu sollte das denn gut sein?«, sagte Len verwundert. »Um Türklinken herzustellen? Da ist Bronze schöner. Nein, wir verkaufen uns.«

»Was?« Ich verstand nicht, was er meinte.

»Die Erwachsenen losen das unter sich aus oder sprechen sich einfach ab«, erklärte Len müde. »Dann treten sie in den Dienst der Händler oder der Kunden der Händler.«

»Um *was* zu tun?«

»Sie kämpfen. Wir sind gute Soldaten, Danka, und fürchten den Tod nicht.«

»Na klar, wer fürchtet den schon?«, bemerkte der Kater bissig, worauf Len verstummte. »Abgesehen davon«, fuhr der Kater fort, »habe ich einen ungeheuer hohen Turm gesehen. Ich vermochte ihn nicht einmal zu überfliegen, sondern musste ihn umkreisen. Er ist durch und durch düster.«

»Das ist der Turm der Finsternis«, erklärte Len. »Viele Städte haben schon versucht, ihn zu zerstören, aber bisher ist es niemandem gelungen. Dort lebt der Herr der Finsternis, er ist der Gebieter der Freiflieger.«

»Das habe ich mir durchaus selbst zusammengereimt«, grummelte der Kater. »Wie kommt es nur, dass ihr dieses Leben führt, Junge?«

»Das weiß ich nicht. Es gibt verschiedene Gerüchte: dass die Freiflieger uns angegriffen und die Finsternis mitgebracht haben, aber auch, dass wir selbst an allem schuld seien ... Ich weiß es einfach nicht.«

»Dann werden wir diesen Alten fragen, der sich noch an die Sonne erinnert«, entschied der Kater. »Er muss die Wahrheit kennen. Aber diese Wesen der Finsternis, sind das Einheimische oder stammen sie aus einer anderen Welt?«

»Die gehören nicht zu uns«, antwortete Len. »Sie sind zusammen mit der Finsternis gekommen. Wenn wir von den Händlern nicht das Geheimnis der Flügel gekauft hätten, dann hätten die Freiflieger uns längst besiegt.«

»Aber für Erwachsene gibt es keine Flügel?«

»Nein.«

»Und wer regiert euch?«, fragte der Kater.

»Niemand.«

»Das kann nicht sein.«

»Doch. Wir Flügelträger haben unsere eigenen Gesetze, und alle achten darauf, dass sie eingehalten werden. Für die Frauen und Mädchen gelten andere Gesetze. Und für die Männer auch. Und in die Angelegenheiten der anderen mischen wir uns nie ein.«

»Ihr Flügelträger verteidigt also alle gegen die Freiflieger«, sagte der Kater. »Aber was ist, wenn einer von den älteren Flügelträgern ein Mädchen entführt, das ihm gefällt? Was können die Frauen dann machen?«

»Dann verweigern sie uns die Flügel. Nur die Frauen können sie herstellen. Ein Flügelpaar hält ein, zwei Monate, länger nicht. Und von den erwachsenen Männern hängt ab, ob uns die Händler mit Lebensmitteln beliefern oder nicht.«

»Was für ein paradiesisches Leben, voller Liebe und Freundschaft«, höhnte der Kater, und in seiner Wut fing er an, sich zu putzen. »Die Anarchie ... ist ja bekanntlich die Mutter der Ordnung.«

Er brummelte noch etwas, erinnerte sich an verschiedene Revolutionäre, doch seine Worte galten ganz klar nicht mehr uns. Mir persönlich war schleierhaft, was am Leben der Flügelträger schlecht sein sollte.

Len starrte mich an. »Sag mal, Danka, habt ihr etwa keine Flügel?«, fragte er.

»Früher hatten wir keine«, sagte ich ausweichend. »Aber jetzt haben wir Flugzeuge und Hubschrauber.«

»Dann kannst du also gar nicht fliegen?«

»Nein.«

»Aber wir müssen morgen Patrouille fliegen! Wenn die anderen rauskriegen, dass du gar kein Senior bist ... und du bist kein Senior ... dann werden wir bestraft.«

»Lügner werden mit dem Schwert getötet«, wiederholte ich seine Worte. »Aber du hast damit doch nichts zu tun, Len! Ich habe dich ja auch angeschwindelt.«

»Natürlich bin ich auch schuld! Ich wollte ja unbedingt, dass du ein Senior bist ...« Len ließ sich auf mein Bett plumpsen und fing an, an seinen Nägeln zu knabbern.

»Hör auf, an den Nägeln zu kauen!«, befahl der Kater, ohne sich auch nur zu ihm umzudrehen. »Davon abgesehen spielen eure Fehler jetzt, da ihr Partner auf Leben und Tod seid, nicht mehr die geringste Rolle. Du, Len, bist der Junior in eurem Team. Danka ist dein Senior. Muss ich dich daran erinnern, wie sich Partner zu verhalten haben?«

»Nein«, sagte Len murrend.

Mir war klar, dass der Kater sich Sorgen um mich machte. Außerdem verfolgten mich die Bilder aus meinem Traum, in dem Len mit dem Schwert vor mir gestanden hatte. Als ich dann aber zu Len hinübersah, zu diesem verstrubbelten, mageren Jungen, der so bleich war, dass er schon bläulich wirkte, schämte ich mich. Gleichzeitig packte mich Mitleid.

Wenn ein Junge wie er in unserer Klasse aufgetaucht wäre, hätten ihn alle fertiggemacht. Denn wehren konnte er sich garantiert nicht. Vermutlich wäre ich nicht besser gewesen als die anderen. Doch jemandem einen Kaugummi zu klauen, ihm eine zu knallen oder seinen Kopf in den Schnee zu tauchen, ist eine Sache. Eine ganz andere ist es, wenn es um Leben und Tod geht. Ich konnte mir das nicht vorstellen. Trotzdem wollte ich diese Dinge lieber nicht auf die leichte Schulter nehmen.

Len hatte mir das Leben gerettet. Er hatte für mich gebürgt. Was spielte es da für eine Rolle, weshalb er das getan hatte? Die Motive stehen auf einem Blatt, die Taten auf einem anderen.

»Ich könnte abhauen, Len«, schlug ich vor. »Dann erklärst du den anderen Senioren, du hättest mich entlarvt und ich wäre daraufhin geflohen. Dann würde dich doch niemand bestrafen, oder?«

Len sprang vom Bett auf und kam zu mir. Er nahm meine Hand und drückte sie. »Ich werde dich nicht verraten, Senior«, versicherte er mit fester Stimme. »Das schwöre ich! Ich will dein Partner sein. Wir werden uns schon etwas einfallen lassen.«

Nun drückte auch ich seine Hand. Schweigend standen wir da und blickten einander in die Augen.

»Schön, dass ihr die Hoffnung nicht verloren habt, Jungs«, schnurrte der Kater irgendwann. »Das freut mich. Selbst wenn außer Frage steht, wer sich hier etwas ausdenken muss. Aber gut, das schaff ich schon.«

»Jetzt hör mal zu, du halbfertiger Zauberer!«, polterte ich los. »Wenn du nicht aufhörst, dich über uns lustig zu machen, werden wir beide dir ordentlich einheizen!«

»Nicht doch! Ich bitte vielmals um Verzeihung!«, rief der Kater und tat erschrocken. »Eure Freundschaft geht mir doch außerordentlich zu Herzen. Küsst ihr euch auch noch?«

Ich warf ein Kopfkissen nach dem Sonnenkater, traf ihn jedoch nicht. Aber Len, der sich bereits das andere Kissen geschnappt hatte, zielte besser. Zutiefst beleidigt kroch der Kater unter dem Kissen hervor und leckte sich die Pfoten. Wir lachten aus vollem Hals los, nicht weil wir unsern Spaß gehabt hatten, sondern einfach weil die Anspannung von uns gewichen war.

»Gut, schließen wir Frieden«, sagte der Kater, nachdem er das Putzen beendet hatte. »Wie lange dauert es, bis man mit den Flügeln umgehen kann, Len?«

»Ein Jahr«, erklärte Len.

»Lass mich die Frage anders formulieren. Wie lange bräuchtest du, um deinem nichtsnutzigen Senior beizubringen, sich in der Luft zu halten, ohne dass er den Eindruck erweckt, er sei ein flügellahmes Huhn?«

»Einen Morgen«, antwortete Len lächelnd. »Zu fliegen ist gar nicht so schwer. Zu fliegen und gleichzeitig zu kämpfen, das ist das Problem.«

»Hervorragend. Dann bringst du es ihm morgen früh bei. Anschließend brecht ihr beide zu eurer Patrouille auf, wobei ihr versuchen werdet, einen möglichst großen Bogen um die Freiflieger zu machen. Aber darin hast du ja Übung, oder?«

Schuldbewusst senkte Len den Kopf.

»Achte nicht auf den Kater«, flüsterte ich hinter ihm. »Er ist eine Giftschleuder, wie sie im Buche steht.«

»Geht jetzt besser schlafen«, sagte der Kater, der mich mit einem unzufriedenen Blick maß. »Morgen müsst ihr eure Kräfte und euern Verstand beieinander haben.«

»Und du?«

»Ich werde mich nach unten begeben, meinen Gedanken nachhängen und ein paar Bücher durchblättern«, antwortete er. »Einer muss ja die Kopfarbeit übernehmen, nicht wahr?«

»Gute Nacht, Len«, sagte ich. Er und der Sonnenkater verließen mein Zimmer, ich sammelte die Kissen ein und verschwand wieder im Bett. Meine Laune war, warum auch immer, hervorragend. Als zehn Minuten später der Kater ins Zimmer schlich, sich leise auf das freie Kopfkissen legte und seine frisch mit Sahne beschmierten Pfoten ableckte, hegte ich keinen Zweifel mehr daran, dass alles gut werden würde.

»Gute Nacht«, flüsterte ich.

»Menschen wünscht man eine gute Nacht. Aber Sonnenkatern wünscht man einen strahlenden Sonnenaufgang.«

5
Feigheit

Als ich zum ersten Mal Lens Overall anzog, wurde mir klar, was es mit Flügeln auf sich hatte.

Der feste Stoff klebte an mir wie ein Gummihandschuh an den Fingern. Plötzlich spürte ich einen Schmerz in den Schultern und schrie auf. Es war, als säße auf jeder Schulter ein Kater und trete mit ausgefahrenen Krallen auf mir herum.

»Keine Angst«, beruhigte mich Len. »Die Flügel brauchen Kraft.«

»Etwa meine?«

»Wessen denn sonst? Was hast du denn gedacht, wie du fliegen würdest? Indem du mit den Armen wackelst wie ein Vogel?«

Eine Minute lang wand und krümmte ich mich, gab unter Lens vorwurfsvollem Blick aber schließlich Ruhe. Außerdem ließ auch der Schmerz allmählich nach.

»Geht das die ganze Zeit so?«

»Du gewöhnst dich daran«, tröstete mich Len. »In einem Monat merkst du das gar nicht mehr. Also beweg mal die Arme ...«

Ich hob und senkte die Arme. Der Stoff, der an den Ärmeln herabhing, klatschte leise, spannte sich jedoch nicht.

»Stell dir Flügel vor«, wiederholte Len immer wieder und begutachtete meine unbeholfenen Versuche, mich in die Luft zu erheben. Wir übten im unteren Zimmer, der Kater lag auf dem Treppengeländer und schaute uns zu. »Stell dir Flügel vor! Stell dir vor, du fliegst! Du schaffst das.«

»Ich schaff das nicht, Len.«

»Quatsch, das schaffen alle. Du bist nicht schwer, die Flügel tragen dich.«

Nach einer Stunde hatte Len eingesehen, dass wir auf diese Weise nicht weiterkamen. Daraufhin verlangte er, ich solle mich auf den zwei Meter hohen Schrank stellen und von dort herunterspringen. Das half.

Auf einmal kam es mir vor, als würden meine Arme enorm wachsen und breit werden und auf etwas einschlagen – und zwar nicht auf Luft, sondern auf Wasser. Mein Fall wurde plötzlich abgebremst, und der Boden rückte wieder tiefer nach unten, weil ich hoch zur Decke getragen wurde. Durch das Zimmer strich Wind, der die Bilder an der Wand schwanken ließ und allerlei Kleinkram wegfegte.

»Schon besser«, urteilte Len, der unter mir stand und mich kritisch im Auge behielt. »Die Flügel sind sowieso schlauer als du.«

»Ich fliege!«, schrie ich, als ich begriff, dass ich nicht mehr fiel.

»Du fliegst nicht, sondern du flatterst«, sagte der Kater spöttisch.

»Hör nicht auf ihn!«, rief Len. »Die Flügel wissen, wie sie fliegen müssen, du musst nur steuern. Sie brauchen deinen Verstand und ein bisschen von deiner Kraft. Lande jetzt, Senior!«

Ich legte die Flügel an und landete sanft auf dem Boden. Trotz des heftigen Schmerzes in meinen Schultern war ich absolut begeistert.

»Und wie macht man aus den Flügeln ein Zelt?«

»Einen Unterstand«, korrigierte mich Len. »Also, dazu musst du die Augen schließen, die Arme ausbreiten und die Finger spreizen. Stell dir vor, der Overall würde sich aufblähen.«

Das gelang mir auf Anhieb. Ich schlug die Augen auf, um mich zu überzeugen, dass ich in einem kleinen, kuppelförmigen Zelt stand, der von weißem Licht erfüllt war. Meine Schultern bedeckten feine rote Pusteln, doch der Schmerz ließ sofort nach.

»Darf ich rein?« Len steckte den Kopf durch die Öffnung, zwischen seinen Beinen zwängte sich der Kater durch.

»Klar.«

»Ich musste fragen«, erklärte mir Len. »Bei einem Unterstand ist das noch wichtiger als bei einem Haus. Hier kommt man nicht einfach so rein.«

Wir setzten uns und schauten uns an. Len und ich grinsten, der Kater machte eine nachdenkliche Miene.

»Haben wir noch genug Zeit, um zu diesem Alten zu gehen, bevor ihr auf Patrouille fliegt?«, wollte er wissen.

»Zu dem, der sich noch an die Sonne erinnert? Kaum. Wir müssen jetzt tüchtig essen, dann noch etwas üben und schließlich noch mal tüchtig essen.«

»Sag mal, warum hab ich eigentlich ständig Hunger?«,

fragte ich, als mir klar wurde, dass mir Lens Worte überhaupt nicht komisch vorkamen. »Als ob ich den ganzen Tag noch nichts gegessen hätte.«

»Du hast deine Kräfte an die Flügel abgegeben. Und zwar nicht nur für die Übungen eben, sondern auch schon auf Vorrat. Wir müssen viel essen, Danka.«

»Aber das sieht man dir überhaupt nicht an!«

»Das verliert man beim Fliegen wieder, Senior. Wenn wir doch bloß draußen trainieren könnten! Aber das geht ja nicht. Also los, flieg noch mal.«

Wir übten weiter und unterbrachen das Training nur ab und zu, um etwas zu essen. Ich fuhr mir Wurstbrote, Spiegeleier und Schokowaffeln ein, trank Milch und Tee. Wo das alles blieb, war mir schleierhaft. Nach einer Stunde hatte ich nämlich wieder einen Wahnsinnshunger.

»Wie lange fliegen wir auf Patrouille?«, fragte ich Len, während ich durch die Luft eierte. Inzwischen konnte ich schon ein wenig lenken. Dabei kam es vor allem darauf an, auf die Flügel zu vertrauen, den Rest machten sie dann von allein.

»Fünf, sechs Stunden.«

»Das halte ich nicht durch!« Sofort bekam ich Angst.

»Wir nehmen Essen mit. Außerdem verbrauchst du beim Üben hier im Zimmer ständig Kraft, während wir uns draußen zwischendurch von der Luft tragen lassen und dabei neue Kraft schöpfen. Los, üb einfach noch ein bisschen!«

Wir starteten die Patrouille vom Turm unseres Hauses aus. Ich hatte Angst, dass mir andere Senioren dabei zuschauten, denn natürlich behielt man den Himmel über der Stadt immer im Auge. Wir hofften jedoch darauf, dass mein Flug aus der Entfernung nicht allzu stümperhaft wirkte.

Von dem zehn Meter hohen Turm zu springen war kein Kinderspiel. Immer wieder ging ich an den Rand der Plattform, zu der Stelle, wo eine Lücke im Geländer war. Der Steinboden, der im Laufe der Jahre glatt geschliffen worden war, stellte sich als gefährlich rutschig heraus. In den Straßen liefen ein paar Fußgänger, aber niemand achtete auf uns. Nur zwei kleine Kinder, ein Junge und ein Mädchen an der Hand einer älteren Dame, verdrehten hartnäckig den Kopf nach dem Turm und lauerten auf meinen Start. Wahrscheinlich würde ich sie enttäuschen.

»Es wird Zeit, Senior«, drängelte Len. »Mach schon! Wir müssten längst in der Luft sein.«

Ich tastete mich bis ganz an den Rand vor, blieb stehen und versuchte, das Gleichgewicht zu halten.

»Spring!«, zischte Len.

Ich breitete die Arme aus und schloss die Augen. In dem Moment trafen die Flügel die Entscheidung für mich. Sie schlugen auf die Luft ein, die hart wie Beton war – und der Turm verschwand unter meinen Füßen. Ohne die Augen wieder aufzumachen, hörte ich, wie Lens Flügel über mir schlugen und der peitschende Wind mir um die Ohren pfiff.

»Wir haben Flügel!«, schrie Len. Seine Stimme erkannte ich kaum wieder, so glücklich klang sie! »Lass sie machen, was sie wollen, dann fliegst du ganz von selbst! Wir haben Flügel!«

Ich öffnete die Augen. Die Stadt lag tief unter mir, die Menschen in den Straßen konnte ich schon nicht mehr erkennen. Wir stiegen immer höher, bis hinauf zu den paar Schäfchenwolken. Über ihnen hing ein dunkler Schleier.

»Len!«, brüllte ich. Mein Junior schoss durch die Luft, als ob ihn das überhaupt nicht anstrengte. Als er mich hörte, breitete er die Flügel aus und segelte neben mir.

»Können wir über die Wolken steigen, Len?«

Er verstand, worauf ich hinauswollte. »Nein, Danka, die Finsternis tötet uns. Nur die Freiflieger halten sie aus.«

»Aber wenn wir über die Wolken gelangen würden? Ist da die Sonne?«

»Das weiß ich nicht. Wir müssen jetzt Patrouille fliegen, Senior. Mir nach!«

Wir ließen die Stadt hinter uns und erreichten die Gegend, wo wir patrouillieren sollten. Len eilte ständig voraus, kam dann wieder zurück und weihte mich in diverse Geheimnisse ein, die für mich völlig wirr klangen. Ich hörte jedoch gar nicht hin, sondern genoss den Flug.

Vielleicht ist es noch spannender, ohne jedes Hilfsmittel zu fliegen, so wie Peter Pan. Aber das gibt es eben nur im Märchen. Mir machte es jedenfalls auch mit den Flügeln Spaß. Vor allem, weil ich überhaupt keine Höhenangst hatte und es sich anfühlte, als hätte ich schon immer fliegen können.

Unsere Aufgabe war leicht: Wir mussten die Hügel im Norden der Stadt abfliegen und nach Freifliegern Ausschau halten. Falls wir auf einen einzelnen Feind stießen, sollten wir ihn angreifen. Doch entweder hatten wir Glück oder Len hatte unsere Route so geschickt ausgewählt, jedenfalls begegnete uns kein einziger Freiflieger. Im Grunde bedauerte ich das sogar, denn ich hätte mir zu gern mal einen durchs Visier näher angesehen.

Ab und zu hielten wir in der Luft an – landen durften wir während eines Patrouillenfluges nicht – und aßen etwas. Bei solchen Gelegenheiten quetschte ich Len aus.

»Was macht ihr eigentlich in euerm Club, Junior?«

»Ganz bestimmt keinen Wein trinken«, stichelte Len. »Und prügeln tun wir uns auch nicht ... Ansonsten machen wir alles Mögliche. Wir spielen Freiflieger ...«

»Wie geht das?«

»Das ist ganz einfach. Wir sitzen alle an einem Tisch, so etwa zehn Leute, und teilen Karten aus. Jeder schaut sich seine Karten an. Es gibt zwei schwarze Karten, das sind die Freiflieger. Niemand weiß, wer eine schwarze Karte hat, nur diejenigen selbst. Dann schließen wir alle die Augen, damit imitieren wir die Nacht. Die beiden Freiflieger machen die Augen aber wieder auf und wissen jetzt, dass sie zusammengehören. Nur mit Blicken bestimmen sie ein Opfer. Anschließend öffnen alle die Augen und versuchen herauszukriegen, wer von uns die Freiflieger sind, die wir umbringen müssen.«

»Umbringen?«

»Natürlich nicht in Wirklichkeit. Alle rätseln, wer am verdächtigsten wirkt und ein geheimer Freiflieger ist. Dann wird abgestimmt und jemand umgebracht. Zum Spaß. Danach kommt wieder die Nacht, alle machen die Augen zu, aber derjenige, den wir umgebracht haben, ist jetzt Spielleiter. Er hat die Augen offen und ruft nacheinander alle Namen auf. Sobald der Name des Opfers fällt, das die Freiflieger vorhin ausgesucht haben, heben die beiden den Finger. Wenn sie sich vorher richtig verstanden haben und den Finger gleichzeitig heben, heißt es, der Junge ist tot. Dann öffnen alle die Augen, und der Spielleiter sagt, in der Nacht haben die Freiflieger den und den Flügelträger ermordet. Oder aber dass die Freiflieger sich nicht über ihr Opfer einigen konnten und sich auf unterschiedliche Jungen gestürzt haben, die sich gewehrt haben. Wir versuchen wieder herauszukriegen, wer von uns ein Freiflieger ist, stimmen ab, bringen noch jemanden um ...« Len schielte zu mir herüber und fügte vorsichtshalber hinzu: »Natürlich auch diesmal nicht in Wirklichkeit. Dann kommt wieder die Nacht, und die oder der Freiflieger – falls einer schon tot ist – zeigen wieder auf jemanden. Das Spiel dauert so lange, bis wir alle Freiflieger erwischt oder sie alle Flügelträger vernichtet haben. Am aufregendsten ist es natürlich, wenn du selbst Freiflieger bist. Gestern war ich das zweimal und habe mich absolut überzeugend als guter Flügelträger ausgegeben ...«

Das klang wirklich nach einem lustigen Spiel. Wenn ich wieder zu Hause wäre, würde ich es meinen Freunden beibringen. Statt der Freiflieger könnten wir ja Mafiosi nehmen und statt der Flügelträger ehrliche Bürger.

Am Ende unserer Patrouille befanden wir uns etwa vierzig Kilometer vor der Stadt. Zurück bräuchten wir eine halbe Stunde Flug, mehr nicht, vor allem weil wir den direkten Weg nehmen wollten, über die nicht sehr hohen Berge, über denen andere Flügelträger Patrouille flogen. Diese Abkürzung zu nehmen war nicht verboten.

»Wenn wir wieder zurück sind, besuchen wir einen von den Erwachsenen«, teilte Len mir mit. Er flog vor mir und ich konnte ihn gut hören. »Die sollen uns was Anständiges kochen. Es ist nämlich unser Recht, uns nach einem Patrouillenflug bei jemandem einzuladen. Danach …«

Plötzlich bremste er scharf ab und schlug wild mit den Flügeln. Beinahe wäre ich gegen ihn geknallt.

»Da vorn!«, schrie er.

Etwa einen Kilometer vor uns tobte über den Bergen ein Kampf. Zwei Figuren schlugen auf eine dritte ein, bei der es sich, der Größe nach zu urteilen, um einen Freiflieger handelte. Dann war da noch einer, der selbst durchs Visier nur wie ein dunkler Fleck aussah und sich mit heftigen Flügelbewegungen von dem Kampfgeschehen entfernte.

»Die Patrouille hat einen Freiflieger geschnappt«, sagte Len aufgeregt. »Klasse, wie sie den fertigmachen!«

Der Freiflieger, den die beiden Flügelträger in der Mangel hatten, stürzte schließlich auf einen Berg. Ein Flügel bewegte sich noch hilflos auf und ab, der andere war anscheinend kaputt.

»Der ist hinüber«, erklärte Len zufrieden. »Fliegen wir weiter!«

»Und der da?« Ich wies mit der Hand auf den zweiten Freiflieger, der sich immer weiter entfernte, verlor dabei das Gleichgewicht und geriet ins Strudeln. Als ich die Lage wieder unter Kontrolle hatte, hakte ich nach: »Meinst du nicht, dass wir uns den schnappen können, Len?«

»Ist das dein Ernst, Danka?« Mein Junior starrte mich an. »Willst du wirklich einen Kampf?«

Da explodierte ich. Mir war noch allzu gut in Erinnerung, wie ich vor den zwei Freifliegern in die Berge fliehen musste! Mit denen hatte ich noch eine Rechnung zu begleichen!

»Sei nicht so ein Feigling!«, schrie ich Len an und schoss los. Len folgte mir.

Wir näherten uns dem fliehenden Freiflieger und nahmen ihn in die Zange, Len und ich von der einen Seite, die beiden anderen Flügelträger von der anderen. Der Freiflieger bemerkte uns und wollte höher gehen, aber Len holte ihn ein und stieg über die schwarze Figur. Das Schwert hielt er mit beiden Händen gepackt. Der Freiflieger riskierte es nicht, meinen Junior von unten anzugreifen. Len hatte mir bereits erklärt, dass die Position über dem Feind die bessere ist.

Nachdem ich das Schwert aus der Scheide gezogen hatte, flog ich dichter an den Freiflieger heran. Die Flügel trugen mich von selbst in den Kampf. Plötzlich war ich mir ganz sicher, dass ich alles richtig machen würde. Ich würde zu dem Wesen der Finsternis fliegen und es töten. Ja, ich würde es töten, denn diese Wesen ermordeten Menschen. Außerdem hatten sie die Finsternis in diese Welt gebracht. Und schließlich war ich jetzt der Senior in unserem Team. Das Einzige, was mich noch interessierte, war, wie die Freiflieger eigentlich aussahen. Wie ein Vogel, ein Saurier oder so ähnlich wie ein Mensch, wenn auch einer mit einem fiesen Monstergesicht?

Wie dumm ich doch war …

Im Sturzflug ging ich unter den Freiflieger und schoss dann senkrecht nach oben, bis ich auf einer Höhe mit ihm war. Ich glaube, Len war sehr zufrieden mit mir, denn sein Senior hatte eine schöne Attacke geflogen.

Ich wollte angreifen – und erstarrte: Vor mir schwebte ein Mensch wie du und ich in der Luft, von den ausgebreiteten Flügeln mal abgesehen. Der Junge war schon älter und erinnerte mich irgendwie an Shoky, nur dass sein Gesicht nicht von einem durchsichtigen Visier geschützt war wie bei den Flügelträgern. Offen blickte er mir in die Augen – selbst in dieser ewigen Nacht konnte er etwas erkennen!

»Töte mich nicht«, krächzte er. »Töte mich nicht …«

Ich rührte mich nicht. Zum Glück hielten mich die Flügel in der Luft. Mein Schwert hatte ich immer noch auf den Freiflieger gerichtet. Er selbst trug kein Schwert, vermutlich hatte er es beim Kampf verloren.

»Lass mich fliegen«, keuchte der Freiflieger, dessen Stimme im Pfeifen des Windes fast unterging. Wir waren tausend Meter über den Bergen. Ich stellte mir vor, dass ich auf die schwarzen Flügel einschlug und er abstürzte …

»Lass mich fliegen«, wiederholte der Freiflieger. Die beiden anderen Flügelträger, die seinen Partner getötet hatten, kamen immer näher.

»Schlag zu!«, brüllte Len von oben. »Schlag zu, Danka!«

»Los, hau ab!«, zischte ich und senkte das Schwert. Die Verblüffung im Gesicht des Freifliegers entging mir nicht. Es war das Gesicht eines ganz normalen Menschen, allerdings leicht verzerrt, als ob ihn etwas quälte.

»Flieg mit mir!«, flüsterte er. »Komm mit, du bist einer von uns!«

»Nein«, brüllte ich. »Verpiss dich!«

»Du wirst schon noch kommen!«, stieß der Freiflieger hervor und schoss nach unten. Im Sturzflug gewann er an Tempo, irgendwann breitete er die schwarzen Flügel aus und glitt über die Berge davon.

»Das darf nicht wahr sein!«, schrie Len, als er mit mir auf einer Höhe war. »Was hast du dir bloß dabei gedacht, Senior?«

»Aber er ist doch ein Mensch!«

»Er kommt aus der Finsternis! Er ist ein Diener der Finsternis!«

»Er ist genau wie du und ich! Er ist ein Mensch!«

»Das kostet uns beide den Kopf«, sagte Len mit schwacher Stimme. »Danka …«

Über sein Gesicht liefen Tränen. Sofort dachte ich wieder logisch. Konnte ein Diener der Finsternis etwa nicht wie ein Mensch aussehen? Eben!

»Ich hab's genau gesehen!«, schrie jetzt einer der beiden Flügelträger aus dem anderen Team. »Du hast ihn entkommen lassen! Du bist ein Verräter!«

Es war der Junge, der genauso alt war wie Len und ich. Sein Senior, der schon schwerer und langsamer war, blieb hinter ihm zurück.

»Ich kann das erklären!«, schrie ich. Aber niemand hörte mir zu. Jetzt erreichte uns auch der Senior. Es war der Junge, mit dem ich mich gestern Abend geprügelt hatte. Das erstaunte mich nicht im Geringsten. Schließlich kommt ein Unglück selten allein.

»Spielst du mit dem Gedanken, abzuhauen?«, fragte er. In der Hand hielt er eine Armbrust.

»Bestimmt nicht!«, antwortete ich, wobei ich versuchte, mir meine Angst nicht anmerken zu lassen. »Ich kann das alles erklären.«

»Da bin ich aber gespannt! Cheky, flieg in die Stadt! Es sollen alle zum Platz kommen und sich am Galgen versammeln!«

Cheky glaubte anscheinend felsenfest daran, dass sein Senior mich und Len in die Tasche stecken konnte, und flog los in die Stadt.

»Und jetzt setzt euch in Bewegung!«, kommandierte mein Feind. »Beide! Und du, Len, wirst dich gesondert zu verantworten haben.«

Wir kehrten zur Stadt zurück. Unterwegs flog Len zu mir heran. »Ich werde versuchen, ihm die Armbrust zu entreißen«, flüsterte er. »Ich bin schnell, ich schaff das. Dann fliehen wir.«

»Wohin denn?«, entgegnete ich nur. »Keine Angst, uns passiert schon nichts.«

»Bist du sicher?«, fragte Len mit leiser Hoffnung.

»Nur Mut, Junior!«

Ich hatte vor, ihnen die Wahrheit zu sagen. Dass ich aus einer anderen Welt kam, wie ich Len getroffen hatte und wie ich den Freiflieger angegriffen hatte und völlig verstört gewesen war, als ich gesehen hatte, dass er ein Mensch war wie wir selbst.

Erst als wir über der Stadt bereits zum Landeanflug ansetzten, begriff ich: All das durfte ich auf gar keinen Fall sagen. Unter keinen Umständen. Mir würden sie vielleicht noch verzeihen. Aber Len, der mein Geheimnis vor ihnen verborgen hatte, würden sie töten.

In diesem Moment wollte ich nur noch abhauen. Inzwischen hatte uns jedoch ein Dutzend Flügelträger eingekreist, sodass es idiotisch gewesen wäre, zu fliehen – noch dazu bei meiner geringen Flugerfahrung. Wir landeten mitten auf dem überfüllten Platz, auf dem einzigen freien Fleckchen. Daraufhin gingen auch die anderen Flügelträger runter – allerdings mitten in der Menge.

»Mir war von Anfang an klar, was das für ein mieser Typ ist!«, rief unser Aufpasser. »Und ich hatte recht! Heute hat dieser … Senior … einen Freiflieger entkommen lassen! Womit müssen wir da erst morgen bei ihm rechnen?«

Die Menschen auf dem Platz sagten kein Wort. Es waren Senioren und Junioren gekommen, Mädchen und Erwachsene. Okay, Erwachsene gab es nicht so viele. Alle schauten mich an, als ob …

Mir wurde angst und bange. Wie willst du Menschen etwas erklären, die dich hassen und schon vorab ihr Urteil gefällt haben?

»Womit müssen wir morgen bei ihm rechnen?«, wiederholte Cheky. »Mit gar nichts, denn wir rechnen heute mit ihm ab!«

Er lachte aus vollem Hals über seinen Witz. Durch die Menge steuerte Shoky auf mich zu. Die Leute traten sogar zur Seite, offenbar galt er was in dieser Stadt.

»Weshalb hast du das gemacht, Danka?«, fragte er scharf.

Da ich schwieg, hetzte der Senior, dem ich gestern eins

verpasst hatte, weiter. »Der Fall ist doch klar: Entweder ist er ein Feigling oder ein Verräter! Ich glaube, er ist ein Verräter.«

»Halt den Mund!«, fuhr Shoky ihn an. »Danka! Was ist passiert?«

Als ich ihm in die Augen sah, wurde mir klar: Shoky gab mir eine Chance. Zumindest versuchte er es.

»Meine Augen«, stammelte ich zu meiner eigenen Überraschung. »Meine Augen! Ich habe manchmal ... Probleme mit den Augen ... dann sehe ich plötzlich schlecht. Ich bin zu dem Freiflieger geflogen und mit einem Mal habe ich die Orientierung verloren! Danach war er schon auf und davon.«

Mir war plötzlich eingefallen, was wir vor Klassenarbeiten zusammenfantasierten: Mir tut der Kopf weh, ich hab Magenkrämpfe, hab mir den Finger ausgerenkt ... In der Schule klappte das immer.

»Blödsinn!«, schnaubte der Senior und richtete seine Armbrust auf mich.

Aber Shoky wies ihn mit einer energischen Geste in seine Schranken. Dann wandte er sich an Len: »Hast du davon gewusst?«

Len schüttelte den Kopf. Und ihm fiel prompt noch mehr ein. Alle Achtung! »Nein, ich hab das nicht gewusst. Aber irgendwas war mit Dankas Augen. Er hat immer wieder angehalten und sie gerieben ...«

»Glaubt seinem Junior nicht, der ist selbst ein Feigling!«

»Halt die Schnauze, Iwon!«, blaffte Shoky in scharfem Ton. »Unmöglich ist das nicht. Das Wort von Danka und seinem Junior steht gegen das von dir und das von deinem Junior. So kommen wir nicht weiter.«

Seltsamerweise steckte Iwon den Anschiss, ohne mit der Wimper zu zucken, weg. »Ein Flügelträger muss bereit sein zum Flug und zum Kampf«, sagte er, und es klang, als zitiere er die Worte aus einem Buch. »Und wenn ihm die Hand versagt, hackt ihm die Hand ab, und wenn er ein Signal überhört, schneidet ihm die Ohren ab … Erinnerst du dich noch an die Regeln für den Patrouillenflug, Shoky?«

Dieser nickte. Ich verstand zwar nichts von alldem, beschloss aber, die Klärung des Problems gar nicht erst abzuwarten. Ich wollte einfach wegfliegen – und sehen, wie weit ich kam.

Bevor ich meinen Fluchtversuch starten konnte, packte mich jemand bei den Armen. Ein anderer Junge warf sich auf den Boden und umklammerte meine Beine. Ich versuchte gar nicht erst, mich zu wehren. Im Handumdrehen hatten sie mir meinen Flügeloverall ausgezogen, und ich stand nur noch in Unterhosen in der Menge, wieder genau so, wie ich in die Stadt gelangt war. Ohne Kleidung fühlte ich mich gleich noch viel schutzloser. Zum Glück hatte mir wenigstens jemand eine Brille aufgesetzt.

»Du weißt, was das heißt, Danka?«, fragte Shoky. »Das Gesetz verlangt es so.«

Ich hatte zwar kein Wort verstanden, nickte aber trotzdem. »Was passiert mit Len?«, wollte ich wissen.

»Wenn du den nächsten Patrouillenflug nicht mit ihm antrittst, muss er sich einen neuen Senior suchen«, antwortete Shoky mitfühlend.

Wenn ich nicht mit ihm auf Patrouillenflug ging? Also gab es noch Hoffnung? »Len ist kein Feigling, Shoky. Hilf ihm, wenn es geht«, bat ich.

Shoky nickte. »Was wollt ihr hier überhaupt?«, wandte er sich an die Schaulustigen. »Das ist eine Angelegenheit der Flügelträger! Und schafft die Kinder weg, sie haben hier nichts verloren!«

Die Frauen und die kleineren Jungen stahlen sich schnell aus der Menge.

»Wir waren auch einmal Flügelträger«, empörte sich jedoch einer der Männer. »Es ist unser gutes Recht, zu bleiben. Außerdem muss jemand bei dem Jungen sein … Jemand muss sich um ihn kümmern … nachher …«

»Gut«, sagte Shoky widerwillig. »Bist du jetzt zufrieden, Iwon?«

»Vollauf!«, antwortete dieser.

»Hasst du Danka so sehr?«

»Ich hasse die Freiflieger! Und er hat einen von ihnen entkommen lassen!«

Shoky baute sich vor mir auf und langte nach seinem Dolch. Ich wollte mich befreien, aber die beiden anderen Jungen hielten mich so fest, dass ich mich nicht rühren konnte. Was hatte Shoky bloß vor?

»Lasst ihn los!«, schrie Len. »Es war doch alles ganz anders! Danka, sag ihnen …«

»Schweig!«, brüllte ich. »Schweig! Das ist ein Befehl, Junior!«

Len verstummte und presste sich die Hände vor den Mund. Er starrte mich absolut entsetzt an. Wenn Iwons Kumpane mich in dieser Sekunde losgelassen hätten, wäre ich glatt zu Boden gesackt – so weiche Knie hatte ich.

»Warum hast du den Freiflieger entkommen lassen?«, fragte Shoky, wobei er sich ganz dicht an mich heranschob. Meine Lüge hatte er mir also nicht abgekauft.

»Ich konnte ihn nicht schlagen. Er sah dir ähnlich«, gestand ich im Flüsterton. Ich bemerkte, wie mein einziger Freund unter den Senioren erbleichte.

»Dann war es mein Bruder«, sagte er leise. »Aber das ändert auch nichts.«

Iwon trat hinter meinem Rücken hervor, stellte sich neben Shoky und riss mir mit einer raschen Bewegung die Brille von der Nase. Finsternis umhüllte mich. Mist! Jetzt war ich der einzige Blinde unter lauter Sehenden! Um mich herum gab es nur geräuschvolles Atmen und Angst. Angst und noch mehr Angst …

»Lass mich das machen!«, verlangte der unsichtbare Iwon.

»Nein«, wies Shoky ihn ab. »Haltet seinen Kopf fest!«

In dem Moment begriff ich, was sie vorhatten. Ganz genau wusste ich es. Ich zappelte wild los, versuchte mich zu befreien oder wenigstens den Kopf wegzudrehen, aber mehrere Hände hielten ihn wie in einem Schraubstock fest.

»Nein!« Außer zu schreien konnte ich nichts tun. »Nur das nicht! Dann bringt mich lieber um!«

Daraufhin hielt mir auch noch jemand den Mund zu. Ich rammte meine Zähne in die Hand, konnte aber nicht mal den Flügeloverall durchbeißen. In meinem linken Auge explodierte ein brennender, irrer Schmerz, der von dem Stoß mit dem Dolch stammte. Blutrotes Licht loderte auf …

Als sie meinen Kopf das zweite Mal in die Zange nahmen, brach der Schmerz im rechten Auge aus. An das, was folgte, konnte ich mich später nicht mehr erinnern. Denn ich wurde ohnmächtig.

6
Der Wahre Blick

Ich lag zugedeckt da und nichts tat mir weh. Es war ja auch überhaupt nichts Schlimmes passiert. Ich war einfach neben dem Sonnenkater eingeschlafen, Len und ich hatten das Fliegen noch nicht trainiert, wir waren noch nicht Patrouille geflogen, hatten noch nicht …

Halt! Das alles *war* schon passiert!

Als mir der ganze Horror wieder einfiel, schrie ich auf. Eine Hand berührte mein Gesicht.

»Ganz ruhig, mein Junge, ganz ruhig. Hör auf zu schreien. Und versuch, nicht zu weinen.«

»Wo bin ich?«

»Bei mir.« Die Stimme kannte ich nicht. Sofort fügte ihr Besitzer hinzu: »Bei Gert, dem alten Gert. Hast du noch nicht von mir gehört?«

Ich schüttelte den Kopf.

»Das macht nichts, mein Junge. Möchtest du etwas essen? Schließlich hast du erst vor Kurzem einen Patrouillenflug absolviert …«

Aber ich wollte nichts essen.

»Und trinken?«

Gert flößte mir etwas ein, ohne dass ich zu sagen gewusst hätte, was ich da trank. Anschließend streichelte er mir noch einmal über die Wange.

»Wo ist Len?«

»Er ist zu sich … zu euch nach Hause gegangen. Für dich ist es besser, wenn du erst einmal bei mir bleibst, mein Junge. Einen Tag vielleicht, oder zwei …«

»Ist es eigentlich um uns herum dunkel?«, fragte ich.

»Nein«, antwortete Gert nach kurzem Zögern. »Deine Augen sind fest verschlossen.«

»Und wenn ich sie aufmache?«

»Das solltest du besser nicht tun, mein Junge. Ich habe dir eine Salbe aufgetragen, aber wenn du die Augen aufschlägst, kommt der Schmerz zurück.«

»Bleibt das jetzt immer so?«

Gert schwieg.

»Was passiert jetzt mit mir?«

»Wenn ein Flügelträger nicht mehr fliegen kann, erhält er kein Essen.«

Ich lachte hysterisch los. Fliegen? Wenn's weiter nichts ist! Obwohl sie mir die Augen ausgestochen hatten, galt ich also noch als Flügelträger. Schließlich hatte ja nicht ich versagt, sondern nur meine Augen. Okay, ich würde verhungern – falls nicht Len oder ein paar mitleidige Erwachsene mir hin und wieder etwas zu essen gaben …

»Weine nicht«, wiederholte Gert, während er die Tränen von meinen Wangen wischte. »Du verschmierst die Salbe und davon habe ich nicht so viel. Ohne sie kommt der Schmerz zurück.«

Mir doch egal! Ich hob die Hand, brachte es aber nicht über mich, meine fest zusammengepressten Lider zu berühren. In diesem Moment ging die Tür auf und ich hörte Schritte.

Das war es also, was mir noch blieb: Geräusche. Bis in alle Ewigkeit hinein würde ich nur noch das Trippeln von Schritten und rücksichtsvolle Stimmen hören.

»Wie geht's dir, Senior?«, fragte Len leise.

Seiner Stimme nach zu urteilen, stand er neben dem Bett, in dem ich lag. Ich tastete nach seiner Hand und drückte sie fest.

»Weshalb?«, flüsterte ich. »Weshalb hat Shoky das getan? Warum hat ausgerechnet er ... mich blind gemacht?«

Diese Frage ließ mir keine Ruhe.

»Wenn er Iwon den Dolch gegeben hätte, hätte der versucht, dich umzubringen«, antwortete Len mit leiser Stimme. Er warf sich auf mich und fing an zu weinen: »Das ist alles wegen mir! Das ist alles nur wegen mir! Danka ... Ich hätte alles erklären müssen!«

»Dich hätten sie auf der Stelle umgebracht!«

»Ich hätte alles von Anfang an erzählen müssen! Ich bin ein Feigling! Das ist alles nur meine Schuld! Weil ich so ein Feigling bin, Senior!«

»Du solltest diese Worte nicht leichtfertig gebrauchen, mein Junge«, mahnte der alte Gert. »Du bist kein Feigling. Du bist nur nicht für diesen Krieg geschaffen. Wir haben einst einen Fehler gemacht, für den aber jetzt ihr bezahlen müsst.«

»Bist du derjenige, der sich noch an die Sonne erinnert?«, fragte ich, während ich Len in den Arm nahm. Mein Freund schluchzte schon nicht mehr ganz so jämmerlich. Komischerweise hatten seine Tränen mich beruhigt. Aber ich war immer noch der Senior! Deshalb musste ich stärker sein. Und das würde ich auch.

»Ganz richtig, mein Junge. Ich bin einer der Letzten, die sich noch an das Wahre Licht erinnern.«

»Zu dir wollten wir sowieso«, meinte ich. »Len, wo ist der Kater?«

»Ich bin hier«, meldete sich der Kater. Orientierte ich mich an seiner Stimme, schwebte er in der Luft über mir. »Bislang habe ich geschwiegen, weil ich mir erst ein Bild von der Situation machen wollte.«

Seine Stimme klang ernst, aber relativ ruhig. Das ließ mich wieder hoffen.

»Kater! Du hast mich doch damals gesund gemacht! Weißt du noch?«

Der Kater schwieg.

»Träume ich das?«, fragte stattdessen Gert. »Bist du ein sprechender Kater?«

»Weder dass ich spreche noch dass ich leuchte, ist ein Traum«, kanzelte ihn der Kater ab. »Danka, ich kann dir nicht helfen. Das ist ein Ding der Unmöglichkeit.«

Ich seufzte und malte mir aus, wie schön es gewesen wäre, einfach mit Len nach Hause zu gehen und dort eine Kissenschlacht mit dem Kater anzufangen. Ich konnte nichts dagegen tun: Ich fing wieder an zu weinen.

»Meine Kräfte reichen dafür nicht«, entschuldigte sich der Kater. »Wenn ich nur das geringste bisschen Licht hätte, Wahres Licht meine ich, würde ich dich sofort kurieren. Tut mir leid.«

»Aber wenn wir Licht finden, kannst du mir helfen?«

Mein Bett erbebte, als der Kater neben mir landete. Er hatte also gar nicht in der Luft geschwebt – woher hätte er auch die Kraft für einen Flug nehmen sollen? –, sondern Gert hatte ihn auf dem Arm gehalten. Solchen Irrtümern würde ich in Zukunft ständig aufsitzen …

»Sag doch was!«, verlangte ich.

»Eines Tages … vielleicht … werde ich dich kurieren können«, sagte der Kater.

Na, das war ja ein toller Trost! Nun stapfte Gert mit schweren Schritten durchs Zimmer und wühlte anscheinend in einem Schrank, denn ich hatte gehört, wie eine Tür gequietscht hatte und irgendwas verschoben worden war.

»Verzeihst du mir, Danka?«, fragte Len.

»Hör auf damit, Junior«, bat ich. »Wir sind doch Partner.«

»Also, Kinder, wenn ich es richtig verstanden habe, braucht ihr Wahres Licht, oder?«

Ich spürte, wie der Kater aufmerkte und sich in die Richtung wandte, aus der Gerts Stimme kam.

»Ja, um Danka zu retten. Mir selbst würde ein wenig Wahres Licht auch nicht schaden.«

»Len, du bist doch einer von uns«, fuhr Gert fort. »Ich war der Junior deines Urgroßvaters. Damals hat all das angefangen, mein Freund … Du musst doch schon von den Sonnensteinen gehört haben!«

»Das ist doch ein Märchen«, brachte Len mit zitternder Stimme hervor.

»Was heißt hier Märchen?! Zu jener Zeit hatte sich der Nebel noch nicht über uns zusammengezogen. Von Zeit zu Zeit drang die Sonne durch, und die Sonnensteine, die in unseren Bergen abgebaut wurden, speicherten ihr Licht.«

»Aber inzwischen leuchten sie längst nicht mehr«, brachte Len matt hervor. Mir war klar, dass er Angst hatte, sich zu sehr an diese Hoffnung zu klammern.

»Sicher – aber nur, wenn du den Stein in der Dunkelheit aufbewahrst. Legst du ihn dagegen in eine Kiste, die mit Spiegeln ausgekleidet ist, die das Licht zurückwerfen … Was muss ich tun?«

»Stell das Kästchen aufs Bett und öffne es«, befahl der Kater.

Schon im nächsten Moment spürte ich Licht auf meinem Gesicht. Warmes, zärtliches Sonnenlicht! Der Kater schnurrte.

»Weshalb leckt er denn an dem Stein?«, fragte Gert erstaunt.

»Das Wahre Licht ist seine Nahrung«, erklärte Len. »Er braucht neue Kraft. Stimmt doch, oder?«

»Stört mich jetzt nicht«, brummte der Kater. »Wird er lange leuchten?«

»Fünf Minuten vielleicht, schließlich ist es ja bloß ein kleiner Stein«, sagte Gert. »Reicht das?«

»Lassen wir uns überraschen«, meinte der Kater mit einer Stimme, die schon viel kräftiger klang.

Ich selbst lag da und wartete. Gert sagte leise etwas, das sich entweder an mich oder an Len richtete. »Wenn wir schon nicht gewinnen konnten, dann wollten wir wenigstens vor dem Tod noch einmal das Wahre Licht sehen. Jedenfalls war das unsere Überlegung. Keine Sorge, ich habe nicht die Absicht zu sterben. Ich bin auch nicht abergläubisch.«

Irgendwann legte mir der Kater die Pfoten aufs Gesicht und beugte sich über meine Augen. »Salbe! Wie antiquiert!«, schnauzte der Kater verächtlich. »Kräuter und Chemikalien! Halt still, Danka, das tut jetzt weh.«

Seine kleine, raue Zunge schleckte mir über die Lider. Die Prozedur dauerte lange, tat aber überhaupt nicht weh, sondern kratzte nur ein bisschen. Len und Gert schwiegen, als wären sie hypnotisiert worden.

»In Ordnung«, stellte der Kater schließlich fest. »Das dürfte genügen. Natürlich vermag ich die genaue Wirkungsweise nicht zu erklären, ich bin ja kein Arzt. Aber jedenfalls wirst du wieder sehen können.«

»Aber ich sehe überhaupt nichts!«, schrie ich so laut, dass der Kater vor Schreck hochsprang.

»Dann mach die Augen auf«, fauchte er. »Du dummer Junge!«

Da öffnete ich die Augen.

Als ich den Kater sah, konnte er mir nichts vormachen: Seine Miene war freundlich – freundlich und schuldbewusst! Sein Fell leuchtete genauso hell wie früher. An seiner Schnauze klebte Salbe.

Ich blickte zu Gert hinüber. Er war wirklich alt, bestimmt schon sechzig oder siebzig. So alte Menschen hatte ich in dieser Welt noch nie gesehen. Er hatte graue Haare, ein Gesicht voller Falten und trug ein verwaschenes Hemd, dazu aber eine Krawatte, genau wie die Senioren der Flügelträger. Gert schaute mich verlegen an.

Auch Len beobachtete mich, weinte aber leise. Er konnte damit einfach nicht aufhören. Ich wusste aber schon, dass er gleich lächeln und mir versichern würde: *Jetzt ist wieder alles in Ordnung, Senior!*

»Jetzt ist wieder alles in Ordnung, Senior!«

»Das sehe ich auch«, feixte ich. »Jetzt ist wieder alles wie früher, oder?«

»Bestimmt.« Len zuckte unsicher mit den Schultern. Abermals wusste ich schon im Voraus, was er gleich sagen würde. »Nur … deine Augen leuchten so komisch.«

»Das stimmt doch nicht, oder, Kater?«

»Wie dumm ihr alle seid«, brummte der Kater, ohne mit dem Putzen aufzuhören. »Ihr bräuchtet euch bloß mal ein klassisches Gemälde anzusehen, dann würdet ihr feststellen, dass die Augen der Menschen durchaus leuchten können. Oder schaut euch diejenigen an, die euch lieben. Schaut euch ein Kind oder einen Greis an. Das ist das Licht, das in euch selbst leuchtet. Bei den einen funkelt es immer, bei anderen ist es für alle Zeiten erloschen. Ach, ihr Dummköpfe …«

Ich blickte Len an. »Deine Augen leuchten auch«, behauptete ich – wobei ich nur ganz leicht schwindelte.

»Dann reflektieren sie bloß dein Licht«, konterte Len prompt. Er stand auf und wischte sich die restlichen Tränen ab. Offenbar hatte er die ganze Zeit über geweint, nachdem ich blind geworden war. Selbst als er mit mir gesprochen hatte, hatte er geweint, bloß eben lautlos.

»Ich verstehe kein Wort von alldem«, sagte Gert kopfschüttelnd. »Dem Jungen sind die Augen ausgestochen worden. Für ihn gab es keine Hilfe mehr. Den Stein habe ich nur hervorgeholt, um nichts unversucht zu lassen … Sind Sie ein Zauberer?«

»Mit Staunen stelle ich fest, dass Sie glauben, einfache Katzen duzen zu können!«, empörte sich der Kater.

»Während Sie Zauberern gegenüber eine gewisse Höflichkeit walten lassen! Doch das können Sie sich jetzt auch sparen! Darauf kann ich verzichten!«

»Hör mal, ich habe dir das Teuerste gegeben, was ich besaß«, bemerkte Gert ernst.

»Verzeihen Sie«, sagte der Kater sofort. »Das ist mir durchaus bewusst. Aber schließlich bin ich noch klein, da lassen meine Manieren mitunter zu wünschen übrig.«

Gert streckte die Hand aus und nahm den Kater auf den Schoß. Verlegen, wie dieser war, leistete er keinen Widerstand.

»Aber schnurren werde ich nicht, bilden Sie sich das ja nicht ein«, brummte der Kater. »Oder sind wir jetzt doch per du?«

»Gern.«

Nun wandte sich der Kater an mich: »Spazier ein wenig durchs Zimmer, Danka, und sieh dich um. Überzeuge dich, dass alles in Ordnung ist, solange ich noch genug Kraft habe, eventuelle Fehler zu korrigieren.«

Ich stand auf und zog mich an – Len brachte mir Sachen, genau das, was er auch trug: Shorts und ein T-Shirt –, dann wanderte ich durchs Zimmer. Kein Grund zur Klage. Ich sah genauso gut wie früher, sogar …

Sogar besser. Als mein Blick auf den Kleiderschrank in einer Ecke des Zimmers fiel, wusste ich genau, was in ihm war. Obwohl die Tür geschlossen war!

»Gert, in deinem Schrank hängen zwei Anzüge, viele Frauenkleider, rund zehn Hemden von dir, Flügel für einen Senior und ein paar Krawatten. Stimmt's?«

»Mach die Tür wieder zu, du nichtsnutziger Bengel«,

verlangte Gert, ohne sich umzudrehen. Len, der sah, dass ich sie gar nicht aufgemacht hatte, klimperte mit den Augen.

»Ich kann durch Türen hindurchsehen«, sagte ich.

Der Kater machte einen Buckel und sträubte das Fell. »Genau das habe ich befürchtet«, erklärte er besorgt. »Offenbar war meine Behandlung zu viel des Guten … Stört es dich sehr, Danka?«

»Überhaupt nicht«, versicherte ich ihm. »Im Gegenteil! Du kriegst übrigens Besuch, Gert, von einer älteren Dame in einem blauen Kleid.«

»Das ist meine holde Gattin«, stöhnte Gert mit einer Stimme, als wäre er zum Tode verurteilt. »Machen wir uns auf was gefasst!« Ihn schien diese Neuigkeit viel stärker zu beeindrucken als meine fantastischen Fähigkeiten. »Ich habe ihr hoch und heilig versprochen, den Boden zu wischen … O Licht, steh mir bei! Das habe ich völlig vergessen!«

Ich stellte mir vor, wie dieser alte Herr die Ärmel hochkrempelte und mit dem Wischlappen über den Boden kroch, und musste unwillkürlich kichern. Len fing ebenfalls an zu lachen, aber ich glaube mehr aus Solidarität. Nur der Kater machte eine bekümmerte Miene. »Kannst du auch durch diese Wände sehen, Danka? Die sind immerhin aus Stein!«

»Durch Steinwände kann ich nicht sehen«, informierte ich ihn. »Aber durch Fensterläden aus Holz und durch Vorhänge ganz problemlos!«

»Und wie fühlst du dich?«

»Wie neugeboren!«, rief ich und hüpfte zum Beweis

herum. Genau in dem Moment betrat die ältere Dame das Haus.

Zunächst schüttelte sie bloß den Kopf. Dann runzelte sie die Stirn, sah mich an und versuchte, sich einen Reim auf mein Verhalten zu machen.

»Ich habe es noch nicht geschafft, aufzuräumen, Keja, die Ereignisse haben sich überschlagen«, ratterte Gert los. Das war schon komisch – ein erwachsener, ja, sogar schon ein alter Mann, der sich wie ein kleiner Junge rechtfertigte!

»Ich habe gehört, dass du dich um den Jungen kümmerst, der geblendet worden ist, Gert«, brachte die Dame zögernd hervor. »Aber das ... das gibt's doch nicht ... kannst du etwa sehen?«

»Ja«, gab ich zu.

»Gert!« Keja strahlte und fuchtelte wild mit den Händen. »Hat Shoky also doch einen Ausweg gefunden?«

Keiner sagte ein Wort.

»Ich wusste doch, dass unser Enkel zu so etwas nicht imstande ist«, meinte Keja erleichtert. »Und ich törichte alte Frau habe an ihm gezweifelt!«

»Dieser Sicht der Dinge sollten wir uns anschließen«, sagt der Kater nachdenklich. »Schlecht ist die Version ja wahrlich nicht.«

»Du kannst sprechen?«, fragte die Dame erstaunt.

»Mit einer so herzensguten Frau würde selbst ein kleines graues Mäuslein sprechen«, antwortete der Kater galant.

Dieses Katzenkompliment schien Keja ihre Fassung wiederzugeben. Sie schüttelte den Kopf, trat an den Kater heran und beäugte erst ihn, dann Len misstrauisch.

»Er ist kein Bauchredner«, erklärte der Kater.

»Bestimmt nicht«, beteuerte Len.

»Nun gut.« Die Dame hatte jetzt wieder voll die Kontrolle über sich. »Du bist der Junior im Team, stimmt's? Folglich kannst du Kartoffeln schälen. Komm mit!«

Es hätte nicht viel gefehlt und sie hätte Len am Ärmel hinter sich hergezogen.

»So nennt sie das immer: Kartoffeln schälen«, teilte Gert uns mit, während er es sich in einem weichen Sessel am Kamin gemütlich machte. »Vermutlich muss er Kuchenteig kneten ... Wenn mit dir alles in Ordnung ist, Danka, könntest du mir dann meine Pfeife und den Tabaksbeutel geben? Liegt alles auf dem Tisch.«

»Das sehe ich doch«, erklärte ich glücklich.

Während Gert seine Pfeife stopfte, behielt er den Kater und mich im Auge. Der Sonnenkater lag vor ihm auf dem Boden. Ohne lang zu überlegen, hockte ich mich neben ihn.

»Was wollt ihr wissen?«, fragte Gert.

»Wie es dazu kam, dass ihr die Sonne verloren habt«, sagte der Kater entschieden. »Erzählst du uns das?«

»Das ist mit einem Wort gesagt«, antwortete Gert und seine Miene verfinsterte sich. »Wir haben sie verkauft.«

»Wie bitte?«, schrie ich auf.

»Wir haben sie verkauft«, wiederholte Gert. »Jeder ein Stückchen und alle zusammen. Als die Händler das erste Mal zu uns gekommen sind, brachten sie eine Unmenge erstaunlicher Dinge mit ...« Gert seufzte. »Wir hatten jedoch nur wenig, was sie gebrauchen können. Weizen, Obst und Schwerter – all das hat sie nicht interessiert. Wir haben ein einfaches Leben geführt, aber wir wollten so gern ein schönes Leben haben. Ich war damals in deinem Alter, Danka. Noch heute erinnere ich mich, wie sehnsüchtig meine Mutter den Schmuck und die Stoffe betrachtete, die nie zuvor jemand von uns gesehen hatte. Mein Vater hatte sich in ein Schwert verliebt, das durch Stein und Eisen wie durch Butter ging. Er war Soldat.«

Gert zündete die Pfeife an und stieß eine Rauchwolke aus.

»Eines Tages kam meine Mutter von den Händlern mit allem zurück, was ihr Herz begehrte«, fuhr er dann fort. »Sie hatte jenen Teil der Sonne verkauft, der für sie schien. Danach lief sie immer im Halbdunkel, herum, denn das Dämmerlicht hüllte sie ein. Aber das störte sie überhaupt nicht. Selbst mich schreckte das damals nicht. Am Himmel war ja lediglich eine kleine graue Wolke aufgezogen – aber sie sollte meine Mutter für immer von der Sonne trennen. Dann bildeten sich immer mehr Wolken. Dafür brannten in unseren Häusern helle Lampen, im Bad gab es warmes Wasser, wir besaßen gute Waffen, unser Essen war abwechslungsreich und schmackhaft wie nie zuvor. Jemand verlangte von den Händlern, dass sie ihn sein Leben lang mit Essen versorgten, und das machten sie dann auch anstandslos. Alles war so einfach: Wir brauchten bloß ein wenig Licht zu verkaufen, danach konnten wir ein sattes und geruhsames Leben führen. Wie graue Schatten streiften die Menschen durch die Straßen, die letzten Lichtflecke huschten an ihnen vorbei und versuchten, der Finsternis zu entkommen. Denn nicht alle hatten sich durch gutes Essen und schöne Kleidung verführen lassen. Doch irgendwann fand sich selbst für die Störrischsten unter uns eine Ware. Dann verkauften auch sie ihr Licht. Für gute Bücher, von deren Lektüre sie immer geträumt hatten, für schöne Worte, die sie nun sagen konnten, für neue Lieder, die zu hören Freude bereitete.

Viele verkauften auch das Licht ihrer kleinen Kinder. Die konnten ja nicht dagegen protestieren. Den Himmel überzog inzwischen ein grauer Nebel, der sich immer seltener auflöste. An den dunkelsten Stellen entstanden die Türme, in denen die Freiflieger wohnen. Sie griffen uns an und entführten Menschen, die dann ebenfalls zu Freifliegern wurden. Daraufhin erbaten wir von den Händlern das Geheimnis der Flügel, doch wir hatten kein Licht mehr, mit dem wir sie hätten bezahlen können. Dabei mussten wir uns doch wehren! Sie boten an, unsere stärksten Männer als Bezahlung zu akzeptieren. Uns blieb keine andere Wahl. Die Flügel, die unsere Frauen dann herstellten, trugen jedoch nur Kinder, für Erwachsene waren sie zu schwach. Das war das Ende der Geschichte. Als irgendwann alle ihr Licht verkauft hatten, hing nur noch dichte Düsternis über uns. Die Jugendlichen wurden in Junioren und Senioren aufgeteilt und schützen seitdem die Stadt vor den Freifliegern. Die Erwachsenen heuern bei den Händlern an, um ihre Familien zu ernähren. Nur wenige …« Gert lächelte traurig. »… werden in unseren Städten alt. Aber das ist das Leben, an das wir uns gewöhnt haben.«

»Ihr habt also das Licht verkauft und eure Sonne hat aufgehört zu scheinen«, sagte der Kater voller Hohn. »Die Sonne scheint für alle Menschen – aber natürlich nicht, wenn sie die Finsternis wählen ...« Fauchend machte er sich daran, sich zu putzen. Das machte er offenbar immer, wenn er wütend war.

»Gibt es für sie denn gar keine Hoffnung mehr, Sonnenkater?«, fragte ich im Flüsterton. »Kommt das Licht nie mehr zurück? Wenn sie sich bessern, versprechen ...«

»Das haben wir bereits versucht«, sagte Gert und seufzte. »Wir haben die Sonne um Verzeihung gebeten, wir haben die Freiflieger getötet, wir haben Lagerfeuer entzündet, um die Düsterkeit zu vertreiben ... Die Händler haben wir gebeten, uns unser Licht zurückzuverkaufen. Sie haben jedoch geantwortet, das Licht sei bereits weiterverkauft und der Käufer habe nicht die Absicht, es zurückzuverkaufen.«

»Und dieser Käufer, das ist der Herr der Finsternis?«, schlussfolgerte der Kater.

»Das nehmen wir zumindest an«, sagte Gert.

Nun fing der Kater an, nervös im Zimmer auf und ab zu gehen. »Ich habe seinen Turm gesehen«, erklärte er schließlich. »Dort herrscht völlige Finsternis. Es sei denn ... Die Keller ...«

»Was werden wir jetzt tun?«, unterbrach ich ihn.

»Diese Entscheidung musst du selbst treffen«, meinte der Kater, während er zu mir herüberschielte. »Ich verfüge jetzt über ein klein wenig Kraft. Damit könnte ich die Tür für dich wohl öffnen.«

»Wirklich?« Ich sprang auf. »Kehren wir nach Hause zurück?«

»Ich bringe dich nach Hause«, versprach der Kater.

»Und du?«

»Sonnenkater überlassen eine Welt ohne Sonne nicht ihrem Schicksal.«

»Und ich überlasse meine Freunde nicht ihrem Schicksal!«, fuhr ich ihn wütend an. »Aber nachher, wenn wir gewonnen haben, kannst du mich dann nach Hause bringen?«

»Selbstverständlich.«

Gert beobachtete uns nachdenklich und vergaß darüber ganz seine Pfeife, die langsam ausging. »Wenn ich euch richtig verstanden habe«, sagte er, »gibt es dort, wo ihr herkommt, Wahres Licht?«

»Mehr als genug!«, antwortete der Kater stolz. »Dort hat man es noch nicht verkauft! Hoffe ich zumindest.«

»Und ihr wollt uns helfen?«

»Wir werden es versuchen«, sagte der Kater und tat bescheiden. »Ich bringe das eine oder andere fertig – und auch unser Danka ist nicht der dümmste Junge der Welt.«

In diesem Moment kam Len aus der Küche zurück. Er war über und über mit Mehl bestäubt, versuchte, finster dreinzublicken, wirkte aber eigentlich ganz zufrieden.

»Ich habe mir ein Extrastück Kuchen verdient«, verkündete er stolz, während er sich an den Tisch setzte. »Oder gibt es da Einwände?«

Wir waren alle einverstanden. Vor allem weil der Kuchen, den er zusammen mit Keja gebacken hatte, riesig und extrem lecker und mit Erdbeermarmelade gefüllt war. Die Stücke zählten wir nicht. Als jedoch nur noch eines übrig war, wickelte Keja es vorsichtig in Papier ein und legte es beiseite.

»Das ist … für unseren Enkel«, erklärte Gert mit einem

verlegenen Blick auf mich. »Danka, du wirst dich doch nicht rächen, oder? Das tust du doch nicht?«

Ich schwieg. Sie warteten beide auf meine Antwort, Gert und Keja, denn Len hatte ihr inzwischen erzählt, was sich eigentlich abgespielt hatte.

»Damit warte ich, bis wir erwachsen sind«, versprach ich. »Dann werde ich ihm allerdings die Fresse polieren … bei der erstbesten Gelegenheit.«

Der Kater blickte mich streng an.

»Natürlich nur, wenn er sich nicht vorher bei mir entschuldigt«, fügte ich widerwillig hinzu.

Gert streckte die Hand aus und verwuschelte mir das Haar. »Du bist ein guter Junge, Danka«, sagte er zärtlich. »Was auch immer passiert, dir kann die Finsternis nichts anhaben.«

Das Kompliment machte mich verlegen, sodass ich Len zum Aufbruch drängte. Vor der Tür hielt Gert mich zurück und gab mir ein schmales, schwarzes Band.

»Die Flügelträger sollten deine Augen nicht sehen«, erklärte er. »Sonst kommen sie vielleicht auf die Idee, die Strafe noch einmal an dir zu vollziehen. Wir machen kleine Löcher rein und …«

»Das wird nicht nötig sein«, unterbrach ich ihn, während ich das Band am Hinterkopf verknotete. »Das ist ja bloß Stoff. Vielen Dank, Gert. Vielen Dank, Keja, der Kuchen war echt lecker!«

Dann gingen wir zu uns nach Hause. Den Kater trug ich auf dem Arm, und Len führte mich am Oberarm, als wäre ich immer noch blind. Da viele Menschen unterwegs waren, konnte es noch nicht sehr spät sein. Ich betrachtete die Gesichter derjenigen, die uns entgegenkamen. Von den Senioren lächelte uns manchmal einer an. Na ja, oft kam das nicht vor. Aber ein paarmal eben doch.

7
Die Karawane

Shoky besuchte uns erst drei Tage später, bevor Len und ich den zweiten Patrouillenflug antraten. Diese Tage als aufregend zu bezeichnen wäre eine ziemliche Untertreibung. Ich las Unmengen Bücher, darunter auch einige superspannende, jeden Tag trainierten wir das Fliegen, ich brachte Len ein paar Aikido-Tricks bei und sah mir die Bilder an, die Lens Ex-Senior Kurt gemalt hatte.

All das war mit meinem neuen Blick absolut spannend. Ich konnte zum Beispiel zehnmal schneller lesen und wusste oft schon nach den ersten paar Seiten, wie ein Buch endete. Solche Bücher las ich gar nicht erst weiter. Und während ich Len Aikido beibrachte, erkannte ich alle seine Fehler so klar, dass es total einfach war, ihn zu verbessern.

Die Krönung waren aber die Bilder. Ich sah nämlich die Wahren Bilder, und das war, als seien sie offene Fenster in der Wand und nicht bloß bemalte Leinwand. Kurt konnte toll malen, war aber meiner Meinung nach kein sehr guter Mensch. Es gab da zum Beispiel ein ganz rätselhaftes Bild, das *Vor dem Kampf* hieß. Über einem schwarzen, reglosen Meer und unter einer grauen Wolkendecke flogen Freiflieger und Flügelträger jeweils in einer Reihe. Am Horizont verschmolzen sie zu einer einzigen Kette, die ins Unendliche hineinflog. Obwohl das Bild *Vor dem Kampf* hieß, war mir klar, dass keine Schlacht stattfinden würde.

Auf einem anderen Bild stürzte ein getöteter Freiflieger über den Bergen ab. Über ihm schwebte ein Flügelträger, der, wenn ich Len glauben durfte, an Kurt erinnerte. Dieses Bild hieß *Der Sieger*. Der Freiflieger wirkte selbst im Tod stolz und schön. Dagegen war der Flügelträger recht ungelenk gemalt, als habe sich der Künstler geschämt, ihn überhaupt darzustellen.

Es gab noch ein anderes Bild, das mir richtig gut gefiel, das Len aber gar nicht mochte. Das Bild zeigte nämlich Len selbst, der im Schneidersitz in einem Sessel saß und mit gesenktem Kopf zur Seite schielte. Dort waren mit hellen, schönen Farben ein Mann und eine Frau gemalt, die mit einem Glas Wein anstießen. Als Len das Bild betrachtete, erklärte er mit wütender Miene, Kurt habe ständig die Freundinnen gewechselt, aber ihm, Len, habe das überhaupt nichts ausgemacht, weshalb es dumm sei, das Bild *Eifersucht* zu nennen.

Die ganze Zeit über wollte ich Len fragen, wie Kurt eigentlich gefangen genommen worden war, denn inzwischen hatte ich ja einiges über ihn gehört und machte mir so meine Gedanken. Doch vorläufig vertagte ich dieses Gespräch noch.

Unser zweiter Patrouillenflug war für den Abend angesetzt. Seit dem frühen Morgen futterten wir auf Vorrat und flatterten hin und wieder durchs Zimmer, um die Flügel zu lockern.

Als ich Shoky durch die geschlossene Tür erspähte,

suchte ich hektisch nach meiner schwarzen Binde. Am Ende setzte ich mich aber bloß in einen Sessel und schloss die Augen. Len machte Shoky die Tür auf und stellte sich schweigend neben mich.

»Hallo«, begrüßte mich Shoky verlegen.

»Hallo. Wer ist da?«, fragte ich scheu, als wäre ich wirklich seit ein paar Tagen blind. Ich konnte mir diese kleine Rache nicht verkneifen. Währenddessen musterte ich Shoky durch meine fest zusammengepressten Lider. Er biss sich auf die Lippe und sah woanders hin.

»Ich bin's: Shoky.«

»Weshalb bist du gekommen?«

»Also … eigentlich müsstet ihr ja heute Patrouille fliegen … beim Pfad der Karawane …«

»Das wissen wir, Senior Shoky«, sagte ich ungerührt. »Das geht in Ordnung.«

»Aber … wollt ihr denn wirklich losfliegen?« Die Verwunderung in seiner Stimme zu unterdrücken, das schaffte er. Es war sein Gesicht, das seine Verblüffung verriet.

»Selbstverständlich. Mir bleibt ja wohl keine andere Wahl, oder?«

Vermutlich hatte Shoky uns irgendeinen Vorschlag machen wollen, worauf er jetzt allerdings verzichtete. So erfuhr ich nie, wie er mir hätte helfen wollen.

»Was ist mit deinen Augen, Danka?«, fragte Shoky nach einer Weile. »Hat es sehr wehgetan?«

»Du kannst dir nicht ausmalen, wie sehr«, antwortete ich. »Möchtest du es vielleicht mal ausprobieren? Dann nimm deinen Dolch, der hat schon Erfahrung damit.«

Shoky sprang auf und stürzte zur Tür. Dort drehte er

sich noch einmal um. »Du selbst hast diese Strafe dem Tod vorgezogen!«, fauchte er. »Also spare dir deine gemeinen Vorwürfe, Danka! Schließlich habe ich dir geholfen! Wegen mir bist du überhaupt noch am Leben!«

Die Tür knallte zu. Ich schlug die Augen auf und schaute Len verlegen an.

»Das hast du ganz richtig gemacht, Danka«, sagte Len. »Er hat's nicht anders verdient, dieser Hüter der Ordnung!«

Ich widersprach ihm nicht. Aber ich machte mir auch nichts vor: Fair war das nicht gewesen. Shoky hatte wirklich keine andere Möglichkeit gehabt.

»Lass uns zum Turm hochgehen, Len.«

Er folgte mir die Treppe hinauf und steckte mir oben das schwarze Stoffband zu. Mit einem schiefen Lächeln legte ich es an. Als ob das für mich einen Unterschied machte! Ich würde bis zum Horizont alles klar erkennen. Selbst der graue Nebel störte mich immer weniger.

Denn in meinen Augen funkelte das Wahre Licht.

»Fliegen wir!«, sagte ich und stieg in den tief hängenden Himmel auf. Der Wind peitschte uns wie mit scharfen, durchsichtigen Gerten, ich passte genau zwei Böen ab und schlüpfte zwischen sie, damit meine Flügel es leichter hatten.

Len versuchte, es mir nachzumachen. Seine Flügel hackten wie Stöcke auf die Luft ein, denn die Strömung so ausnutzen wie ich, das konnte er nicht. Mein Wahrer Blick war schon klasse!

»Ich habe Flügel!«, schrie ich über der schweigenden Stadt. »Ich habe Flügel!«

Nur mit Mühe schloss Len zu mir auf. Jetzt wurde mir bewusst, wie viel Kraft meinen Junior jeder Flügelschlag kostete, und auch den Schweiß auf seiner Stirn sah ich.

»Du kommst wohl nicht so schnell nach?«, fragte ich. »Wollen wir ein Wettfliegen veranstalten? Ich gebe dir einen Vorsprung!«

Len legte die Flügel an und drehte nach Norden ab, zu dem Gebirgspass, aus dem die Karawane der Händler kommen würde. Lachend folgte ich ihm.

Am Pass holte ich Len ein, tauchte unter ihn und schnappte nach seinen Händen. Ich wollte, dass er lernte, wie man sich von der Strömung tragen ließ. Stattdessen sackte Len jedoch nach unten ab und schaute mich erschrocken an.

»Jetzt kann ich wirklich fliegen, Len!«, rief ich, als wollte ich mich rechtfertigen. »Jetzt brauchen wir vor niemandem mehr Angst zu haben!«

»Ich habe Angst vor dir«, gestand Len leise.

Schweigend umarmte ich ihn, lenkte uns nach unten und bremste unmittelbar über dem Boden ab. Ich stellte meinen Junior auf seine Füße und er legte seine Flügel an. Er stand da wie ein Soldat nach dem Befehl »Stillgestanden!« und starrte mich an, ohne nur einmal zu blinzeln.

»Tut mir leid«, entschuldigte ich mich. »Aber wenn du ... wenn du plötzlich wie ein Vogel fliegen kannst ... dann machst du automatisch ein paar Dummheiten.«

»Ich weiß«, sagte Len ernst. »Gute Flügelträger wechseln manchmal von sich aus zu den Freifliegern über. Sie wollen das Fliegen nicht aufgeben, wenn sie erwachsen werden.«

»Ist Kurt freiwillig gegangen?«, fragte ich.

»Ihm blieb nur noch ein halbes Jahr, vielleicht ein ganzes«, antwortete Len mit einem Nicken. »Er hat mir befohlen, ihm zu folgen, und wir sind auf einem Turm der Freiflieger gelandet. Dann hat Kurt mich gepackt und mir gesagt, wir würden jetzt Freiflieger werden. Das würde gar nichts weiter ändern, nur hätten wir dann halt für immer Flügel und würden die Finsternis nicht mehr fürchten. Er hat immer geglaubt, er wüsste besser als ich, was für mich richtig ist …«

»Len …«

»Aber ich will gar nicht aufhören, Angst vor der Finsternis zu haben! Ich hasse sie!«

Len fing an zu weinen. Ich begriff immer noch nicht, worum es eigentlich ging.

»Und jetzt fängst du auch noch damit an!«, stieß er hervor. »Du willst entscheiden, was für mich am besten ist! Du bist genau wie alle anderen!«

»Entschuldigung …« Mehr brachte ich nicht heraus. »Len, du bist der beste Flieger hier. Gerade deshalb war ich ja ganz aus dem Häuschen, dass ich dich in der Luft einfangen konnte.«

Lens Tränen trockneten sofort und er lächelte mich zaghaft an.

»Sei nicht mehr sauer, Partner«, bat ich.

Ich wusste nicht, warum ich es tat, aber plötzlich schaute ich ihn mit dem Wahren Blick an. Lens Gesicht zitterte, zerfloss und veränderte sich. Nun stand er so vor mir, wie er wirklich war. In dem Moment schämte ich mich ein bisschen für meine Fähigkeit. Eines wusste ich jedoch ganz genau: Niemals würde ich jemandem erzählen, was ich gesehen hatte. Um keinen Preis der Welt.

Dann sprach ich die Worte aus, die jetzt genau die richtigen waren: »Du kannst mir ruhig eine verpassen, Len, weil ich dich erschreckt habe. Aber lass uns trotzdem um die Wette fliegen.«

»Du gewinnst doch sowieso«, meinte Len traurig.

»Da wäre ich mir nicht so sicher«, sagte ich aufmunternd.

»Abgemacht«, antwortete Len, plötzlich hellauf begeistert. »Ja, jetzt zeig mal, was du kannst! Eben bin ich nämlich nicht mit voller Kraft geflogen!«

Wir standen in der Mitte der engen Schlucht, durch die auch die Händler mussten. Gerade als wir aufsteigen wollten, packte Len mich am Arm. »Pst!«

Als ich genauer hinhörte, machte ich ein leises Klackern und Scheppern aus. Die Geräusche kamen näher.

»Die Karawane!«, meinte Len. »Wir haben Glück! Von oben hätten wir sie nicht so einfach ausgemacht, denn die Händler tarnen sich normalerweise.«

»Um vor den Freifliegern sicher zu sein?«

»Um vor egal wem sicher zu sein.«

Als Erster tauchte ein großer Mann hinter einer Biegung auf. Seine braun gefleckte Kluft hatte genau die Farbe der Felsen. Um keine böse Überraschung zu erleben, behielt ich ihn im Auge.

»Das sind die Wachen der Karawane«, beruhigte mich Len. »Hallo!«

Die Hand am Schwert, kam der Begleitsoldat auf uns zu. Drei weitere Männer erschienen auf der Bildfläche, ihnen folgten einige riesige Tiere, die an Büffel erinnerten und schwer bepackt waren.

»Hallo ihr zwei Junioren«, meinte einer der Männer mit einem Hauch von Freundlichkeit in der Stimme. »Warum seid ihr allein?«

»Ich bin der Senior in unserem Team«, klärte ich ihn auf. »Wann werdet ihr die Stadt erreichen?«

Erstaunt sah der Mann mich an. »Woher sollen wir das wissen?«, meinte er kopfschüttelnd. »Wir sind schließlich bloß der Begleitschutz ... zu dem auch du eines Tages gehören wirst, falls du nicht vorher stirbst. Erkundige dich bei den Händlern danach.«

Sofort verlor der Soldat jedes Interesse an uns und marschierte weiter. Seine drei Gefährten umrundeten uns, ohne ein Wort zu sagen, und folgten ihm.

»Sie halten sich für etwas Besseres als die normalen Städter«, zischte Len. »Dabei sind sie nur Sklaven der Karawane! Schau, dort sind die Händler!«

Die Karawane war sehr groß, bestimmt an die hundert Lasttiere, ein Dutzend Soldaten, aber nur drei Händler. Zu meiner Verwunderung erkannte ich auf Anhieb, dass es sich dabei um eine Familie handelte, einen Mann und eine Frau, beide in den Dreißigern, und ein rotblondes, braun gebranntes Mädchen, das ein oder zwei Jahre älter war als ich.

Oh, Wahnsinn! Ich blickte zu Len hinüber, aber der stutzte überhaupt nicht angesichts der Sonnenbräune des Mädchens. Gut, dann würde ich es eben allein rauskriegen, wo sie so braun geworden war. Eine Brille trugen die drei übrigens auch nicht! Wie konnten sie da sehen?

»Hallo!«, rief Len, der sich alle Mühe gab, stolz und wichtig auszusehen. »Gab es unterwegs irgendwelche Zwischenfälle? Haben die Freiflieger euch Ärger gemacht?«

»Wir liegen mit niemandem im Krieg, mein Junge. Selbst mit den Freifliegern nicht.« Der Händler löste sich von den gemütlich trottenden Lasttieren, kam zu uns rüber und schlenderte mit uns weiter. »Was ist mit eurer Stadt? Nimmt sie am Krieg teil?«

Len nickte. Das Gespräch mit dem Händler machte ihm Spaß. Ich lief einfach neben den beiden her und musterte die kleine Kaufmannsfamilie genau.

Sie alle hatten dunkle Haut, eindeutig von der Sonne. Bei dem Mädchen pellte sich sogar die Nasenspitze, sie musste sich einen Sonnenbrand eingefangen haben! Alle trugen ordentliche Sachen, Hosen, die irgendwie an Jeans erinnerten, und knallige Pullover. Das Mädchen und seine Mutter hatten Strickmützen auf, was auch logisch war, denn in den Bergen war es kalt – und an Kälte waren sie nicht gewöhnt, daran bestand gar kein Zweifel. Nur der Mann war bewaffnet, mit einem kurzen Schwert. Anscheinend vertrauten die Händler voll und ganz auf die Soldaten, oder sie mussten noch Waffen dabeihaben, die effektiver als Hieb- und Stichwaffen waren.

Mir gefielen diese Leute nicht! Schon auf den ersten Blick nicht! Vor allem das Mädchen nicht, das grinsend zu Len hinüberschaute und immer wieder mit seiner Mutter sprach, worauf beide jedes Mal gegen einen Lachkrampf ankämpften. Im Vergleich zu den Soldaten in den braunen Tarnanzügen und zu Len und mir mit unseren schwarzen Flügeloveralls sahen die drei wie blöde, reiche Touristen aus, die sich in ein Kriegsgebiet verirrt hatten.

»Möchtest du ein Bonbon?«, fragte der Händler Len. Der nickte heftig. Daraufhin kramte der Händler ein in Papier eingewickeltes Bonbon aus seiner Tasche, das er Len zuwarf, obwohl zwischen ihnen nicht mehr als ein Meter lag. Len sprang vor und fing das Bonbon auf.

»Willst du es, Senior?«, fragte er, indem er sich zu mir umdrehte.

Das Mädchen kicherte schon wieder. Ich ging zu Len, nahm das Bonbon, ließ es fallen und zertrat es.

»Wie bedauerlich«, sagte ich zu dem Händler. »Da ist es mir wohl aus der Hand gefallen.«

Der Händler und ich standen wie angewurzelt da und starrten uns an. Die Karawane zog unverdrossen weiter. Len war ebenfalls wie versteinert und schaute erschrocken zu uns herüber.

»Wir machen nur selten Geschenke«, sagte der Händler schließlich. »Die sollte man nicht ablehnen.«

»Bisher habe ich noch keine Geschenke gesehen«, erwiderte ich. »Nur Almosen. Gute Reise, wir treffen uns dann in der Stadt wieder.«

Daraufhin breitete ich meine Flügel aus und erhob mich in die Luft. Ich hätte mir die Händler vorher noch mit dem Wahren Blick ansehen sollen! Aber das würde ich irgendwann nachholen.

Len holte mich auf dem Weg zur Stadt ein.

»Warum hast du das gemacht, Danka?«, wollte er wissen, sobald er mich erreicht hatte. »Ihre Bonbons sind immer lecker!«

»Du Kind!«, knurrte ich mit einer Wut, die mich selbst überraschte. »Len, begreif doch, man darf sich nicht so von oben herab behandeln lassen!«

»Bind das Tuch um, uns kommt jemand entgegen!«, rief Len mir zu. Ich kochte immer noch vor Wut und hätte ihm beinahe eine gescheuert, band das Tuch dann aber doch um und ließ Len vorausfliegen.

Als ich sah, wer auf uns zusteuerte, vergaß ich Len und die Händler sofort. Da kam Iwon. Ich erkannte ihn an seinem Flug. Der Flügelschlag eines jeden Menschen war für mich inzwischen genauso unverwechselbar wie seine Handschrift.

»Arbeitest du jetzt als Blindenführer?«, spottete Iwon, kaum dass er über uns war. »Das ist eine hervorragende Lösung, Len! Du bist wirklich der ideale Partner für einen Feigling. Und was ist mit dir, Senior aus einer anderen Stadt? Kneift das Tuch nicht?«

Meine Antwort war, dass ich nach oben schoss und ihm meine Schwertspitze an den Hals knallte.

»Du bist doch blind!«, kreischte Iwon, der nicht einmal versuchte, sich wegzuducken. »Du bist blind!«

»Mein Gehör reicht mir«, erklärte ich. »Wie gefällt dir meine Klinge? Ist sie nicht schön scharf?«

»Flügelträger ermorden einander nicht!«, wimmerte Iwon mit weichlicher Stimme. »Halt ihn auf, Len!«

Doch Len schwebte bloß neben uns und genoss die Szene.

»Ihr habt den schönen Brauch, Feiglinge zu bestrafen, Iwon«, fuhr ich fort. »Jetzt werde ich einen neuen Brauch einführen. Nämlich den, Schweinehunde zu bestrafen.«

Ich schlug mit voller Kraft auf ihn ein und hackte ihm den rechten Flügel ab. Hals über Kopf fiel Iwon in die Tiefe. Kurz sah ich ihm nach, dann legte ich die Flügel an und stürzte ihm hinterher.

Ich fing Iwon kurz vor dem Boden ab, packte ihn bei den Haaren und bremste seinen Fall mit einem einzigen Ruck. Danach hielt ich ein paar mit der Wurzel ausgerissene Büschel in der Hand. Iwon quiekte wie ein Ferkel.

»Vergiss das nie«, ermahnte ich ihn, als ich neben ihm landete. »Man sollte sich nicht wie ein Schweinehund verhalten. Niemals. Wiederhol das jeden Morgen. Vielleicht erlebst du dann noch den Tag, an dem du zu schwer für deine Flügel sein wirst.«

Um meinen Worten Nachdruck zu verleihen, schlug ich ihm auch noch seinen linken Flügel ab. Iwon stand bloß da, glotzte mich panisch an und machte keine Anstalten, nach seiner Armbrust zu langen. Schließlich erhob ich mich wieder in die Luft. Und zwar so schnell, dass der Pfeil, den er mir am Ende doch noch nachschoss, mich nicht mehr erreichte.

»Was hast du mit ihm gemacht?«, fragte Len, der am Himmel auf mich gewartet hatte. »Hast du ihn umgebracht?«

»Nein, ich habe ihm die Flügel abgeschnitten. Soll er doch zu Fuß in die Stadt zurückwatscheln!«

»Dann werden sich alle über ihn lustig machen«, meinte Len ernst.

»Das will ich doch hoffen. Glaubst du, er schafft es bis in die Stadt?«

»Warum denn nicht? Entweder kriecht dieser Mistkerl

selbst bis dorthin oder die Karawane liest ihn unterwegs auf. Schließlich befindet er sich auf deren Route.«

»Fliegen wir nach Hause«, schlug ich vor, nachdem ich die letzten Zweifel an meinem Verhalten vertrieben hatte.

Wir landeten auf dem Platz, genau da, wo Shoky mir vor drei Tagen die Augen ausgestochen hatte. Als wir nach Hause gingen, blickten die Leute mir nach. Manche schauten verängstigt, andere erstaunt. Dann begegnete uns Shoky. Schnell legte mir Len mit mitleidiger Miene seine Hand auf die Schulter. Ich blieb stehen und blickte durch das schwarze Tuch hindurch.

»Freut mich, dass euer Patrouillenflug geklappt hat«, meinte Shoky, während er auf uns zukam. »Du kannst vorzüglich fliegen, das habe ich jetzt gesehen. Ich will mich entschuldigen.«

Die Wut, die ich auf ihn hatte, löste sich bei diesen Worten in Luft auf.

»Shoky, Gesetze sind wichtig. Aber man darf sich nicht zum Sklaven der Gesetze machen«, sagte ich. »Sonst machst du dich auch in allen anderen Bereichen zum Sklaven. Über den Bergen haben wir Iwon getroffen. Er hatte Probleme mit seinen Flügeln, sodass er zu Fuß und bestimmt ziemlich spät nach Hause kommt. Mach dir also keine Sorgen.«

»Ich verstehe das alles nicht«, gab Shoky zu. »Wie machst du das, Danka?«

»Die Karawane erreicht die Stadt morgen früh«, informierte ich ihn und tat so, als hätte ich seine Frage nicht gehört. »Ihr könnt also schon mal überlegen, wer diesmal bei ihnen anheuert. Und geht davon aus, dass Len und ich bereits als Begleitsoldaten für die Strecke von hier bis zur Stadt der Händler angeheuert haben.«

»Ihr verlasst uns?«, rief Shoky aus, als traue er seinen Ohren nicht.

»Gehen wir, Junior«, befahl ich Len. Wir gingen weiter.

Nach zehn Metern hielt Len es nicht mehr aus. »Ist das dein Ernst, Danka?«, fragte er.

»Absolut.«

»Aber du hast mich nicht mal gefragt! Vielleicht will ich ja gar nicht weggehen!«

Mir fiel wieder der Len ein, den ich mit dem Wahren Blick gesehen hatte. »Willst du etwa nicht mitkommen?«

Len sagte kein Wort.

»Wir gehen in die Stadt der Händler. Wir knacken alle ihre Geheimnisse. Wir bekommen heraus, wo sie so verdammt braun geworden sind«, sagte ich und malte ihm das Unternehmen in den schillerndsten Farben aus und meine Worte rissen mich selbst mit. »Und wag es jetzt ja nicht, zu lügen – von wegen, du würdest nicht davon träumen, aus dieser Stadt rauszukommen!«

Len antwortete erst, als wir das Haus erreichten: »Stimmt, ich träume davon. Ich mag meine Stadt nicht! Aber ich wünschte, du hättest nicht diesen Wahren Blick bekommen, mit dem du in mir lesen kannst wie in einem offenen Buch! Ich will nicht, dass du alles für mich entscheidest, Danka!«

Als wir das Haus betraten, schwiegen wir beide, jeder mit sich selbst beschäftigt. Len holte das altbackene Brot heraus, schnitt sich etwas ab und fing an, wortlos darauf herumzukauen. Mir stand der Sinn nicht nach Selbstkasteiung, deshalb langte ich nach einem Stück Dörrfleisch und ließ es mir schmecken.

Wir aßen immer noch, als der Kater zu uns stieß. Vermutlich hatte er oben friedlich geschlafen, dann unsere Anwesenheit gespürt und war nach unten gekommen.

»Oh, oh«, bemerkte der Sonnenkater nur, während er auf den Tisch sprang und sich zwischen uns legte.

Eine gute Minute schwieg er und schaute abwechselnd Len und mich an. Es machte mich verlegen, als mir klar wurde, dass auch er in uns las wie in einem offenen Buch. Und ihm entging nichts!

»Ich muss mit dir reden, Len«, eröffnete der Kater ihm streng.

»Warum?«, fragte Len. »Ich habe nichts getan! Ich habe mich nicht mal mit Danka gestritten.«

»Ich muss mit dir reden, weil es zurzeit rein gar keinen Sinn hätte, mit Danka zu sprechen«, fuhr der Kater in unverändert strengem Ton fort. Das Herz krampfte sich mir zusammen. Was sollte das heißen – es hätte keinen Sinn? »Danka macht eine schwere Zeit durch, eine sehr schwere. Er hat ein wenig vom Wahren Licht in sich aufgenommen und ist nun fähig, mit dem Wahren Blick zu sehen. Natürlich hat er prompt beschlossen, in die Rolle des guten Helden zu schlüpfen, der die Wahrheit kennt und besser als alle anderen weiß, was für einen gut ist. Ganz nebenbei möchte er eurer Welt auch noch das Licht zurückgeben.«

»Das stimmt nicht!«, protestierte ich. Doch sobald mir der Kater in die Augen schaute, verstummte ich.

»Du kannst gern hinausgehen«, sagte der Kater. »Schließlich unterhalte ich mich nicht mit dir, sondern mit deinem einzigen Wahren Freund. In seiner Begeisterung bringt Danka einiges durcheinander, Len. Er glaubt, wenn in seinen Augen Licht ist, kann er nichts Schlimmes mehr anstellen. So ist es aber keineswegs. Licht und Finsternis sind bloß Kräfte. Selbst wenn du voller Licht erstrahlst, wird es dich doch nicht davor schützen, Fehler zu machen oder einen niederträchtigen Charakter zu entwickeln.«

»Was muss ich tun?«, fragte Len leise. »Wie kann ich ihm helfen?«

»Verzeihe Danka, wenn er dich beleidigt. Versuche zu verstehen, dass er eigentlich nur dein Bestes will. Er sieht jetzt nämlich alle Menschen so, wie sie im Grunde ihres Herzens sind, aber manchmal muss man sie halt so sehen, wie sie gern sein wollen.«

»In Ordnung«, sagte Len.

»Und noch etwas. Streite dich nicht mit Danka, weil er vergessen hat, dein Einverständnis zu erbitten, denn er weiß ja, dass du einverstanden bist. Aber streite dich mit ihm, wenn er wirklich einen Fehler macht.«

Ohne ein Wort hervorzubringen, nickte Len.

»Und jetzt«, sagte der Kater, während er sich erhob, »gehe ich kurz raus und komme noch einmal herein. Und wenn ich wieder hereinkomme, möchte ich ein anderes Bild vorfinden.«

Als der Kater zurückkam, stand eine volle Schüssel mit Sahne für ihn auf dem Tisch. Len und ich saßen zusammen in einem Sessel.

»Oh, oh«, sagte der Kater auch diesmal. Allerdings in einem ganz anderen Ton! Er leckte probeweise von der Sahne und nickte anerkennend. »Wie habt ihr das gemacht?«

»Die Sahne in die Schüssel geschüttet?«, sagte Len und tat erstaunt. »Och, das war ein Kinderspiel, einfach aus der Kanne in die Schale rein.«

»Hör schon auf, mich zu verschaukeln!«, rief der Kater. »Du weißt genau, was ich meine!«

Len und ich sahen uns grinsend an.

»Es war wirklich nicht schwer«, antwortete ich für Len. »Wir haben uns nur angesehen, dann hat Len die Sahne geholt und ich die Schüssel. Dann haben wir uns hingesetzt und auf dich gewartet.«

»Das habt ihr gut gemacht«, befand der Kater. »Entscheidend ist, dass ihr auf dumme Entschuldigungen verzichtet und auch darauf, euch ewige Freundschaft zu schwören. Insofern können wir jetzt unseren Kriegsrat eröffnen. Dich, Danka, möchte ich dringend ermahnen, vorsichtig mit dem Wahren Blick zu sein.«

»Wir haben die Händler getroffen«, fing Len an. »Sie erreichen morgen früh die Stadt. Danka hat es schon geschafft, sich mit ihnen zu überwerfen.«

»Daran sind sie selbst schuld«, erklärte ich. »Es sind drei, die Soldaten nicht mitgezählt. Ein Mann mit seiner Frau und ihre komische Tochter. Der Mann hat Len ein Bonbon gegeben, indem er es ihm hingeworfen hat wie einem Hund! Da habe ich das Bonbon zertreten. Das Mädchen ist braun gebrannt, sie muss vor Kurzem in der Sonne gewesen sein!«

»Bist du sicher, dass dieser Händler Len beleidigen wollte?«

»Nein, aber …«

»Und ist dir bekannt, dass die Händler auf ihren Schiffen in verschiedene Welten segeln und ihre Kinder deshalb nicht weiß wie Kochfisch aussehen müssen?«

Ich schwieg. Irgendwann senkte ich den Blick. »Vermutlich bin ich ein ganz schöner Idiot«, räumte ich ein. »Ich habe geglaubt, wir bräuchten bloß in die Stadt der Händler zu gelangen und herauszukriegen …«

»… wo sie die liebe, gute Sonne verstecken«, beendete der Kater den Satz mit zuckersüßer Stimme. »Deine Märchen hast du jedenfalls gelesen. Aber in die Stadt der Händler müssen wir tatsächlich.«

»Ja?«, sagte ich und freute mich schon. »Weshalb?«

»Um herauszufinden, wer ihnen das Licht abgekauft hat. Um herauszufinden, weshalb sie nicht mit den Freifliegern im Krieg liegen. Was sie ihnen verkaufen oder von ihnen kaufen. Warum sie angeblich niemanden fürchten. Und weshalb sie trotzdem Soldaten als Begleitschutz brauchen. Die Städte liegen den Händlern quasi zu Füßen, mit den Freifliegern haben sie auch keine Scherereien. Dessen ungeachtet bestehen die Händler auf Soldaten, die die Karawane begleiten.«

»Genau«, sagte ich. »Du hast die Probleme viel klarer benannt als ich, Kater!«

»Das liegt daran, dass ich mich weder ausschließlich auf das Äußere noch ausschließlich auf das Wahre Wesen verlasse«, erklärte der Kater. »Du dagegen hast deine Schlussfolgerungen anfangs nur daraus gezogen, wie die

Händler aussahen, und später ausschließlich aus dem Wesen von Len. Das ist ein Doppelfehler.«

»Danka!«, rief Len plötzlich. »Kannst du wirklich in mir lesen wie in einem offenen Buch?«

Nervös wartete er auf eine Antwort. Da log ich. Wer hört denn schon gern, dass er kein Geheimnis mehr haben kann – selbst wenn es ein Freund ist, der alles von dir weiß. »Was gibt es denn da groß zu entdecken? Dich braucht man nur kurz anzusehen, dann weiß man Bescheid. Da werde ich meine Kräfte doch nicht verschwenden!«

Daraufhin beruhigte sich Len ein bisschen. »Danka hat recht. Wir müssen in die Stadt der Händler gehen«, meinte er schließlich mit einem Seufzer. »Ich wollte da schon lange mal hin ... Nur müssen wir zuerst Shoky fragen, damit unser Haus in der Zwischenzeit an niemand anderen vergeben wird, immerhin habe ich mich daran gewöhnt.«

Mit Shoky reden? Bei der Vorstellung, wie nach unserer heutigen Begegnung so ein Gespräch aussehen würde, schnaubte ich bloß.

»Ich werde mit ihm sprechen«, sagte Len tapfer. »Zwar weiß ich, dass er mich nicht gerade ins Herz geschlossen hat, aber es ist ja eine ehrliche Bitte ... Die wird Shoky mir nicht abschlagen. Ich gehe am besten gleich zu ihm.«

»Nur zu«, spornte der Kater ihn an. »Derweil werde ich mir überlegen, was wir mitnehmen müssen. Du hast doch nichts dagegen, wenn ich einen Blick in deine Schränke werfe?«

»Kein Problem«, meinte Len munter, während er aufstand. »Ach ja, noch etwas … erwartet mich nicht allzu schnell zurück. Ich werde noch bei meiner Mutter vorbeigehen, um mich von ihr zu verabschieden.«

»Was sind wir nur für Dummköpfe«, grummelte der Kater, nachdem Len gegangen war. »Da haben wir völlig vergessen, dass er immer noch ein Junge ist, der eine Mutter hat … Was hast du denn, Danka? Warum weinst du?«

»Du unglückseliger Zauberer!«, heulte ich, während ich mein Gesicht in den Händen vergrub. »Ich habe auch eine Mutter! Und von ihr konnte ich mich nicht verabschieden.«

Zweiter Teil

Die Händler

1
Aufbruch aus der Stadt

Gleich früh am Morgen packten wir unsere Sachen. Wir wollten nur das Nötigste mitnehmen, selbst wenn wir marschierten und nicht flogen. Wir wählten die besten Waffen (das tat Len), warme und gute Kleidung sowie ein wenig Proviant. Und natürlich ein paar neue Flügel für jeden von uns, auf Vorrat.

Die Händler erreichten die Stadt am Mittag. Langsam näherte sich die Karawane dem Platz, die Begleitsoldaten brachten die Tiere dazu, sich hinzulegen, der Händler trat an die auf ihn wartenden Erwachsenen heran und fing gleich mit dem Feilschen an.

Das ist natürlich nur so dahergesagt: Feilschen. Im Grunde diktierte er den Erwachsenen seine Bedingungen, denn diese hatten keine große Wahl. Der Händler schlug vor, ihnen die Hälfte seiner Waren zu überlassen – Lebensmittel, Stoffe und Waffen –, wenn im Gegenzug zehn junge Männer in den Dienst irgendeines Herzogs aus einer anderen Welt träten. Dabei betonte der Händler, dass es in dieser anderen Welt eine Sonne gebe und die Männer Flügel erhielten, die das Gewicht von Erwachsenen tragen könnten. Dann könnten sie wieder wie in der Kindheit fliegen.

Es gab ziemlich viele Freiwillige. Die Erwachsenen

stritten sich sogar, einigten sich am Ende aber doch. Wenn ich es richtig verstand, durften sie nach fünf Jahren zurückkehren, konnten aber auch versuchen, bei jemand anderem anzuheuern beziehungsweise den Dienst beim Herzog noch um weitere fünf Jahre zu verlängern, wobei sie dann nicht umsonst arbeiten müssten, sondern sogar Geld bekämen. Prompt versicherten die meisten Männer, sie würden nach fünf Jahren bestimmt zurückkehren. Das nahm ich ihnen aber nicht ab. Die anderen übrigens auch nicht. Wer würde denn schon die Sonne, Flügel und den Dienst in der Garde eines Herzogs gegen eine dunkle, düstere Welt eintauschen, in der man nicht fliegen kann?

Nachdem die Erwachsenen alles ausgehandelt hatten, luden sie die Hälfte der Waren ab. Das war für uns die Gelegenheit, um an den Händler heranzutreten.

»Wir wollen für Sie arbeiten«, fing ich an.

»Das hätte ich nie für möglich gehalten«, meinte der Händler erstaunt und zog beide Augenbrauen hoch. »Schließlich begegnest du uns nicht gerade mit Respekt, mein Junge.«

»Wir wollen auch nicht lange in Ihren Diensten bleiben«, erklärte ich ihm. »Nur bis wir in Ihrer Stadt sind.«

»Ach ja?« Der Händler schien sich gar keine Mühe zu geben, seine Belustigung zu verbergen. »Und dann?«

»Das entscheiden wir vor Ort. Aber ich glaube, für Flügelträger wird sich auch dort Arbeit finden.«

»Könnte durchaus sein«, meinte der Händler mit einem Kopfnicken. »Weißt du, mein Junge, ich habe den Eindruck, du siehst in uns deine Feinde. Aber genau deshalb werde ich auf dein Angebot eingehen.«

»Glauben Sie etwa, wir werden die Händler dann lieben?«

»Das nicht unbedingt. Aber wir haben so wenig Feinde, dass ich die wenigen lieber im Auge behalten möchte.«

»Eine ehrliche Antwort«, räumte ich ein.

»In unserem Metier lohnt es sich nicht, zu lügen.« Der Händler streckte die Hand aus, als wollte er mir über den Kopf streicheln. Als ich zurückwich, tat er so, als wäre nichts geschehen. »Ich glaube nicht, dass ihr unterwegs etwas zu tun bekommt. Aber trotzdem biete ich euch einen Lohn an: fünf Taler für jeden. Das ist gutes Geld.«

»Sieben Taler für jeden«, verlangte ich. Erstaunt blickte mich der Händler an. »Sieben«, wiederholte ich. »Ich kann schließlich feilschen.«

»Das bezweifle ich zwar, aber von mir aus sechs für jeden.«

»Abgemacht!« Ich streckte die Hand aus und der Händler schlug mit ernster Miene ein.

»In zwei Stunden ziehen wir weiter. In eurer Stadt wollen wir uns nicht lange aufhalten, wir haben es nämlich eilig. Seht zu, dass ihr pünktlich seid, denn ich werde nicht auf euch warten ... Kann ich dir noch eine Frage stellen?«

»Natürlich.«

»In den Bergen hast du keine Binde vor den Augen getragen. Wozu brauchst du sie da in der Stadt?«

Das brachte mich total aus dem Konzept. Ich hatte völlig vergessen, dass ich das Ding in den Bergen abgenommen hatte. Bestimmt sah ich jetzt ziemlich bescheuert aus: Ein Junge mit einer Art Blindenbinde, der sich so verhielt, als könne er alles sehen ... Ob ich ihm antworten sollte, das sei ein Spiel von uns? Aber was gab es hier schon für Spiele, von *Flügelträger und Freiflieger* mal abgesehen? Ich spähte umher, um mich zu vergewissern, dass kein Städter in der Nähe war. Dann zog ich die schwarze Binde ab. »Ist es so besser?«

»Wozu brauchst du die Binde?«

Ich antwortete nicht. Stattdessen schaute ich ihm ins Gesicht – mit meinem Wahren Blick. Doch noch bevor ich mir den Händler genau ansehen konnte, erzitterte dieser, als hätte er einen Schlag gekriegt, kramte hastig eine dunkle Brille aus seiner Jackentasche und setzte sie sich auf. Es war eine Art Sonnenbrille, mit verspiegelten Gläsern.

Durch diese Brille konnte ich nicht hindurchsehen.

»Ist es so besser?«, wiederholte der Händler meine Frage.

»Nein«, antwortete ich und band mir das schwarze Tuch wieder vor die Augen.

»Ich bedaure schon jetzt, dass ich mit dir handelseinig geworden bin«, sagte der Händler. »Bist du vielleicht einverstanden, wenn wir unsere Abmachung wieder vergessen?«

Na, der legte ja eine recht lockere Haltung an den Tag, wenn es darum ging, sein Wort zu halten!

»Nein, damit wäre ich nicht einverstanden!«

»Na gut. Wir brechen in zwei Stunden auf.« Der Händler drehte sich um und lief die Karawane ab. Wie er wohl in der Finsternis etwas sehen konnte? Mit dieser schwarzen Brille auf der Nase! Und wie hatte er das vorhin geschafft, ohne die Brille?

»Wir holen besser gleich unsere Sachen, Len«, sagte ich.

»Wir haben doch noch zwei Stunden …«

»Das glaubst du doch nicht wirklich, oder? Legen wir lieber einen Zahn zu!«

Wir rasten nach Hause. Dort schulterten wir die Rucksäcke (Len stopfte sich auch noch den Kater unters Hemd, denn ihn sollte vorläufig niemand zu Gesicht kriegen) und rannten zurück. Die Karawane setzte sich bereits in Bewegung. Die Begleitsoldaten – und zwar die alten wie auch die frisch angeheuerten – traten die Büffel, damit sie sich erhoben. Der Händler erläuterte den Erwachsenen etwas, die daraufhin erstaunt wirkten. Seine Frau und seine Tochter wanderten bereits die Straße hinunter, die aus der Stadt hinausführte, fast als wollten sie den anderen den Weg zeigen. Ich winkte dem Händler zu. Der tat so, als hätte er mich nicht bemerkt, verabschiedete sich von einigen Erwachsenen per Handschlag und folgte der Karawane.

»Len, komm!«, befahl ich.

»Meinst du nicht, wir sollten fragen, ob wir irgendwie helfen können?«

»Du bist ein schlechter Soldat, Len. Wer halst sich denn freiwillig Arbeit auf? Keine Angst, dieser Typ mit der schwarzen Brille hat uns nicht vergessen. Im Gegenteil, er denkt gerade an nichts anderes als an uns. Gehen wir!«

Wir hetzten der Karawane hinterher, wobei wir mit aller Gewalt den Wunsch unterdrückten, uns in die Luft zu erheben. Niemand verabschiedete sich von uns. Len winkte allerdings ein paar Jungen zu und erklärte mir, Iwons Junior stehe mitten in der Menge mit fassungsloser

Miene. Wahrscheinlich dachte er an seinen blamierten Senior.

An den ersten drei Tagen bekamen wir überhaupt nichts zu tun. Die Karawane zuckelte über die Bergpfade, alle paar Stunden machten wir fünfzehn Minuten Pause. Mittags legten wir eine zweistündige Rast ein, außerdem billigte der Händler allen zehn Stunden Schlaf zu. Die Begleitsoldaten, die von Anfang an mit der Karawane unterwegs gewesen waren, beachteten uns kaum. Sie unterhielten sich nur miteinander, sprachen über Bekannte aus der Stadt – vermutlich die Stadt der Händler – und diskutierten darüber, wohin sie als Erstes gehen würden, wenn sie wieder nach Hause kämen. Die Erwachsenen aus unserer Stadt gaben sich schon freundlicher. Die ganze Zeit über sahen sie mich erstaunt an, denn ich hatte die schwarze Binde nicht abgenommen. Es sprach mich jedoch niemand darauf an.

Abends wurden die Zelte aufgebaut, die Händler und die Soldaten zogen sich in ihre Zelte zurück, abgesehen natürlich von denen, die Wache hielten. Die Männer aus unserer Stadt schlugen zwar ebenfalls Zelte auf, saßen jedoch die halbe Nacht zusammen in einem, wo sie schweren Wein aus einem Lederschlauch tranken, den der Händler ihnen jeden Abend aushändigte. Ihre Gespräche liefen immer wieder auf dieselben Themen hinaus: Wie toll sie damals hatten fliegen können, dass sie in ihrer Jugend wussten, was sie wert waren, und dass sie sich, sobald sie genügend Geld zusammenhätten, ein Häuschen an dem sonnigsten Fleckchen bauen würden, das man sich vorstellen kann. Dass sie irgendwann zurückkehren würden – das erwähnte keiner von ihnen.

Len und ich saßen auch bei den Erwachsenen, still und ein wenig abseits, und lauschten ihren Gesprächen. Sie behandelten uns freundlich, womöglich sogar mit Respekt. Mir wurde erst nach einer Weile klar, dass sich die Erwachsenen ihren eigenen Reim darauf machten, weshalb wir aus der Stadt weggingen. Sie glaubten, wir hätten es satt, gegen die Freiflieger zu kämpfen, und wollten nicht auf das Alter warten, wo man normalerweise mit den Händlern in eine neue Welt aufbricht, sondern schon jetzt unser Glück versuchen.

Den Sonnenkater versteckten wir nicht vor ihnen. Er tat allerdings so, als wäre er ein ganz normaler Kater, er sprach und flog nicht und ließ sein Licht so schwach wie möglich leuchten. In der Stadt hatte es auch Katzen gegeben, und deshalb verdächtigte niemand unseren Kater, ein Zauberer zu sein.

Nachdem wir die Erwachsenen verlassen und uns in unser Zelt begeben hatten, hielten wir einen kleinen Kriegsrat ab. Im Grunde gab es jedoch nichts, was wir durch Reden klären konnten. Wohin wir gingen, wussten wir immer noch nicht. Vor wem wir die Karawane eigentlich beschützen sollten – auch nicht. Die gesamte Familie des Händlers trug jetzt ständig schwarze Brillen, sodass wir sie nicht mit dem Wahren Blick sondieren konnten. Ich hatte mir die Soldaten mit dem Wahren Blick angesehen, dabei aber nichts bemerkt, was uns weitergeholfen hätte – denn hinter ihrer Fassade gab es absolut nichts zu entdecken. Bisher hatte ich immer gedacht, es sei gut, wenn man sein Wesen nicht versteckt, jetzt verstand ich jedoch: Wenn ein Mensch gar kein Geheimnis in sich trägt, weder ein gutes noch ein schlechtes, wirkt er am Ende wie tot.

Am dritten Tag passierte dann endlich was. Zuerst wurden die Begleitsoldaten unruhig. Irgendwann liefen zwei von ihnen weit voraus, kontrollierten alle verdächtigen Punkte entlang des Pfads, während drei andere den Himmel aufmerksam mit Blicken absuchten. Der Händler ging zu den Erwachsenen aus unserer Stadt, sprach mit ihnen und gab anschließend jedem fünf Taler, bei denen es sich um große, runde Scheiben aus einem durchsichtigen Stein handelte, vielleicht Kristall. Die Männer holten ihre Waffen heraus und mischten sich unter die Soldaten der Karawane.

Dann kam der Händler zu mir.

»Wird Zeit, dass ihr euer Geld verdient«, erklärte er mir anstelle einer Begrüßung.

»Dann bezahl uns erst«, erwiderte ich schulterzuckend.

Ohne jeden Widerspruch händigte der Mann mir zehn Taler aus, denen er nach kurzem Zögern zwei weitere hinzufügte. Ich steckte sie in die Tasche des Flügeloveralls. »Und wo sind sie gültig?«, wollte ich wissen.

»In unserer Stadt«, antwortete der Händler, der sich nicht im Geringsten über die Frage wunderte. »Seid ihr einsatzbereit?«

»Ja.«

»Wir kommen jetzt an ein sumpfiges Tal. In seiner Mitte liegt eine kleine Insel, auf der ein Turm steht.«

»Ein Turm der Freiflieger?«

»Ja. Wenn die Karawane den Rand des Tals erreicht, werden die Freiflieger zu uns herüberkommen und ich werde mit ihnen verhandeln. Normalerweise bereiten sie uns keine bösen Überraschungen, aber Vorsicht ist trotzdem angebracht. Deshalb möchte ich, dass ihr beide, du und dein Partner, den Weg durch das Tal überprüft. Das sind etwa zehn Kilometer. Überzeugt euch, dass wir nicht in einen Hinterhalt laufen. Danach kommt ihr beide zurück und passt auf meine Familie auf. Die Freiflieger dürfen euch nicht sehen.«

»Sie handeln also auch mit denen«, stellte ich fest.

»Andernfalls würde uns kein Schutz der Welt helfen. Darüber hinaus lohnt es sich für einen Kaufmann, mit allen Geschäfte zu machen. Das ist nun einmal mein Beruf.«

Es wäre dumm gewesen, es in dieser Situation auf einen Streit anzulegen. Und noch dümmer, ihm seine Profitgier vorzuhalten. Deshalb hüllte ich mich einfach in Schweigen.

»Noch eine Frage, mein Junge. Woher hast du den Wahren Blick?«

»Den haben Sie bemerkt?«, fragte ich zurück.

Der Händler nahm die Brille ab und fuchtelte damit herum. »Das ist Glas, in dem die Finsternis gefangen ist. Bei Licht kannst du mit dieser Brille überhaupt nichts sehen, dafür aber in der Dunkelheit umso besser. Außerdem bemerkst du die dunkle Seite der Menschen damit ganz hervorragend.«

»Dann haben Sie mich sondiert?«, fragte ich verärgert.

»Ich habe es versucht. Doch in deinen Augen liegt

Wahres Licht, und das macht mich blind. Vermutlich stört die Finsternis in meiner Brille dich ebenfalls.«

Mit einem Mal brachte ich ihm eine Art Respekt entgegen. »Stimmt. Und deshalb traue ich Ihnen auch nicht.«

»Das ist dein gutes Recht. Es hat immer wieder Menschen gegeben, die uns, die Händler, für alles Unglück verantwortlich gemacht haben. Sie sind in unsere Stadt gekommen, um dort das Böse aufzuspüren, aber … Aber davon kannst du dich bald mit eigenen Augen überzeugen. Lass dir nur eines gesagt sein: Die Meinung, die du dir über uns gebildet hast, stimmt nicht.«

»Woher haben Sie die Brille?«, hakte ich nach. »Stellen die Freiflieger sie her?«

»Richtig. Und ich handle ja mit den Freifliegern. Gegenstände trifft nie die Schuld für irgendetwas und diese Brille der Finsternis kannst du für sehr gute Zwecke einsetzen. Ich würde auch mit Wahrem Licht handeln, wenn es in dieser Welt noch welches gäbe …«

»Es gibt ja wohl nur deshalb keines mehr, weil Sie es verkauft haben!«, schrie ich.

Daraufhin machte ich auf dem Absatz kehrt und stapfte zu Len. Der Händler mit seiner Moral konnte mir gestohlen bleiben! *Ich handle mit allem, was Profit bringt! Gegenstände trifft nie die Schuld für irgendetwas!* Den Quatsch bekamen wir auf der Erde auch zu hören, wenn Leute Waffen oder Drogen verkauften! Aber gut: Wenn wir erst mal in ihrer Stadt waren, würden wir schon alles rauskriegen!

»Len!«, rief ich, als ich meinen Junior sah. »Willst du deine eingerosteten Glieder etwas lockern?«

»Du willst fliegen?« Er lächelte unsicher.

»Ja. Unser werter Chef hat einen Auftrag für uns.«

Ohne weitere Fragen zu stellen, breitete Len die Flügel aus und erhob sich in die Luft. Mir entgingen die Blicke nicht, mit denen die Erwachsenen ihm nachsahen. Es wunderte mich nicht: Ich an ihrer Stelle wäre auch vor Neid geplatzt.

Indem auch ich die Flügel ausbreitete, eilte ich Len nach. Im Flug riss ich mir sofort das schwarze Tuch von den Augen, stopfte es in die Tasche und spähte umher. Nachdem ich einen günstigen Luftstrom entdeckt hatte, ließ ich mich von ihm tragen.

»Wohin fliegen wir?«, fragte Len, nachdem er sich durch allerlei Luftlöcher gekämpft hatte und zu mir aufschloss.

»Wir checken den Karawanenpfad. Er führt zu einem Tal, wo …«

»… wo ein Turm der Freiflieger steht!«, schrie Len entsetzt.

»Ich weiß. Aber genau da will der Händler hin. Hast du etwa geglaubt, er würde den Rest seiner Waren in eine andere Stadt bringen? Oh nein! Das ist alles für die Freiflieger!«

Len sagte kein Wort mehr und flog den Pfad ab. Ich folgte ihm. Wir hielten uns tief, nur etwa zwanzig Meter überm Boden, um alle Spalten in den Felsen erkennen zu können. Einen Hinterhalt machten wir nicht aus. Mir war das sofort klar geworden, denn mit meinem Wahren Blick hätte ich die in Finsternis gehüllten Freiflieger selbst dann entdeckt, wenn sie sich versteckt hätten.

Als wir aus der Schlucht herauskamen, durch die der Pfad führte, lag vor uns der Sumpf. Genauer gesagt ein Tal, in dem eine dreckige Brühe stand, von der ein scharfer Geruch aufstieg, den wir sogar oben in der Luft rochen.

»Da drüben ist der Turm der Freiflieger«, sagte Len und drosselte das Tempo. Wir schwebten nebeneinander. Ich suchte die Gegend vor uns ab – und sah zum ersten Mal in meinem Leben eine Behausung der Freiflieger.

Mitten im Sumpf lag eine kleine, felsige Insel. Auf ihr erhob sich ein schmaler Turm, der aus dem gleichen grauen Gestein errichtet worden war. Er wirkte gar nicht so düster und dürfte an die vierzig Meter hoch gewesen sein. An der Turmspitze befand sich ringsum eine schmale Plattform, von der aus die Freiflieger vermutlich starteten.

Langsam flogen wir näher. Der Turm wirkte wie tot. Erst als uns nur noch zwanzig Meter von ihm trennten, entdeckte ich die schmalen Fenster. Vielleicht waren das aber auch Schießscharten. Aus ihnen quoll Finsternis.

»Lass uns zurückfliegen, Len«, flüsterte ich. Der Anblick des Turms brachte mich halb um den Verstand.

»Sollen wir denn nicht angreifen?«, fragte Len mit bebender Stimme.

»Wozu das? Der Händler will sich doch gar nicht mit denen anlegen, er hat bloß einen Hinterhalt befürchtet.«

»Aber wir … wir kämpfen doch gegen sie!«

»Len, die Einnahme von einem einzigen Turm entscheidet nicht über Sieg und Niederlage in diesem Krieg. Wie viele Freiflieger hocken wohl da drin?«

»Ich weiß nicht. Manchmal leben sie allein, manchmal zu mehreren …«

Von dem Turm ging Kälte aus. Außerdem spürte ich einen Blick, einen finsteren Blick voller Hass, der die Nacht durchbohrte. Als ob in einer der Schießscharten die schwarze Brille des Händlers funkeln würde.

»Fliegen wir zurück!«, schrie ich und machte kehrt. Len schlug mit den Flügeln und stieg höher. Gerade rechtzeitig. Aus der Schießscharte, in der ich diesen Blick wahrgenommen hatte, pfiff ein kurzer Pfeil heraus. Er hätte Len getroffen, wenn der nicht eben seine Position gewechselt hätte, und segelte dann in den Sumpf.

Mit einer Höllengeschwindigkeit schossen wir vom Turm weg. Auch Len hatte jetzt offensichtlich genug. Diesmal passte er sogar geschickt einen Luftstrom ab – fast als hätte ihm die Angst den Wahren Blick verliehen – und ich holte ihn erst über den Felsen wieder ein. Mit angelegten Flügeln jagten wir über die Schlucht zurück zur Karawane.

»Wie ich die hasse!«, rief Len mir zu. »Ich hasse sie einfach, Danka! Meinst du, dass sie sterben, wenn wir das Licht wiederhaben?«

»Ich weiß es nicht«, rief ich zurück. »Vielleicht können sie rechtzeitig abhauen. Vielleicht sterben sie aber auch. In ihnen wohnt die Finsternis, deswegen müssen sie das Licht fürchten ...«

Im Gleitflug landeten wir mitten in der Karawane. Ich bemerkte, dass einige der Begleitsoldaten mit ihrer Armbrust auf uns zielten, zumindest so lange, bis sie uns als Flügelträger erkannten.

Der Händler kam mit raschen Schritten auf uns zu.

»Die haben aus dem Turm heraus auf uns geschossen!«,

fuhr Len ihn an. »Und Sie wollen mit denen Geschäfte machen!«

»Weshalb seid ihr überhaupt in die Nähe des Turms geflogen?«, wollte der Händler wissen. »Das habe ich nicht von euch verlangt, Jungs. Ihr solltet lediglich den Pfad überprüfen.«

Len gab klein bei. Flügelträger schienen es mit der Disziplin ja sehr genau zu nehmen.

»Ich fürchte, damit habt ihr ein großes Probleme heraufbeschworen«, fuhr der Händler fort. »Aber gut, das lässt sich jetzt nicht mehr ändern. Du, Junior, wirst auf meine Tochter aufpassen, und du …« Er nickte mir zu. »… auf meine Frau.«

Diese Aufteilung sollte mir recht sein. Rasch zogen Len und ich uns zurück, damit wir uns nicht noch weitere Kritik einfingen. Len blickte noch einmal wütend zu dem Händler hinüber, der bereits mit den Soldaten sprach, knöpfte den Flügeloverall auf und holte den Sonnenkater heraus.

»Sieh an, du hast uns Gesellschaft geleistet!«, sagte ich verblüfft.

»Du staunst?«, erwiderte der Kater mürrisch, nachdem er auf den Boden gesprungen war. »Ich habe auch gestaunt – als jemand ohne mein Einverständnis in die Luft stieg und mich dabei immer noch im Overall trug. Mir blieb nichts anderes übrig, als euch zu begleiten, mich an der Landschaft zu ergötzen, an den sumpfigen Düften und eurem rasanten Rückflug.«

»Tut mir leid«, murmelte Len verlegen. »Aber was sollen wir denn jetzt machen?«

»Genau das, was der Händler euch befohlen hat. Schließlich steht ihr in seinen Diensten. Und mir gönnt unterdessen das Vergnügen, mich ein wenig aus eigener Kraft zu bewegen.«

Der Sonnenkater schlängelte sich zwischen den gemütlich trottenden Tieren hindurch und verschwand in die Berge. Doch wie sehr er sich auch anstrengen mochte, sein Fell leuchtete immer noch ein wenig. Nur gut, dass im Moment alle beschäftigt waren.

»Gehen wir, Junior«, sagte ich. »Kümmern wir uns um den Schutz von Frauen und Kindern!«

»Du hast gut reden«, zischte Len. »Diese … Händlertusse … die wird dich nicht mal anschauen! Aber die Tochter wird mir schon nach fünf Minuten zum Hals raushängen.«

Doch da sollte Len sich irren. Keine Ahnung, wie schnell er von dem Mädchen die Nase voll hatte, aber mir raubte die Frau des Händlers in kürzester Zeit den letzten Nerv.

Als ich zu ihr kam, legte sie gerade ihre Waffen an. Aus einem Beutel hatte sie ein kurzes, breites Schwert ohne Scheide gezogen, das sie an einer Schlaufe ihres Gürtels befestigte. Anschließend betrachtete sie nachdenklich zwei Dolche. Offenbar wog sie ab, welches der bessere sei.

»Ich werde für Ihren Schutz sorgen«, erklärte ich ihr, wobei ich selbst merkte, wie dämlich meine Worte klangen.

Die Händlerin sah mich an, knüpfte beide Dolche an ihren Gürtel und antwortete: »Wenn du meinst.«

Wie ein absoluter Vollidiot trottete ich hinter ihr her. Nach ein paar Schritten drehte sich die Frau noch mal zu mir um. »Wie alt bist du, mein Junge?«, fragte sie.

»Dreizehn.«

»Da musst du ja schon eine ungeheure Kampferfahrung haben, oder?«

»Nein, noch nicht so viel.«

»Gibt es denn nicht etwas, das du lieber machen möchtest als kämpfen?«

»Ja, den Befehl verweigern!«, stieß ich hervor.

»Oho!« Die Händlerin brach in Gelächter aus. »Du bist nicht ohne, junger Mann. Hat Reata auch so einen Beschützer?«

»Was?« Ich begriff nicht, wovon sie redete.

»Reata. Meine Tochter. Hat sie auch Schutz bekommen?«, wiederholte die Frau, als spreche sie mit einem Schwachkopf.

»Ja. Len passt auf sie auf.«

»Kinder ...«, seufzte sie mitleidig. »Dabei müsste man doch eigentlich auf euch aufpassen ... Lassen eure Mütter euch denn einfach so ziehen?«

»Was geht Sie das an?«, giftete ich. »Spielen Sie hier nicht die große Wohltäterin! Unser Blut, das ist es doch, wovon ihr Händler dick und fett werdet! Am liebsten würde ich euch allen ins Gesicht spucken!«

»Du armer Junge!«, sagte die Frau. »Keine Sorge, ich nehme dir das nicht übel.«

Sie ging weiter, ich stapfte ihr nach, wobei ich auf sie, mich selbst und sogar auf Len wütend war. Es dauerte ewig, bis die Karawane die Schlucht durchquert hatte und endlich am Rand des Sumpfs haltmachte. Freiflieger waren nirgends zu entdecken. Wir warteten.

»Warum trägst du eine so merkwürdige Brille?«, fragte mich die Frau plötzlich. Im ersten Moment begriff ich nicht mal, dass sie das schwarze Tuch meinte, das ich mir vor die Augen gebunden hatte. Es erinnerte wirklich an die Brillen der Flügelträger, nur dass du eben nichts dadurch siehst.

»Das ist das neueste Modell«, behauptete ich. »Das haben wir selbst entwickelt, ohne eure Hilfe.«

»Und kann man damit gut in der Dunkelheit sehen?«

»Ganz hervorragend! Wie können Sie eigentlich ohne Ihre schwarze Brille sehen?«

»Ich trage Linsen«, erklärte mir die Frau. »Sie funktionieren wie eine Brille, werden aber direkt auf das Auge gesetzt.«

»Ich weiß, was Kontaktlinsen sind«, erwiderte ich. Insgeheim war ich etwas enttäuscht: Mehr steckte also nicht hinter dem Sehvermögen der Händler!

Die Frau sah mich verwundert an, sagte jedoch kein Wort. Schließlich wandte sie sich dem Turm zu.

»Offenbar kommen sie jetzt zu uns … Siehst du sie auch?«

Das tat ich. Die verschwommenen Schatten der Freiflieger ließen sich von der Turmspitze in die Tiefe fallen, breiteten die Flügel aus und steuerten auf uns zu. Normalerweise hätte ich sie noch nicht erkennen können, dazu stand der Turm zu weit weg, doch ich hielt mit dem Wahren Blick Ausschau …

Es waren mindestens ein Dutzend. Jeder hielt einen

funkelnden Metallgegenstand in Händen … Nein, das stimmte nicht ganz: Dieser Gegenstand schien zu funkeln, gleichzeitig aber auch völlig schwarz zu sein. Was war das schon wieder für ein Teufelsding?

»Fliegen die immer mit ihren Schwertern in der Hand?«, fragte ich mit zittriger Stimme.

»Manchmal schon«, antwortete die Frau. »Du brauchst keine Angst zu haben.«

»Die haben aber seltsame Schwerter«, meinte ich, ohne mir Gedanken darüber zu machen, dass meine Unwissenheit verdächtig wirken könnte. »Als wären sie aus … blendender Dunkelheit gemacht …«

»Was sagst du da?!« Die Frau des Händlers packte mich bei den Schultern, starrte mir ins Gesicht und war anscheinend kurz davor, mir das schwarze Band runterzureißen. Dann wandte sie sich wieder ab. »Sie tragen die Schwerter der Finsternis!«, schrie sie. »Sie greifen an! Zu den Waffen!«

2
Die Entscheidung

Als die Freiflieger über die Karawane herfielen, wusste ich nicht, was ich eigentlich tun sollte. Jemanden beschützen – das sagt sich so leicht! Wie sollte das aussehen, im Falle eines Angriffs aus der Luft? Sollte ich selbst hochfliegen? Aber wenn ich knapp über dem Boden herumschwirren würde, böte ich das ideale Ziel für die Freiflieger. Wenn ich dagegen höher steigen würde, bliebe die Frau des Händlers ohne Deckung.

Und egal, wie sauer ich auf sie war, sie blieb nun mal ein Mensch – den zu verteidigen ich versprochen hatte.

Deshalb blieb ich einfach neben ihr stehen. Die Begleitsoldaten und die Männer aus der Stadt schossen mit ihren Armbrüsten auf die Feinde. Besonders viel brachte das nicht, es war schwer, mit diesen klobigen Pfeilen ein bewegliches Ziel am Himmel zu treffen. Immerhin trauten sich die Freiflieger nicht näher an uns heran. Sobald sie versuchten, die Packsäcke von einem der Tiere zu ziehen, wurden sie sofort von mehreren Männern angegriffen. Die Tiere selbst reagierten nicht auf den Angriff; vermutlich hatte man ihnen beigebracht, nicht vor den Freifliegern zu erschrecken. Langsam beruhigte ich mich wieder, denn offenbar hatten die Freiflieger nur ein Ziel: ein paar Säcke mit Waren zu klauen.

Die Frau des Händlers war aber wohl anderer Ansicht. Kampfbereit stand sie da, das blanke Schwert mit beiden Händen gepackt. »Junge, wo ist Reata?«, schrie sie.

»Woher soll ich das wissen?«

»Wo sind Reata und dein Freund? Finde sie!«

»Ich habe den Befehl, Sie zu beschützen«, antwortete ich. In dem Moment sah ich, wie zwei Schatten vom Himmel auf uns herunterschossen. »Achtung! Weg!«

Wir stürzten in unterschiedliche Richtungen davon und zwischen uns setzten die Freiflieger hart auf dem Boden auf. Sie trugen Masken vorm Gesicht, sodass ich nicht erkennen konnte, wie alt sie waren. Ihrem Körperbau nach mussten sie aber schon erwachsen sein.

»Keinen Widerstand!«, warnte mich der Freiflieger, der auf mich zukam. »Macht, was wir sagen!«

Der andere trat an die Frau des Händlers heran. Ihr furchtloses Lächeln und die Geschicklichkeit, mit der sie das Schwert bewegte, signalisierten mir jedoch, dass die Freiflieger kein leichtes Spiel mit ihr haben würden. Ich breitete die Flügel aus und stieg in die Luft.

Darauf hatte mein Gegner anscheinend nur gewartet. Mit einem seltsamen, lang gezogenen Schrei setzte er mir nach. Er schlug heftig, aber ungeschickt mit den Flügeln und kämpfte sich durch den Abwind. Was für ein Idiot! Ich zückte mein Schwert und attackierte meinen Feind.

Er quittierte meinen Angriff mit seiner Klinge aus lodernder Finsternis. Mit einer verzweifelten Bewegung fuhr ich herum, sodass das Schwert des Freifliegers zum Glück nur den linken Flügel traf.

Niemals hätte ich vermutet, dass du den Schmerz eines

verletzten Flügels spürst! Mir kam es vor, als ob das Schwert der Finsternis direkt meinen Arm getroffen hätte und meine Schulter abgesäbelt worden wäre! Mit letzter Kraft stieg ich höher, brachte einen sicheren Abstand zwischen mich und den Freiflieger und riss mir das schwarze Tuch von den Augen. Jetzt musste mir der Wahre Blick uneingeschränkt zur Verfügung stehen!

Der Freiflieger nahm entschlossen die Verfolgung auf. Allerdings befand er sich in einer miserablen Position, nämlich unter mir. Dafür konnte wiederum mein Schwert mit seiner Monsterwaffe nicht mithalten. Ich breitete die Flügel aus und starrte den Freiflieger an, wobei ich versuchte, seine Bewegungen zu erahnen. Unsere Blicke trafen sich.

Mit einem entsetzten Schrei ließ der Freiflieger sein Schwert fallen, hielt sich die Hände vors Gesicht und stürzte in die Tiefe. Erst kurz über dem Boden breitete er die Flügel aus und flog unsicher und ruckelnd über den Sumpf zum Turm.

Ich jagte ihm nicht nach. Stattdessen eilte ich der Frau des Händlers zu Hilfe. Aber sie schien meine Hilfe nicht zu brauchen. Mit ihrem kurzen Schwert wehrte sie jeden Schlag des Freifliegers ab. Der stolperte bereits zurück. Als er das Schlagen meiner Flügel hörte, drehte er sich nach mir um. Prompt griff die Frau des Händlers nach einem ihrer Dolche und warf ihn nach ihrem Gegner.

Leise aufwimmernd schlug der Freiflieger mit den Flügeln, als wolle er sich gleich in die Luft erheben. Das gelang ihm jedoch nicht. Wie ein Sack Kartoffeln plumpste er zu Boden. Die Klinge war ihm zwischen den Schulterblättern eingedrungen. Ich hatte den Eindruck, als würde aus seiner Wunde wässriger Rauch aufsteigen. Der Freiflieger krampfte sich zitternd zusammen und verstummte.

Genau in diesem Moment erfüllte Flügelschlagen die Luft. Die Freiflieger, die bis eben noch mit den Soldaten gekämpft hatten oder als schweigende Schatten tief über der Erde gekreist waren, stiegen nun alle zugleich auf und zogen sich zum Turm zurück.

»Es ist doch immer dasselbe«, meinte die Frau mit ruhiger Stimme. »Man braucht bloß einen von ihnen auszuschalten, dann geben sie auf …«

Ich sah erst sie an, dann den toten Freiflieger. Der schien zu verschrumpeln, mit dem Boden zu verwachsen, seine aus Finsternis bestehenden Flügel fielen ab und legten sich in weichen Falten um den Körper.

»Haben Sie etwa schon mal gegen sie gekämpft?«, fragte ich erstaunt.

»Ja. Gleich versteinert er.«

»Was?«

»Er verwandelt sich in einen Stein. Du hast mir gut beigestanden, mein Junge. Wie heißt du eigentlich?«

»Danka.«

»Diesen Namen habe ich noch nie gehört. Ich bin Garet.«

»Freut mich, Sie kennenzulernen«, brummte ich, während ich den abziehenden Freifliegern nachsah. Die Männer um uns herum riefen sich laut etwas zu, jemand lachte. Offenbar hatten wir keine Verluste zu verzeichnen.

»Sie fliegen nicht gerade rasant davon, diese Mistkerle«, sagte die Frau des Händlers. »Bestimmt schleppen sie sich mit ein paar Packsäcken ab!«

»Und was passiert jetzt?«, fragte ich.

»Wir warten, bis sie zurückkommen, um das eigentliche Geschäft mit ihnen abzuschließen.«

Mir blieb die Luft weg. »Sie wollen immer noch mit denen handeln?«

»Aber sicher. Krieg ist Krieg und Geschäft ist Geschäft. Hin und wieder stellen sie unsere Widerstandskraft auf die Probe und wollen sich um die Bezahlung drücken.« Garet spuckte wie ein Mann aus und fuhr amüsiert fort: »Aber da haben sie sich verkalkuliert. Mein Mann wird jetzt die Preise heraufsetzen, und sie werden nicht einmal daran denken, dagegen zu protestieren.«

Als ich kurz zu dem Freiflieger hinüberblickte, den sie getötet hatte, stellte ich erstaunt fest, dass er bereits völlig versteinert war. Er hatte sich in einen spiegelglatten schwarzen Brocken verwandelt, der aber immer noch die Konturen des Körpers zeigte.

»Was ist mit deinen Augen, Danka?«, fragte die Frau mit einem Mal. »Leuchten sie oder spielen mir meine Linsen einen Streich?«

»Sie leuchten«, antwortete ich, während ich das schwarze Tuch aus meiner Tasche kramte.

»Hängt damit auch zusammen, dass du ohne Brille sehen kannst?«

»Das geht Sie nichts an«, sagte ich und marschierte an den Büffeln vorbei, die unruhig auf der Stelle traten. Wie es wohl Len ergangen war?

Mir kamen einige Soldaten entgegen, aber da ich meine

Binde bereits wieder angelegt hatte, fiel niemandem etwas an mir auf. Einer blickte mir zwar nach, allerdings nicht feindselig, sondern eher besorgt und schuldbewusst.

Den Händler und seine rothaarige Tochter fand ich am Rand des Sumpftals. Sie stritten sich heftig, der Händler hielt seine Tochter am Oberarm gepackt, die ihrerseits mit allen Mitteln versuchte, die Hand abzuschütteln.

»Mit Ihrer Frau ist alles in Ordnung«, sagte ich, als ich auf den Händler zuging.

Er nickte, dann zog er sofort die Brille aus der Tasche, um sich vor dem Wahren Blick zu schützen. Mir kam das komisch vor.

»Was ist passiert?«, fragte ich.

»Reata wäre beinahe entführt worden!«, schimpfte der Händler.

Ich ging sofort zum Gegenangriff über: »Aber sie ist nicht entführt worden! Also können Sie uns nichts vorwerfen!«

Der Händler erwiderte kein Wort, seine Tochter schniefte bloß. In dem Moment fiel bei mir der Groschen.

»Wo ist Len?«, zischte ich, auf einmal starr vor Wut.

»Erzähl's ihm!«, verlangte der Händler von seiner Tochter, indem er ihr auf die Schulter klopfte. Er behielt mich fest im Auge und fuhr fort: »Es tut mir sehr leid, das kannst du mir glauben. Ich weiß, was es heißt, einen Freund zu haben, vor allem für euch Flügelträger.«

Schweigend sah ich Reata an.

»Wir haben uns ganz ruhig verhalten«, brummte diese, ohne aufzusehen, »und Len hat mich die ganze Zeit genervt, dass ich vorsichtig sein soll. Ich war so wütend auf ihn und bin weggelaufen ...«

»Wo ist er, du blöde Kuh?«, brüllte ich.

»Die Freiflieger haben ihn mitgenommen, Danka«, sagte das Mädchen. Seufzend gestand sie mit einem merkwürdigen Stolz: »Er hat mich wirklich tapfer verteidigt.«

»Woher weißt du, wie ich heiße?«, wollte ich wissen.

»Er hat deinen Namen gerufen, als sie ihn weggeschleppt haben«, antwortete Reata. Und mit einem weiteren Seufzer fuhr sie fort: »Ich hätte mich nicht von der Karawane entfernen dürfen ...«

Ich spürte, wie alles in mir drin gefror. Ich legte eine Hand auf mein Schwert und baute mich vor dem Mädchen auf. Was das eigentlich sollte, wusste ich selbst nicht.

»Nimm dich in Acht, Flügelträger«, warnte mich der Händler leise. »Mach jetzt keinen Fehler.«

Ich starrte ihn an. In dem Moment leuchtete zwischen uns ein blendender Fleck auf. Der Sonnenkater war auf einen Felsbrocken vor mir gesprungen.

»Er hat recht«, ermahnte er mich. »Mach jetzt keinen Fehler.«

Reata schrie auf und der Händler wich einen Schritt zurück. Selbst wenn ihnen der Kater schon vorher aufgefallen sein sollte, dann hatte er da bestimmt nicht geleuchtet oder gesprochen. Aber die beiden interessierten mich gerade überhaupt nicht.

»Du wagst es noch, mir gute Ratschläge zu geben?«, fuhr ich den Kater an. »Wo hast du eigentlich gesteckt? Warum hast du Len im Stich gelassen?«

Der Kater fuhr sich mit der Pfote über die Schnauze

und nickte. »Ich akzeptiere den Vorwurf. Ja, es ist meine Schuld. Also bestrafe mich – und nicht dieses dumme Mädchen. Vor allem da ihr Vater dir wohl kaum gestatten würde, handgreiflich zu werden.«

Ich setzte mich auf einen Felsblock und fing an zu weinen. Da mich das Tuch störte, nahm ich es einfach ab und warf es auf den morastigen Boden. Nie wieder würde ich mich vor jemandem verstecken! Nie wieder! Ich hasste sie alle, sowohl die Freiflieger als auch die Flügelträger und die Händler!

Außerdem begriff ich überhaupt erst jetzt, dass ich einen Freund hatte. Einen Wahren Freund, denn wir hatten gemeinsam unser Leben riskiert ... Wir waren wie Brüder, denn Brüder können sich auch streiten und prügeln, aber sie werden sich immer lieben.

Und jetzt hatte ich keinen Freund mehr.

»Mein Junge ...« Der Händler strich mir mit der Hand über den Kopf, den ich nicht mal wegzog – so traurig war ich. »Weine nicht. Ich weiß, was du durchmachst.«

»Was können wir bloß tun?«, fragte ich.

»Sie werden kommen, um ihre Waren gegen meine einzutauschen«, erklärte der Händler zuversichtlich. »Ich werde versuchen, deinen Freund freizukaufen.«

Ich hörte auf zu weinen. Kaum winkte diese Hoffnung, wollte ich sofort etwas unternehmen. »Haben sie ihn denn nicht umgebracht?«, fragte ich leise.

»Nein«, antwortete der Händler nach kurzem Zögern. »Weißt du etwa nicht, was die Freiflieger mit Len vorhaben?«

»Nein ...«

»Sie machen einen Freiflieger aus ihm.«

Sämtliche Alarmglocken schrillten. Mein Traum fiel mir wieder ein, von Len, der mit dem Schwert auf mich zukam. Ich stellte mir vor, wie die Finsternis ihn einhüllte und seine Augen sich in schwarze Schluchten verwandelten. Mir wurde angst und bange.

»Kater …«, hauchte ich.

»Was denn, Danka?«

»Stimmt das wirklich?«

»Ja, der Händler hat recht«, sagte der Sonnenkater brummig.

»Und wenn wir ihn befreien?«, fragte ich. »Das könnten wir doch bestimmt schaffen, oder?«

»Sie besitzen die Schwerter der Finsternis«, erklärte der Kater mit sehr leiser Stimme. »Mit einem solchen Schwert kann man das Wahre Licht problemlos löschen. Und ich … ich bin überhaupt nicht für den Kampf geschaffen, Danka! Ich habe bloß Krallen und Zähne. Sehr kleine Krallen und Zähne.«

In einiger Entfernung hatten sich alle Leute aufgebaut, die zu unserer Karawane gehörten. Ich sah sie an – und spürte, wie sie unter meinem Blick erzitterten. Unter dem Wahren Licht, das jetzt in meinen Augen leuchtete.

»Aber ich habe doch den Wahren Blick!«, erinnerte ich den Kater. »Der muss doch zu etwas gut sein, oder?«

»Da bin ich mir eben nicht sicher. In deinen Augen wohnt das Wahre Licht. Du siehst jetzt die besten Seiten, über die ein Mensch verfügt. Das hilft dir aber nur dann, wenn in ihm wirklich etwas Gutes lebt. Ich habe jedoch meine Zweifel, dass … In den Augen der Freiflieger wohnt dagegen die Finsternis. Sie sehen deine Ängste, deine Fehler und deinen Schmerz. Das ist weitaus vorteilhafter, wenn man gegen jemanden kämpft.«

Und trotzdem hat sich der Freiflieger vor meinem Blick gefürchtet, dachte ich. Aber ich wollte mich jetzt nicht mit dem Kater streiten. Deshalb wandte ich mich wieder an den Händler: »Können Sie Len wirklich freikaufen?«

»Ich werde denen ein gutes Angebot machen«, versicherte er. »Ganz so, als ob es meine eigene Tochter wäre.«

Das glaubte ich ihm zwar nicht – aber immerhin gab er mir damit einen Funken Hoffnung.

Nach einer halben Stunde kamen die Freiflieger zurück. Allerdings nicht alle und auch ohne Schwerter. Sie landeten am Rand des Sumpfs und der Händler ging ganz allein zu ihnen hin. Als ob überhaupt nichts passiert wäre!

Ich saß rund hundert Meter entfernt und ließ meinen Blick zwischen dem Turm, in dem Len gefangen war, und diesen finsteren Gestalten, die den Händler gerade umringten, schweifen. Log er oder nicht? Konnte er Len wirklich freikaufen?

Fünf Minuten später winkte der Händler mit der Hand, woraufhin die Soldaten nach und nach von den Tieren abzogen. Die Freiflieger sprangen auf die Büffel zu oder flatterten um sie herum. Sie knüpften die Packsäcke ab und flogen damit weg. Dabei trug jeder von ihnen fünf oder sechs schwere Beutel. Alle Achtung!

Ohne hinzusehen, fuhr ich mit der Hand über den rauen Stein, auf dem ich saß, tastete nach dem Sonnenkater und schnappte ihn mir, um ihn kurz entschlossen auf meinen Schoß zu setzen. »Was meinst du, sind sie sich einig geworden?«, fragte ich.

»Ich weiß es nicht«, antwortete der Kater verlegen. »Nur wenige verstehen, wie der Handel zwischen ihnen abläuft. Aber wir werden es ja gleich wissen …«

Die Freiflieger, die sich über alle Maße beladen hatten, schafften es nur mit Mühe, zu ihrem Turm zurückzufliegen. Ihnen eilten andere Freiflieger entgegen, die ebenfalls Beutel trugen, welche sie vor dem Händler fallen ließen. Diese Strecke flogen sie mindestens ein Dutzend Mal. Jedes Mal, wenn die beladenen Freiflieger sich uns näherten, beäugte ich sie voller Hoffnung.

Aber Len brachten sie nicht.

Erst als die letzten Freiflieger mit den Resten der Ware verschwanden, marschierte ich zu dem Händler. Er sah zufrieden und heiter aus. Sobald er mich erblickte, machte er jedoch eine ernste Miene.

»Es hat nicht geklappt, Danka«, erklärte er ohne Umschweife. »Tut mir leid. Sie haben sich geweigert, den Jungen wieder herauszugeben. Wie du bestimmt weißt, vermehren sich Freiflieger nicht so wie Menschen. Daher stellen Gefangene ihre einzige Möglichkeit dar, ihre Zahl zu vergrößern. Sei nicht traurig. Du kriegst den Lohn für euch beide und außerdem …«

»Entweder bist du ein gemeiner Dreckskerl oder du lügst!«, fauchte ich leise. »Nimm die Brille ab!«

Der Händler zögerte.

»Nimm sie ab! Oder ich bring dich um, das schwöre ich!«

Seufzend nahm der Händler die Brille ab. »Ich fürchte mich vor dieser Drohung nicht«, stellte er klar. »Aber ich möchte, dass du dich davon überzeugst, dass ich die Wahrheit gesagt habe.«

Es ist nicht ganz einfach, einen Menschen mit dem Wahren Blick anzusehen. Das Gesicht verschwimmt dann, nimmt eine andere Form an, kann dir nichts mehr vorspiegeln oder verheimlichen ...

»Du lügst nicht«, stellte ich fest – und zwar erleichtert, was mich selbst wunderte. »Du bist einfach nur ein mieser Typ. Selbst für deine eigene Tochter hättest du nicht mehr geboten als für Len.«

Der Händler zitterte, als streife ihn kalter Wind. Dann setzte er die Brille wieder auf.

»Wir packen jetzt die Waren zusammen, die wir von den Freifliegern bekommen haben, beladen die Tiere und ziehen weiter«, informierte er mich. »Wirst du meine Anweisungen befolgen?«

»Ich werde euch helfen zu packen«, erklärte ich. Hinter mir maunzte der Kater verwundert.

Die Stimmung des Händlers besserte sich prompt. »Du bist ein seltsamer Junge. Ein sehr seltsamer. Aber ich bin froh, dass du diesen Schicksalsschlag wie ein Mann hinnimmst und ...«

»Ich werde euch helfen zu packen und die Karawane bis zur Schlucht begleiten«, unterbrach ich ihn. »Dann mache ich kehrt und suche Len. Wenn ich ihn nicht retten kann, komme ich zurück. Ich hole die Karawane wieder ein und bringe dich um. Oder glaubst du etwa, das könnte ich nicht?«

»Ich werde mit dir mitfliegen«, sagte der Sonnenkater, als der Lärm der abziehenden Karawane kaum noch zu hören war. »Schließlich trage ich letztendlich die Schuld an dem Desaster. Darüber hinaus stehen mir Zauberkräfte zur Verfügung …«

»Und obendrein zwanzig Krallen, vier kleine Eckzähne und noch ein paar andere winzige Zähnchen.«

»Führst du Buch darüber, oder wie?«, konterte der Kater beleidigt – und verstummte dann. Vermutlich hatte er begriffen, dass dies nicht der Zeitpunkt war, um eingeschnappt zu sein.

Wie immer, wenn er verlegen war, fing er an, sich zu putzen.

»Ich schlage Folgendes vor, Danka«, sagte er schließlich. »Ich fliege von einer Seite an den Turm heran und lenke die Freiflieger ab. Du versuchst derweil, heimlich in den Turm einzudringen und Len zu befreien.«

»Na gut«, meinte ich missmutig, denn mir fiel auch nichts Besseres ein. »Versuchen wir's.«

Wir hockten in der Schlucht, wo die Freiflieger uns nicht erspähen konnten. Vermutlich rechneten sie auch gar nicht damit, dass jemand auf die Idee kommen könnte, ihren Turm anzugreifen.

Ich breitete meine neuen Flügel aus und musterte sie eindringlich. Ich trug einen neuen Overall, denn den anderen, den der Freiflieger ramponiert hatte, hatte ich wegwerfen müssen. Ein weiterer Flügeloverall war fest verschnürt und an meinem Gürtel befestigt. Für Len.

»Viel Glück, Danka«, sagte der Sonnenkater.

»Dir auch«, erwiderte ich.

Ich hielt mich sehr tief über den Bergen und flog einen Bogen ums Tal. Nachdem ich eine günstige Felsspalte ausgemacht hatte, versteckte ich mich dort und lugte zum Turm hinüber. Er stand mitten im Sumpf – wie eine schwarze Kerze auf einer Torte aus Scheiße. Aus den Fenstern quoll Finsternis. Selbst auf die Entfernung konnte ich sie spüren.

Außerdem spürte ich noch, dass Len da drinnen war.

Als der Sonnenkater wie ein kleiner leuchtender Funken aus der Schlucht schoss und auf den Turm zusauste und dabei immer schneller wurde, war das mein Zeichen, in Aktion zu treten. Mit gespannten Flügeln sprang ich vom Felsen, passte eine Strömung ab und ließ mich von ihr tragen. Komisch, dass ich vor Kurzem noch an Höhenangst gelitten hatte. Zu fliegen, das kam mir jetzt so natürlich vor …

Ich landete am Fuß des Turms, legte die Flügel an und spähte nach oben. Der Kater kreiste um die Spitze wie eine Motte um eine Lampe. Hoffentlich würden die Freiflieger wirklich nur Augen für ihn haben und mich nicht bemerken … Mit dem Wahren Blick untersuchte ich die Steine, aus denen der Turm errichtet worden war, und versuchte, eine Tür zu entdecken. Das gelang mir auch. Es handelte sich um eine Holztür, die aus groben Brettern bestand. Warum war sie mir nicht gleich aufgefallen?

Ich griff nach der Klinke – einem grob behauenen Holzklotz – und zog die Tür zu mir. Sofort blendete mich Licht!

Aber Wahres Licht war das bestimmt nicht! Es setzte sich zusammen aus grauer Abenddämmerung, grellen

Laternen, den Dolchspitzen hell erleuchteter Fenster, den …! Autsch! Mit dem Wahren Blick in elektrische Lampen zu starren tat verdammt weh!

Ich hatte eine Verborgene Tür erwischt! Und zwar die zweite von den drei Türen, die zur Erde führten. Ich stand an der Schwelle, vor mir lag ein Platz. Dieser wiederum war alt und kopfsteingepflastert, dort gingen Menschen spazieren, Glocken läuteten irgendeine Abendstunde. Jeder Erstklässler in meinem Land hätte diese Melodie und den Roten Platz erkannt – selbst wenn er wie ich noch nie in Moskau gewesen war.

In unserer Welt befand sich die Verborgene Tür ebenfalls in einem Turm. Einige der Spaziergänger drehten sich schon verwundert nach mir um: Was war denn das für ein Junge, mit dem seltsamen schwarzen Overall und den funkelnden Augen? Ein Milizionär mit kurzem Haar, der eben noch gelangweilt durch die Menge stolziert war, drängte sich plötzlich entschlossen in meine Richtung. Bis ich dem erklärt haben würde, was Sache war, das konnte dauern!

Und wie ich da so auf der Schwelle der Verborgenen Tür stand, hinter mir der stinkende eiskalte Sumpf, vor mir die warme, stickige Luft der Großstadt, begriff ich mit einem Mal, dass ich niemandem etwas erklären würde.

Klar hatte ich Heimweh. Vielleicht war ich auch ein Feigling – dann aber höchstens ein kleiner. Doch ein Arschloch war ich mit Sicherheit nicht!

Ein letztes Mal ließ ich den Blick über den Roten Platz schweifen und starrte auf ein großes Kaufhaus gegenüber und auf die alten Pflastersteine unter mir. Dann trat ich einen Schritt zurück. Die Verborgene Tür schlug zu, als hätte sie nur auf diese Entscheidung gewartet.

»Sollen die Leute doch denken, sie hätten eine Halluzination gehabt«, sagte ich zu mir selbst, während ich zuschaute, wie die Holztür langsam unter Steinen verschwand. »Vielleicht komme ich ja später noch mal her …«

Aber ein Gefühl sagte mir, dass ich diese Tür nie wieder öffnen würde.

Auf watteweichen Beinen, die mir fast wegknickten, umrundete ich den Turm der Freiflieger.

Türen gab es hier keine. Überhaupt keine. Weder richtige noch verborgene. Wozu auch? Den Freifliegern genügte ja die Plattform oben an der Spitze!

Aber es gab ja noch die Fenster! Für einen Erwachsenen waren sie zu schmal. Für mich jedoch nicht!

Eines der Fenster lag ziemlich weit unten, etwa auf der Höhe meines Kopfes. Ich schaute hinein – und prallte zurück.

Düsternis. Dichte, schwarze und undurchdringliche Düsternis. Erst nach ein paar Sekunden begriff ich, dass in das Fenster Glas eingesetzt war, genau wie bei der Brille des Händlers. Ich schlug mit der Faust dagegen, was jedoch überhaupt nichts brachte. Daraufhin holte ich mein Schwert heraus und stieß mit der Klinge ein paar Mal gegen die Scheibe.

Irgendwann nahm ich den Griff des Schwerts.

Nichts! So leicht war die Dunkelheit nicht zu zerschlagen.

Ich stand am Fuß des Turms und wusste ganz genau,

dass mir die Zeit davonlief. Entweder würde ich jetzt in den Turm vordringen – oder ich würde hier niemanden mehr retten.

Ich sah auf das Fenster, und ein mit Angst vermischter Hass kochte in mir hoch. Diese Scheibe sollte jetzt endlich kaputtgehen! Ich musste sie zerschlagen! Und das würde ich auch schaffen!

Das schwarze Glas, das das schmale Fenster ausfüllte, erzitterte. Als ob mein Blick stärker wäre als meine Faust oder mein Schwert. Normalerweise hätte ich mich darüber gewundert – und damit wahrscheinlich alles verpatzt! Aber im Moment wunderte mich gar nichts. Ich starrte auf das schwarze Glas, das sich unter meinem Blick krümmte und bog, bis die Scheibe ein leises Knacken von sich gab und zersplitterte und in Tausenden von winzigen Scherben herausflog.

Und jetzt blieb mir keine Zeit mehr, mich zu wundern. Rasch reckte ich mich, zog mich hoch und zwängte mich durch das Fenster in den Turm.

Ich landete in einem kleinen Raum. An der Wand steckte in einer Halterung eine Fackel, die mit einer purpurroten, fast schwarzen Flamme brannte. Ich spürte, wie ein eisiger Atem von der Fackel ausging und über meine Haut strich.

Ansonsten gab es in diesem Zimmer nichts und niemanden. Eine Tür führte hinaus, direkt unter der Decke befand sich ein winziges, vergittertes Fenster, das in das Innere des Turms ging. Vermutlich diente es der Lüftung.

Wo war Len? Wahrscheinlich oben im Turm. Ich stieß gegen die Tür, doch die gab nicht nach.

Sollte ich sie zerschlagen? Würde mir das gelingen? Immerhin bestand diese Tür bloß aus Holz, nicht aus dem Glas der Finsternis ... Ich blickte zu den Scherben des Fensters hinüber – und nun wunderte ich mich doch noch: Das waren ja ganz normale Scherben! An einigen klebte allerdings eine dunkelrote oder schwarze Flüssigkeit – wo auch immer die herstammen mochte.

Ich weiß nicht, was ich unternommen hätte, wenn es in diesem Raum nicht so totenstill gewesen wäre. Diese Grabesstille herrschte im ganzen Turm, nur durch das Fenster wehte leise der Wind. Und plötzlich hörte ich, wie jemand stöhnte, ganz leise nur. Das Geräusch kam durch das vergitterte Fenster unter der Decke.

Wie konnte ich nur so dämlich sein! Natürlich schloss man Flügelträger nicht oben im Turm ein, die wurden tief unten eingesperrt. Der Raum, in dem ich stand, war eine Zelle! Genau wie der Raum nebenan – aus dem Lens Stöhnen zu mir herüberdrang.

3
Die Verwandlung

Zu dem kleinen Fenster unter der Decke gelangte ich ohne große Mühe. Die Wände waren im Innern aus den gleichen unbehauenen Steinen errichtet wie außen, sodass es das reinste Vergnügen war, an ihnen hochzukraxeln. Allerdings konnte mich das Licht in meinen Augen verraten – und das Tuch hatte ich weggeworfen.

Nur gut, dass ich mit meinem Wahren Blick auch bei geschlossenen Augen sehen konnte.

Ich hielt mich am Gitter fest und spähte in die Nachbarzelle. Alles in mir drin gefror.

Als Erstes sah ich Len. Er lag auf einem Eisentisch mitten im Zimmer, ohne seinen Flügeloverall, völlig nackt, nur die Brille hatten sie ihm gelassen. An den Ecken des Tischs ragten irgendwelche Haken heraus, an die Lens Arme und Beine mit Lederriemen gefesselt waren.

Etwas abseits kauerten zwei Freiflieger auf dem Fußboden. Sie sprachen leise miteinander.

»Der, der geleuchtet hat, ist entkommen.«

»Die Jagd auf ihn ist in vollem Gange.«

»Woher hat er Wahres Licht? Wer ist er?«

»Wenn wir ihn fangen, werden wir es wissen. Wenn nicht, soll der Gegenwärtige sich etwas einfallen lassen.«

»Das ist seine Pflicht.«

»Richtig. So, wie es unsere Pflicht ist, für Nachwuchs zu sorgen.«

»Dann lass uns anfangen.«

Die Freiflieger erhoben sich, gingen rüber zur Wand, wo auf Regalen kleine Flaschen und Gläser mit trüben Flüssigkeiten standen, wo außerdem Instrumente herumlagen, die fürchterlich aussahen, und wo kleine Schalen und Bleche hingen. Sorgfältig wählten sie ihre Utensilien aus. Dann kehrten sie zum Tisch zurück.

Len bäumte sich auf, konnte sich aber natürlich nicht losreißen.

»Keine Angst«, sagte einer der Freiflieger, dessen Stimme mir bekannt vorkam. Ach ja, mit dem hatte ich gekämpft! »Wehr dich nicht! Wenn du aus freien Stücken zum Freiflieger werden willst, ist es viel einfacher für dich.«

»Und es tut nicht so weh«, fügte der zweite Freiflieger hinzu, der auf dem Tisch neben Len zunächst Messer ausbreitete, die klein wie Skalpelle waren, dann Haken aus Stahl, leere Glasgefäße, zwei kleine Schalen ...

»Ihr Schweine!«, zischte Len. »Ihr dreckigen Schweine! Ich hasse euch!«

»Aber nicht mehr lange«, versicherte mein einstiger Gegner, während er weitere Instrumente und Gläser ablud. Nur eine Phiole mit einer undurchdringlichen schwarzen Flüssigkeit behielt er in Händen. »Schon heute Abend wirst du einer von uns sein.«

»Pah, eure Stunden sind gezählt«, konterte Len. »Danka und der Kater werden uns die Sonne zurückbringen ...«

Doch als er leise anfing, zu weinen, wusste ich, dass

mein Junior nicht mehr mit Hilfe rechnete. Er hatte jede Hoffnung auf Rettung bereits aufgegeben.

»Die Sonne kommt nicht zurück«, sagte der zweite Freiflieger ganz ruhig. »Unsere Vorfahren haben sie verkauft. Was richtig war. Die Finsternis ist besser.«

»Möchtest du wissen, was jetzt mit dir passiert?«, fragte der andere.

»Nein!«, schrie Len, dem immer noch Tränen über die Wangen kullerten.

»Komisch. Dabei warst du doch immer ein neugieriger Junge, Len.«

Len fuhr zusammen und hörte auf, zu heulen. Er hob den Kopf und versuchte, dem Freiflieger ins Gesicht zu sehen. »Woher kennst du mich?«

Daraufhin musterte ich den Freiflieger mit dem Wahren Blick – und erkannte ihn.

»Ich bin Iwon«, antwortete der Freiflieger sachlich. »Jedenfalls hieß ich früher so. Iwon. Ich wollte sogar mal dein Senior werden.«

Mit aller Kraft zog ich an den Gitterstäben. Die gaben kein Stück nach. Die Freiflieger hatten beim Bau des Turms ganze Arbeit geleistet.

»Du … du …«, setzte Len an.

»Genau, ich! Dein Senior hat mich in den Bergen ohne Flügel zurückgelassen. Bin den Freifliegern in die Hände gefallen. Und bin glücklich darüber, dass es so gekommen ist. Hab mir das tief in meiner Seele immer gewünscht.«

»Du hast dir das gewünscht? Warum?« Erneut zerrte Len an den Riemen. Aber es war völlig nutzlos.

»Ich will immer fliegen können. Will die Leichtigkeit des Flugs erleben. Auch noch als Erwachsener. Willst du wissen, wie ich ein Freiflieger geworden bin?«

Len nickte wie hypnotisiert.

»Sie haben mir die Augen herausgenommen«, berichtete Iwon ungerührt. »Nicht auf einmal, sondern nach und nach. Damit der Schmerz das Licht der Augen in Finsternis verwandelte. Dann haben sie aus ihnen das Elixier für das Glas der Finsternis gewonnen.«

Len warf den Kopf von einer Seite auf die andere.

»Danach haben sie mir das Herz herausgenommen«, fuhr Iwon fort. »Wieder ganz langsam. Damit das ganze Licht aus ihm in die Finsternis einging. Aus unserem Herz machen sie ihre Flügel. Solche, die jeden tragen können, nicht nur ein Kind.«

»Wozu willst du ohne Herz fliegen?«, hauchte Len. Iwon überhörte die Frage.

»Sie haben mein ganzes Blut abgelassen. Aus ihm gewinnen sie das Schwarze Feuer, mit dem wir euch in den Bergen so hübsch anzünden. Wenn der Gegenwärtige es erlauben würde, hätten wir damit längst all eure Städte in Schutt und Asche gelegt. Das Blut wird ganz langsam abgezapft, denn auch aus ihm muss alles Licht herausgepresst werden.«

»Bei dir hätten sie ruhig schnell machen können«, meinte Len mit einem Mal ganz ruhig. »Du hattest sowieso nie Licht in dir, weder in den Augen noch im Herzen oder im Blut.«

Bravo, Len! Iwon zuckte zusammen, als hätte er eine gewischt bekommen. Trotzdem fuhr er mit derselben gleichmütigen Stimme fort: »Soll ich dir die ganze Prozedur schildern? Wir nehmen dir viel, damit du leichter fliegen kannst. Und wir bekommen viel – das wir den Händlern verkaufen oder dir selbst zurückgeben. Du siehst, du brauchst keine Angst zu haben …«

Beinahe wäre ich drauf reingefallen und hätte gedacht, Iwon wolle Len tatsächlich mit diesen Worten beruhigen. Aber da brach er plötzlich in ein krächzendes, gemeines Lachen aus, das mir zeigte: Ihm machte das Spaß. Er genoss es, Len zu quälen. Er war einfach ein Sadist. Schon immer gewesen – selbst als er noch ein Flügelträger gewesen war.

Warum hatte ich ihn damals nicht umgebracht?

»Du redest zu viel«, meinte der andere Freiflieger plötzlich. »Man merkt, dass du noch bis vor Kurzem ein Mensch gewesen bist. Lass das lieber.«

»Das muss sein«, zischte Iwon. »Ich kenne die Menschen besser als du. In dem hier wächst jetzt Finsternis. Aus Angst. Weil er die Schmerzen ahnt, die ihm bevorstehen. Ich weiß das.«

»In mir wird es nie Finsternis geben!«, schrie Len. »Ich werde nämlich einfach während eurer Folter sterben!«

»Wirst du nicht. Man stirbt nie ganz«, erläuterte Iwon. »Siehst du das hier?«

Er hob die schwarze Phiole, die er in Händen hielt.

»Das ist Schwarzes Feuer. Schwach und verdünnt. Das verbrennt dich nicht, wenn wir es dir einflößen. Das brennt bloß den Menschentod und jedes Menschengefühl in dir aus. Aber das ist nur der erste Schritt. Siehst du diese Phiole?«

Iwon streckte die Hand aus und riss Len die Brille von der Nase. »Und jetzt siehst du nichts mehr«, triumphierte er. »Bis dir die Finsternis neue Augen gibt.«

Abermals versuchte ich das Gitter herauszureißen – vergeblich. Ich konnte mich nicht länger halten und rutschte auf den Boden, wobei mir völlig egal war, ob die nebenan mich hörten oder nicht. Ich rannte zur Tür und rüttelte an ihr. Was um alles in der Welt sollte ich tun? Gegen die Wand hämmern, während sie … Nein, nicht während sie meinen Freund töteten oder folterten, sondern während sie ihn in ein Monster verwandelten?

»Denk an jemanden, den du liebst«, hörte ich eine Stimme auf der anderen Seite der Wand. »Denk an ihn, damit das Schwarze Feuer aus der Liebe eines Menschen die Liebe eines Freifliegers macht. Dann findest du leichter Freunde, die du zu uns führst.«

»Ich werde nicht an dich denken, Danka!«, brüllte Len in einer Weise, dass mein Herz kurz aussetzte. »Das werde ich nicht!«

Dann verstummte er, als halte ihm jemand den Mund zu. Auch ich schrie etwas und trat mit voller Wucht gegen die Steinwand, um sie zum Einsturz zu bringen – oder selbst zu sterben.

Die Sekunden dehnten sich in alle Ewigkeit aus. Mit einem Mal erblickte ich die ganze Wand, jeden Stein, jeden Krümel des schwarzen Mörtels, der die Ziegel aufeinanderhielt. Und die purpurroten Punkte, die zwischen den Steinen funkelten. Der Mörtel enthielt wohl Schwarzes Feuer, das wiederum aus Menschenblut hergestellt wurde.

So viel Mühe die Freiflieger sich auch gaben – ganz pressten sie das Licht eben nie aus dem Blut!

Während ich auf die Wand einhämmerte, hielt ich den Wahren Blick fest auf einen dieser funkelnden purpurroten Punkte gerichtet. Die Steine wackelten und bebten, als wäre die ganze Wand bloß aus Bauklötzen für Kinder errichtet.

Nachdem ich die Wand eingerissen und mich wie durch ein Wunder vor den niederprasselnden Ziegeln gerettet hatte, stürmte ich in die Nachbarzelle.

Iwon hielt dem zitternden Len gerade den Mund auf und flößte ihm – unbeirrt von der einstürzenden Wand – eine dampfende, schwarze Flüssigkeit ein. Der zweite Freiflieger wählte einige Haken und Messer aus den Schalen. Als ich plötzlich vor ihnen auftauchte, erstarrten die beiden.

»Ihr Schweine!«, schrie ich und zog mein Schwert. Ohne eine Sekunde zu zögern, schlug ich auf den Freiflieger ein, der mir am nächsten stand, und brach ihm das Genick.

Das ging so leicht, es war, als ob ich nicht Fleisch zerhackte, sondern morsches Holz. Der Freiflieger fiel polternd zu Boden, wobei stinkender Dampf aufstieg. Als er aufschlug, war er bereits kein Mensch mehr – nicht mal ein ehemaliger –, sondern bloß noch schwarzes Gestein.

Lautlos huschte Iwon zur Tür. Die Phiole mit dem Schwarzen Feuer hielt er immer noch in den Händen. Er riss die Tür auf und hob den Arm, als wolle er sie auf mich schleudern.

Unsere Blicke kreuzten sich. Iwon schrie auf, genau wie beim letzten Mal, ließ die Flasche fallen und schlüpfte zur Tür hinaus. Klirrend zerbrach die Phiole. Auf der Schwelle züngelte eine Flamme in tiefstem Purpurrot auf.

»Len!«, flüsterte ich, als ich mich über meinen Junior beugte. »Len, ich bin da!«

Len warf den Kopf von einer Seite auf die andere und spuckte wie wild. Er trug ja keine Brille mehr und sah deshalb nicht, was um ihn herum passierte. Aber als ich ihn ansprach, blieb er reglos liegen. »Lauf weg, Danka …«, brachte er mit schwacher Stimme hervor.

»Wir fliehen zusammen!«, rief ich, während ich mit meinem Schwert seine Fesseln durchsäbelte. »Ich habe dir einen Flügeloverall mitgebracht. Bist du okay?«

Statt zu antworten, beugte Len sich über den Tisch und kotzte eine schwarze, dampfende Flüssigkeit aus. Danach stützte er sich auf meinen Arm, tastete unsicher mit den Füßen über den Boden und kletterte vom Tisch. »Hier sind zwei Freiflieger, Danka …«, warnte er mich.

»Hier sind eine Leiche und ein fliehender Feigling, aber keine Freiflieger. Zieh den Overall an!«

Ich half Len mit dem Flügeloverall und schob ihn zu der eingerissenen Mauer. Dort drehte ich mich noch einmal um, sammelte einen Stein vom Boden auf und schleuderte ihn auf die Regale mit all den Gefäßen.

Die Zelle verwandelte sich in eine Feuerhölle. Die wütenden, fast schwarzen Flammen kletterten die Wände hoch, die Steine schmolzen wie Wachs.

»Weg hier!«, schrie ich, während ich Len half, sich durch das Fenster zu zwängen. Ich eilte ihm nach und landete im Dreck. Len kniete da und kotzte wieder.

»Kannst du fliegen?«, fragte ich.

»Ich werde es versuchen«, versprach er matt.

Der Turm schwankte bereits. Durch die Mauerrisse schlugen schwarze Flammenzungen. Feuerströme flossen aufwärts und hüllten die Spitze des Turms in einen Funkenregen.

»Steh auf, Len! Wir müssen fliegen!«, schrie ich. »Fliegen, Junior!«

Len versuchte aufzustehen, fiel aber wieder hin. Wir durften keine Zeit verlieren. Ich packte ihn bei den Schultern, zog ihn hoch ...

»Halte dich an mir fest!«

»Mit einer Last ... kannst du nicht fliegen ...«, hauchte Len kaum verständlich. Trotzdem legte er die Arme um mich und ließ alles mit sich geschehen.

Ich breitete die Flügel aus und riss mich, wenn auch mühevoll, vom Boden los. Im Flug gewann ich langsam an Höhe. Ein Aufwind hätte uns über den Turm gehoben, aber den passte ich nicht ab. Stattdessen flogen wir tief über dem Sumpf zurück.

»Versuch jetzt selbst zu fliegen, Len«, keuchte ich. »Len!«

»Ja, gleich«, antwortete er leise. Aber er machte keine Anstalten, aus eigener Kraft zu fliegen.

Hinter uns stürzte der Turm donnernd in sich zusammen. Als ich spürte, wie mir die Druckwelle in den Rücken schlug, blickte ich zurück. Über den lodernden Ruinen kreisten drei Freiflieger. Die anderen hatten es offenbar nicht geschafft, sich in Sicherheit zu bringen. Die drei Überlebenden schienen allerdings keine Lust zu haben, uns zu verfolgen.

»Halte durch, Len«, sagte ich. »Gib nicht auf. Wir müssen nur bis zu dem Felsen da drüben …«

»Ich gebe nicht auf«, versicherte Len.

Der Kater fand uns, zwanzig Minuten nachdem wir uns in den Bergen versteckt hatten. Ich fragte ihn gar nicht erst, wie er den Freifliegern entkommen war. Wir mussten an wichtigere Dinge denken.

Len lag auf den Steinen, die Beine an den Bauch gezogen, und stöhnte leise vor sich hin. Der Kater blickte ihn mit grimmiger Miene an, bevor er einen fragenden Blick auf mich richtete.

»Sie haben ihm mit Gewalt das Schwarze Feuer eingeflößt«, erzählte ich. »Am Anfang musste er bloß brechen, mehr nicht. Ich habe schon geglaubt, er hat es überstanden. Aber dann … dann ist er völlig zusammengebrochen.«

»Hat er etwas von dem Zeug getrunken?«

»Nur ein paar Schluck …«

Als Len leise hustete, langte ich nach seiner Hand. Wie konnte ich ihm bloß helfen?

»Die menschlichen Gefühle in ihm verbrennen jetzt«, sagte der Sonnenkater traurig. »Vielleicht gewinnt Len und er bleibt der Alte. Vielleicht stirbt er aber auch, wenn seine Kräfte nicht ausreichen. Oder aber …«

»Oder was …?«

»Oder er wird zum Freiflieger. Von seinem Charakter her. Aber solange er noch ein Menschenherz hat, kann er von Neuem lernen, zu Freundschaft und Güte fähig zu sein. Bisweilen glückt das.«

Ich beugte mich über Len. »Junior …«, flüsterte ich.

Mich traf ein trüber und hilfloser Blick. Len ging es hundsmiserabel. »Töte mich, Danka. Ich will kein … Freiflieger werden.«

»Red kein dummes Zeug!«, verlangte ich so entschieden wie möglich. »Halte durch, Len! Du schaffst es!«

»Nein, Danka … Zuerst hat es gebrannt, das hat zwar sehr wehgetan, aber das konnte ich aushalten … Aber jetzt ist alles in mir drin kalt. Alles gefriert zu Eis … Danka …«

»Was sollen wir bloß tun, Kater?«

»Wir müssen an ihn glauben«, antwortete der Kater schlicht. »An ihn glauben und ihn lieben. Selbst wenn das Schwarze Feuer siegt. Wir haben nichts anderes als unseren Glauben und unsere Liebe. Das wiederum ist sehr viel, wenn um dich herum nur Hass und Verzweiflung herrschen.«

Der Sonnenkater näherte sich Len mit sanften Schritten, legte sich auf seine Brust, rollte sich ein und fing an zu schnurren. Ich zögerte nur ganz kurz, bevor ich mich neben Len legte und ihn umarmte.

Diese Kälte. Sie kam von überall her. Aus dem Fels unter uns, vom Himmel, der sich wie ein grauer Schleier über uns spannte, und von Len, der zitterte, als leide er an Schüttelfrost. Von überall nur Kälte und Finsternis.

Wir hatten nichts außer unserer Liebe und unserem Glauben. Aber vielleicht reichte das ja?

»Halte durch, Len«, flüsterte ich, ohne eine Antwort von ihm zu erwarten. »Gib nicht auf, kämpfe! Wir lieben dich. Du wirst gewinnen.«

Doch um uns herum war nichts als Kälte und Finsternis. Für alle Zeiten würde ich gegen sie kämpfen, selbst wenn ich wieder zu Hause sein würde. Für alle Zeiten.

Sogar durch meine geschlossenen Lider sah ich, wie in Len das Schwarze Feuer loderte. Doch selbst im Schwarzen Feuer gibt es noch Funken des Guten, die nie erlöschen.

Keine Ahnung, wie lange wir so dalagen und Len mit unseren Körpern wärmten. Irgendwann schlief ich ein, und ich wachte erst auf, als Len sich bewegte und aufstand.

Der Kater und ich sahen uns an. Dann schauten wir beide zu Len rüber. Er betrachtete die Gegend und musterte anschließend seine Hände, als sähe er sie zum ersten Mal. Mein Herz zog sich zusammen.

»Wie geht es dir, Len?«, fragte ich, wobei ich panische Angst vor der Antwort hatte.

Len runzelte die Stirn und unter dem undurchdringlichen Visier rannen Tränen hervor.

»Bin ich jetzt ein Freiflieger, Danka? Ist jetzt alles aus?«

»Du Blödmann!«, schrie ich, während mein Angst sich von einer Sekunde zur nächsten in Freude verwandelte. »Du hast gewonnen! Ein Freiflieger würde eine solche Frage niemals stellen!«

»Und weinen würde er noch viel weniger«, fügte der Kater hinzu. »Du hast tatsächlich gesiegt, Len.«

Kraftlos sackte Len gegen den Stein neben uns zurück. »Das ist euer Sieg«, sagte er leise. »Ihr habt mich gerettet.«

»So ein Quatsch! Du hast wie ein Held gekämpft!«, versicherte ich eifrig. »Hast du Hunger?«

»Und wie!«, sagte Len.

Ich kramte aus meiner Tasche zwei zusammengerollte Alupäckchen. »Magst du Schokolade?«, fragte ich stolz.

»Was ist das?«

»Ich hab mir schon gedacht, dass diese gemeinen Händler euch keine liefern. Koste mal! Das ist lecker!«

»Der Händler hat sich zum Abschied durchaus großzügig gezeigt«, erklärte der Kater. »Die Schokolade ist aus seinem persönlichen Vorrat.«

»Nicht das geringste Krümelchen hätte der rausgerückt!«, widersprach ich. »Seine bescheuerte Tochter, diese Reata, hat darauf bestanden, dass er sie uns gibt.«

»Kein Wunder!«, meinte Len, während er die Schokolade auspackte. »Ich habe sie immerhin vor den Freifliegern gerettet! Die muss mir ihr ganzes Leben lang dankbar sein ...« Verlegen sah er mich an, bevor er hinzufügte: »Ich weiß gar nicht, wie ich dir danken soll ...«

»Dann lass es einfach«, meinte ich, während ich ein Stück von der Schokolade abbiss. Sie war anders als unsere, keine Tafel, sondern eher ein Tannenzapfen, sehr bitter und hart. Trotzdem schmeckte sie gut.

»Willst du auch was, Kater?«, fragte Len.

»Katzen essen nicht einmal die Schokolade aus Dankas Welt«, sagte der Kater stolz.

»Sie würden sie bestimmt nicht verschmähen – wenn ihnen jemand welche anbieten würde«, erwiderte ich, während ich ein Stückchen von meiner Schokolade für ihn abbrach. »Probier doch mal.«

Len gab dem Kater auch was ab und dann machten wir uns alle drei über unser bescheidenes Frühstück her. Verblüfft registrierte ich, dass zweihundert Gramm Schokolade offenbar das Maximum waren, was ich auf einmal verdrücken konnte.

»Und was machen wir jetzt?«, wollte Len wissen, nachdem er seine Portion aufgegessen hatte. Seinen Appetit nahm ich als Beweis, dass mit ihm wieder alles in Ordnung war.

»Na, was wohl? Wir gehen in die Stadt«, verkündete der Kater, während er sich mit der Pfote die Schnauze putzte.

»In unsere?«, fragte Len ebenso erleichtert wie enttäuscht.

»Nein, in die Stadt der Händler«, sagte ich. »Schließlich haben wir noch gar nichts herausbekommen. Vielleicht treffen wir unterwegs auch wieder auf die Karawane.«

»Das dürfte meiner Ansicht nach ziemlich schwer sein«, verkündete der Kater.

In diesem Punkt sollte er sich jedoch glücklicherweise irren. Sobald der Kater in Lens Ausschnitt verschwunden war, flogen wir los. Der Pfad der Karawane lag wie auf dem Präsentierteller vor uns, der Wind stand günstig und schon nach drei Stunden erspähten wir unter uns die langsam dahinzottelnden Tiere. Die Karawane hatte sich so beeilt, vom Turm wegzukommen, dass sie überhaupt nicht mehr an ihre Tarnung gedacht hatte. Als wir auftauchten, blieben alle stehen. Die Soldaten richteten ihre Armbrüste auf uns.

»Wir sind's!«, schrie ich, während ich tiefer ging.

»Wen bringst du da mit?«, fragte der Händler, als hätte er meine Worte nicht gehört.

»Na Len!«, antwortete ich. »Wir kommen jetzt runter!«

Da der Händler nichts weiter sagte, landeten wir neben ihm. Mir entging nicht, wie seine Tochter sich hinter seinem Rücken versteckte.

»Wir sind's!«, wiederholte ich, während ich die Flügel anlegte. »Was ist denn los?«

»Len ist jetzt ein Freiflieger«, erklärte der Händler verunsichert.

»Das bin ich nicht!«, knurrte Len. »Danka hat mich gerettet!«

Nach und nach bildeten die Begleitsoldaten einen Ring um uns. Sollten sie es sich einfallen lassen, uns mit ihren Armbrüsten zu beschießen, gäbe es für uns kein Entkommen, das war mir klar.

»Wie konntest du ihn retten?«, fragte mich der Händler. »Die Freiflieger haben den Jungen in den Turm gebracht. Von da ist noch nie jemand entkommen.«

»Er ist auch nicht entkommen«, sagte ich, da ich ahnte, dass ich den Händler nicht würde überzeugen können. »Ich habe den Turm zerstört.«

Jemand lachte los. Der Händler sah mich bloß schweigend an, holte seine schwarze Brille aus der Tasche und setzte sie auf. Als mir wieder einfiel, woraus das Glas der Finsternis bestand, wurde mir schlecht.

»Du lügst nicht«, bemerkte der Händler nach einer Weile. Dieses »du lügst nicht« fiel mir auf. Er hatte nicht festgestellt: Du sagst die Wahrheit. »Auch wenn deine Geschichte höchst unwahrscheinlich klingt …« Dann sah er Len lange an, bevor er die Brille abnahm und den Blick wieder auf mich richtete. Er betrachtete mich nachdenklich. »Senkt die Waffen«, befahl er endlich. »Es sind Menschen.«

Die Soldaten leisteten dem Befehl nur zögernd Folge. Sie rührten sich nicht und beglotzten uns, als kämen wir von einem anderen Stern. Plötzlich drängelte sich ein Mann aus unserer Stadt zwischen ihnen durch, packte Len beim Kinn und sah ihm in die Augen. »Tatsache, Len«, stellte er verblüfft fest, »du hast es geschafft, mein Junge.«

»Ich kann es auch kaum glauben«, antwortete Len ernst.

Daraufhin redeten die Soldaten alle durcheinander und schoben sich näher an uns heran. Offenbar wollte jeder von ihnen uns angrabschen, knuffen oder irgendwas Blödes zu uns sagen. Der Händler löste die Versammlung kurz entschlossen auf. »Dass die beiden Jungen ein solches Glück hatten, heißt nicht, dass wir unterwegs nicht mehr mit Unannehmlichkeiten zu rechnen hätten. Wache!«

Rasch bezogen die Männer wieder ihre Posten.

»Ich möchte mit dir reden«, sagte der Händler und packte mich am Oberarm. »Ungestört.«

Wir sonderten uns etwas von den anderen ab. An uns trotteten die Büffel vorbei, die schwer mit den Waren der Freiflieger bepackt waren.

»Hast du den Turm wirklich zerstört?«, fragte der Händler, nachdem er lange geschwiegen hatte.

»Ja.«

»Ich wüsste zu gern, wie du zu dem geworden bist, der du heute bist«, meinte der Händler nachdenklich.

»Das war nicht angenehm«, sagte ich und starrte ins Nichts.

»Das kann ich mir vorstellen. Bist du sicher, dass mit deinem Freund alles in Ordnung ist, Danka?«

»Klar.« Ich sah den Händler an. Obwohl er keine Brille trug, wollte ich ihn nicht mit dem Wahren Blick betrachten. »Stimmt denn etwas nicht mit ihm?«

»In ihm wohnt Finsternis, mein Junge. Das habe ich durch die Brille der Freiflieger gesehen. In ihm hockt Finsternis, wenn auch zusammengekauert, versteckt. Aber sie lebt ...«

»Sie ... haben versucht ... einen Freiflieger aus ihm zu machen«, presste ich mit schwacher Stimme heraus.

»Und sie hätten beinahe Erfolg gehabt. Kannst du für deinen Freund bürgen?«

»Ja«, antwortete ich, ohne darüber nachzudenken.

Eine Weile sagte der Händler kein Wort. Die Karawane zuckelte immer weiter den Pfad entlang.

»Gut. Ihr werdet weiterhin für mich arbeiten. Bis wir die Stadt erreicht haben.«

»Haben Sie einen Auftrag für uns?«, wollte ich wissen.

»Übernehmt die Kontrolle aus der Luft, erkundet die Wege. Genau wie bisher.«

Ich breitete die Flügel aus und wollte abheben. Sollte der Händler doch zu Fuß gehen – ich war und blieb ein Flügelträger!

»Danka, warte ...«

Ich drehte mich um.

»Ich heiße Gabor. Kannst du dir das merken?«

»Natürlich, Gabor«, antwortete ich. »Ich werde es mir merken.«

Dann flog ich hoch in den dunklen Himmel.

4
Die Stadt am Meer

Bis zur Stadt der Händler brauchten wir eine Woche. Abenteuer erlebten wir unterwegs keine, ja, es passierte eigentlich nichts, woran ich mich erinnern könnte. Das Einzige, was sich verändert hatte, war das Verhalten der Erwachsenen uns gegenüber. Ich kann nicht behaupten, dass sie Angst vor uns hatten oder uns nicht mochten, aber sobald wir auftauchten, verstummten ihre Gespräche, und sie setzten saure und gelangweilte Mienen auf.

Nur Gabor und seine Familie verhielten sich uns gegenüber genau wie bisher. Sogar in etwas übertriebener Weise, wie ich fand. Sie taten, als ob rein gar nichts passiert wäre. Die Finsternis, die sich in Len angeblich verborgen hielt, erwähnte der Händler mit keinem Wort mehr. Ich wiederum konnte sie einfach nicht entdecken, egal wie sehr ich mich anstrengte.

Als wir eines Tages spätabends – doch was spielte Zeit in dieser Welt schon für eine Rolle? – die Berge überquerten, erblickten wir die Stadt der Händler. Die Karawane machte halt, obwohl Gabor keinen Befehl dazu gegeben hatte – doch diesmal ließ er es durchgehen.

Der Anblick war in der Tat überwältigend.

Die Stadt strahlte. In der Stadt der Flügelträger wäre nie jemand auf die Idee gekommen, Straßenlaternen aufzustellen. Und die Fenster waren dort so dicht verhängt, als befürchteten die Einwohner einen Luftangriff.

Die Händler hatten jedoch vor niemandem Angst. Zumindest taten sie so, als ob. Aus allen Fenstern strömte Licht auf die Straße, an den Kreuzungen und Plätzen standen Laternen, bei denen es sich um Schalen handelte, in denen eine weiße Flamme brannte.

Die Stadt stellte sich als gar nicht so groß heraus, sie nahm nur einen schmalen Streifen an der Küste ein und zog sich noch die Hügel hinauf. Bereits auf den ersten Blick ließ sich erkennen, dass sie um einen Hafen herum entstanden war. In ihm lagen zwei Dutzend Schiffe vor Anker, ein Boot segelte gerade ins offene Meer hinaus.

Len, der sich mit der Tochter des Händlers unterhalten hatte, war auf mich zugekommen, ohne dass ich ihn bemerkt hatte. »Weshalb sind denn alle so begeistert?«, fragte er irritiert. »Das ist doch bloß eine Stadt wie jede andere auch, nur dass die Straßen mit grellen Laternen gespickt sind. Das blendet ja richtig.«

»Schieb das Visier hoch«, forderte ich ihn auf.

Und nun sah er, wie in der Finsternis die Straßenlaternen funkelten, die Fenster mit ihrem warmen Licht schimmerten und die Lampen auf den Jachten blinkten. Das Meer reflektierte die ganze Lichterpracht und verwandelte sie in ein weiches, buntes Tuch, das glitzernd auf den Wellen wogte.

»Wow!«, rief Len begeistert. »Klasse!«

In dem Moment wurde mir klar, dass er noch nie einen Sternenhimmel gesehen hatte oder eine hell erleuchtete Straße. Die Finsternis hatte ihn gezwungen, eine Brille zu tragen und sich mit der Dunkelheit abzufinden. Diese konnte allerdings auch schön sein – falls sich Licht in ihr versteckte.

»Warum sieht es bei uns nicht so aus?«, seufzte Len. »Warum nicht?«

Im Ausschnitt seines Overalls tauchte nun der Sonnenkater auf. »Weil ihr die Finsternis fürchtet«, mauzte er in belehrendem Ton.

»Aber das muss doch so sein! Und was regst du dich überhaupt auf – wo du doch selbst aus Licht bist!«

»Weil das Licht die Dunkelheit braucht«, antwortete der Kater mysteriös. »Ihr dummen, dummen Jungen, wann begreift ihr endlich, gegen wen ihr zu kämpfen habt …«

Daraufhin verschwand er wieder in Lens Ausschnitt.

»Kein Grund, mich zu kratzen«, blaffte Len beleidigt. »Was meinst du, Danka, erreichen wir die Stadt heute noch?«

Schön wär's ja, überlegte ich und hielt nach Gabor Ausschau. Der heizte gerade den Soldaten ein, die sich daraufhin vom Anblick der Stadt losrissen und die verträumten Büffel weiterscheuchten.

»Gabor …«, setzte ich an.

Der Händler schmunzelte und winkte mit der Hand ab. »Keine Sorge, ihr braucht nicht die ganze Nacht mit uns zu verplempern«, sagte er grinsend. »Nehmt eure Sachen und verschwindet!«

Einen kurzen Moment glaubte ich, der Händler würde wieder in seinen Taschen kramen und mir noch ein paar Münzen geben. Ehrlich gesagt, hätte ich es ihm nicht krumm genommen.

Aber Gabor verzichtete auf jede Gefühlsduselei. »Fliegt schon los«, forderte er mich noch einmal auf.

Von ihm verabschiedete ich mich nicht. Seiner Frau winkte ich jedoch zu – schließlich hatten wir Seite an Seite gekämpft –, bevor ich an den Rand der Schlucht trat und die Flügel ausbreitete. Neben mir hüpfte Len ungeduldig von einem Bein aufs andere. »Kann's endlich losgehen?«, fragte er.

»Ja«, sagte ich. »Wer ist als Erster bei …«

Die Dunkelheit, in der die Lichter der Händlerstadt schimmerten, umhüllte uns sanft. Diesmal benutzte ich beim Fliegen nicht den Wahren Blick, denn der hätte die Nacht kaputt gemacht – die mir zum ersten Mal so wahr und so gut vorkam wie zu Hause. Natürlich gewann Len unseren Wettflug. Er kreiste bereits über dem Stadtzentrum, als ich die Peripherie erreichte. Unter mir lagen ein- und zweistöckige Häuser, gedrungene und solide Bauten, in denen die Händler nicht nur lebten, sondern auch ihre Waren aufbewahrten. Die Menschen, die durch die Straßen spazierten, verdrehten den Kopf und schauten mir nach.

»Du lahme Ente!«, rief mir Len begeistert zu. »Dich hab ich aber abgehängt! Sind deine Flügel eingerostet?«

Das vermieste mir jedoch nicht die Stimmung.

»Lass uns auf dem Platz landen«, bat Len, als ich aufschloss. »Da gibt es Buden … Ich habe einen Wahnsinnshunger!«

»Wir landen besser im Hafen«, schlug ich vor. Sofort willigte Len ein. Bestimmt reizten ihn die Schiffe ebenfalls, denn wahrscheinlich hatte er noch nie welche zu

Gesicht bekommen. Ich wusste immerhin aus Filmen, was Segeljachten waren.

So spreizten wir die Flügel und gingen am Hafen tiefer.

Die Hafenpromenade war kopfsteingepflastert. So gleichmäßig und glatt abgeschliffen, wie das Pflaster war, mussten hier schon unzählige Menschen gegangen sein. Bei der Landung rutschte Len prompt aus. Als er sich hochrappelte, rieb er sich fluchend ein Bein. Ich legte die Flügel an und sah mich um.

Auf der einen Seite erhoben sich graue Lagerhallen, auf der anderen schaukelten Schiffe auf dem Wasser. Uns blieb jedoch keine Zeit, sie näher anzusehen, denn drei Männer kamen mit schnellen Schritten auf uns zu.

Sie trugen komische Kleidung: lange Wollpullover, die fast bis zu den Knien reichten und unter denen kanariengelbe Hosen hervorlugten. Über den Pullover hatten sie ein ledernes Schultergehänge geschnallt, an dem ein kurzes Schwert baumelte. In mir spannte sich alles an.

»Len«, warnte ich meinen Junior leise. »Achtung!«

Len hörte sofort auf, über die missglückte Landung zu grummeln. Schulter an Schulter bauten wir uns auf, um die drei näher kommenden Männer in Empfang zu nehmen.

Sie erinnerten eher an die Männer aus Lens Stadt als an Händler. Auch ihre Schwerter entsprachen den Waffen aus Lens Stadt. Außerdem zeigten ihre Gesichter jene seltsame, unbewegliche Gleichgültigkeit, über die ich mich anfangs so gewundert hatte.

»Flügelträger«, konstatierte einer der drei. »Ohne Zweifel Flügelträger. Was treibt ihr denn hier, Jungs?«

»Wer will das wissen? Wer seid ihr überhaupt?«, fragte Len zurück. Sonderlich viel Respekt legten die Flügelträger den Erwachsenen gegenüber ja nie an den Tag.

»Wir stehen in Diensten der Stadt«, erklärte einer der Männer bereitwillig. Er war etwas älter als Shoky oder Iwon, dürfte also vor nicht allzu langer Zeit selbst noch Flügel getragen haben. »Und was hat euch in die Händlerstadt verschlagen?«

»Wir sind aus freien Stücken hier«, erwiderte Len in provozierendem Ton. »Oder ist das etwa verboten?«

»Natürlich nicht«, meinte unser Gegenüber. »Haltet euch nur vor Augen, dass es hier nicht wie in eurer Stadt ist, wo ihr alles umsonst bekommt. Hier müsst ihr bezahlen. Für die Unterkunft, das Essen, für alles, was ihr braucht.«

»Wir haben Geld«, verkündete Len stolz.

Mir war, als ob die drei auf diese Information sehr hellhörig reagierten. Ein Mann von etwa vierzig Jahren, der Älteste von ihnen, der bisher geschwiegen hatte, meldete sich zu Wort: »Für das Recht, sich in der Stadt der Händler aufzuhalten, werden Steuern erhoben. Zwei Taler von jedem.«

Len warf mir einen bedauernden Blick zu, zuckte die Schultern und wollte anscheinend schon bezahlen. Doch ich achtete nicht weiter auf ihn, sondern musterte die Männer. Vier Taler – hauten sie uns damit übers Ohr? Würden sie es tatsächlich wagen, nicht nur Erwachsene auszunehmen, sondern auch uns?

»Und wenn wir nicht zahlen, werdet ihr uns dann verfolgen?«, fragte ich. Dabei spreizte ich den Arm, damit sie den Stoff der Flügel sahen.

Etwas im Gesicht der Männer veränderte sich. Der Jüngste von ihnen beugte sich zu uns herunter. »Natürlich nicht, mein Junge, wo denkst du denn hin«, erklärte er mit weicher Stimme. »Aus welcher Stadt seid ihr?«

»Schichar«, antwortete Len. »Das liegt im Süden, am Fluss Dalal.«

Auf diese Weise erfuhr ich also, wie Lens Stadt hieß.

»Das kenne ich. Da bin ich schon einmal gewesen. Kennt ihr den alten Gert?«

»Klar!« Ob ich wollte oder nicht, ich musste grinsen.

»Wenn ihr zurückkehrt, grüßt ihn von Wokk. Wokk, das bin ich.«

Len und ich nickten synchron.

»Was wollt ihr denn nun bei uns, Jungs?«

»Wir sind aus reiner Neugier hier«, behauptete Len mit Unschuldsmiene. »Wir haben bei einem Händler als Begleitsoldaten angeheuert, für den Weg bis zur Stadt. Wir wollen einfach mal sehen, wie man hier lebt, mit der nächsten Karawane ziehen wir dann zurück.«

Die Antwort stellte Wokk zufrieden. Er klopfte Len auf die Schulter, erhob sich und verkündete in offiziellem Ton: »Hiermit erteile ich euch die Erlaubnis, euch in der Stadt der Händler aufzuhalten. Achtet die bestehenden Gesetze, befolgt die Befehle der Ordnungshüter und vergesst nicht, dass man für alles zu bezahlen hat. Solltet ihr Probleme bekommen, wendet euch an mich.«

Die beiden Gefährten Wokks mischten sich nicht in

unser Gespräch ein. Als die drei jedoch über die Uferpromenade abzogen, fingen sie einen halblauten Streit mit ihm an.

»Und ich hatte schon gedacht«, sagte Len leise, »wir müssten ihnen Geld geben.«

»Er sehnt sich zu sehr nach Flügeln«, erklärte ich. »Er weiß, dass er nie wieder fliegen wird, erinnert sich aber noch genau, wie es ist, zu fliegen. Deshalb wollte er uns nicht über den Tisch ziehen. Aber seine beiden Kumpane sind älter und haben bereits alles vergessen. Wir hatten Glück, dass er bei ihnen das Sagen hat.«

»Wer denn auch sonst?«, meinte Len verwundert. »Schließlich war er noch vor Kurzem ein Flügelträger, ist geflogen und hat gekämpft. Da ist es doch klar, dass er ein besserer Kämpfer ist als die beiden alten Herren.«

Letztendlich betrachteten Len und ich die Welt eben doch mit anderen Augen. Und wir wunderten uns über andere Dinge. Wenn Len gewusst hätte, womit sich unsere Altersgenossen in meiner Welt so beschäftigten, hätte er sich vor Staunen bestimmt nicht mehr eingekriegt.

»Lass uns einen Imbiss suchen«, schlug ich vor. Als mir aufging, wie komisch das Wort »Imbiss« in dieser Bilderbuchlandschaft mit ihren Segelschiffen klang, musste ich unwillkürlich grinsen. »Ich meine natürlich eine Taverne.«

Eine Taverne fanden wir erst nach einer geschlagenen halben Stunde, als wir nämlich auf die Idee kamen, nicht länger die Uferpromenade hinunterzumarschieren, wo uns die wenigen Leute – keine Händler, sondern Wachmänner und Matrosen – sowieso nur neugierig anstarrten, und stattdessen aufs Stadtzentrum zusteuerten. Das Ding hieß dann auch nicht Taverne – und erst recht nicht Imbiss –, sondern schlicht und ergreifend »Gasthaus«. Aus der halb offenen Tür strömten uns wirklich leckere Düfte entgegen. Der Sonnenkater, der in Lens Ausschnitt geschlafen hatte, schob seinen Kopf heraus, schnupperte und schnurrte zufrieden.

»Denkt daran, euch um eine Übernachtungsmöglichkeit zu kümmern«, ermahnte uns der Kater, als er wieder im Flügeloverall verschwand. »Und für mich bestellt Milch!«

Ich war davon überzeugt, gleich etwas zu sehen, das einer Taverne aus einem Piratenfilm entsprach – aber da sollte ich mich irren.

Die Gaststätte war winzig klein, ein einfacher Raum mit fünf oder sechs kleinen Tischen und einem Bambusvorhang, der die Küche abtrennte. An den beiden Tischen in unserer Nähe saßen Wachmänner, die selbstvergessen Buletten mit Reis aßen. An einem anderen saßen zwei Händler in Jeans und tranken Wein aus hohen Kelchen. Die Gäste schielten zu uns rüber, wenn auch nicht allzu unangenehm. Wir nahmen an einem freien Tisch Platz. Erstaunt stellte ich fest, dass die Händlerstadt anfing, mir zu gefallen.

»Wie geht's jetzt weiter?«, flüsterte Len.

»Woher soll ich das wissen? Warten wir erst mal ab.«

Len schluckte seine Spucke hinunter und nickte widerwillig. »Gut. Nur würde ich halt gern was essen …«

So saßen wir also da, schauten einander an und taten so, als ob wir nicht gleich vor Hunger sterben würden. Zum

Glück brauchten wir nicht lange zu warten. Einer der Händler legte einen Kristalltaler auf den Tisch, stand auf und ging zum Ausgang, während der andere mit finsterer Miene seinen Wein austrank. Vor dem Bambusvorhang sagte der erste Händler jedoch laut und deutlich: »Herrin, es gibt Kundschaft!«

Daraufhin wurde Len sofort ganz aufgeregt und sogar der Kater ließ sich wieder blicken.

Raschelnd teilte sich der Vorhang und es erschien eine junge Frau von etwa zwanzig Jahren. Sie sah gut aus, selbst mit dem rotblonden Haar. Für mich gab es keinen Zweifel: Sie musste die Tochter eines Händlers sein.

»Flügelträger«, stellte sie in einer Mischung aus Staunen und Freude fest. »Was darf's sein?«

»Für mich bitte Milch«, mischte sich der Kater ins Gespräch. »Die Jungen bräuchten jedoch etwas Handfesteres. Das überlasse ich ganz Ihnen, Lady.«

In den nächsten Sekunden huschte der Blick der »Lady« zwischen dem Kater, Len und mir hin und her, als versuche sie herauszufinden, wer von uns beiden der Bauchredner sei. »Für wen ist die Milch?«, fragte sie schließlich.

»Für mich natürlich«, versicherte der Kater freundlich. »Sahne ginge freilich auch.«

Die Frau schrie auf. »Du kannst sprechen?«

»Man muss ja wohl seine Zunge zum Einsatz bringen, da man uns hier andernfalls nicht zu bewirten gedenkt«, erklärte der Kater von oben herab.

»Wird sofort ...« Als die junge Frau in die Küche fegte, hätte sie sich beinah im Vorhang verheddert.

»Was sollte das?«, zischte ich.

»Ach, stehen uns etwa unbegrenzte finanzielle Mittel zur Verfügung?«, fragte der Kater zurück.

»Also … nicht wirklich.«

»Dann lass mich nur machen. Derart erstaunliche Gäste wie uns wird man nicht schröpfen wollen.«

Kurz darauf mümmelten Len und ich bereits unsere Buletten, wobei ich den starken Verdacht hatte, dass sie eher aus Fisch als aus Fleisch bestanden. Der Kater schleckte inzwischen genüsslich seine Sahne. Die Wachmänner glotzten uns an und vergaßen darüber völlig ihr Essen. Auch zwei Mädchen lugten durch den Bambusvorhang aus der Küche zu uns rüber. Da uns der Appetit unter diesen neugierigen Blicken fast verging, hängte uns der Kater prompt ab. Kaum hatte er das letzte Tröpfchen Sahne verputzt, linste er auf meinen Teller. »Meiner Ansicht nach bewältigst du die zweite Frikadelle nicht«, sagte er nachdenklich.

»Dann hilf mir«, bot ich sofort an und schnitt die Hälfte davon für ihn ab. Len spendierte ebenfalls eine Hälfte.

Einer der Wachmänner lachte heiser. Wir aßen weiter. Die rotblonde Frau kam noch einmal zu uns. »Bleibt ihr lange in unserer Stadt, Flügelträger?«, wollte sie wissen.

»Eine Woche vielleicht«, antwortete der Kater.

»Und habt ihr schon eine Unterkunft?«, fragte sie ihn direkt, nachdem sie wohl endgültig zu der Überzeugung gelangt war, dass er bei uns das Sagen hatte.

»Bisher noch nicht«, meinte der Kater mit trauriger Stimme. Er reckte sein Köpfchen hoch, hielt dabei aber nach wie vor ein Stück Fleisch in der Pfote. »Um unsere Finanzen ist es wahrlich schlecht bestellt«, fuhr er dann fort. »Sie dürften uns wohl nur wenige Mahlzeiten in Ihrer vortrefflichen Gaststätte erlauben.«

Die junge Frau ließ sich kurz etwas durch den Kopf gehen und setzte sich schließlich zu uns an den Tisch. »Wir würden euch gern unsere Gastfreundschaft erweisen«, informierte sie uns mit gedämpfter Stimme. »Zum Lokal gehören auch Zimmer und eines davon ist zufälligerweise gerade frei. Der Preis wäre rein symbolisch, einen Taler pro Woche. Allerdings nur unter der Bedingung, dass ihr jeden Tag bei uns frühstückt und zu Mittag und Abendbrot esst.«

Wenn der Kater ein Mensch gewesen wäre, hätte ich ihm jetzt unterm Tisch einen Tritt gegeben, damit er ja akzeptierte. Die Bedingungen hätten nicht besser sein können – aber was tat der Kater?

»Unsere Mittel reichen nicht aus, um bei Ihnen zu speisen, verehrte Lady«, jammerte er.

Die Frau blickte zu den Wachmännern hinüber, die dem Gespräch mit großen Augen folgten.

»Der Preis für die Mahlzeiten ist ebenfalls symbolisch. Ein Taler.«

»Pro Woche«, stellte der Kater sofort klar.

»Abgemacht«, willigte die Frau ein. »Die Gastfreundschaft ist meine Schwäche.«

»Die in diesem Fall kompensiert werden dürfte durch die Bewirtung all der neugierigen Gäste«, entgegnete der Sonnenkater.

Die Frau brach in schallendes Gelächter aus. »Woher seid ihr eigentlich, Jungs?«

»Immer hübsch eins nach dem andern«, sagte der Kater. »Könnten wir zunächst noch jeder eine Frikadelle bekommen?«

Das Zimmer, in das uns die Frau brachte – die übrigens einen ganz normalen Namen hatte und Magda hieß –, war mit Sicherheit keine Luxussuite. Nachdem sie uns allein gelassen hatte, beschwerte sich Len darüber. Ich selbst hatte jedoch den Eindruck, drei mal drei Meter würden für zwei Jungen und einen Sonnenkater durchaus genügen.

In dem Zimmer standen zwei Betten – die für Erwachsene schmal gewesen wären, für uns jedoch keinen Grund zur Klage boten. Außerdem gab es einen Kamin, in dem Brennholz vorbereitet war, sowie einen Tisch und einen einzelnen Stuhl. Die Wände bestanden aus Ziegelsteinen, die nicht einmal getüncht waren, worüber Len ebenfalls lästerte. Über dem Bett, das er sich ausgesucht hatte, hing ein kleines Bild mit einem Schiff, das über das nächtliche Meer segelte. Meiner Meinung nach sah dieses Schiff viel besser aus als die realen Vorbilder. Neben der Tür, die mit einem soliden Schloss abgesperrt werden konnte, hing ein kleiner, trüber Spiegel. Mehr gab's in dem Zimmer nicht. Das heißt, ein Fenster war natürlich auch da, vor dem nur eine leichte Gardine hing – was Len absolut umhaute. Er war nicht daran gewöhnt, dass vor den Fenstern keine Läden waren und Licht durch sie hereinfiel, und sei es auch nur das Licht von Straßenlaternen.

Der Kater rannte eine Weile geschäftig durchs Zimmer und flog dann auf mein Bett.

»Heute schlafe ich bei dir«, erklärte er. »Wenn es kalt

wird, unter der Decke. Du liegst doch still, wenn du schläfst?«

»Woher soll ich das denn wissen? Wenn ich schlafe, schlafe ich!«, antwortete ich. »Warum hast du eigentlich nicht auch noch damit angegeben, dass du fliegen und leuchten kannst?«, fragte ich.

»Was hätten wir denn sonst noch in der Hand, wenn wir länger als eine Woche bleiben müssen?«, antwortete der Kater.

»Du würdest einen prima Händler abgeben«, meinte Len halb verächtlich, halb begeistert.

»Ich werde mir diesen Gedanken durch den Kopf gehen lassen«, versprach der Kater und fing an, sich zu putzen. »Geht jetzt ins Bett, Jungs, morgen steht uns ein harter Tag bevor.«

»Wieso das?«, fragte ich.

»Keine Ahnung. Aber nur so zum Spaß sind wir ja nicht hergekommen. Schlaft jetzt!«

Ohne ihm den Befehlston übel zu nehmen, zog ich mich aus und kroch unter die Decke.

»Gute Nacht, Danka«, sagte Len gähnend.

»Gute Nacht«, erwiderte ich. Dem Sonnenkater wünschte ich noch extra, wie es sich gehört: »Einen strahlenden Sonnenaufgang.«

Ich wachte davon auf, dass der Kater an meinem Ohrläppchen knabberte und mir den Mund mit der Pfote zuhielt. Da ich nicht begriff, was das sollte, hätte ich ihn beinah auf den Fußboden gepfeffert. »Pst, Danka!«, flüsterte der Kater in dem Moment. »Steh auf.«

Ich stand auf. Der Kater hing schwach leuchtend in der Luft.

»Was ist?«, fragte ich verdattert und immer noch im Halbschlaf.

»Sieh dir mal deinen Junior an ...«

Endlich dämmerte mir, dass etwas passiert sein musste, und ich drehte mich zu dem Bett um, in dem Len schlief. Sofort erstarrte ich. Da lag nicht Len. Da lag jemand, der ihm sehr ähnlich sah, dessen Gesicht jedoch so böse und verkniffen war, dass mich der pure Horror packte.

»Das ist die Finsternis«, flüsterte der Kater mir ins Ohr. »Das Schwarze Feuer brennt in ihm, Danka. Wenn Len nicht schläft, ist er stärker als die Finsternis. Aber sie lauert in ihm ...«

Der Händler fiel mir wieder ein, der die Finsternis in ihm durch seine schwarze Brille bemerkt haben wollte. Hilflos sah ich den Kater an. »Was können wir denn für ihn tun?«

»Wir? Ihn wecken oder ihn mit Wahrem Licht bestrahlen ... oder einfach Mitleid mit ihm haben. Dennoch wird die Finsternis in ihm wachsen. Wir müssen viel, sehr viel Wahres Licht finden, um die Finsternis in Len bis aufs letzte Fünkchen auszubrennen.«

»Wie viel?«

»Sehr viel, Danka. Aber frag mich nicht, wie viel genau und woher wir es nehmen sollen. Das ist mir selbst völlig unklar. Schließlich bin ich ...«

»... noch klein, die Leier kenne ich schon«, unterbrach ich den Kater. Ich setzte mich neben Len aufs Bett und griff vorsichtig nach seiner Hand.

Schon in der nächsten Minute entspannte sich Lens Gesicht. Es sah wieder aus wie immer, nur auf der Stirn schimmerten ein paar Schweißperlen.

»Vielleicht ist alles halb so schlimm«, sagte der Kater seufzend. »Leg dich hin und schlaf noch ein wenig. Ich halte die Finsternis in ihm in Schach.«

Mit diesen Worten machte er es sich auf Lens Brust bequem, fing leise an zu schnurren und beachtete mich nicht weiter.

Also ging ich wieder ins Bett, selbst wenn ich nicht mehr einschlafen konnte. Ich lag da, starrte an die Holzdecke, auf die Ritzen zwischen den Brettern, und wartete, bis auf der Straße die ersten Schritte der Leute zu hören waren und das Licht der Laternen heller wurde, um den neuen Tag anzuzeigen.

Irgendwann wachte Len auf und bemerkte den Kater auf seiner Brust. »Hat Danka dich im Schlaf getreten?«, fragte er ihn lachend.

»Und wie!«, log der Kater dreist. »Zukünftig schlafe ich lieber bei dir, du bist friedlicher.«

5
Das Schwert

Bad und Klo lagen am Ende des Gangs, jeweils eines für alle Zimmer. Wie in einer Gemeinschaftswohnung. Zum Glück schien außer uns niemand im Gasthaus zu wohnen. Als wir nach unten gingen, immer noch verschlafen und mit feuchten Haaren nach dem Duschen, brach das vielstimmige Gemurmel sofort ab.

An jedem Tisch saßen rund zehn Leute. Die meisten tranken Wein und aßen gebratenen Fisch dazu. Natürlich verstand ich von solchen Dingen noch nichts, aber ich fand, dass diese Kombination als Frühstück nicht gerade üblich war. Es waren Wachmänner und Händler und alle glotzten uns unverhohlen an. Sie waren bestimmt gekommen, um den sprechenden Kater zu erleben. Wir stapften zu dem einzigen noch freien Tisch – der offenbar für uns reserviert war – und setzten uns, wobei wir versuchten, niemanden anzusehen.

In absoluter Stille brachte Magda uns Bratfisch mit Gemüse, eine Schale mit Sahne für den Kater und je ein Glas Wein für Len und mich.

»Vielen Dank«, brachte ich verlegen hervor. Der Kater schwieg.

Magda schwirrte hin und her und servierte den Gästen Wein. Wir aßen in aller Eile und träumten nur von einem:

hier wegzukommen. Der Kater schlürfte seine Sahne – und schwieg.

Magda musterte ihn ungeduldig.

Erst als der Kater sich über den Fisch hermachte, durchbrach er die Stille. »Etwas zu lange gebraten …«, verkündete er klar und deutlich.

Ein lautes Raunen ging durch die Gäste. Danach herrschte wieder Stille, nur durchbrochen vom Gluckern des Weins, den die Gäste sich eiligst eingossen.

Len schielte zu mir herüber. »Was ist, sollen wir den mal probieren?«, flüsterte er.

Ich nippte vorsichtig an dem Wein und schüttelte den Kopf. Er war sauer – und fürchterlich stark. Da Len und ich uns jedoch schämten, um Wasser oder Saft zu bitten, warteten wir einfach, bis der Kater mit seinem Fisch fertig war.

Der ließ sich allerdings Zeit. Als er fertig war, sprang er in Lens Armbeuge und wir steuerten gemeinsam auf den Ausgang zu, ohne dass wir uns vorher irgendwie abgesprochen hätten. Wir waren schon halb durch die Tür, da fiel dem Kater noch was ein. »Könnte man zum Mittagessen heute mal die Fischsuppe probieren?«, erkundigte er sich bei Magda.

Sie nickte mit freudestrahlendem Gesicht. Wir verließen den Raum. Sobald die Tür hinter uns zugefallen war, redeten drinnen alle mit aufgeregten Stimmen durcheinander.

»Was für eine Komödie …«, sagte Len.

»Ja, ja, die einen ergötzen sich an der Komödie – während andere den Pausenclown mimen müssen«, maulte der Kater. »Wohin gehen wir?«

Erst zuckte Len mit den Schultern, dann ich.

»Also flanieren wir so lange durch die Straßen, bis wir auf etwas Interessantes stoßen«, entschied der Kater.

Während des Spaziergangs ließen wir unsere Blicke in alle Richtungen schweifen. Im Grunde gab es jedoch gar nichts zu sehen. Nur Häuser, Leute, die sich nicht im Geringsten für uns interessierten, und zahllose Laternen.

»Nun, Danka, meinst du immer noch, die Händler könnten hinter der ganzen Geschichte stecken?«, wollte der Kater wissen.

»Ich weiß es nicht«, gab ich zu. »Vermutlich sind sie für eine derartige Schweinerei doch zu dumm.«

»Stell dir einmal die wichtigste Frage!«, verlangte der Kater im Ton eines Oberlehrers von mir. »Die Frage, auf die es einzig ankommt. Wenn du die Frage richtig formulierst, ist darin die Antwort schon enthalten.«

»Du gehst mir auf die Nerven!«, fuhr ich ihn an. »Du weißt doch genau Bescheid – und uns sagst du nichts!«

Der Kater hüllte sich in Schweigen, und wir gingen wortlos weiter, bis ich schließlich hervorbrachte: »Die wichtigste Frage ist: Wem nützt das? Korrekt?«

»Annähernd«, bestätigte der Kater kühl.

»Es nützt den Händlern!«, stieß Len hervor. »Sie nehmen uns aus!« Er sah mich an. »Das stimmt doch, oder, Danka?«

»Unterbrich deinen Senior nicht!«, wies ihn der Kater zurecht. »Diese Jugend! Kennt keinen Anstand und keinen Respekt mehr. Also: Wer ist an allem schuld, Danka?«

»Ich weiß es nicht«, gab ich ehrlich zu. »Aber es nützt den Händlern …«

»Wenn du eine Frikadelle zum Fenster hinauswirfst und die Fliegen sich darauf stürzen, trifft die Fliegen dann irgendeine Schuld?«, bohrte der Kater weiter.

»Wenn sie sich auf die Bulette setzen und ich sie dann vor lauter Ekel nicht mehr essen mag, ja, dann sind sie schuld«, mischte sich Len wieder ein.

Der Kater mauzte verärgert. »Dreht mir nicht das Wort im Mund herum, Jungs! Und begriffen habt ihr bisher rein gar nichts!«

Wieder zogen wir schweigend weiter. Nach und nach veränderte sich die Straße. Die Häuser waren jetzt höher und es gab mehr Laternen. Auch immer mehr von innen beleuchtete Schaufenster mit allerlei Krimskrams.

»Geschäfte!«, rief der Kater, als hätte er schon lange davon geträumt, shoppen zu gehen. »Haben wir Geld, Danka?«

»Ja.«

»Dann komm.«

Er sprang von Lens Arm herunter und steuerte auf eine der Türen zu. Ich zuckte bloß mit den Schultern.

Im Geschäft war es hell, sogar zu hell. In dem Raum brannten fünf Lampen, doch an denen lag es nicht. Aber überall – an den Wänden und in den Regalen – funkelten Spiegel, die das Licht zurückwarfen.

»Kauf den, vor dem ich anfange, mich zu putzen«, trug mir der Kater, dieser alte Verschwörer, auf.

Der Besitzer des Ladens kam auf uns zu, ein hohlwangiger Mann mit schwarzen Haaren. Er erinnerte kaum an die Händler, die wir schon kennengelernt hatten, trat aber ganz mit der Souveränität eines Geschäftsinhabers auf.

»Wollen die jungen Leute etwas kaufen?«, fragte er höflich, wenn auch nicht allzu interessiert. »In unserer Stadt muss man dergleichen bezahlen …«

»Ich weiß«, sagte ich, wobei ich den Kater beobachtete, der langsam an der Wand entlangstolzierte und sich in jedem Spiegel betrachtete. »Wir können zahlen.«

Sofort änderte sich der Ausdruck im Gesicht des Mannes. »Was für ein herrlicher Tag! Meine Kundschaft ist ja durchaus zahlreich, aber Flügelträger – das Vergnügen hatte ich bislang noch nicht! Womit kann ich dienen?«

»Mit einem Spiegel«, sagte ich. Was eine ziemlich dämliche Antwort war.

»Sicher. Aber mit was für einem?« Der Mann fuchtelte theatralisch mit der Hand. »Mit einem kleinen oder einem großen, für zu Hause oder für die Reise, einem runden oder einem quadratischen, einem neuen oder einem alten, gerahmt oder ungerahmt, mit Edelsteinen besetzt oder …«

Inzwischen hatte sich der Sonnenkater vor einen kleinen, runden Spiegel in einem schlichten Holzrahmen gehockt und angefangen, sich zu putzen.

»Ach, etwas ganz Einfaches«, sagte ich erleichtert. »Der da zum Beispiel würde absolut genügen.«

Der Händler drehte sich um und starrte den Kater an. »Woher kommt dieses Viech?«

Empört stellte der Kater die Putzerei ein und machte einen Buckel.

»Der gehört zu uns«, erklärte ich. »Keine Sorge, er wird nichts kaputt machen.«

»Wenn er etwas kaputt macht, werdet ihr es bezahlen«, erklärte der Mann unerschüttert. »Diesen also …«

Er nahm den Spiegel so behutsam von der Wand, als wäre es eine Kristallvase.

»Bei diesem Spiegel handelt es sich um die Arbeit eines alten Meisters. Er ist so alt, dass ich ihn nicht verkaufen möchte. Selbst zwanzig Taler wären nicht genug …«

»Gehen wir!« Ich zog Len am Arm fort.

»Wartet!«, rief der Verkäufer nervös. »Vielleicht finden wir ja einen Kompromiss!«

Eine Viertelstunde später waren wir um drei Taler ärmer, hielten jedoch den eingewickelten Spiegel in Händen und verließen den Laden.

»Aber eigentlich hat er uns doch übers Ohr gehauen, oder?«, meinte Len.

»Er glaubt, uns übers Ohr gehauen zu haben«, entgegnete der Kater vergnügt. »Im Grunde hat jedoch er das Nachsehen – und zwar gewaltig.«

»Das ist ein Wahrer Spiegel, stimmt's?«, fragte ich.

»Stimmt«, bestätigte der Kater. »Meine Hochachtung, Danka.«

»Ich weiß sogar noch mehr«, sagte ich mit einem Augenzwinkern. »Ich weiß, wofür wir den brauchen. Wir machen noch einen Kater! Damit du einen Freund hast. Nicht wahr?«

Der Kater, der bis eben friedlich in Lens Armen gelegen hatte, sprang runter auf die Straße. »Was?«, kreischte er los. »Du Dummkopf! Sonnenkater macht man doch nicht einfach so! Und wozu bräuchtet ihr noch einen? Reiche ich euch nicht mehr?«

»Tut mir leid, es war nur Spaß«, stammelte ich. »Aber wozu willst du dann …«

»Wenn dieser Hohlkopf von Verkäufer keine Ahnung hatte, was für einen Spiegel er da anbot«, schimpfte der Kater weiter, »dann ist es sein Pech! Jetzt brauchen wir jedenfalls noch eine Waffe. Eine gute Waffe. Um die Freiflieger zu besiegen. Und eine gute Waffe kaufst du nicht für zehn Taler. Du dummer, dummer Junge ...«

Er fing an, sich nervös zu putzen.

»Tut mir leid«, wiederholte ich.

»Wenn du so ein Schlaukopf bist, dann blick doch mal in den Spiegel«, schlug der Kater plötzlich vor. »Willst du?«

Verwirrt sah ich auf das Paket in meinen Händen. Hineinsehen? Und ... mein eigenes Wesen erkennen?

»Nein«, antwortete ich leise. »Nein, das will ich nicht.«

»Eine kluge Entscheidung«, urteilte der Kater, der seine Empörung wieder im Griff hatte. »Es würde dir nicht gefallen, das kann ich dir versichern.«

Die Fußgänger verfolgten mit neugierigen Blicken die seltsame Szene: zwei Flügelträger, die vor einem Kater standen. Aber bestimmt sah es so aus, als ob es Len und ich waren, die sich miteinander unterhielten.

»Gehen wir weiter!«, sagte der Kater nach einer Weile. »Und haltet die Augen offen! Nach einem Schaufenster mit Waffen.«

Wir mussten lange suchen. Anscheinend erfreuten sich Waffen keiner sonderlichen Beliebtheit, und sicher kam es nicht oft vor, dass Gäste wie wir in der Stadt der Händler auftauchten. Irgendwann bemerkte Len eine Tür, über der ein Schild mit zwei gekreuzten Schwertern prangte. Ein Schaufenster gab es aber nicht.

»Versuchen wir unser Glück«, brummte der Kater. Wir betraten den Laden. Sobald wir durch die Tür waren, wussten wir, dass wir uns nicht geirrt hatten.

Der Raum war lang und schmal wie ein Korridor. Die Wände überzog ein enges Eisengitter, das die Waffen an die Steinmauer presste. Angesichts ihrer Vielfalt gingen mir die Augen über. Schwerter, Dolche, Armbrüste, Säbel, Lanzen, Äxte – und noch etliche andere scharfe und spitze Gegenstände, deren Namen ich nicht wusste.

»Wow!«, rief Len begeistert und streckte eine Hand durch das Gitter, um ein Schwert mit einer langen und schmalen Klinge zu berühren. Doch seine Finger glitten durch die Schneide hindurch wie durch Nebel. Ruckartig zog er die Hand zurück und schaute sie skeptisch an. »Die sind ja alle unecht!«, maulte er enttäuscht. »Hier haben wir nichts verloren!«

»Das sind Muster«, erklärte jemand mit leiser Stimme hinter uns. »Solange ihr nicht bezahlt habt, bekommt ihr keine echten Stücke in die Hand.«

Wir wirbelten herum. Neben der geschlossenen Ladentür stand ein Mann. Wo er herkam, war ein Rätsel. Er sah absolut durchschnittlich aus. Mittlere Größe, nicht jung, nicht alt, gekleidet wie ein Händler, mit einem funkelnden Ring am Finger. Mich enttäuschte sein Äußeres. Der Besitzer eines Waffenladens sollte entweder ein buckliger Greis mit einem schwarzen Umhang und faltigem Gesicht sein oder das genaue Gegenteil davon, ein muskelbepackter Jüngling mit nacktem Oberkörper. Aber der hier …

»Flügelträger sind seltene Gäste in unserer Stadt«,

meinte der Waffenhändler in diesem Moment. »Vermutlich glauben sie, allein ihre Flügel würden sie zuverlässig schützen. Aber da wäre ich mir nicht so sicher ...«

Der Mann ging auf Len zu, fasste ihn entschlossen bei den Schultern, zog ihn etwas näher und knöpfte die Scheide von seinem Gürtel. Len, der normalerweise einen Wutanfall bekam, wenn man etwas mit ihm anstellte, ohne ihn vorher zu fragen, schien es die Sprache verschlagen zu haben.

»Äußerst bemerkenswert!«, konstatierte der Waffenhändler. »Schwarzer Stahl, im Flug gehärtet. Ihr habt nach wie vor gute Meister, mein Junge.«

Nachdem er dem verdutzten Len das Schwert zurückgegeben hatte, wandte er sich mir zu. Mein Schwert zog er allerdings nicht. Er betrachtete nur den Griff – und strahlte über beide Backen.

»Der Gnom Tuak tat schon immer zu viel des Guten«, meinte er, wobei er mich so ziemlich ignorierte. »Ein allzu reich verzierter Griff ... viel zu weicher Stahl. Kaum zu glauben, dass dieses Schwert zweihundert Jahre überdauert hat. Offenbar ist es nur selten gebraucht worden.«

Der Mann richtete seinen Blick wieder auf Len, während ich über seine Worte nachgrübelte: Bewunderte er meine Waffe oder machte er sich über sie lustig? »Was führt euch zwei denn zu mir?«, fragte er. »Wollt ihr bessere Schwerter kaufen als die, die ihr habt? Dann werdet ihr bei uns nicht fündig, dafür bräuchtet ihr nämlich mehr Geld, als dieses Päckchen beinhalten dürfte.« Er wies mit einem kurzen Nicken auf den eingewickelten Spiegel. »Wollt ihr etwas verkaufen? Ich würde euch gutes Geld für das Schwert des Gnoms Tuak zahlen und auch für das luftgehärtete Schwert. Aber Flügelträger verkaufen ihre Waffe nicht. Oder hat sich alles von Grund auf geändert und die Welt ist nicht mehr die von einst?«

»Lasst mich mit ihm reden«, schaltete sich nun der Kater ein, der bisher bescheiden zu meinen Füßen gesessen hatte.

Der Waffenhändler schien sich darüber nicht zu wundern. »Jetzt kommen wir der Sache allmählich näher«, meinte er. »Wollen wir die Unterhaltung hier führen oder lieber in mein Zimmer gehen?«

»Vorerst können wir getrost hierbleiben«, antwortete der Kater. »Danach sehen wir, wohin wir gehen.«

»Gut. Was braucht ihr?«

»Ein Wahres Schwert.«

»Das kostet Geld – viel Geld, wie ihr euch denken könnt. Ich bin schließlich kein gutherziger Gönner junger Helden. Ich bin Händler. Ich brauche Geld, um mein Geschäft ausüben zu können.«

»Wertvoll sind nicht nur Geld und Schwerter.«

»Auch wieder wahr.« Der Händler schielte zu dem Paket, das ich trug. »Wie ich sehe, habt ihr etwas, das ihr mir zum Tausch anbieten könnt. Aber ob ich das überhaupt brauche?«

»Du hast das Wahre Schwert«, erwiderte der Kater bloß.

»Ich habe viele Schwerter.«

»Gehen wir in dein Zimmer.«

»Soll mir recht sein.«

Ohne große Hast zogen der Händler und der Sonnenkater durch den Korridor ab. Len und mich hatten die beiden völlig vergessen. Unschlüssig folgten wir ihnen.

Wir saßen auf einem weichen Ledersofa, in dem wir halb versanken, und beobachteten den Kater und den Waffenhändler. Der Kater hockte mitten auf dem großen Holztisch und verhandelte mit dem Waffenhändler, der in einem Sessel Platz genommen hatte. Den Spiegel hatten sie schon ausgepackt, er lag zwischen ihnen.

»Ich verstehe selbst durchaus einiges von Waffen«, erwiderte der Händler gerade auf ein Argument des Katers. »Aber das, was ein Wahrer Spiegel vermag, bringst du nicht fertig.«

»Das kann gut sein. Er zeigt dir, ob ein Schwert lange halten wird … oder ob es eine Fälschung ist. Mitunter bin ich mir in diesen Fragen nicht ganz sicher. Da würde mich der Spiegel vor einem Irrtum bewahren. Aber was verlangst du dafür?«

»Ein Wahres Schwert.«

»Ich habe viele Wahre Waffen!«, rief der Händler.

Er drehte sich in seinem Sessel um und öffnete eine Truhe, die vor der Wand stand. Ohne jede Anstrengung – als handle es sich lediglich um Angeln – holte er einen ganzen Packen Schwerter heraus. Aus einer der Scheiden, die ungewöhnlich dick und höckerig war, zog er ein schlankes Schwert.

»Das hier ist das Zauberschwert aus dem Königreich Tar. Am Griff gibt es einen Knopf, wenn du den drückst, zerhackt das Schwert alles.«

»Einen Knopf?«, fragte der Kater giftig. »Und womöglich auch Photonen, Protonen und Magnetfelder? Du scheinst vergessen zu haben, in welcher Welt du dich befindest, Händler!«

»Ist ja gut«, meinte der Händler, der sich nicht aus der Ruhe bringen ließ. »Hier habe ich ein anderes Schwert. Auch diese Klinge vermag einiges. Sie spaltet Stein …«

»Wir haben nicht vor, in einem Steinbruch unser Glück zu versuchen.«

»Schon in Ordnung. Dieses Schwert hier springt von selbst aus der Scheide, sobald Gefahr droht. Allerdings darf man es nicht gegen seinen Willen ziehen. Es ist einem großen Krieger abhanden gekommen …«

Der Kater kannte offenbar die Geschichte. »Du weißt, wie viele Unannehmlichkeiten dieses Schwert besagtem großem Krieger bereitet hat?«

»Daran war er selbst schuld. Der Junge hat einfach …«

»Und für wen suche ich wohl eine Waffe? Für einen weisen Greis?«

Daraufhin dachte der Händler länger nach, bevor er die nächste Entscheidung traf. Sein Blick wanderte zwischen mir und Len und den Schwertern hin und her. Schließlich zog er unschlüssig das nächste Schwert hervor. »Also …« Er präsentierte es äußerst behutsam, als fürchte er, es springe jeden Moment aus der Scheide. »Das ist eine schreckliche Waffe. Sie saugt den Feinden das Leben aus und überträgt auf ihren Besitzer die Kraft seiner Gegner.«

Der Kater machte einen Buckel. »Was fällt dir eigentlich ein?«, zischte er. »Du bietest uns ein Schwert der Finsternis an? Du wagst es, mir, einem Sonnenkater, ein solches Schwert zu empfehlen? Dabei weißt du ganz genau, welches Schicksal es gehabt hat!«

Mit angehaltenem Atem verfolgten wir die Szene. Natürlich war es unmöglich, aus alldem schlau zu werden, aber das Gefühl, dass beinahe ein großes Geheimnis gelüftet worden wäre, hielt uns gefangen.

»Hier habe ich ein weiteres Schwert«, fuhr der Händler rasch fort, während er die dunkle Klinge wieder wegsteckte. »Ein Schwert des Lichts, wie es in einer Schlacht gegen die Kräfte des Bösen unersetzlich ist.«

»Was der Herr nicht alles vom Krieg versteht«, brummte der Kater vor sich hin. »Wir brauchen weder Schwerter des Lichts noch Schwerter der Finsternis«, erklärte er dann mit müder Stimme. »Wir brauchen keine Lichtsäbel oder Atomschwerter. Wir brauchen ein Wahres Schwert. Ist das klar?«

Der Händler richtete den Blick wieder auf uns. »Für wen?«, wollte er wissen.

»Für Danka. Das ist der braun gebrannte, dunkelhaarige Bengel.«

Der respektlose Ton des Katers weckte in mir den Wunsch, ihn beim Schwanz zu packen. Er schaute mich nicht mal an. Dafür musterte mich der Händler allerdings in einer Weise, als wollte er mich durchbohren. »Stammst du wirklich aus dieser Welt, Danka?«, fragte er.

»Nein«, gestand ich, ohne recht zu wissen, warum.

Der Händler erhob sich aus dem Sessel und beugte sich drohend über den Kater. »Was führst du eigentlich im Schilde, Kater? Weshalb hast du den Jungen in diese Welt gebracht?«

»Das hat sich zufällig so ergeben«, antwortete der Sonnenkater wie aus der Pistole geschossen.

»Ach ja?«, grummelte der Händler misstrauisch.

»Er sagt die Wahrheit, ich bin wirklich selbst schuld daran«, erklärte ich. Auch wenn sich der Kater immer mieser benahm, waren wir doch Freunde.

»Das tut mir leid für dich«, sagte der Händler, der nun wieder die Ruhe in Person war. Dann wandte er sich an den Kater: »Dir ist klar, dass ich ein Wahres Schwert nicht einfach verkaufen kann. Der Junge muss es sich selbst holen.«

»Das weiß ich«, meinte der Kater sehr leise.

»Und verlangst du das von ihm?«

»Das muss er selbst entscheiden«, beteuerte der Kater, der alles tat, um meinem Blick auszuweichen. »Erzähle ihm vom Wahren Schwert, Waffenhändler!«

Verzweifelt schlug der Mann die Hände überm Kopf zusammen. »Licht und Finsternis!«, rief er aus. »Nicht einmal das weiß der Junge? Sag mal, Kater, reicht euch nicht doch ein schlichtes Zauberschwert? Ein gutes Schwert gegen die dunklen Kräfte?«

»Weshalb bist du dir denn so sicher, dass wir ein Schwert gegen die Finsternis brauchen?«, fragte der Kater.

»Ich geb's auf«, antwortete der Händler. »Also, ich verlange folgenden Preis von euch: den Spiegel und alles Geld, das ihr bei euch habt. Dafür werde ich dem Jungen den Weg zum Wahren Schwert zeigen. Du musst …«

»Erzähle mir zuerst vom Wahren Schwert!«, verlangte ich. Mein Ton überraschte mich selbst, er war resolut und fest.

»Also …« Der Händler wandte sich mir zu. »… wie ich höre, darfst du auch selbst sprechen.«

»Raus mit der Sprache!«, forderte ich. Ich spürte, wie meine Augen auf den Wahren Blick umschalteten, obwohl ich das gar nicht wollte. Der Händler schrie auf und riss die Hand vors Gesicht. Nach einer Weile senkte er einen Arm – und ich hatte den Eindruck, aus dem kleinen Ring an seinem Finger fließe über seinen ganzen Körper eine matte Flüssigkeit, die ihn für den Wahren Blick undurchdringlich machte.

»Ich bin alt geworden, sehr alt«, stöhnte der Händler. »Ein Junge mit dem Wahren Blick … Und ich hatte nur Augen für den Kater. Was hast du gesehen, Danka?«

»Nichts«, gestand ich.

»Immerhin funktioniert mein Reaktionsvermögen noch!« Die Stimmung des Mannes hob sich ein wenig. »Du willst etwas über das Wahre Schwert wissen, mein Junge? Gut. Warum auch nicht? Immerhin musst du dein Leben dafür riskieren. Also hör gut zu!«

Der Kater zappelte nervös auf dem Tisch herum. Als ob er es sich anders überlegt hätte und nicht mehr wollte, dass der Händler mir die *ganze* Wahrheit über das Wahre Schwert erzählte.

»Es gibt viele Welten und in ihnen viele Waffen. Ich handle mit allen. Mit Waffen gegen das Licht und mit Waffen gegen die Finsternis. Ich bin nur ein Händler. Aber dein Freund hat recht – selbst ein Schwert des Lichts kann die Finsternis nicht immer besiegen. Es gibt nur eine Waffe, die dir zum entscheidenden Sieg verhelfen kann. Das ist das Wahre Schwert.«

Len schob sich näher an mich heran. Als ob ihm plötzlich angst und bange wurde.

»Dieses Schwert gehört nie allein einem einzigen Menschen. Du besitzt nur einen Teil seines Wesens, erhältst sozusagen ein körperloses Gespenst. Aber jedes Mal, wenn dir Gefahr droht, materialisiert es sich in der Scheide. Dann kannst du danach greifen und es gegen deinen Feind ziehen. Gegen jeden Feind. Das Schwert wird dich nicht im Stich lassen. Aber du darfst es nur ein Mal ziehen. Nur ein einziges Mal.«

»Warum?«, wollte ich wissen.

»Weil jeder Mensch nur einen einzigen Wahren Feind hat. Und es hängt von dir ab, ob du diesen Feind erkennst oder nicht, ob du die Kräfte des Schwerts leichtfertig vergeudest oder sie für den entscheidenden Kampf aufbewahrst.«

»Und wenn ich nicht begreife, dass mir der entscheidende Kampf bevorsteht?«

»Von sich aus hüpft das Schwert nicht aus der Scheide. Du kannst also selbst mit dem Wahren Schwert verlieren – wenn du nicht weißt, wann du es gebrauchen musst.«

»Und warum hast du gesagt, das Schwert gehöre nicht nur Danka?«, fragte Len plötzlich. »Was heißt das?«

»Es verfügen gleichzeitig Tausende von Menschen über einen Teil des Wahren Schwerts«, antwortete der Händler in fast amüsiertem Ton. »Falls Danka Glück hat, zählt er bald zu ihnen.«

»Was muss ich denn tun, um es zu bekommen?«, bohrte ich weiter.

»Deine Ängste durchleben. Das Wahre Schwert wird

dich auf die Probe stellen.« Das Lächeln verschwand vom Gesicht des Händlers. Jetzt wirkte er beinahe traurig. »Du musst durch ein Labyrinth, das aus allem besteht, was du je gefürchtet hast oder immer noch fürchtest. All deine Ängste erwarten dich. Doch das Wahre Schwert wird immer in deiner Nähe sein. Und wenn du auf deine Wahre Angst triffst, wenn du sie erkennst und besiegst, dann überlässt dir das Schwert einen Teil seines Wesens für diesen Kampf im richtigen Leben.«

»Und wenn ich mich täusche und versuche, eine Angst zu besiegen, die nicht meine Wahre Angst ist … bringt mich das Schwert dann um?«

»Natürlich nicht! Du kommst auf Ideen! Es ist deine Wahre Angst, die dich umbringt, wenn du sie nicht besiegst.«

»Wie kann ich das tun?«

»Mit dem Schwert. Mit dem Wahren Schwert. Die kleinen Ängste kannst du einfach überwinden und vertreiben. Aber die Wahre Angst musst du mit dem Wahren Schwert an der Wurzel kappen. Genau wie im richtigen Leben steht dir das Wahre Schwert auch im Labyrinth nur ein einziges Mal zur Verfügung.«

»Okay. Ich werde aber sicherheitshalber mein Schwert des Gnoms Tuak mitnehmen«, sagte ich

»Du willst es wagen? Nun gut.« Der Händler zuckte bloß die Schultern. »Aber das Schwert des Tuak lässt du hier … Das Wahre Schwert duldet keine Konkurrenz. Das Labyrinth musst du unbewaffnet durchwandern. Und ich fürchte, deine Augen verfügen dort nur über den normalen Blick.«

Der Kater sprang vom Tisch und kam auf mich zu. Er rieb sich an meinen Beinen und sagte: »Lass uns von hier verschwinden, Danka. Wir kommen auch ohne das Wahre Schwert zurecht. Schließlich gibt es genug Zauberwaffen auf der Welt.«

»Aber nur ein Wahres Schwert«, mischte sich der Händler ein.

»Wo ist das Labyrinth?«, fragte ich.

In diesem Moment löste sich das Sofa, auf dem ich saß, in Luft auf. Ich fiel hinein in die Dunkelheit, in bodenlose Tiefe …

»Du bist bereits drin«, drang von oben kaum noch hörbar die Stimme des Händlers zu mir herunter.

6
Das Labyrinth

Ein Labyrinth muss verschlungen sein, mit vielen Biegungen und trügerischen Gängen. Das weiß jedes Kind.

Dieses hier war anders. Es begann in einem kleinen, quadratischen Zimmer, aus dem es nur einen Ausgang gab, einen langen und geraden Korridor, von dem kein weiterer Gang abzweigte. Hoch oben an der Wand steckten in geschmiedeten Eisenringen zwei brennende Fackeln. Außerdem gab es in der Decke eine Luke, durch die ich vermutlich gefallen war. Sie war mit einem riesigen Vorhängeschloss verriegelt, und wenn ich nicht fantasierte, dann war es gerade eben eingerastet.

Mitten im Raum lag ein Haufen flacher Steine. Daneben entdeckte ich ein Schwert in einer Lederscheide.

Ich trat näher, um den Griff zu berühren. Es war ein sehr einfacher Griff, aus Holz. Ob das das Wahre Schwert war? Das stärkste Schwert weltweit?

Der Griff vibrierte leicht unter meinen Fingern. Als ob das Schwert es gar nicht erwarten konnte, die Scheide zu verlassen. Nur, wozu sollte ich es in dieser Situation brauchen? Um den Haufen Steine ordentlich aufzustapeln? Um das Schloss durchzuhauen und aus dem Labyrinth zu fliehen?

Ich musste lachen: Klar, das stellte meine erste Prüfung dar – auch wenn sie total lächerlich war! Wenn ich wirklich Angst gehabt hätte, nicht zurückzukommen, wäre ich schon vor langer Zeit abgehauen. Schon damals, im Turm der Freiflieger, als ich die Verborgene Tür geöffnet hatte.

Ich machte die Scheide an meinem Gürtel fest und lief den Gang hinunter. Da es nun weniger Fackeln gab, war es noch dunkler. Trotzdem konnte ich sehen, dass nirgendwo andere Gänge abzweigten.

Der Gang führte mich in ein Zimmer mit einer Glaswand. Dahinter lag, beleuchtet von einer Schreibtischlampe, mein Zimmer. Am Schreibtisch saß meine Mutter.

»Das ist eine Täuschung«, versicherte ich mir selbst. »Das ist die nächste Prüfung.«

Meine Mutter hörte mich nicht. Und sie sah mich auch nicht, denn die Glaswand war für sie eine ganz normale Wand mit Tapete. Sie weinte nicht und hatte ein ruhiges Gesicht. Sie hatte ein Fotoalbum durchgeblättert, das jetzt auf dem Tisch lag. Vermutlich hatte sie das Album schon x-mal angeguckt und saß nun da und wusste nicht, was sie sonst noch tun konnte …

Mit einem Mal verstand ich: Das, was mir das Labyrinth zeigte, stimmte. Meine Mutter saß tatsächlich so da. Oder hatte es zumindest getan, nachdem ich verschwunden war.

Ich bräuchte jetzt nur das Glas zerhauen – und könnte nach Hause zurückkehren.

»Warum erst jetzt?«, flüsterte ich wirr. »Warum hast du immer nur dann Augen für mich gehabt, wenn ich krank war, Mam? Und jetzt, wo ich weg bin …«

Meine Mutter saß bewegungslos da. Plötzlich wurde mir bewusst, dass ich bloß noch ein erstarrtes Bild oder ein Foto sah. Meine Mutter wäre nämlich längst aufgestanden und hätte eine Freundin angerufen oder etwas gekocht. Ihr Leben blieb nicht stehen, nur weil ich verschwunden war. Es ging auch ohne mich weiter.

Diesen Gedanken fand ich schrecklich. Er ließ meine Angst wachsen. Ich wollte schon nach dem Schwert greifen, die Glaswand zertrümmern, in mein Zimmer rennen, zu meiner Mutter …

Ich wollte kein Flügelträger mehr sein, sondern ein ganz normaler Junge, eben Danka aus der siebten Klasse. Das wiederum brachte mich zum Lachen. Und deshalb zog ich das Schwert nicht.

»Davor habe ich früher Angst gehabt«, flüsterte ich, während ich durch das Glas starrte. »Dass du mich nicht mehr lieb hast oder dass du stirbst. Aber jetzt weiß ich: Das Leben läuft anders. So oder so wäre ich erwachsen geworden, nur halt später. Ich muss mein eigenes Leben leben, das ist mir jetzt klar. Wahrscheinlich tauge ich als Kind nicht viel. Sonst wäre ich wohl nicht so schnell erwachsen geworden. Warte noch ein bisschen, Mam, dann komme ich bestimmt zurück.«

Das Glas trübte sich und vor mir erhob sich wieder eine harmlose Steinmauer. Außerdem erspähte ich nun einen schmalen, dunklen Gang, an dessen Ende ein schwaches Licht schimmerte. Ich machte einige Schritte hinein in die Finsternis.

Es war sehr still. Der Gang schien unendlich lang und stockdunkel. Ich hielt es nicht länger aus – und nahm das

Schwert in seiner Scheide in beide Hände, um weiter in die Finsternis vorzudringen. Selbst durch die Lederscheide hindurch spürte ich, wie kalt die Klinge war.

»Das mit der Dunkelheit ist doch bescheuert«, behauptete ich laut. »Die ist gar nicht schrecklich. Und dass ich kein Kind mehr bin, ist auch nicht schrecklich. Dieses ganze Gequatsche ist doch Blödsinn!«

»Und was ist dann überhaupt noch von Bedeutung?«, erklang es vor mir. Wie angewurzelt blieb ich stehen.

»Papa?« Ich brachte das Wort kaum über die Lippen.

»Ja«, kam es aus der Dunkelheit zurück. »Wie bemerkenswert, dass du dich noch an mich erinnerst. Deine Mutter hast du ja schließlich auch, ohne mit der Wimper zu zucken, abgehakt.«

»Wenn einer sie aus seinem Leben gestrichen hat, dann ja wohl du«, flüsterte ich, während ich versuchte, wenigstens etwas zu erkennen.

»Ich habe mir nichts vorzuwerfen, Danka. Daran war unser Leben schuld. Das Leben von uns Erwachsenen. Aber das verstehst du noch nicht.«

»Du kannst gar nicht hier sein!«, rief ich und streckte die Hand aus. Meine Finger berührten etwas, das sich warm und weich anfühlte. Mein Vater mochte Anzüge aus dünner Wolle und trug nur diese Dinger. Trotzdem riss ich meine Hand zurück, als hätte ich eine Schlange angefasst.

»Und warum nicht? Man hat mich über alles informiert. Ich weiß genau, warum du hier bist. Du willst Krieg spielen, nicht wahr, Sohnemann?«

»Nein«, hauchte ich.

»Doch. Du bist schon immer so gewesen. Von klein auf hat es dir gefallen, alles kaputt zu machen und zu zerstören. Du bist von zu Hause weggelaufen ... hast mich angelogen. Und ich konnte dich bestrafen, soviel ich wollte, bei dir hat nichts geholfen.«

Ich wich einen Schritt zurück.

»Willst du wissen, warum Mama und ich uns getrennt haben?«, fuhr mein Vater fort.

»Nein!«, brüllte ich. Aber das überhörte mein Vater.

»Deinetwegen, Danka. Deine Mutter weigerte sich, einen ordentlichen, intelligenten Menschen aus dir zu machen. Alles hat sie dir durchgehen lassen. Ein Weichei hat sie aus dir gemacht. Aber jetzt bekommt sie die Quittung dafür präsentiert.«

»Hau ab!«, schrie ich, während ich mich mit dem Rücken gegen die Wand presste. »Hau ab! Das ist gelogen!«

»Das ist die Wahrheit. Und dieser Gedanke ist dir selbst doch auch schon gekommen, nachdem ich euch verlassen habe. Und jetzt willst du mich zum zweiten Mal wegjagen.«

Ich brachte kein Wort heraus.

»Hörst du schlecht?«, fragte mein Vater mich in fast zärtlichem Ton. »Das macht nichts, so oder so steht uns ein langes Gespräch bevor. Vielleicht ist es ja noch nicht zu spät, um aus dir einen anständigen Menschen zu machen. Ich werde es zumindest versuchen. Schließlich bist du mein Sohn. Da muss ich es einfach versuchen ... Komm her!«

»Weißt du eigentlich, was ich in der Hand halte?«

»Ich ahne es, Danka. Aber du wirst mir nichts antun. Immerhin bin ich dein Vater.«

»Das bist du nicht! Du bist bloß das Mieseste, was ich von meinem Vater denke.«

»Was bildest du dir eigentlich ein, Sohnemann? Erinnerst du dich nicht mehr, was ich dir immer gesagt habe? Selbst der kleinste Fehltritt wird bestraft. Du hast schon zu viel angerichtet, und wenn ich dich jetzt nicht auf die richtige Bahn bringe …«

»Zeig dich, Papa!«, verlangte ich und merkte sofort, wie meine Angst verflog. Mein Vater schwieg. »Hast du etwa Angst, Papa?«, fragte ich. »Ja? Wovor denn? Vor dem Licht oder davor, dass ich dein Gesicht vergessen habe?«

»Übertreib es nicht!«, schrie es aus der Dunkelheit. Aber jetzt lag Angst in der Stimme.

»Weißt du noch, wie du mich bestraft hast, Papa? Das war immer abends, angeblich, damit ich nachts in Ruhe über alles nachdenken konnte. Oder lag es vielleicht doch eher daran, dass du dich in der Dunkelheit stärker gefühlt hast? Du sagst ja gar nichts, Papa?«

Inzwischen lief ich schon weiter durch den Gang. Das Licht lag in meinem Rücken. Ich hörte noch etwas über meine Mutter und darüber, dass ich an allem schuld sei, dass ich ein kleiner Fascho und Mörder sei, der so schnell wie möglich ein erwachsenes Arschloch werden wolle. Doch da hatte ich den Gang bereits hinter mir.

Jetzt befand ich mich in einem Raum, in dem es hell war und wo ein weiterer Korridor abging, diesmal ein breiter, der überhaupt nicht bedrohlich wirkte. Mit dem Rücken zu mir stand Len da und schaute in den Gang hinein. In seinen Händen hielt er das Wahre Schwert, das ebenfalls noch in der Scheide steckte. Ich schaute unwillkürlich auf meine eigenen Hände – in denen das gleiche Schwert lag.

»Bist du echt oder auch bloß eine Prüfung?«, fragte ich. Len wirbelte herum – und ich verlor halb den Verstand.

Len schien echt. Sein Blick war erschrocken, seine Haare zerzaust. Er sah mich genauso entgeistert an wie ich ihn.

»Bist du das … Danka?«, fragte Len schüchtern.

»Und bist du Len?«

Wir glotzten einander an, bis Len nach einer Weile unsicher lächelte. »Ich bin echt.«

»Wie bist du hierhergekommen?«, fragte ich misstrauisch.

»Von da. Logischerweise.« Len blickte an die Decke. »Wenn das Wahre Schwert gleichzeitig vielen Trägern dienen kann …« Er ließ den Satz unvollendet.

»Ach ja«, meinte ich, »daran hab ich gar nicht mehr gedacht.«

»Wovor hast du bisher Angst gehabt?«, wollte Len wissen.

»Vor Kleinkram. Und du?«

»Ich bin gerade erst hier gelandet. Und während ich noch darüber nachgedacht habe, wohin ich am besten gehen soll, bist du aufgetaucht.«

»Da hinten habe ich schon alles gecheckt«, sagte ich. »Das ist ein absolut simples Labyrinth, ohne jede Abzweigung. Versuchen wir mal diese Tür.«

»Okay.«

Als ich an Len vorbeimarschierte, berührte ich ihn – rein zufällig natürlich – an der Schulter. Offenbar war er tatsächlich echt. Wir liefen den Gang hinunter, ich voraus, Len hinter mir.

»Soll ich vielleicht vorgehen?«, fragte Len nach einer Weile leise. Der Gang wurde immer dunkler.

Sofort schrillten meine Alarmglocken. »Weshalb?«

»Na ja … womöglich traust du mir ja doch nicht … und glaubst, dass ich nicht echt bin …«

Bei dieser Erklärung brach ich in schallendes Gelächter aus. »Und du?«, fragte ich. »Glaubst du denn, dass ich Danka bin?«

»Ja«, beteuerte Len. »Warum sollte mir das Labyrinth eine solche Prüfung auferlegen? Schließlich habe ich keine Angst vor dir. Wir sind doch Freunde.«

»Siehst du, und ich hab keine Angst vor dir«, sagte ich.

Die Finsternis wurde jetzt total undurchdringlich, nirgends gab es noch einen Lichtschimmer. Selbst vor uns ließ sich kein Ausgang mehr erahnen.

Hatte ich wirklich keine Angst vor Len? In ihm lauerte doch die Finsternis, hatte der Kater gesagt. Und wenn er jetzt … Ich schüttelte den Kopf, um diese gemeine Angst zu vertreiben. Stattdessen versuchte ich, logisch zu denken. Wenn Len echt war – und das war er ganz offenbar –, brauchte ich keine Angst zu haben. Und falls er nicht echt war, wenn sich das Labyrinth tatsächlich diese fiese Prüfung für mich ausgedacht hatte … dann war mir immerhin schon nicht mehr so bange wie vorhin. Damit konnte das nicht meine Hauptangst sein. Mit der könnte ich also fertig werden.

»Danka!« Lens Hand legte sich mir auf die Schulter. »Lass mich vorangehen!«

Bei der Berührung war ich schreckhaft zusammengezuckt. Inzwischen kam mir sein Vorschlag durchaus entgegen. »Warum willst du denn unbedingt vorgehen?«, fragte ich trotzdem.

»Ich bin an die Dunkelheit gewöhnt«, meinte Len bloß und drückte sich an mir vorbei. Die nächste Minute sagten wir kein Wort, nur ab und an berührte ich Lens Schulter, um festzustellen, ob wir uns nicht etwa verloren hatten.

Plötzlich schrie Len los. Von vorn hörte ich Lärm. Ich stürmte vorwärts – und mein Kopf explodierte beinahe vor Schmerzen.

Das Erste, was ich spürte, als ich wieder zu mir kam, war der Griff meines Schwerts, der gegen meine Wange drückte. Ich lag auf dem Boden, das Wahre Schwert unter mir. In der Ferne verhallten Schritte und Stimmen, die mir vage bekannt vorkamen. Ich versuchte aufzustehen, rutschte aber auf dem Steinfußboden immer wieder aus.

Freiflieger.

Freiflieger, die nicht im Labyrinth sein konnten. Natürlich gab es sie nicht wirklich, sie entsprangen nur meiner Angst. Oder Lens Angst. Endlich schaffte ich es, hochzukommen. Mit angehaltenem Atem lauschte ich. Die Schritte wurden immer leiser, offenbar zogen sich die Freiflieger in den hinteren Teil des Labyrinths zurück. Natürlich konnte ich sie noch erwischen – und Len befreien.

Aber hier hinkte die Sache: Ich fürchtete mich nämlich

nicht vor den Freifliegern. Und dass sie Len entführt haben könnten, jagte mir auch keinen Schrecken ein. Wenn Len echt war, musste er die Sache selbst erledigen.

»Tut mir leid«, sagte ich in die Dunkelheit hinein. »Jeder muss selbst gegen seine Angst kämpfen. Sorry.«

Ich lief den Gang weiter hinunter. Eine Minute, zwei, drei … Es war absolut still, und nur ein leichter Luftzug auf meinem Gesicht signalisierte mir, dass ich in ein weiteres Zimmer gelangte. In einen großen, stockdunklen Raum.

Komischerweise machte ich mir überhaupt keine Sorgen um Len.

»Ist hier jemand?«, schrie ich.

Stille. Rundum Stille und Dunkelheit.

»He!«, rief ich noch mal, aber schon leiser. Mir wurde mulmig zumute. Das Labyrinth war anscheinend nicht länger zum Scherzen aufgelegt. Jetzt machte es Ernst.

»Bringt nichts, wenn du hier herumschreist«, sagte jemand in der Dunkelheit. Die Stimme kam mir bekannt vor, auch wenn der Ton ungewohnt klang.

»Len?«, fragte ich. Das war seine Stimme – wenn auch im Ton eines …

»Ja, Len der Freiflieger. Ich bin gekommen, um aus dir einen von uns zu machen, Danka.«

»Das bist ja gar nicht du«, sagte ich erleichtert. »Die Freiflieger hätten dich in den paar Minuten nicht umwandeln können. Du bist nur eine von meinen Ängsten. Aber ich fürchte mich nicht sonderlich vor dir.«

Derjenige, der sich Len der Freiflieger nannte, lachte schallend los. »Warum auch, Danka? Dieses dumme Labyrinth meint doch tatsächlich, du würdest dich vor deinem Freund fürchten. Pah! Schließlich hast du ihn mit dem Wahren Blick geprüft und weißt, dass er dich nie verraten wird.«

»Eben«, sagte ich.

»Und was deine Eltern angeht … Um deine Mutter machst du dir schon seit Ewigkeiten keine Sorgen mehr und vor deinem Vater hast du längst keine Angst mehr. Du bist jetzt erwachsen.«

»Richtig«, sagte ich.

»Du hast nicht mal vor deinen Feinden Angst, stimmt's? Du glaubst einfach nicht daran, dass du sterben könntest.«

»Stimmt, das glaube ich nicht«, flüsterte ich.

»Aber ich weiß, wovor du große Angst hast, Danka.« Die Stimme in der Dunkelheit widerte mich jetzt beinah an. »Eine ganz schön seltsame Angst, finde ich. Du hast Angst, dass dein Freund dich verrät. Dass mit ihm etwas Unheimliches passiert und er danach …«

»Halt den Mund!«, brüllte ich. »Klappe! Len würde mich nie verraten!«

»Im Leben vielleicht nicht. Aber hier, im Labyrinth des Schwerts, da hat er dich verraten. Du hast ihn allerdings auch nicht gerettet, insofern seid ihr quitt.«

»Aber das brauchte ich doch nicht, hier ist doch sowieso nichts echt!«

»Sicher, das glaubst du. Aber weißt du es auch? Du hast ihn verraten und jetzt musst du dafür bezahlen … Warum hast du nur solche Angst, dass dein Freund dich verrät, Danka?«

Ich schwieg.

»Ist dir das schon so oft passiert? Oder hast du selbst mal einen Freund verraten, Danka? Na?«

»Ich hatte noch nie einen Freund«, brachte ich gequält hervor. »Ich hatte noch nie einen richtigen Freund.«

»Wer hat das schon, Danka?«, höhnte Len der Freiflieger lachend. »Immerhin hast du die Wahrheit gesagt. Tapfer, tapfer!«

»Wenn es um die eigenen Ängste geht, muss man tapfer sein.«

»Gut gesprochen. Dann versuch's mal.«

Ein Schwert klirrte und pfiff knapp an meinem Gesicht vorbei. Ich wich zurück, aber zu spät. Meine Wange wurde nass und Blut tropfte rhythmisch auf den Boden.

»Hätte ich besser gezielt«, erklang es aus der Dunkelheit, »wäre das dein Ende gewesen.«

Ich presste eine Hand gegen meine Wange und umklammerte mit der anderen den Griff des Wahren Schwerts, während ich immer weiter zurückging. In meiner Wange pulsierte der Schmerz, mal stärker, mal schwächer.

»Diesmal entkommst du mir nicht!«, hallte es noch einmal aus der Dunkelheit. »Du siehst mich nicht, aber ich dich. Selbst das Wahre Schwert wird dir nicht helfen.«

Erneut durchriss ein Pfiff die Luft, aber diesmal schaffte ich es, mich wegzuducken. Mein Feind musste ganz nah sein. Mein Feind, der meiner Fantasie entsprungen war, der aber trotzdem nicht schlechter tötete als ein echter.

Ich streckte die Hand aus und die Waffe schoss aus der Scheide. Das Wahre Schwert leuchtete mit einem schmalen Lichtstreifen in der Finsternis.

»Willst du es also versuchen?«, stachelte mich die Stimme aus der Dunkelheit an. »Nur los! Bin gespannt, ob du triffst!«

Ich hatte gehört, wo er sich befand. Ganz genau hatte ich es gehört – fast als wollte Len, der Freiflieger, dass ich auf ihn einschlug.

»Natürlich treffe ich!«, rief ich. »Es wird schwer sein, danebenzuhauen!«

Ich drehte meiner eigenen Angst den Rücken zu und hob das Wahre Schwert. Ohne zu zielen, schlug ich auf die Finsternis ein. Die zu verfehlen, wäre nun echt schwer gewesen.

Etwas zerriss, als würde ein Rasiermesser Papier durchschneiden. Ein Licht flammte auf und blendete mich. Ich kniff die Augen zusammen und riss in einem Reflex die Hände hoch, wobei ich trotzdem mit dem Wahren Blick sah, wie die Klumpen der Finsternis schrumpften und sich auflösten. Als Letztes verlosch die Finsternis an der Stelle, an der Len der Freiflieger gestanden hatte.

Etwas tröpfelte leise auf den Boden. Blut – und es war nicht rot, sondern schwarz. In ihm lauerte Finsternis. Und nie würde sie aus ihm weichen.

Nach dem Raum, in dem ich mich befand, folgte kein weiterer mehr. Einen Ausgang gab es nicht, nur ein Loch in der Decke und einen langen, schmalen Schacht, an dessen Ende ein schwaches Licht flackerte.

Ich betrachtete das Schwert in meinen Händen, das Wahre Schwert. Über die helle Klinge schossen weiße Zickzackblitze. Ein Blutstropfen, der auf das Schwert fiel, verbrannte mit einem Zischen.

»Ich brauche dich nicht mehr«, erklärte ich dem Wahren Schwert. Gehorsam löste es sich in Luft auf. Nur die Scheide hing noch an meinem Gürtel. Ich hob die Arme und spreizte die Flügel. Wind wehte durch den Raum und trieb den Staub gegen die Wände.

Da es hier keinen Aufwind gab, bereitete mir der Start Probleme. Am Ende schaffte ich es aber doch und lenkte meine restlichen Kräfte in die Flügel. Über große Reserven verfügte ich nicht mehr. Komisch …

Ich flog auf das Ende des Tunnels zu, doch auf halbem Weg schmolzen die Wände um mich zusammen – und ich fand mich im Zimmer des Waffenhändlers wieder. Keine Ahnung, ob ich durch die Decke oder durch die Wand oder durch den Fußboden gekommen war.

Der Sonnenkater hockte wieder auf dem Tisch. Offenbar unterhielten er und der Waffenhändler sich.

Len schlief auf dem Sofa. Als mir klar wurde, dass er mir mit Sicherheit nicht ins Labyrinth gefolgt war, beruhigte ich mich endgültig.

»Schön, dich zu sehen, mein Junge«, meinte der Waffenhändler. Er wunderte sich überhaupt nicht über mein Auftauchen, seine Stimme klang ruhig und etwas traurig.

»Ich habe meine Angst besiegt«, verkündete ich, während ich mich neben Len setzte.

»Das ist mir klar. Andernfalls wärst du jetzt nicht hier«, sagte der Händler.

Ich tastete mein Gesicht ab. Blut klebte keins mehr daran. Nicht ein Tropfen. Aber über meine Wange zog sich eine Narbe, ein feiner Strich, wie er nur von einer längst verheilten Wunde stammen konnte.

»Ist es schwer gewesen?«, erkundigte sich der Mann.

Ich nickte. Aus irgendeinem Grund glaubte ich, er würde mich jetzt ausquetschen, doch er sagte kein Wort mehr. Er saß einfach da und schaute abwechselnd mich und die Scheide des Wahren Schwerts an.

Ich rüttelte Len an der Schulter, stand auf und schaute den Kater an. Der wich meinem Blick aus.

»Gehen wir«, sagte ich.

Den ganzen Weg über löcherte Len mich mit Fragen zum Labyrinth. Als er endlich kapierte, dass ich nicht darüber sprechen wollte, spielte er den Beleidigten. Der Kater lief ungewöhnlich schweigsam neben uns her.

Zur Freude der neu eingetroffenen Gaffer aßen wir unser Abendbrot in der Gaststätte. Diesmal enttäuschte der Kater sie nicht, sondern plauderte angeregt mit Magda und bestellte erst eine weitere Portion Fisch, dann auch noch eine Schale saurer Sahne. Irgendwann gingen wir nach oben in unser Zimmer, wo Len, der immer noch schmollte, sich aufs Bett warf, ohne den Flügeloverall auszuziehen. Der Kater machte es sich an seinen Beinen bequem.

Gute fünf Minuten sagte niemand ein Wort. Len schlief ein, damit hatte er nie Probleme. Der Kater und ich saßen im Halbdunkel, denn unsere einzige Beleuchtung war das matte Licht einer Straßenlaterne, das durchs Fenster hereinfiel.

Der Kater gab als Erster auf. »Bist du böse auf mich, Danka?«

»Nein«, antwortete ich. »Und ich bin froh, dass ich ein Wahres Schwert habe.«

»Doch, du bist mir böse, denn …«

»Warum hast du mich nicht von Anfang an in alles eingeweiht?«, unterbrach ich ihn.

Der Kater fing an, sich nervös zu putzen. »Wann ist dir das klar geworden?«, fragte er.

»Als du mit dem Waffenhändler gesprochen hast.«

»Und was genau ist dir klar geworden?«

»Dass du mich nicht zufällig in diese Welt gebracht hast. Du hast gewusst, dass es hier keine Sonne gibt. Und du wolltest, dass ich mich in den Krieg gegen die Freiflieger einmische!«

»Aber all das war mir nicht von vornherein klar«, sagte der Kater leise. »Glaubst du mir das?«

»Was heißt das: nicht von vornherein?«

»Ich bin schließlich kein Mensch, Danka. Ich bin bloß Wahres Licht, das von einem Wahren Spiegel zurückgeworfen worden ist und eine Form angenommen hat.«

»Ja, und?«

»Wenn in einer Welt das Licht verschwindet, dann werden auch alle anderen Welten in Mitleidenschaft gezogen. Und zwar sowohl die heilen wie auch die Welten, in denen das Wahre Licht ohnehin bereits Schaden genommen hat.«

»Spielst du damit auf meine Welt an?«

Der Kater nickte und runzelte die Stirn. »Danka«, fuhr er dann in einer Weise fort, als koste es ihn sehr viel Mut, »das Wahre Licht ist kein guter Zauberer oder Gott. Es ist überhaupt kein vernunftbegabtes Wesen. Es ist bloß eine von drei Kräften.«

»Von drei?«, fragte ich irritiert.

»Ja. Es gibt das Licht, die Finsternis und die Dämmerung ...«

»Und was ist die Dämmerung?«

»Das spielt keine Rolle, Danka, du wirst kaum mit ihr in Berührung kommen. Das Licht ist bloß eine Kraft, die Finsternis ebenfalls. An sich sind sie weder gut noch böse. Es war ein Zufall, dass das Unglück hier mit dem Verlöschen der Sonne seinen Lauf genommen hat. Seitdem wartet man hier auf die Rückkehr des Lichts oder zumindest auf einen Menschen aus einer Welt voller Sonne!«

»Wofür ist denn ein solcher Mensch nötig?«

»Glaubst du etwa, ich könnte hier alles allein wieder erleuchten? Pah! Du musst den Menschen helfen, die hier leben. Und danach bin ich dann dran.«

»Und was genau wirst du tun?«

»Ich weiß es nicht. Ich bin nur ein Werkzeug, Danka! Ich bin ein Werkzeug des Lichts, mit dem es gegen die Finsternis kämpft. Natürlich kann ich tun, was mir gefällt. Da ich jedoch selbst aus Wahrem Licht bin, sind meine Wünsche mit dem identisch, was das Licht will.«

»Ist dir das schon lange klar?«, fragte ich zaghaft.

»Nein, noch nicht sehr lange. Ich bin ja noch im Wachstum und werde erst Schritt für Schritt klüger. Davon abgesehen, bin ich zwar aus Licht – aber meine Form hast du mir gegeben. Insofern sehe ich die Dinge genau wie ihr Menschen.«

»Und wer bin dann ich, Kater? Wenn du ein Werkzeug des Lichts bist, bin ich dann ein Werkzeug des Werkzeugs?«

»Nein, Danka, du bist ein Mensch. Und das ist etwas

ganz anderes«, antwortete der Kater. »Du entscheidest selbst, was dir stärker zusagt, das Licht oder die Finsternis. Im Moment bin ich dein Gehilfe und du stehst auf der Seite des Lichts, und irgendwo hier …«

Der Kater verstummte, als schlucke er das Ende des Satzes herunter.

»… gibt es einen Menschen, der der Finsternis dient«, beendete ich den Satz. »Stimmt's? Und den muss ich töten. Oder nicht?«

»Ja, so ist es«, brummte der Kater. »Nur stellt sich alles noch etwas komplizierter dar. Die Finsternis wohnt nicht nur in einem einzigen Menschen. Und so einfach bringst du sie nicht um. Du musst dafür sorgen, dass die Menschen sich zwischen dem Licht und der Finsternis entscheiden. Und denjenigen zum Sieg verhelfen, die für das Licht einstehen.«

»Aber sie haben sich doch längst entschieden!«

»Ach ja? Du glaubst doch nicht wirklich, die Flügelträger seien diejenigen, die für das Licht einstehen?«

Der Seniorclub fiel mir wieder ein. Und wie die Flügelträger mir die Augen ausgestochen hatten …

»Aber was heißt das?«, hauchte ich. »Wen soll ich auf die Seite des Lichts rufen? Die Händler, oder was? Denen ist doch eh alles egal!«

»Du sollst aus Bösem Gutes machen, denn es gibt nichts, woraus man es sonst erschaffen kann. Das hat einer von euch Menschen gesagt. Und recht hat er. Wenn die Flügelträger glauben, sie stünden auf der Seite des Guten, auf der Seite des Lichts – dann zwinge sie, auch tatsächlich gut zu sein!«

»Was soll der Quatsch! Wie kann man jemanden zwingen, gut zu sein?«

»Ganz einfach: Lass nicht zu, dass sie sich lediglich als gut *bezeichnen*! Bringe sie dazu, entsprechend zu *handeln*!«

»Wie soll das gehen? Ich bin nur ein Junge …«

»Ich möchte einmal einem Jungen begegnen, der vorbehaltlos zu dem Jungen in sich steht«, meinte der Kater mit einem traurigen Lächeln.

»Wir hätten den Wahren Spiegel nicht tauschen sollen«, erwiderte ich. »Jetzt würde ich gern mal hineinschauen.«

»Für dich sind alle Spiegel Wahre Spiegel«, sagte der Kater und drehte sich um.

Im ersten Moment begriff ich nicht, worauf er hinauswollte. Doch nach einer Weile stand ich auf und stellte mich vor den Spiegel neben der Tür.

Ein ganz normaler Spiegel. Ein stinknormaler sogar. Ein verstaubtes Ding, das am Rand gesprungen war, mir aber dennoch ein tadelloses Spiegelbild zeigte. Das Gesicht eines gewöhnlichen Jungen, das schon fast so blass wie das der Flügelträger aussah. Meine Haare waren zerzaust, über meine Wange lief eine feine Narbe. Eine uralte Narbe … Nur meine Augen leuchteten schwach, als würdest du durch die Schlitze einer Maske einen Sternenhimmel betrachten.

Es war so einfach – aber ich hatte solche Angst davor … Genau wie beim Sprung vom Turm der Flügelträger setzte ich den Wahren Blick ein, diesmal allerdings, um in den Spiegel zu schauen. Ich konnte gerade noch erkennen, wie in meinen Pupillen weiße Funken aufsprühten, bevor mein Spiegelbild zerfloss. Nun sah ich im Spiegel nur das Zimmer, den schlafenden Len und den Sonnenkater, der leise sagte: »Geduld, du siehst dich nicht auf Anhieb … Geduld!«

Und als hätte der Spiegel seine Worte gehört, erschien mein Gesicht wieder. Mein Gesicht – das doch nicht meines war. Ich sah das Gesicht eines Erwachsenen. Derjenige, der mich da aus dem Spiegel heraus anblickte, mochte zwanzig oder dreißig Jahre alt sein. Das war aber noch gar nicht das Schlimmste.

Derjenige – da im Spiegel – lächelte. So freundlich, als hätte er lange auf diese Begegnung gewartet und als würde er sich riesig darüber freuen. Seine Miene wirkte ruhig und selbstsicher. Dieses Ich – das nicht ich war – wollte weg von zu Hause. Dieses Ich – das nicht ich war – hatte sich ohne große Skrupel an Iwon gerächt. Dieses Ich – das nicht ich war – hatte das Labyrinth durchwandert, denn es sorgte sich schon lange nicht mehr um seine Mutter, fürchtete sich nicht vor seinem Vater und hatte nicht die geringste Absicht, für einen Freund zu sterben.

»Warum?«, fragte ich, aber die Lippen meines Spiegelbilds bewegten sich nicht. Diese Frage interessierte ihn nicht – denn er kannte die Antwort.

»Weil du so bist«, antwortete der Kater traurig. »Du bist dieser Erwachsene, der es hasst, ein Kind zu sein.«

»Und du wusstest, dass ich so bin?«

»Ja.«

Ich schaute zum Kater hinüber, und als ich danach wieder in den Spiegel blickte, sah ich bloß einen Jungen.

»Er ist rücksichtslos«, meinte ich einfach in den Raum hinein.

»Selbstverständlich.«

»Und böse.«

»Das nun nicht gerade. Du bist rücksichtslos, wenn du etwas durchsetzen willst. Aber deine Ziele sind gut, Danka.«

Schweigend ging ich zum Bett, zog mich aus und kroch unter die Decke. »Passiert so was oft, Kater?«, fragte ich.

»Ein Fall wie deiner ist selten. Meist ist das Gegenteil zu beobachten – dass in einem Erwachsenen ein Kind steckt. Das ist schrecklich. Denn so jemand kann auf sehr sanfte und zärtliche Weise etwas Böses bewirken … Schlaf jetzt, Danka. Wir werden morgen unsere Entscheidung treffen.«

7
Sonnenbräune

Len weckte mich, indem er mich an der Schulter rüttelte. »Danka, das Frühstück wartet«, meinte er ein wenig verlegen. Ohne jeden Übergang fügte er dann hinzu: »Tut mir leid, dass ich gestern sauer auf dich war. Ich verstehe ja, wenn du dich nicht an das Labyrinth erinnern willst …«

»Ist doch längst vergessen«, beruhigte ich ihn. »Wo ist denn unser pelziger Freund?«

»Den hat der Hunger schon nach unten getrieben«, antwortete Len munter.

Der gestrige Tag existierte irgendwie nicht mehr in meinem Gedächtnis. Das Labyrinth kam mir nur noch wie ein Märchen vor, meine Ängste kindisch und irreal. Ich hatte das Schwert bekommen und das war gut. Noch besser war, dass Len mir nicht ins Labyrinth gefolgt war. Und dass ich tief in meiner Seele erwachsen und rücksichtslos war, was hieß das schon? Mein Wesen und ich, wir würden uns mit den Jahren aneinander annähern.

»Ich habe dich im Labyrinth getroffen, Len«, berichtete ich, während ich mich wusch. »Also nicht dich, sondern eine Figur, die mir vom Labyrinth vorgegaukelt wurde.«

Meine Worte brachten Len ziemlich aus der Fassung. »Was heißt das, Danka?«, fragte er, wobei er aufhörte, sich Wasser ins Gesicht zu spritzen. »Hast du etwa Angst vor mir?«

»Nicht vor dir, sondern um dich, du Blödmann«, maulte ich genervt. »Da, im Labyrinth, haben dich … also nicht wirklich dich … die Freiflieger geschnappt. Wer denkt sich denn so einen Schwachsinn aus, dass das meine Wahre Angst sein soll?«

»Aber … du hast mich doch bestimmt gerettet?«, meinte Len kleinlaut. »Und ich war gestern sauer, weil du …«

»Nein, ich hab dich nicht gerettet, denn das war ja eben nicht meine Wahre Angst«, erklärte ich. »Die sieht anders aus. Gehen wir frühstücken?«

»Ja«, antwortete Len gedehnt.

Wir gingen die Treppe runter. Die beiden Scheiden schlugen gegen meine Beine, eine schwere, mit dem Schwert des Tuak, und eine ganz leichte, die Scheide für das Wahre Schwert.

In der Gaststätte hatten sich heute noch mehr Gäste versammelt. Magda schwirrte nicht mehr allein zwischen den Tischen herum, sondern zusammen mit einer unbekannten Frau. Ständig rief man die beiden und bestellte Wein.

Der Kater schwebte über einer Schüssel mit Sahne und leckte sie genüsslich aus.

»Was soll diese akrobatische Vorführung?«, flüsterte ich, während ich mich an den Tisch setzte.

»Warum denn nicht?«, erwiderte der Kater, wobei er sich mit ehrlichem Bedauern von der immer leerer werdenden Schüssel losriss. »Mittlerweile können wir uns doch einen kleinen Spaß gönnen … Len, was ist mit dir, was machst du für eine düstere Miene?«

Len brummte etwas, während er mit der Gabel in seinem Teller herumstocherte. Es gab gebratenen Fisch und Kartoffeln.

»Offenbar halten uns schon alle für Katzen«, sagte ich. »Die ganze Zeit kriegen wir nur Fisch. Findest du das nicht auch blöd, Len?«

Bevor Len antworten konnte, kam eine Frau zu uns. Als ich aufschaute, erkannte ich sie. Garet, die Frau des Händlers! Ich suchte die anderen Tische ab, konnte Gabor jedoch nicht entdecken. Dafür saß ihre rotblonde Tochter fünf Meter entfernt und grinste mich an!

»Hallo, Flügelträger«, begrüßte Garet uns munter. »Darf ich mich zu euch setzen?«

»Selbstverständlich.« Prompt schob ihr Len einen Stuhl hin. Was für ein Gentleman der auf einmal sein konnte!

Garet maß uns mit einem prüfenden Blick. »Als ich von zwei Flügelträgern mit einem Kater gehört habe, war mir klar, dass es sich nur um euch handeln konnte. Ihr seid ja das Tagesgespräch! Bei uns hat sich der Kater nicht so redselig gezeigt.«

»Es gab ja auch nichts, über das wir uns hätten unterhalten können«, erklärte der Kater mürrisch und sprang auf meinen Schoß. Ich streichelte ihn. Welche Laus war ihm denn jetzt über die Leber gelaufen?

»Reata hat euch unsere Adresse gegeben«, fuhr Garet fort, ohne im Geringsten auf den sprechenden Kater zu achten. »Ihr hättet uns doch mal besuchen können …«

»Wir waren anderweitig beschäftigt«, erklärte ich und beugte mich zum Kater runter. »Was ist denn los?«, flüsterte ich.

»Ich mag solche Leute nicht«, murmelte er. »Die … die haut einfach nichts um. Alles haben sie schon gesehen, alles kennen sie …«

Beinahe hätte ich laut losgelacht. Der Kater war eingeschnappt, weil er zum ersten Mal einem Menschen begegnet war, der sich nicht für ihn interessierte! Garet wunderte sich nicht über ihn, bestaunte ihn nicht und fürchtete ihn nicht. Und das nahm er ihr übel.

So ein eitler Fatzke!

»Ich möchte euch einen Vorschlag machen«, meinte Garet, deren Blick zwischen mir und Len hin- und herging. »Einen geschäftlichen.«

»Hm«, antwortete ich bloß, denn ich kämpfte immer noch gegen mein Lachen an. Der Kater tat so, als schliefe er. Die anderen Gäste platzten fast vor Neugier.

»Meine Tochter und ich wollen einen kleinen Segeltörn machen. Wollt ihr uns auf unserem Boot begleiten?«

»Wozu?«

Garet schwieg einen kurzen Moment. »Erstens weil wir es bezahlen«, meinte sie schließlich lachend. »Und zweitens … weil ihr braun werden könnt.«

Das Boot, zu dem man uns gebracht hatte, war ziemlich groß, mehr eine Jacht. Eine Mannschaft gab es nicht, was Garet und Reata jedoch nicht störte. Sie hissten die Segel, spannten hier Leinen, lockerten da welche – mit einem Wort, sie beschäftigten sich mit diesem ganzen nautischen Kram, von dem eine Landratte keine Ahnung hat. Len und ich durften kurzerhand unsere Muskelkraft zur Verfügung stellen, ohne dass die beiden Frauen sich groß um den amoralischen Aspekt der Kinderarbeit geschert hätten. Übrigens sind wir, solange wir Flügel tragen, stärker als die meisten Erwachsenen. Die Flügel trinken zwar unsere Kraft, geben uns aber auch welche zurück.

Nach fünf Minuten blähte sich das Segel im Wind und die Jacht glitt in die Finsternis. Aus reiner Gewohnheit klappte ich das transparente Visier runter und schaute mich um. In der Ferne machte ich ein anderes weißes Segel aus. Offenbar fuhr gerade eines der Schiffe der Händler in den Hafen ein. Die Stadt blendete mich mit den Lichtern der Laternen in den Augen. Ich schaute nach vorn. Nichts als Finsternis. Finsternis bis zum Horizont … Wo Garet ihr Sonnenbad wohl nehmen wollte? Sie hatte uns versichert, die Reise dauere nicht länger als einen Tag und wir könnten – falls wir das wollten – schon heute Abend wieder in der Stadt sein.

In dem Moment kam der Sonnenkater angerannt. Ich bemerkte seine ausgefahrenen Krallen. Mit aller Kraft hakte er sich an den Holzplanken fest. Ob er Angst hatte? Als er meinen Blick auffing, erhob er sich in die Luft. »Ich mag das Wasser einfach nicht«, erklärte er. »Das ist eine fremde Materie … Du weißt nicht zufällig, wohin wir fahren?«

»Ich habe angenommen, du wüsstest es«, sagte ich.

»Wie oft soll ich das eigentlich noch wiederholen?«, maulte der Kater beleidigt. »Ich bin noch klein …«

Von dem in der Luft schwebenden Kater begleitet, wanderte ich zum Bug der Jacht. Das Wasser plätscherte einen halben Meter unter uns gegen das Schiff, der Wind peitschte mir ins Gesicht. Ich hielt nach Garet Ausschau.

Sie stand neben dem Mast, ohne sich irgendwo festzuhalten, und sah zu ihrer Tochter hinüber, die ihr genauso reglos gegenüberstand. Ich schob das Visier hoch und spähte mit dem Wahren Blick durch die Dunkelheit.

»Siehst du es auch?«, fragte der Kater.

»Ja.«

Zwischen Garet und Reata zirkulierten in der Luft matt leuchtende, grüne Fäden. Von ihren Fingern tropften graue Lichter aufs Deck.

»Ich vermute, sie dienen der Dämmerung«, meinte der Kater sehr leise und sogar mit einer gewissen Erleichterung.

»Ist das schlecht?«, fragte ich leise.

»Wo denkst du hin? Das ist weder gut noch schlecht. Sie gehen lediglich ihren Weg, wir unseren. Und im Moment kreuzen sich die beiden.«

»Geh zu Len«, verlangte ich. »Vorsichtshalber.«

Der Kater nickte und flog nach achtern. Len hatte sich offenbar an der immer kleiner werdenden Stadt festgeguckt. Ich ging zu den Frauen und blieb etwas abseits stehen, damit ich nicht in das grüne Spinnennetz geriet.

»Ich störe doch nicht?«, fragte ich.

»Jetzt nicht mehr«, antwortete Garet, die den Blick von ihrer Tochter löste. »Du siehst alles?«

»Hm«, beteuerte ich lieber mal.

»Dann sag deinem Freund, er soll die Augen schließen und das Visier hochschieben.« Nachdem Garet mich angesehen hatte, fügte sie noch hinzu: »Du kneif die Augen besser auch zusammen. Wir verlassen diese Welt jetzt.«

Automatisch spähte ich in die Richtung, in die die Jacht

fuhr. Prompt machte ich einen kaum erkennbaren, regenbogenfarbenen Film aus, der vibrierte und sich langsam dehnte. Als ob wir aus einer riesigen Seifenblase rausfahren würden …

»Len, das Visier hoch!«, schrie ich. »Schieb das Visier hoch und schließ die Augen!«

Im nächsten Moment platzte der regenbogenfarbige Film unter dem Druck des Schiffs. In die Finsternis strömte Licht.

Das war so, als drücke man in einem dunklen Zimmer auf den Lichtschalter. Die Sonne geht nicht so schnell auf, Wolken können sich nicht mit der Geschwindigkeit eines Düsenfliegers verziehen. Hier aber veränderte sich alles von einer Sekunde auf die nächste. Die Finsternis wich dem Licht, das dunkle, undurchdringliche Wasser einem hellen, azurblauen Meer, die grauen Umrisse der Jacht einem Feuerwerk fröhlicher Farben. Diese Farben faszinierten mich mehr als alles andere. Das Licht hatte ich noch nicht ganz vergessen, echte kräftige Farben schon.

Das Holz der Jacht war bernsteingelb, das Segel schneeweiß, die Metallelemente der Takellage aus dunkler Bronze und rotem Kupfer. Oben am Mast flatterte ein blauer Wimpel, der beinahe mit dem Himmel verschmolz. Um uns herum erstreckte sich bis zum Horizont ein ruhiges, azurblaues Meer.

Die Jacht trieb dahin, als sei sie nicht eben noch mit dem Tempo eines Torpedos vorwärtsgejagt. Dafür machte sich der Seegang jetzt bemerkbar. Ich griff nach Garets Hand, um nicht hinzufallen. Diese lächelte, etwas von oben herab, aber auch zärtlich.

Von achtern kam schwankend und blinzelnd Len angestapft. Der Kater wirbelte mit irren Sprüngen um ihn herum.

»Sind ... sind wir nicht mehr bei uns?«, fragte Len.

»Wir sind in eine andere Welt gefahren«, antwortete ich.

»In deine?«

»Nein, ich glaube nicht ...« Fragend sah ich Garet an.

»Das ist die Welt des Königreichs Tamal, Jungs«, sagte Reata an ihrer Stelle. »Eine sehr schöne Welt. Das stimmt doch, Mama, oder?«

»Ja«, antwortete Garet ihrer Tochter, bevor sie sich wieder an mich wandte. »Es wird dir hier gefallen, Danka.«

Ich stutzte. »Wollt ihr denn nicht zurück?«

»Nein«, sagte Garet. »Denn eure Welt hat uns nichts mehr zu bieten. Die Klugen verlassen sie als Erste, die Gierigen bleiben bis zum Schluss. Es war ein Vergnügen, mit den Freifliegern zu handeln ... und auch mit euch, den Flügelträgern ... aber alles hat einmal ein Ende.«

»Warum das?«

So, wie Garet den Kopf schüttelte, schien die Frage sie zu erstaunen. »Du solltest das doch eigentlich wissen, Junge mit dem Wahren Blick, der du aufseiten des Lichts stehst. Wir, die Händler, ahnen es, wenn ein Wechsel bevorsteht.« Sie setzte ein überhebliches Lächeln auf. »Die Frauen der Händler verlassen die Welt der Flügelträger. Die Männer spüren zwar auch, dass sie bald gehen müssen, trauen ihren Gefühlen jedoch nicht. Sie wollen den Rahm selbst dann noch abschöpfen, wenn dieser längst nicht mehr existiert.«

Ich nickte, als wüsste ich, wovon sie sprach. Dann blickte ich zu Len hinüber. Der reckte den Kopf und glotzte die am Horizont stehende Sonne an.

»Du Idiot!«, schrie ich und drückte Len meine Hand vor die Augen.

Len rührte sich nicht mal. »Selbst durch die Hand hindurch leuchtet es«, schwärmte er begeistert. »Ist das die Sonne, Danka?«

»Ja, du Blödmann! Aber du versaust dir die Augen!«

»Wie das?« Len versuchte, sich aus meiner Umklammerung zu befreien.

»Man darf die Sonne nicht so lange anstarren«, belehrte ich ihn. »Merk dir das! Man darf nicht in die Sonne blicken!«

»Wirklich nicht?«, fragte Len misstrauisch.

Ich nahm meine Hand von seinen Augen. »Was siehst du jetzt?«, wollte ich wissen.

»Bunte Kreise …«

»Schließ die Augen und setz dich hin«, forderte ich ihn auf. Daraufhin wandte ich mich an den Kater, der in der Luft schwebte und – genau wie gerade eben Len – unverwandt in die Sonne starrte. »Sind seine Augen jetzt verdorben?«

»Nein«, beruhigte mich der Kater. »Das geht gleich vorbei.«

Ich sah wieder zu Len hin, der nun auf Deck saß und gehorsam die Augen zusammenkniff. Erst jetzt, hier im Sonnenlicht, erfasste ich, wie bleich er wirklich war.

Seine Haut schimmerte so weiß, dass sie beinah blau wirkte. Seine Haare waren absolut hellbraun, wie ausgeblichen – von der Finsternis. Der schwarze Stoff der Flügel unterstrich seine Blässe noch zusätzlich. Eine echte Horrorgestalt …

Ich hockte mich neben ihn und legte ihm die Hand auf die Schulter. »Was machen deine Augen?«, fragte ich.

»Schon besser. Jetzt ist alles dunkel«, sagte Len, der nach wie vor die Augen zusammenkniff.

»Du kannst die Augen jetzt wieder öffnen.«

Len sah mich an und lächelte. »Wird es bei uns genauso werden, Danka?«

»Klar«, versprach ich mit fester Stimme. »Noch besser sogar. Ihr werdet Sonnenauf- und -untergänge haben, Wolken, durch die weiches Licht fällt, und Nächte, in denen Sterne leuchten.«

Len nickte, schnell und gehorsam, fast als hinge davon ab, ob meine Worte auch Wirklichkeit wurden.

»Wollt ihr baden, Jungs?«, rief Garet. Ich drehte mich um – und hätte beinahe auch die Augen zusammengekniffen: Garet zog sich aus. Oben war sie schon nackt, jetzt zog sie gerade den Reißverschluß ihrer Jeans auf. Reata stand bereits splitternackt da. Völlig gelassen lehnte sie an der Reling der Jacht und schämte sich nicht im Geringsten vor Len und mir.

Ob die Flügelträger vielleicht gar nichts dabei fanden? Doch als ich zu Len hinüberschaute, der knallrot geworden war, wusste ich: Oh nein, sie fanden etwas dabei. Aber möglicherweise hatten die Händler andere Sitten …

Ob ich genauso rot war wie Len?

Garet zog sich in aller Ruhe weiter aus, lugte zu uns herüber und grinste wissend, ohne jede Verlegenheit.

Jetzt aber Schluss! Hatte ich denn noch nie eine nackte Frau gesehen? Okay, im richtigen Leben natürlich nicht, aber auf Fotos in Zeitschriften oder spät abends im Fernsehen mehr als genug.

»Kommst du mit ins Wasser, Len?«, fragte ich.

Er schüttelte den Kopf. »Ich kann nicht schwimmen«, meinte er mit einer Stimme, die ich kaum wiedererkannte.

»Na, ich spring jetzt rein«, erwiderte ich, wobei mir auffiel, dass auch meine Stimme fremd und anders klang.

Egal.

Als ich den Flügeloverall auszog, wurde mir klar: Hätte ich noch eine Sekunde länger gewartet, hätte ich das Schwimmen vergessen können und genauso dumm dagestanden wie Len. Zum Glück schauten weder Garet noch ihre Tochter in meine Richtung. Als ich endlich aus dem engen Overall raus war, sprang Reata gerade kopfüber ins Wasser. Nach etwa fünf Metern kam sie wieder zum Vorschein und schwamm von der Jacht weg. Prompt fühlte ich mich nicht mehr ganz so verlegen. Fast schon trotzig zog ich die Unterhose runter. Ich trat an den Rand und sprang ebenfalls ins Wasser.

Das Wasser war warm und ließ sich überhaupt nicht mit der Chlorbrühe aus dem Schwimmbad vergleichen, an die ich gewöhnt war. Außerdem war es sehr salzig und trug mich fast von selbst. Als ich den Kopf hob, sah ich Garet über mir an Deck.

Letztendlich hatte ich doch noch keine nackten Frauen gesehen. Fotos sind einfach was anderes. Mit einem Mal spürte ich, wie … also, es war mir jedenfalls ganz recht, dass ich schon im Wasser war.

Die Frau des Händlers war noch ziemlich jung. Vielleicht dreißig oder etwas älter, das kann ich nicht so genau sagen, denn von diesen Dingen verstehe ich nicht viel. Sie war schlank wie ein Mädchen, was vermutlich daran lag, dass Garet ständig zu Fuß unterwegs war.

»Ist das Wasser warm, Danka?«, fragte Garet sanft und mit seltsamer Stimme.

Ich brachte nur ein Nicken zustande. Ich versuchte, woanders hinzuschauen, schaffte es aber nicht. Denn ich wollte ihre Brüste anschauen und ihre Beine und das schmale Dreieck aus rotblonden Haaren. Nie hätte ich gedacht, dass die Haare an dieser Stelle die gleiche Farbe haben wie am Kopf. Auf den Fotos, die ich bisher gesehen hatte, waren sie immer dunkel.

Garet setzte sich an den Schiffsrand und glitt ins Wasser. Ich fuchtelte mit den Armen und schwamm zur Seite. Garet tauchte unter und schoss dann wieder aus dem Wasser. »Ich tunke dich schon nicht, Danka«, meinte sie lachend. »Du brauchst also nicht die Flucht zu ergreifen.«

»Das habe ich auch nicht vor«, behauptete ich heiser. Seit Garet ins Wasser gekommen war, fühlte ich mich schon ein bisschen sicherer. Allerdings hatte ich auch den Eindruck, man hätte mich angeschmiert.

»Komm doch ins Wasser, Len!«, rief ich noch einmal. Aber Len antwortete nicht.

»Dein Freund ist noch zu klein«, erklärte Garet sanft. »Er schämt sich. Abgesehen davon ist er eben bloß ein Mensch.«

Ich wollte mich schon darüber aufregen, dass Garet

Len als klein bezeichnete – aber ihr letzter Satz brachte mich völlig aus dem Konzept.

»Und was sind wir, bitte schön?«, frage ich schnippisch.

»Wir? Wir sind diejenigen, die neben den Göttern stehen. Wir dienen den Kräften. Du dem Licht, ich der Dämmerung. Aber keine Sorge, das Licht und die Dämmerung sind einander nicht feindlich gesinnt.«

»Aber Len dient auch dem Licht!«, widersprach ich.

»Nein, Danka. Len dient nur dir. Wenn du die Seite wechseln würdest, würde er dir folgen.«

»Blödsinn!«, flüsterte ich, denn ich hatte Angst, Len könnte uns hören. »Wir sind Freunde!«

»Du bist zu stark, um sein Freund zu sein«, sagte Garet mit fester Stimme. »Entweder muss dich mal jemand zurechtstutzen ... oder Len muss stärker werden und über sich hinauswachsen. Dann könnt ihr Freunde werden. Das weißt du genau, Danka.«

Darauf antwortete ich mit keinem Wort. Garet schwamm inzwischen langsam auf mich zu, blickte mir fest in die Augen und meinte: »Ich bin gar nicht so alt, wie du dachtest, stimmt's, Danka?«

Ich fing an, herumzustottern. Garet legte ihre Hand auf meine Schulter. Mit einem Mal wurde mir heiß, unerträglich heiß.

»Soll ich dir ein Geheimnis der Jacht zeigen?«, fragte Garet und zog ihre Hand weg.

»Ja«, antwortete ich erleichtert.

»Dann schwimm mir nach!«

Garet hielt mit schnellen und kräftigen Zügen auf das

Bootsende zu. Ich konnte nicht besonders toll kraulen und schwamm ihr einfach hinterher, wobei ich wild um mich spritzte. Ohne sich umzudrehen, lachte Garet leise.

Das Heck war so hoch wie bei einer alten Galeone. Über dem Wasser ragten Bronzehaken heraus. Ob man an denen einen Motor befestigen konnte? Vielleicht taten die Händler das sogar, wenn sie in eine Welt kamen, in der es »Photonen, Protonen und Magnetfelder« gab. An den Brettern bemerkte ich außerdem irgendwelche Kupferschrauben.

»Pass auf«, flüsterte Garet verschwörerisch und drehte nacheinander an drei Schrauben. Einen halben Meter über dem Wasser öffnete sich eine schmale Luke. »Manchmal nehmen wir Schmuggler mit oder Menschen, die sich vor der Regierung ihrer Welt verstecken.« Sie zog sich am Schiff hoch und glitt geschmeidig durch die Luke.

Sofort blickte ich woanders hin. Ich kapierte echt nicht mehr, was mit mir los war.

»Soll ich dir helfen?«, fragte Garet und hielt mir die Hand hin. Aus der dunklen Öffnung tauchten nur ihre Schultern auf.

»So weit kommt's noch«, erwiderte ich und kraxelte durch die Luke. Garet drückte sich weiter nach hinten, um mir Platz zu machen. Sie klatschte in die Hände und eine matte, kugelige Lampe ging an.

Ich richtete mich auf und spürte, wie das Wasser an mir herabfloss. Wir befanden uns in einem kleinen Raum, zwei mal drei Meter, der fast leer war, nur auf dem Boden lag eine dicke Matratze und an der Wand hing an einem Nagel ein Frotteetuch. Garet schnappte es sich, rubbelte mit schnellen Bewegungen ihr Haar und trocknete sich anschließend ab. Ich fing an zu zittern.

»Du bist ja ganz durchgefroren, Junge«, sagte Garet, während sie auf mich zukam. »Warte mal.«

»Weshalb sind wir hier?«, fragte ich. Garet trocknete mir jedoch schon die Haare ab, danach kam der Rest von mir dran. Sie machte dabei ein ziemlich ernstes Gesicht.

Es ist eine Sache, ob du mit jemandem nackt schwimmst. Aber es ist eine ganz andere, ob du plötzlich in einem kleinen Raum neben einer nackten Frau stehst und sie dich abtrocknet – am ganzen Körper.

»Soll ich dir beibringen, was Liebe ist?«, fragte Garet mich ganz gelassen, nachdem sie das Handtuch auf den Boden geworfen hatte.

Mein Gesicht brannte, und da ich kein Wort herausbrachte, schüttelte ich bloß den Kopf.

»Du schwindelst doch«, meinte Garet ruhig.

Jetzt hätte ich abhauen müssen. Mich mit einem Hechtsprung durch die Luke retten, zum Deck zurückkehren und den Flügeloverall anziehen müssen. Denn ich war mir sicher, dass Garet mir in der Gegenwart von Len und dem Sonnenkater nicht auf die Pelle rücken würde. Nur versagten mir meine Beine den Dienst.

Außerdem wollte ich gar nicht weg.

»Das ist aber notwendig«, meinte sie. »Das ist etwas, das du brauchen wirst. Du wirst es später selbst einsehen.«

Sie hockte sich hin, legte die linke Hand auf meine Schulter und zog mich zu sich. Nach einem ganz kurzen Zögern gab sie mir einen Kuss auf den Mund.

Ich hatte schon mal ein Mädchen geküsst. Da war ich erst in der dritten Klasse gewesen. Wir waren zusammen ins Kino gegangen und hatten geglaubt, wir müssten uns küssen. Mit Garet fühlte sich die Sache jedoch anders an – und gar nicht eklig.

Als ich wieder an Deck zurückkehrte, lag Len in der Sonne. Am Ende hatte er sich doch ausgezogen – bis auf die Unterhose.

»Bist du weit weggeschwommen?«, wollte er wissen.

»Ja, sehr weit«, antwortete ich und zog mich hektisch an.

Mit einem Mal schämte ich mich meiner Nacktheit, gewaltig sogar. Sowohl vor der nackten Reata, die etwas abseits in der Sonne brutzelte, als auch vor Garet, die gerade aus dem Wasser auftauchte. Hastig schlüpfte ich in den Overall, dann schaute ich zum Kater hinüber. Er hatte sich bereits an der Sonne sattgesehen und schnurrte jetzt zufrieden. Kurz fing ich seinen Blick auf …

Er wusste alles. Er hatte alles im Voraus gewusst.

»Weshalb, Kater?«, fragte ich im Flüsterton. »Weshalb?«

»Nichts kam so, wie du es geplant hast«, antwortete er unerschüttert. »Und das ist ein gutes Zeichen.«

»Warum?«

»Du musst dich deinem Wesen annähern. So weit, wie es geht. Ich weiß nicht, was Garet sich davon versprochen hat … aber für dich wird es nützlich sein.«

»Das hat sie auch behauptet«, brachte ich müde heraus und ließ mich aufs Deck plumpsen. Len beobachtete uns erstaunt. »Dreh dich mal um, sonst verbrennst du dir den Bauch«, riet ich ihm.

Hier stimmte doch was nicht. Alles geriet … aus dem Ruder. Und zwar extrem.

»Es ist alles in Ordnung, Danka«, beruhigte mich der Kater mit weicher Stimme. Sein Ton erinnerte mich an Garet.

»Halt die Klappe!«, brüllte ich. »Ich bin nicht dein Werkzeug, vergiss das nicht!«

Dann sprang ich auf und marschierte zu Garet hinüber. »Was sollte das?«, fragte ich scharf.

»Das wirst du begreifen, wenn du gewonnen hast«, antwortete sie mysteriös. »Aber wenn du dein Duell verlierst … wozu musst du es dann wissen?«

Was sollte ich ihr darauf sagen? Und streiten konnte ich mich jetzt nicht mit ihr.

»Wir müssen zurück«, presste ich heraus, während ich woanders hinsah.

»Gut, dann öffnen wir den Durchgang«, willigte Garet ein. »Sofort?«

»Ja.«

»Reata!«

Die beiden stellten sich wieder neben den Mast und sahen sich in die Augen.

»Wenn ihr zurückwollt, dann fliegt gefälligst«, sagte Reata frech, wobei sie sich eher an Len als an mich wandte. »Wir öffnen einen Korridor über der Jacht.«

Len griff nach seinem Overall. Mir fiel auf, wie er beim Anziehen schmerzhaft das Gesicht verzog. Also hatte er sich doch einen Sonnenbrand eingefangen!

»Ich muss euch noch euren Lohn zahlen«, meinte Garet plötzlich. »Schließlich haben wir vereinbart, dass die Arbeit bezahlt wird.«

»Die Arbeit war ja nicht gerade schwer«, knurrte ich. »Gehen wir mal davon aus, dass wir quitt sind. Öffnet jetzt den Durchgang.«

»Sei mir nicht böse, Danka«, bat Garet mit einer Stimme, die mit einem Mal ganz schuldbewusst klang. »Guten Flug!«

Ich spreizte die Flügel und schoss hinauf in den Himmel. In Richtung des regenbogenfarbigen Films, hinter dem die Finsternis lauerte. Die fast schon vertraute Finsternis. Len und der Kater folgten mir.

»Auf Wiedersehen!«, schrie Garet uns nach.

So flogen wir hinein in die Finsternis.

Dritter Teil

Die Freiflieger

1
Der Schlüssel

In die Stadt der Händler brauchen wir nicht zurückzufliegen«, rief mir der Kater zu. Ich nickte. Wenn ich was nicht wollte, dann war es, die Händler zu sehen. Oder ihre Stadt.

Wir flogen dicht nebeneinander. An meiner Flügelspitze nahm ich den Flügelschlag Lens wahr. Der Kater schwirrte etwas voraus, ein orangefarbener Fellball, der in einem warmen Licht leuchtete. Irgendwie hatte es sich so ergeben, dass er die Führung übernommen hatte und die Richtung vorgab. Mir sollte es recht sein. Schließlich wusste ich sowieso nicht, wohin wir jetzt fliegen und was wir tun sollten.

Die Händlerstadt erstreckte sich unter uns, ein dämmriger Flecken, der jedoch vor dem Hintergrund der Finsternis förmlich zu strahlen schien. Dann folgten die Berge, wir erspähten sogar eine Karawane, die über den Pfad dahinzog.

Schweigend und ziellos flogen wir immer weiter, die Flügel saugten alle Kraft aus uns heraus und verwandelten die Verletzung und die Scham in eine milde Traurigkeit.

Es war alles in Ordnung. Garet konnte mir gestohlen bleiben! Die anderen Händler auch. Wenn wir erst mal gewonnen hätten, würde ich ihnen allen befehlen abzuziehen. Kein Einziger von ihnen sollte in der Welt der Flügelträger zurückbleiben.

Irgendwann drosselte der Kater das Tempo und wartete, bis wir zu ihm aufgeschlossen hatten. »Fühlst du dich jetzt besser, Danka?«, fragte er.

Ich antwortete mit keinem Wort.

»Dann wollen wir landen, ihr müsst euch ausruhen«, befahl der Kater und stürzte wie ein Stein nach unten. Len legte bereitwillig die Flügel an, um seinem Beispiel zu folgen. Ich wollte den Flug jedoch noch nicht aufgeben und mich einfach fallen lassen und folgte deshalb in Spiralen dem orangefarbenen Fleck.

Der Sonnenkater und Len warteten auf dem kleinen Vorsprung einer senkrechten Felswand auf mich. Ohne Flügel wäre es unmöglich gewesen, jemals zu dieser Stelle zu gelangen. Vielleicht hatte hier sogar vor uns noch nie ein Mensch gestanden …

»Sollen wir etwa hier eine Pause einlegen?«, fragte ich. Wenn man fliegt, hat man komischerweise nie Angst vor der Höhe. Aber sobald man an einem senkrechten Abgrund landet und im scharfen Wind steht, wird einem schwindlig.

»Ja.« Der Kater schlug mit einem Mal einen überraschend feierlichen Ton an. »Allerdings geht es nicht darum, dass ihr euch ausruht. Wir wollen feiern.«

Ich starrte Len an. Anscheinend wusste er, worauf der Kater abzielte. Im Gegensatz zu mir. »Und aus welchem Anlass?«, fragte ich.

Der Kater sprang auf meinen Arm. Plötzlich rieb er

sein Gesicht an meinem Kinn. »Alles Gute, Danka. Herzlichen Glückwunsch zum Geburtstag!«

Len streckte die Hand aus und klopfte mir unbeholfen auf die Schulter. »Herzlichen Glückwunsch, Danka!«

»Na, ihr seid mir ja welche«, stammelte ich. »Was heißt hier Geburtstag? Bis dahin sind es doch noch …«

Ich verstummte. Wie viel Zeit war inzwischen eigentlich schon vergangen?

»Sonnenkater haben ein famoses Zeitgefühl«, erinnerte mich der Kater leise. »Du hast heute Geburtstag, Danka. Heute wirst du vierzehn Jahre alt. Aber bei allem, was wir erlebt haben, hast du das natürlich vergessen …«

Ich setzte mich auf den Stein und ließ die Beine baumeln. Mit einem Mal war mir die Höhe total egal. Die Höhe, pah! Was mich fertigmachte, war, dass ich nicht mal ansatzweise bemerkt hatte, wie ein ganzer Monat vergangen war!

Andererseits: Wann hatte ich schon mal so ein Abenteuer erlebt – dass ich meinen Geburtstag an einem Ort wie diesem hier feierte? So weit das Auge reichte, erstreckten sich Berge. Auf ihren Gipfeln saßen Schneemützen. Durch die Schluchten sprudelten Flüsse. Die Hänge entlang waberten Nebelbänder. Und Wind wehte, ein kalter und reiner Wind. All das betrachtete ich durch das Visier, das die ewige Nacht in dichte Dämmerung verwandelte, in einen sehr trüben Tag.

In der Stadt der Händler oder in Lens Stadt hätte ich meinen Geburtstag nicht feiern wollen. Auf der Jacht, unter einer fremden Sonne, erst recht nicht.

Hier zu sitzen fühlte sich gut an. Jetzt war ich also

tatsächlich vierzehn. Fast erwachsen. Und ich saß mit meinen Freunden zusammen auf einem winzigen Felsvorsprung, mit einem Wahren Schwert am Gürtel.

»Vielen Dank, Freunde«, sagte ich bloß.

Len kramte gerade in seiner Tasche und zog ein paar Beutel mit Essen heraus. Anschließend beförderte er etwas verlegen eine Flasche zutage. »Wir trinken jetzt Sekt«, erklärte er. »Der Kater sagt, das macht ihr so.«

Ich schielte zum Kater hinüber. Dieses wandelnde Lexikon …

»Außerdem habe ich noch ein Geschenk für dich.« Lens Stimme klang leicht verändert. »Es ist … etwas seltsam. Aber du wirst es schon begreifen.«

Len stellte sich gerade hin und knöpfte den Flügeloverall auf. Genau an der Stelle über dem Herz war eine kleine, weiße Scheibe an den Stoff genäht. Ganz vorsichtig, nur mit der Spitze seines Dolchs, machte Len sich daran, sie herauszutrennen.

»Was ist das? Ich habe so was nicht.« Aus irgendeinem Grund fühlte ich mich ziemlich mulmig.

»Das ist der Schlüssel für die Flügel.« Len hielt mir die Scheibe hin.

Das Ding war leicht und fühlte sich kühl an, die herunterhängenden Enden der Fäden schienen direkt aus ihm herauszuwachsen.

»Wozu ist der gut?«, fragte ich, denn ich begriff immer noch nicht, worum es ging.

»Wenn du den Schlüssel zerbrichst, sterben meine Flügel«, erklärte mir Len ganz ruhig. »Der Schlüssel überwacht meine Flügel.«

»Wozu?«, wiederholte ich. Len zuckte mit den Schultern.

»Das ist in ihrer Welt üblich, Danka«, klärte mich der Kater auf. »Und lass es dir nicht einfallen, das Geschenk abzulehnen. Das ist ein Vertrauensbeweis.«

»Möchtest du, dass ich den Schlüssel an mich nehme?«, fragte ich Len ganz direkt.

Len nickte und goss Sekt in die Gläser. So geschickt, wie er die Flasche entkorkt hatte, fielen mir zwangsläufig seine Worte über die Junioren ein, die in ihrem Club angeblich keinen Wein tranken!

»Ich würde dir auch gern meinen Schlüssel geben, Len …«, setzte ich an.

»Du hast doch gar keinen«, unterbrach mich Len energisch. »Du bist doch der Senior. Außerdem würde ich den sowieso nicht nehmen.«

Ah ja! Ich schielte zum Kater hinüber, der völlig unzivilisiert die Essenspakete beschnüffelte, streckte die Hand mit dem Schlüssel aus und tippte Len auf die Schulter. »Eine Frage noch …«

Mein Junior verteilte gerade die Reste des Sekts auf die drei Gläser. Hieß das etwa, er schenkte dem Kater auch was ein?

»Hättest du mir den Schlüssel nicht schon längst geben müssen? Schon in dem Moment, als du mein Junior geworden bist?«

Ohne mich anzusehen, nickte Len.

»Warum schenkst du ihn mir dann jetzt? Ist irgendwas passiert?«

»Das ist aber schon die zweite Frage …«

»Len!«

»Mit mir stimmt was nicht, Danka!« Endlich sah er mir in die Augen. »Seitdem ich im Turm war. Ich … also … ich träume komische Sachen. Dass ich mit dir kämpfe oder …« Len stockte kurz. »… dass ich ein Freiflieger bin. Deshalb ist es bestimmt besser, wenn du den Schlüssel hast.«

»Quatsch!«, rief ich und versuchte, möglichst überzeugend zu wirken. »Ich träume auch ständig irgendwelchen Unsinn. Dass ich in den Kosmos fliege und dort gegen sonst wen kämpfe … Oder … aber das erzähle ich dir lieber nicht in Anwesenheit des Katers, er ist ja schließlich noch klein.«

»Ich weiß schon, woran du denkst, Danka«, sagte Len mit einem Lächeln. »Aber du behältst den Schlüssel trotzdem, ja? Es ist mein Geschenk.«

Es wäre dumm gewesen, noch länger darüber zu streiten. Ich drehte die Scheibe in meinen Fingern und steckte sie vorsichtig in die Innentasche des Flügeloveralls. Es gab da eine Tasche, die von feinen Metallplättchen geschützt wurde, sodass der Schlüssel nicht zerbrechen konnte. Außerdem passte er gut dahinein – zu gut, als dass es ein Zufall sein konnte.

»Ich habe ebenfalls ein Geschenk für dich«, erklärte der Kater plötzlich. »Das ist allerdings noch seltsamer. Deshalb trinkt zunächst einmal eure Limonade.«

Gehorsam griffen Len und ich nach unseren Gläsern. Erstaunlicherweise setzte sich auch der Kater vor sein Glas und schnupperte misstrauisch am Sekt. Unwillkürlich musste ich lächeln. Wenn meine Mutter mich jetzt sehen könnte! Wie ich Alkohol trank, mich am Abhang einer Schlucht lümmelte, zusammen mit einem sprechenden Kater ...

Der Sekt schmeckte überhaupt nicht süß wie der, den ich von zu Hause kannte. Trotzdem schmeckte er. Der Kater leckte mit angewidertem Gesicht ein viertel Glas aus, bevor er sich schließlich über die Wurst hermachte. Len und ich stürzten uns ebenfalls auf die Fressalien. In meinem Kopf rauschte es.

»Mein Geschenk besteht aus Worten, Danka«, verkündete der Kater, nachdem er sich satt gegessen hatte. »Du bist jetzt alt genug, damit ich dich in Verschiedenes einweihen kann.«

»Nur zu«, forderte ich ihn auf, während ich versuchte, Käse mit dem Schwert zu schneiden. Ich wollte das unbedingt mit dem Schwert machen, obwohl es ständig abrutschte und nur idiotisch kleine Streifen abhobelte.

»Wir fliegen jetzt in irgendeine Stadt der Flügelträger und überreden sie, in den Krieg gegen die Freiflieger zu ziehen.«

»Sollen wir selbst etwa nicht kämpfen?«, fragte Len perplex.

»Doch, aber nicht nur wir. Danka wird dir bestätigen, was ich jetzt darlege, denn in seiner Welt kommt es ebenfalls zu richtigen Kriegen.«

»Stimmt«, bestätigte ich. Es gefiel mir, dass den Kater meine Meinung interessierte.

»Krieg bedeutet, dass das ganze Volk, dass alle Menschen in den Kampf gegen den Feind ziehen«, fuhr der Kater fort. »Wenn alle Kräfte aufgeboten werden, wenn die Menschen nur noch eine Alternative akzeptieren: entweder den Sieg zu erringen oder zu sterben.«

»Bei uns will aber niemand sterben.« Lens Gesicht verfinsterte sich.

»Aber ihr wollt doch, dass die Sonne scheint?«, fuhr ihn der Kater an. »Deine Generation hat sie zwar nicht verkauft – aber sie ist es, die den Preis dafür zahlt! Entweder ihr dient noch tausend Jahre lang den Freifliegern und Händlern oder ihr geht das Risiko ein! Denn den anderen kommt das, was ihr bislang unter Krieg versteht, hervorragend zupass! Die Freiflieger brauchen junge dumme Bengel als Nachwuchs. Und die Händler brauchen frische Ware – eure erwachsenen Männer und die Waffen der Freiflieger. Vorwürfe kann man beiden eigentlich nicht machen, das ist einfach ihre Moral. Aber wenn du ein Mensch bist, Flügelträger, dann stelle dich gefälligst auf die Seite des Lichts!«

Len schwieg.

»Du kannst mein Glas austrinken«, sagte der Sonnenkater unvermittelt. »Und nimm's mir nicht übel, dass ich so deutliche Worte sage. Ich schlage eben keine Halbheiten vor … Len, mein Junge, wenn du die Sonne und die Sterne sehen möchtest, wenn du die Angst um dich und deine Freunde für immer hinter dir lassen willst …« Der Kater legte eine Pause ein. »… dann fang einen richtigen Krieg an!«

Len verteilte den Sekt des Katers auf sein und mein Glas. »Ich sage ja gar nichts«, meinte er verlegen. »Ich will nur keinen Krieg. Ich weiß nicht, wie man dort, in Dankas Welt, kämpft …«

»Bei uns wird so gekämpft, dass sich die Freiflieger vor Angst in die Hose scheißen würden«, platzte ich dazwischen. Schon seit Längerem wollte ich auch einen Beitrag zum Gespräch leisten, hatte es aber bisher nicht geschafft. »Man kämpft, bis das ganze Land brennt! Mit Bomben, im Vergleich zu denen das Schwarze Feuer Kinderkram ist!«

»Und gegen wen?«

Das brachte mich aus dem Konzept.

»Also … wir kämpfen untereinander. Schließlich gibt es bei uns keine Freiflieger.«

»Dann ist es vielleicht gar nicht schlecht, wenn es bei uns welche gibt?« Len kippte seinen Sekt auf ex hinunter. Ich wollte zwar nichts mehr trinken, konnte das Glas jedoch auch nicht stehen lassen …

»Dafür haben sie das Licht«, erklärte der Kater mit leiser Stimme.

»Eben!«, bekräftigte ich stolz.

»Stimmt … Licht ist gut«, meinte Len. »Aber mir ist schwindlig, Danka. Lass uns nachher weiter darüber reden, ja?«

»Von mir aus«, sagte ich unwillig. Doch mir blieb ja immer noch der Kater, mit dem ich mich unterhalten konnte. »Gibt es noch Sekt, Len?«

Len schüttelte den Kopf und streckte sich auf dem Rücken aus. Der Kater sprang mir wieder auf den Schoß.

»Du solltest keinen Sekt mehr trinken, Danka. Du bist ohnehin schon angetrunken.«

»Ich?« Das fand ich komisch. »Von einem Glas Blubberwasser …«

»Von anderthalb Gläsern Sekt. Noch dazu auf leeren Magen.«

»Und wenn schon …« Natürlich irrte sich der Kater gewaltig, das wusste ich genau – aber wie sollte ich ihm das erklären?

»Jetzt hör mir mal zu, Danka«, fuhr der Sonnenkater fort. »Ich möchte dir nämlich wirklich etwas schenken. Einen Rat. Hörst du mir zu?«

»Hmm«, brummte ich, während ich mich neben Len ausstreckte. Windböen strichen über mein Gesicht. Meine Wangen brannten. Die tief hängenden grauen Wolken zogen sich über uns zusammen.

»Wir müssen versuchen, die Flügelträger in einen richtigen Krieg zu führen, Danka. Hast du das verstanden?«

»Na klar.«

»Gut. Dann lass mich dir folgenden Rat geben: Erzähle den Flügelträgern nicht vom Kampf für das Licht, denn sie wissen gar nicht, was Licht ist. Erzähle ihnen nicht vom Kampf gegen die Finsternis. Überzeuge sie davon, dass die Freiflieger einen Angriff auf ihre Städte planen und dass es nichts bringt, die Sache auszusitzen.«

»Und was soll das alles bringen?« Ich schloss die Augen, denn ich wollte schlafen. Warum war ich plötzlich bloß so müde?

»Das wirst du später noch begreifen. Vertraue jetzt einfach auf meinen Rat. Abgemacht?«

»Abgemacht …«, hauchte ich, während die Stimme des Katers sich in der Ferne auflöste. »Du bist wie die Händler … wie Garet … Immer vertröstet ihr mich auf später. Nur handeln soll ich gleich.«

Und noch ehe ich sagen konnte, wie sehr es mir stank, wenn man über meinen Kopf hinweg für mich entschied, war ich bereits eingeschlafen.

Len und ich hätten uns eine gewaltige Erkältung einfangen können, während wir da ein, zwei Stunden im kalten Bergwind auf den Felsen schliefen. Zum Glück taugen die Flügel jedoch nicht nur zum Fliegen. Sie saugen gewaltige Kräfte aus dir heraus, schützen dich dafür aber auch hervorragend gegen die Kälte.

Nachdem wir die leere Sektflasche im Abgrund versenkt hatten, erhoben wir uns wieder in die Luft. Das Wetter wurde immer mieser. Unter der grauen Wolkendecke ballten sich nun auch noch stinknormale Regenwolken. Schneeregen prasselte auf die Flügel. Mir war erst wohler, als wir diesen Lattenzaun von einer Hügelkette hinter uns gelassen hatten und tiefer fliegen konnten.

Die nächste Stadt lag nur eine Flugstunde von uns entfernt. Doch ohne uns darüber abgesprochen zu haben, wollten wir alle in Lens Stadt zurückfliegen. Dort würden wir es leichter haben … nahmen wir zumindest an. Deshalb dauerte unser Flug fast den ganzen Tag.

»Hast du Heimweh?«, fragte ich Len, als wir am Stadtrand runtergingen. Eine Landung im Stadtzentrum hätten die Wachposten falsch verstehen können, und ich brannte nicht gerade darauf, mit den Pfeilen ihrer Armbrüste Bekanntschaft zu schließen.

Mein Junior zuckte ausweichend mit den Schultern, eine Geste, die sehr komisch wirkt, wenn du mit ausgebreiteten Flügeln durch die Luft schwebst.

»Ich schon«, gab ich zu. »Auch wenn man mich hier … nicht sehr mag.«

Wir landeten und legten die Flügel an.

»Wollen wir es für heute gut sein lassen und morgen anfangen?«, schlug Len vor.

»Lass uns die Sache lieber gleich in Angriff nehmen«, widersprach ich. »Solange wir noch so wütend sind.«

»Ganz recht«, sagte der Kater. »Schnelligkeit und Entschlossenheit sind die Methoden des Lichts.«

Kurz vorm Stadtrand, als uns bereits die ersten Flügelträger entgegenkamen, schrie Len plötzlich auf: »Du trägst ja deine Binde gar nicht, Danka!«

»Ich habe auch nicht vor, das zu tun«, erwiderte ich finster. »Jetzt brauchen wir uns nicht mehr zu verstellen.«

»Recht so«, pflichtete mir der Kater bei. »Ich werde mich auch nicht mehr maskieren …« Und sofort leuchtete er heller denn je.

Wir marschierten an den Flügelträgern vorbei, die wie versteinert dastanden – zwei Senioren mit Mädchen in ihrem Alter und ein Junior, der uns mit entgeistertem Blick nachtrottete. Lächelnd winkte ich allen zu. Natürlich winkte niemand zurück.

»Kommt zum Platz!«, forderte Len den Junior auf. Wahrscheinlich kannten sich die beiden. »Jetzt gleich.«

»Denn dort …«, meinte der Kater zufrieden, der über dem Kopfsteinpflaster schwebte, etwa in Höhe meiner Taille, » … bekommt ihr etwas geboten!«

Der Gedanke an dieses Spektakel begeisterte mich nicht gerade, trotzdem sagte ich nichts dagegen.

Als wir zwanzig Minuten später den Platz erreichten,

auf dem ich damals geblendet worden war, hatte sich bereits eine gewaltige Menge versammelt. Offenbar hatten die Flügelträger, denen wir begegnet waren, die Neuigkeit von der bevorstehenden Sensation sofort in Umlauf gebracht.

2
Das Gleichgewicht

Shoky kam als einer der Letzten zum Platz gerannt. Schweigend hatte ich die ganze Zeit über auf ihn gewartet. Erst jetzt, da die Spannung der Menge ihren Höhepunkt erreicht hatte, ergriff ich das Wort: »Ich bin gekommen, um euch das Licht zu bringen.«

Meiner Meinung nach klang das ziemlich toll. Die Flügelträger schwiegen jedoch, nur die Erwachsenen, die in einer eigenen Gruppe zusammenstanden, murmelten etwas. Ich holte tief Luft. »Ich bin aus einer anderen Welt«, fuhr ich fort. »Dort scheint die Sonne. Dort gibt es keine Freiflieger. Ich bin gekommen, um euch zu helfen ...«

Schweigen. Allerdings drängelte sich Shoky jetzt nach vorn und durchbohrte mich mit Blicken.

Am liebsten wäre ich abgehauen, doch nun gab es kein Zurück mehr. Ich sah zum Kater hinüber, der in meiner Nähe schwebte. »Das ist ein Sonnenkater«, stellte ich ihn vor. »Er ist mein Freund. Er ist aus Licht gemacht und soll euch helfen. Ihr habt mich geblendet, aber das Licht hat mir ein neues Sehvermögen gegeben. Ich nehme euch das nicht übel. Ich bin gekommen, um euch zu helfen.«

»Wobei willst du uns helfen, Danka?« Endlich durchbrach Shoky das Schweigen. Seine Stimme klang weder erstaunt noch verzweifelt, sondern einfach bloß traurig.

»Dabei, das Licht zurückzubekommen!«

Shoky zuckte mit den Schultern. Er sah die anderen Flügelträger an. »Wie hast du denn vor, uns das Licht zurückzugeben, Danka?«, fragte er laut. »Unsere Sonne ist gestorben. Aber wir haben es überlebt. Wie willst du uns das Licht zurückgeben?«

Wenn ich das nur wüsste …

»Wir müssen die Freiflieger vernichten«, erklärte ich und versuchte, möglichst sicher zu klingen. »Alles kann ich euch nicht sagen, aber das müssen wir als Erstes tun. Wenn alle Flügelträger aus allen Städten …«

»Weißt du, was das Schwarze Feuer ist, Danka?«

Ich fasste unwillkürlich nach Lens Hand. Wie sollte ich das nicht wissen …

»Ja, Shoky …«, sagte ich.

»Wir haben ein Gleichgewicht hergestellt, Danka. Wir greifen ihre Türme nicht an … zumindest nicht so, wie du es vorschlägst, also alle zusammen und mit ganzer Kraft. Dafür stecken die Freiflieger unsere Städte nicht in Brand. Das ist unser Gleichgewicht, Danka. Wenn wir tun, was du vorschlägst, werden unsere Städte wie Zunder brennen. Zusammen mit all denjenigen, die nicht kämpfen, den Kindern, Frauen und Erwachsenen.«

»Aber dafür …«

»Was *dafür*? Was könnte das sein, wofür wir unsere Verwandten abfackeln lassen?«

Hilflos sah ich zum Kater hinüber. Er fing meinen Blick auf – und plötzlich fiel mir sein Rat wieder ein. Daran klammerte ich mich jetzt.

»Eure Städte werden so oder so brennen, Shoky!«,

sagte ich. »Wir sind in einem Turm der Freiflieger gewesen und haben sie belauscht. Sie wollen die Flügelträger überfallen. Sie wollen eure Städte niederbrennen!«

Jetzt schwieg die Menge um uns herum nicht mehr. Aufgebracht riefen alle durcheinander. Der Lärm tat mir sogar in den Ohren weh. Doch als Shoky den Arm hob, verstummten nach und nach alle wieder.

»Das ist eine Provokation«, urteilte er mit fester Stimme.

Sein Ton trieb mir einen eisigen Schauer über den Rücken. Ich hätte nicht gewusst, was ich darauf sagen sollte, doch an meiner Stelle ergriff nun der Kater das Wort. »Ich bin auch bei diesem Turm gewesen! Und ich spreche im Namen des Lichts!«

Shoky, der schon etwas vorbringen wollte, schwieg dann doch.

»Glaubt jemand von euch etwa, das Licht könnte lügen?«

Stille. Aber der Kater erwartete eine Antwort.

»Nein, das Licht lügt nicht«, stieß Shoky widerwillig hervor.

»Richtig!«, sagte der Kater. »Und deshalb hört mich an: Ich bin in diesem Turm der Freiflieger gewesen und habe ihre Gespräche gehört. In ein paar Tagen werden eure Städte im Schwarzen Feuer lodern. Eure einzige Chance besteht darin, als Erste anzugreifen.«

Der Kater sprach so überzeugend, dass ich unwillkürlich dachte: Wann und wo hat er das denn gehört? Schließlich hatten die Freiflieger doch gar nicht die Absicht, anzugreifen …

»Das ist eine Provokation«, wiederholte Shoky. »Eine Provokation der Freiflieger. Sie wollen uns Angst einjagen. Mir ist klar, dass du nicht lügst, aber auch das Licht kann sich irren.«

Wieso lief bloß alles so schief? Die Flügelträger wunderten sich überhaupt nicht über unsere Rückkehr, meine geheilten Augen oder den Sonnenkater ...

»Wieso glaubt ihr uns nicht?«, schrie ich. »Wir sind aus einer anderen Welt! Uns hat das Licht geschickt!«

Als ich den Blick des Katers auffing, las ich Missbilligung darin. Shoky ließ sich nicht mal zu einer Antwort herab. An seiner Stelle antwortete ein Erwachsener, ein älterer Mann von etwa vierzig Jahren, der sich durch die Menge gequetscht hatte.

»Bildest du dir eigentlich ein, du wärst der Erste, der zu uns gekommen ist, um uns zu helfen, mein Junge?«

Es hatte keinen Sinn, darauf zu antworten.

»Ich bin in deinem Alter gewesen, als ein Krieger aus dem Königreich Tamal in unsere Stadt kam. Auch er hat behauptet, das Licht habe ihn geschickt. Er hat uns aufgefordert, in den Kampf zu ziehen, und geschworen, er würde ganz allein den Turm des Herrn der Finsternis zerstören. Er wurde nie wieder gesehen.«

»Wenn ihr ihm geholfen hättet ...«, setzte ich an.

»Wir haben ihm geholfen. Mit ihm ist die Hälfte der Flügelträger unserer Stadt losgezogen. Keiner von ihnen ist je zurückgekehrt.«

Der Mann trat an mich heran, legte mir die Hand auf die Schulter und meinte fast zärtlich: »Du willst uns helfen und dafür danke ich dir. Du hast uns am Anfang getäuscht, aber du hast bewiesen, dass du deine Flügel zu Recht trägst. Ich freue mich, dass du wieder sehen kannst ... noch dazu besser als vorher, denn schließlich stehst du hier ohne Brille. Ich spreche jetzt im Namen der erwachsenen Männer, aber ich glaube, die Flügelträger und die Frauen der Stadt stimmen mir zu. Bleibt in der Stadt, wir freuen uns, euch bei uns zu haben, oder geht euren Weg – auf dem euch Glück beschieden sein möge. Aber einen Krieg werden wir nicht anfangen.«

»Vielen Dank, Senior meines Seniors«, erklärte Shoky in feierlichem Ton. Daraufhin strömten die Erwachsenen wie auf einen geheimen Befehl hin auseinander. Nach ihnen verließen auch die Mädchen den Platz. Nur die Flügelträger blieben noch übrig.

»Shoky ...« Mir entging der jämmerliche und bittende Unterton in meiner Stimme nicht. Aber Shoky ließ mich nicht zu Wort kommen.

»Wir brauchen darüber nicht weiter zu diskutieren, Danka. Unsere Entscheidung steht fest. Euer Haus ist in Ordnung, ihr könnt wieder dort wohnen. Essen wird euch gebracht, das ordne ich an. Ruht euch jetzt aus.«

Kurz darauf standen wir allein auf dem Platz.

Ein leichter, aber kalter Wind wehte, hoch oben zogen sich die Wolken zusammen. Kein einziges Licht war in den verhangenen Fenstern zu sehen, kein einziges Geräusch in den Straßen, die vom Platz wegführten, zu hören.

Finsternis und Freudlosigkeit. Schwärze und Stille. Nacht und Nichts.

Nur die Säule in der Mitte des Platzes. Erst jetzt ging mir auf, dass es sich um einen Galgen handelte, dessen

Strick allerdings bis zum nächsten Gebrauch abgenommen worden war.

Ich wechselte vom Wahren Blick zum normalen über. Daraufhin zog sich die Welt zusammen, verwandelte sich in einen winzigen Käfig, den der Sonnenkater beleuchtete. Wie schwach er nur noch schimmerte …

»Warum hast du mir nichts davon gesagt?«

»Dass wir nicht die Ersten sind?« Der Kater schaute nicht mal zu mir herüber.

»Ja!«

»Weil ich das nicht wusste.«

»Du lügst!«

»Gibt es in deiner Welt vielleicht ein Königreich Tamal, Danka? Das waren Gesandte des Lichts, die aus einer anderen Welt stammten. Für die bin ich doch nicht verantwortlich!«

»Das heißt, auch wir können verlieren?«

»Ohne Weiteres!« Der Kater setzte sanft auf dem Kopfsteinpflaster auf, landete dabei jedoch mit einer Pfote in einer Pfütze und verzog angewidert das Gesicht. »Gehen wir nach Hause, Kinder. Was wir zu besprechen haben, ist nicht für die Straße bestimmt – selbst wenn diese verlassen zu sein scheint.«

Shoky hatte nicht gelogen, man hatte uns wirklich etwas zu essen gebracht. Sogar an Sahne für den Kater hatten sie gedacht. Schweigend aßen wir, fast, als hätten wir uns gestritten.

»Warum macht ihr so trübsinnige Gesichter?«, fragte der Kater, nachdem er seine Sahne aufgeschleckt hatte.

Len bearbeitete seine Bulette wortlos mit der Gabel, als wollte er wieder Hackfleisch aus ihr machen.

»Haben wir deiner Ansicht nach etwa Grund zur Freude?«, entgegnete ich. »Schließlich ist niemand auf unserer Seite!«

»Das wird sich schon noch ändern.« Der Kater schien regelrecht auf diese Worte gewartet zu haben. »Wenn erst mal das Schwarze Feuer in der Stadt wütet, werden sich die Flügelträger eines Besseren besinnen.«

»Welches Schwarze Feuer?«, fragte ich begriffsstutzig. »Die Freiflieger haben doch gar nicht die Absicht, anzugreifen!«

Sie schwiegen alle beide, Len und der Kater. Und zwar so einvernehmlich, als wüssten sie etwas, das ich noch nicht mal ahnte.

»Len …« Ich sah meinen Junior an.

Er blickte mir in die Augen. »Danka, ich glaube, der Kater möchte, dass wir die Stadt anzünden. Bist du damit einverstanden?«

Wen beleidigte Len mit dieser Frage eigentlich mehr – den Kater oder mich?

Ich sprang auf und scheuerte Len eine. Mein Junior kippte samt Stuhl nach hinten, blieb kurz liegen, hockte sich dann hin und presste die Hände vors Gesicht. Seine Nase blutete.

»Du tickst ja nicht mehr richtig!«, brüllte ich. Und ohne zu wissen, was ich da eigentlich sagte, fügte ich hinzu: »Du bist zur Finsternis übergewechselt! Aus dir spricht die Finsternis!«

Len schniefte, machte jedoch keinen Versuch, aufzustehen. »Stimmt, die Finsternis hat mich schon fast zu sich gezogen ...«, flüsterte er. »Deshalb erkenne ich sie auch besser als du.«

Meine ganze Wut verwandelte sich daraufhin in Scham und Mitleid. Ich setzte mich neben Len auf den Boden und bog seinen Kopf nach hinten. »Halt den Kopf im Nacken, damit es schnell aufhört zu bluten.«

Was hatte ich mir eigentlich dabei gedacht? Len war einen halben Kopf kleiner und rund zehn Kilo leichter als ich. Ein echt fairer Kampf! Der Turm der Freiflieger fiel mir ein und Lens Schrei, kurz bevor sie ihm das Schwarze Feuer eingeflößt hatten. Ein Kloß schnürte mir die Kehle zu.

»Tut mir leid, Len ... Und du, Kater, nimm es Len auch nicht übel!«

»Was denn?«

Selbst wenn du etwas um keinen Preis glauben willst – irgendwann ist es albern, der Wahrheit nicht ins Auge zu sehen.

»Hat Len etwa recht?«

»Aber sicher. Ihr müsst die Stadt anzünden.«

Alles, was sich in den letzten Tagen in mir angestaut hatte, die ganze Wut, der Kummer und die Bosheit, all das brach sich jetzt Bahn.

Ich erinnere mich nicht mal mehr an jedes Wort, das ich dem Kater an den Kopf geknallt habe. Auf alle Fälle habe ich ihn beschuldigt, mich in diese Welt geschleift und mich allein in dem Tal sitzen gelassen zu haben, darüber hinaus habe ich ihm angekreidet, dass man mich blind gemacht hat, und auch das, was mit Len passiert ist, dann noch meine Erlebnisse im Labyrinth des Schwerts und mit den Händlern und …

Irgendwann verstummte ich, denn mir fiel nichts mehr ein, was ich ihm noch krummnahm.

Der Sonnenkater hatte schweigend zugehört. Nur einmal putzte er sich mit der Pfote das Gesicht, nämlich als ich ihn an das Labyrinth erinnerte.

»Bist du jetzt fertig, Danka?«, fragte er schließlich kaum hörbar.

»Ja!«, knurrte ich, während ich mit einer Hand Lens Kopf erneut zurückbog und ihn mit der anderen umarmte. »Du bist gar nicht auf der Seite des Guten, Kater! Dein Licht ist keinen Deut besser als die Finsternis!«

»Meinst du etwa, mir gefällt das, Danka?«, fragte der Kater seufzend. »Aber nur im Märchen vollbringt ein guter Mensch wirklich nichts Schlechtes. Im Leben verhält es sich anders. Wenn das Licht hier gegen die Finsternis kämpft, muss es rücksichtslos sein. Einen anderen Weg gibt es nicht, siehst du das denn nicht ein?«

»Das soll eine Lösung sein?! Eine Stadt anzünden? Und die Menschen, die dort wohnen?«

»Natürlich nicht die ganze Stadt … Obendrein käme vermutlich niemand zu Schaden … Es dürfte genügen, ein paar Flaschen mit Schwarzem Feuer überm Stadtzentrum abzuwerfen, wo ja kaum jemand wohnt. Dann brennen die Clubs, die Werkstätten und Lager … Und selbst wenn ein paar Wohnhäuser in Flammen aufgehen sollten – das ist doch schließlich keine Atombombe! Allen wird genug Zeit zur Flucht bleiben! Danach greifen die Flügelträger die Freiflieger garantiert an!«

»Und dann schlachten sich alle gegenseitig ab! Schließlich verstehen die Freiflieger etwas vom Kampf!«

»Nein, Danka. Es geht nur darum, die Freiflieger abzulenken, damit sie alle Kräfte auf einen Schauplatz konzentrieren. In der Zwischenzeit werden wir ihren Hauptturm angreifen.«

Sobald der Kater mir den Plan mit seinen eigenen Worten schilderte, hörte er sich komischerweise gar nicht mehr gemein und grausam an. Mehr wie eine Kriegslist. Okay, in der Stadt würden ein paar Häuser abbrennen – aber dafür würden wir die Freiflieger besiegen.

Mannomann, wie hatte ich bloß so auf der Leitung stehen können?

»Aber was können wir im Hauptturm ausrichten? Müssen wir etwa bloß diesen Herrn der Finsternis umbringen – und schon hauen alle ab und die Sonne kommt zurück?«

»Ich weiß es nicht, Danka«, erklärte der Kater müde. »Wie ich schon gesagt habe, ist mir selbst nicht alles klar. Aber ich spüre, dass wir den Hauptturm angreifen müssen.«

»Und wo nehmen wir das Schwarze Feuer her?«

»Gibt es etwa nicht genügend Türme in der Umgebung? Ihr beide, Len und du, werdet doch wohl mit ein oder zwei Freifliegern fertig werden! Wir zerstören einfach einen Turm und holen uns das Schwarze Feuer. Da schlagen wir gleich zwei Fliegen mit einer Klappe …«

»Aber die Freiflieger im Turm müssen wir doch töten!«

»Ja und?«

Das war's. Das war mein letzter Einwand gewesen,

mehr konnte ich nicht vorbringen. Weitere Argumente fielen mir nicht ein. Nun bohrte sich ein dumpfer, düsterer Schmerz in mein Herz.

»Junior …« Hilflos sah ich zu Len rüber. »Das ist deine Stadt … Entscheide du.«

Len betastete seine Nase. Da sie nicht mehr blutete, holte er ein Taschentuch heraus und putzte sie sich vorsichtig.

»Mir ist von Anfang an klar gewesen, dass wir keine andere Möglichkeit haben«, meinte er.

Und noch einmal: Das war's. Wenn sogar Len mit dem Plan einverstanden war …

»Wir könnten das Schwarze Feuer doch auch über eine andere Stadt gießen, oder?«, schlug ich vor. »Hier leben deine Freunde …« Beinahe hätte ich noch hinzugefügt: und deine Mutter, aber zum Glück stoppte ich mich noch rechtzeitig.

Außerdem: Auf eine andere Stadt, das ginge sowieso nicht. Das wäre hundsgemein.

»Wer soll denn das Feuer ausgießen?«, fragte ich den Kater mit einer Selbstverständlichkeit, als ob die Flaschen mit dem Zeug schon einsatzbereit im Schrank standen.

»Du«, antwortete der Kater wie aus Pistole geschossen. Als er mein Gesicht sah, fügte er rasch hinzu: »Ich kann es nicht, rein körperlich. Meine Pfoten würden mir den Dienst verweigern – schließlich ist es ja etwas Böses. Und das ist gegen meine Natur. Und Len sollte es nicht machen, denn darauf wartet die Finsternis doch nur. Da bleibst nur du, Danka, versteh das doch.«

Ach ja, ich musste ja immer alles verstehen …

»Bist du wütend auf mich, Danka?« Der Kater verlangte, dass ich ihn ansah.

»Das habe ich mir inzwischen abgewöhnt.«

Wir besprachen noch verschiedene Punkte, doch im Grunde kam es auf die nicht mehr an, das war bloß Kleinkram. Die Entscheidung stand ja schon fest. Wenn mir doch bloß noch eine andere Lösung einfiele …

Ich ging in mein Zimmer und schaute mit dem Wahren Blick in den Spiegel. Ich sah, dass mein erwachsenes Ich lächelte. Nur ganz leicht und ein bisschen traurig. Aber es lächelte.

Der Kater hatte schon gewusst, wen er unter seine Fittiche nehmen musste.

Ich knüpfte das Schwert des Tuak vom Gürtel und auch die leere Scheide des Wahren Schwerts und hängte beides an die Wand. Das Wahre Schwert hatte sich noch nicht wieder materialisiert, sondern wartete weiterhin auf seine große Stunde. Wenn es endlich auftaucht, dachte ich, werde ich der Versuchung, es sofort zu ziehen, bestimmt kaum widerstehen können.

Aber gut, darüber konnte ich mir den Kopf zerbrechen, wenn es so weit war.

Ich setzte mich aufs Bett und schaute mit einem Blick voller Hass auf das Fenster mit der Gardine davor. Am liebsten hätte ich die Vorhänge zurückgezogen und … nein, nicht die Sonne, es war ja sowieso Nacht … aber die Sterne, die wenigstens hätte ich gern gesehen. Viele und hell leuchtende Sterne, so wie in den Bergen. Und den Mond. Ob es hier nur einen Mond gab oder mehrere? Irgendwann hatte ich mal geträumt, ich würde nachts in einem See baden. Als ich da nach oben schaute, sah ich über mir einen ganzen Haufen Monde, jeder in einer anderen Farbe. Eigentlich schade, dass es so was nur im Traum gab.

Aber hier ... Selbst wenn es hier eine ganze Handvoll Monde gäbe, würde doch eine Kleinigkeit fehlen: die Sonne.

Ich hörte, wie die Tür quietschte, und wandte mich vom Fenster ab. Len steckte seinen Kopf ins Zimmer.

»Schläfst du schon?«, fragte er, warum auch immer. Ach ja, ich hatte das Licht nicht angemacht, und Len trug keine Brille.

»Komm rein.« Ich klatschte in die Hände, doch aus irgendeinem Grund gingen die Lampen nicht an.

»Meine funktioniert auch nicht.« Trotzdem durchquerte Len mit sicheren Schritten das Zimmer und setzte sich auf den Bettrand. »Ich hätte sie längst austauschen sollen, noch bevor wir losgezogen sind. Morgen werde ich im Lager vorbeischauen und ...«

»Hmm«, brummte ich nur.

Len wusste nicht, was er sagen sollte, und ich war mit einem Mal auch verlegen. Es war irgendwie, als säße er mit verbundenen Augen da und spräche mit mir.

»Die Dinger müssen wirklich ersetzt werden«, sagte ich und verzichtete auf meinen Wahren Blick. »Sonst sitzen wir ja in der Dunkelheit ... Hast du vielleicht Kerzen?«

»Unten. Soll ich sie holen?«

»Ach, egal, wir müssen eh bald schlafen. Len?«

»Was?«

»Das vorhin tut mir leid ...«

»Schon gut, ich verstehe es ja … Ich möchte dir gern was sagen, Danka, aber nimm's mir bitte nicht übel.«

Mir schwante nichts Gutes. »Ja?«

»Ich werde das Schwarze Feuer ausgießen.«

»Warum denn das?«

»Es ist meine Stadt. Wenn du sie anzündest, wirst du unser Feind. Dann bist du nur noch ein Fremder, der mit seiner eigenen Wahrheit hierhergekommen ist. Versteh das bitte nicht falsch!«

»Und wenn du die Stadt anzündest?«

»Dann werde ich zum Verräter. Aber in meinen Augen verrate ich nicht die Stadt und nicht die Menschen, denn ich liebe sie ja. Ich verrate unser bisheriges Leben. Wenn wir scheitern, bleibe ich ein Verräter. Aber wenn unser Vorhaben glückt und unser Leben sich ändert, dann gelte ich nur als Rebell.«

»Als Freiheitskämpfer«, bestätigte ich. »Aber wie willst du dich gegen die Finsternis wehren, Len?«

»Das schaffe ich schon«, knurrte Len. »Bist du einverstanden, Danka?«

»Lass uns erst mal das Schwarze Feuer holen. Danach sehen wir weiter.«

»In Ordnung«, sagte Len ohne Widerrede.

»Hast du Angst?«, fragte ich

Er zappelte etwas herum und sagte dann: »Es ist so dunkel … Früher hatte ich nie Angst vor der Dunkelheit, Ehrenwort. Aber jetzt ist es so … als würde sie nur darauf warten, mich anzuspringen.«

»Weißt du was«, schlug ich vor, »schlaf doch einfach hier.«

»Darf ich wirklich?«

»Klar.«

Nur zu gern streckte sich Len im Bett aus. »Mit dir zusammen habe ich keine Angst mehr«, meinte er und klang schon viel fröhlicher. »Ich wollte schon den Kater zu mir rufen, aber der sitzt unten und liest.«

»Der Herr Professor«, spottete ich. »Len, wir müssen morgen Patrouille fliegen, da dürfen wir nicht verschlafen.«

»Ich wache immer früh auf«, versicherte Len schläfrig. »Gute Nacht.«

»Gute Nacht.«

Ich schloss ebenfalls die Augen und legte mich hin. Mein Junior atmete gleichmäßig neben mir, ansonsten herrschte Totenstille. Gute Nacht … Was für ein alter Wunsch! Vielleicht haben sich sogar schon die Urmenschen eine gute Nacht gewünscht, bevor sie sich hingelegt haben. Und bestimmt haben sie genau wie wir daran geglaubt, dass dieser Wunsch sie vor jedem Unglück bewahrt.

Ob der Gutenachtwunsch wohl irgendjemandem hilft, wenn ich die Flasche mit dem Schwarzen Feuer über der Stadt ausgieße?

Denn egal, was Len gesagt hatte: Er durfte die Stadt auf keinen Fall anzünden.

3
Das Schwarze Feuer

Der Kater steckte den Kopf aus dem Ausschnitt des Flügeloveralls. »Wie lange wollen wir das Ganze denn noch hinauszögern?«, fragte er mürrisch.

Ich antwortete nicht. Schon seit einer halben Stunde schwebten wir über dem Turm der Freiflieger, ohne einen von ihnen zu entdecken. Ein paar Mal war Len im Sturzflug nach unten gegangen, hatte eine Runde um den Turm gedreht und war danach wieder zu uns hochgestiegen. Hätte es im Turm viele Freiflieger gegeben, wären sie ihm mit Sicherheit hinterhergejagt.

»Danka! Wie lange noch?«, wiederholte der Kater.

Ich sah Len an, legte die Flügel kurz an und ging tiefer. Langsam wuchs der Turm uns entgegen – als ob nicht wir sanken, sondern die Felsen sich aufblähten.

Normalerweise errichteten die Freiflieger ihre Türme in der Nähe von Seen, Flüssen oder Sümpfen. Dabei waren sie auf das Wasser überhaupt nicht angewiesen. Vielleicht verlangte es ihre Tradition oder es entsprach ihren Vorstellungen von Schönheit.

Dieser Turm dagegen stand mitten im Gebirge, Wasser gab es ringsum keines. Er hieß der Runde Turm, obwohl niemand sagen konnte, was an ihm runder war als an den anderen Türmen. Hierher war Kurt, der Ex-Senior von

Len, geflogen, als er beschlossen hatte, ein Freiflieger zu werden. Vermutlich hatte Len deshalb vorgeschlagen, ihn anzugreifen.

Wir landeten auf der Plattform oben an der Spitze des Turms. Drei schmale Steinsäulen trugen ein Holzdach, eine Konstruktion, die an einen Schellenbaum erinnerte. Die Bretter waren bereits durchgefault, die Plattform zugemüllt und in Vertiefungen im Boden stand Wasser. Die Luke, durch die man nach unten gelangte, war halb offen.

»Was für Schmutzfinken!«, zischte der Kater verächtlich, während er aus meinem Ausschnitt kletterte und mit einem Satz auf dem Boden landete. »Schämen sollten sie sich! Wartet hier, Jungs, ich gehe vor.«

»Warum das?«, wollte ich wissen, hauptsächlich um nicht als feige dazustehen – denn eigentlich war mir angst und bange.

»Ich gebe kein so gutes Ziel ab«, erklärte der Kater. »Wartet hier!«

Er sprang durch die Luke, glitt nicht nach unten, sondern sprang tatsächlich. Sein Fell leuchtete grell, doch wie hätte er es hier verstecken sollen? Immerhin konnte er den Freifliegern mit dem Licht Angst einjagen.

Ohne mich mit Len abzusprechen, zogen wir beide unser Schwert. Die Scheide des Wahren Schwerts war noch immer leer, was mich ein wenig beruhigte.

»Kommt runter«, fiepte der Kater von unten.

Der Raum, in den wir gelangten, war ebenfalls leer und zugemüllt, Umrisse ausgetrockneter Pfützen zeichneten sich ab, überall lag was rum, Anziehsachen, aber auch Schwerter ohne Scheiden. Lens Gesicht verkrampfte sich plötzlich. »Das ist Kurts Schwert …«, stotterte er und zeigte mit der Hand auf eine Klinge.

Ein Schwert wie jedes andere auch, länger als meins und mit einem blutroten Stein am Griff. Als ich es vorsichtig mit dem Fuß anhob, klirrte der Stahl.

»Pst!«, zischte der Kater, der die dunkle Wendeltreppe hinunterspähte.

Wir erstarrten, doch offenbar wollte der Kater nur in die Dunkelheit hineinlauschen.

»Das ist ein gutes Schwert«, flüsterte Len mir ins Ohr. »Besser als deins. Willst du es nehmen?«

»Mein Schwert ist auch gut«, erwiderte ich genauso leise. »Das dort ist mir zu schwer.«

»Gehen wir!« Der Kater rannte die Stufen hinunter. Wir folgten ihm, indem wir uns an dem Licht orientierten, das er ausstrahlte. Im Turm half uns die Brille kaum und den Wahren Blick wollte ich nicht benutzen.

»Komisch … Warum brennen hier denn keine Fackeln?«, hauchte Len.

»Vielleicht ist der Turm ja verlassen?«

»Die haben doch nie genug Türme«, wandte Len ein. »Die leben nämlich nicht gern beengt …«

Die Treppe führte uns in ein rundes Zimmer irgendwo in der Mitte des Turms. Der Kater sprang die letzte Stufe hinunter – und blieb wie angewurzelt stehen. Da ich ahnte, dass etwas nicht stimmte, stürzte ich zu ihm.

An der Wand stand ein Bett, ein ganz normales Bett mit einem weißen Laken. Auf ihm lag ein Freiflieger und starrte an die Decke. Ein Arm baumelte herab, die Membran der Flügel zitterte im schwachen Luftzug.

Der ist tot, dachte ich ganz ruhig. Aber Len, der sein Schwert mit beiden Händen gepackt hielt, schlich sich vorsichtig ans Bett. Ich rief mir in Erinnerung, dass tote Freiflieger versteinern.

Mit einem knirschenden Geräusch drehte der Freiflieger langsam den Kopf. Len hielt mitten in der Bewegung inne. Ein kalter, gläserner Blick tastete uns ab.

»Gebt mir Wasser«, verlangte der Freiflieger mit heiserer, aber überraschend voller Stimme.

Meine Benommenheit verflog. Ich näherte mich dem Bett, wobei ich die Hand am Schwert behielt. Der Kater folgte mir, leise fauchend.

»Keine Bewegung!«, warnte ich den Freiflieger.

Der setzte bloß ein starres Lächeln auf. »Das geht sowieso nicht. Ich bin krank. Ich sterbe. Gebt mir Wasser.«

»Warum sollten wir?«, meinte Len giftig.

Ich knüpfte schweigend meine Flasche vom Gürtel und hielt sie dem Freiflieger an die Lippen. Er nahm ein paar gierige Schlucke, bevor er das Gesicht wieder abwandte.

»Das reicht. Es gibt nicht mehr viel in mir, das Wasser bräuchte. Aber ich hatte solchen Durst.«

»Trotzdem stirbst du gleich«, sagte Len.

»Ja«, meinte der Freiflieger. »In fünf Minuten ... höchstens.«

»Mir war nicht klar, dass ihr auch krank werdet«, sagte ich.

»Wir leiden am Alter. Später als ihr ... aber trotzdem.« Der Freiflieger sah mich lange an. »Verstehe«, bemerkte er schließlich. »Du bist nicht von hier. Du bist gekommen, um uns zu besiegen ...«

»Ja! Und er wird auch siegen!«, mischte sich der Kater ein. Er war total angespannt, machte einen Buckel und sah den sterbenden Freiflieger mit einem Trotz an, den ich nie für möglich gehalten hätte. Wie in Zeitlupe drehte dieser den Kopf. Ich meinte, ein seltsames Knirschen zu hören. Eine Staubwolke setzte sich auf dem Laken ab, an der Stelle, wo der Kopf des Freifliegers gelegen hatte.

»Oh ... ein Abgesandter des Lichts ... und was für ein komischer ...«

Er streckte die Hand nach dem Kater aus und das Knirschen wurde lauter. Sandkörner rieselten zu Boden.

Der Kater brachte sich mit einem Sprung in Sicherheit. »Was soll das?«, fragte er erstaunt. »Fürchtest du dich denn nicht vor mir?«

»Nicht mehr ... spielt jetzt keine Rolle mehr. Kater ... ich hatte auch mal ... einen guten ... Das ist ... recht lange her ... Woher kommst du, Junge?«

Das Gesicht des Freifliegers nahm eine erdige, graue Farbe an, bei jedem Wort stieg aus seinem Mund eine Staubwolke auf. Als ich antworten wollte, brachte ich keinen Ton heraus. Die Angst verstopfte mir die Kehle.

Der Freiflieger brabbelte mittlerweile nur noch unzusammenhängendes Zeug daher. Irgendwann schlug seine Hand auf dem Boden auf und ein Finger brach ab. An der steinernen Hand glänzte die Bruchstelle feucht wie Lehm.

»Weshalb seid ihr hergekommen? Der arme Turm ... Wir Freiflieger sterben selten an Altersschwäche. Ihr versteht was vom Töten ... Weshalb seid ihr gekommen?«

»Wir brauchen das Schwarze Feuer.« Endlich brachte ich ein Wort heraus.

»Ah …« Wie grauer Putz blätterte die Haut des Freifliegers in seinem Gesicht ab. »Ja, versuch du es … ich konnte es nicht …«

»Bring ihn um, Danka!«, schrie der Kater.

»Halt den Mund, du Biest!«, fuhr ich ihn an. »Was meinst du damit, Freiflieger?«

Aber er war schon bei einem anderen Thema. »Das Schwarze Feuer … unterm Schrank … unten … die Luke. Dort gibt es noch einen Vorrat … Nimm …«

Jetzt bewegten sich nur noch seine Lippen. Alles andere war bereits versteinert, das Gesicht und die Hände, sogar über den Augen lag ein trüber, grauer Schleier. Trotzdem flüsterte er noch weiter: »Du komischer Kater … ich wollte es auch … aber ich konnte es nicht … was spielt das noch für eine Rolle, wofür wir kämpfen … ich wollte …«

Dann verstummte er.

Wenn der Freiflieger uns nichts von dem Geheimfach erzählt hätte, hätten wir es nie entdeckt. In ihm befanden sich vier Flaschen mit Schwarzem Feuer, außerdem noch eine andere verdächtig aussehende Flüssigkeit, ebenfalls in Flaschen, die wir jedoch nicht anrührten, sowie ein merkwürdiger feiner Degen, den ich herausnahm und auf den versteinerten Freiflieger legte. Ein Lederbeutel in der Ecke des Verstecks enthielt allerlei Krimskrams: eine unbekannte Münze, einen Kerzenstummel, ein durchsichtiges Kristall, einen roten Gummiball, einen großen Schlüssel aus Bronze, ein Taschenmesser, einen Bleistift … Diese Sachen hatten dem Freiflieger wahrscheinlich etwas bedeutet, als er noch ein Mensch gewesen war. Ich legte sie ebenfalls neben ihn hin.

In einem der leeren Zimmer fand ich auf dem Tisch eine Bleistiftzeichnung, mit schnellen Strichen hingeworfen, aber gut gelungen. Len erzählte ich nichts davon. Die musste Kurt gezeichnet haben, nachdem er zum Freiflieger geworden war, daran bestand für mich kein Zweifel. Auf der Rückseite stand der Titel: *Meine Stadt*. Eine Stadt war jedoch gar nicht zu sehen, sondern nur Gesichter. Ich erkannte Shoky, der ein sehr ernstes Gesicht hatte, auf dem sich aber ein Lächeln andeutete, Iwon, der jetzt ein aufgeschwemmter, fetter Kerl war und die Arme vor der Brust wie zum Gebet verschränkt hatte, und Gert, einen zahnlosen Mann mit funkelnden Augen, der geifernd sprach. Auch Len war abgebildet.

Ich zündete die Zeichnung an und legte sie auf den ganzen Kram in der Ecke. Anschließend öffnete ich das Fenster und der Wind fachte das Feuer an. Kurt hatte auch als Freiflieger noch gut gezeichnet, wahrscheinlich hatte er die Menschen nicht mal verfälscht. Er hatte sie einfach unter einem anderen Blickwinkel gesehen. Da hatte der alte Freiflieger ja recht. Entscheidend ist, aus welcher Blickrichtung du die Dinge betrachtest, dann stellst du dich automatisch auf die für dich richtige Seite.

Als wir zu der Plattform oben an der Spitze zurückgelangten, stieg aus den unteren Stockwerken des Turms bereits Rauch auf. Len verstaute die Flaschen mit dem Schwarzen Feuer sorgfältig in einer Tasche. Eine nahm ich ihm jedoch ab.

»Was soll das?«, fragte er mit gerunzelter Stirn.

»Er hat das verdient«, antwortete ich, ohne zu präzisieren, wer.

Len widersprach mir nicht, knöpfte die Tasche zu und erhob sich in die Luft.

Der Kater schaute mich finster an. »Warum hast du mich vorhin so angefahren?«

»Weil du genau gewusst hast, wovon der Freiflieger redet«, antwortete ich knapp.

Der Kater seufzte und es klang fast wie bei einem Menschen. Dann flog er Len nach.

Ich blieb noch kurz an der offenen Luke stehen. »Ich werde nicht zögern«, sagte ich schließlich, bevor ich die Flasche durch die Öffnung warf. »Ich bin stärker.«

Der Turm stand sofort in Flammen. Kaum hatte ich die Flügel ausgebreitet, trug mich die heiße Luft schon nach oben.

Zu Hause legte ich mich in die Badewanne. Ich füllte sie bis zum Rand, gab Schaumbad hinzu und ließ mich zwanzig Minuten aufweichen. Der Rauchgeruch war mir in die Haare gekrochen und meine Schultern taten mir vom vielen Fliegen weh.

Das heiße Wasser vertrieb meine Müdigkeit zwar nicht, verwandelte sie jedoch in eine angenehme Schlaffheit. Schließlich drehte ich das kalte Wasser auf und duschte mich so lange ab, bis ich bibbernd aus der Wanne sprang. Jetzt ging's mir wieder gut. Ich rubbelte mich mit einem dünnen, viel zu weichen Handtuch ab, zog mir Shorts und ein T-Shirt an und ging nach unten. Len saß am Tisch, ebenfalls frisch gebadet und zufrieden, während der Kater es sich im Sessel bequem gemacht hatte und sich putzte.

Anscheinend hatten wir uns alle ziemlich dreckig gefühlt.

»Willst du Suppe, Danka?«, rief mir Len entgegen, kaum dass er mich auf der Treppe erblickte. Er spielte jetzt wieder den Junior, genau wie damals, als wir uns kennengelernt hatten.

»Ja«, antwortete ich lächelnd. »Und vermutlich werde ich sogar um einen Nachschlag bitten.«

»Wollen wir nicht erst alles durchsprechen?«, schlug der Kater mit finsterer Miene vor, aber Len und ich schüttelten den Kopf.

»Habt ihr euch etwa gegen mich verschworen?«, schnaubte der Kater und machte sich über sein gebratenes Fleisch her. Suppe mochte er nicht.

Wir aßen ziemlich schnell. Lens Tasche stand in einer Ecke des Zimmers, hin und wieder blickten wir alle automatisch zu ihr rüber.

»Könnten wir jetzt zur Sache kommen?«, meinte der Kater noch einmal.

»Okay«, sagte ich und schob den Teller weg.

Gegen die Entschlossenheit des Katers wären wir sowieso nicht angekommen.

»Wir sind kurz davor, uns zu streiten, oder, Danka?«, fragte er und packte damit den Stier bei den Hörnern.

»Hmm«, gab ich zu, wobei ich sogar eine gewisse Genugtuung empfand.

»Das ist nicht gut!«, verkündete der Kater hitzig. »Wo wir doch schon so viel erreicht haben! Du hast das Wahre

Schwert, wir haben das Schwarze Feuer, wir können endlich die entscheidende Schlacht zwischen Gut und Böse in Gang setzen. Wir haben alle Aussichten auf Erfolg! Aber nur, wenn wir zusammenhalten …«

»Kater!«, fiel ich ihm ins Wort. »Dann erklär mir doch mal, warum sich dieser Freiflieger, als er noch ein Mensch war, nicht dazu durchgerungen hat, die Stadt anzuzünden und die *entscheidende Schlacht* einzuleiten?«

»Wie kommst du denn auf diesen Unsinn?«, fragte der Kater. »Selbst wenn er aus einer anderen Welt gekommen ist und anfangs aufseiten des Lichts gekämpft hat …«

»Lüg mich nicht an!«, rief ich.

»Anscheinend hat es ihm an Entschlossenheit gemangelt«, räumte der Kater nach kurzem Zögern ein. »Er war allzu romantisch veranlagt und zu naiv obendrein. Er hat geglaubt, man könne für das Gute nur kämpfen, wenn man ehrlich bleibt. Als ihm aufging, was von ihm verlangt wurde, hat er sich der Verzweiflung überlassen. Schließlich ist er … zu den Freifliegern übergewechselt.«

»Und wenn er recht hatte? Die Freiflieger haben die Stadt nicht angezündet – aber du schlägst uns genau das vor.«

Der Kater sagte kein Wort. Klar, ich hatte nicht die Absicht, zu den Freifliegern überzutreten. Aber noch war es nicht zu spät, die dritte Tür zurück in meine Welt zu suchen. Noch hatte ich nichts angerichtet, das mir den Weg zurück für immer versperrt hätte …

Jemand klopfte leise an die Tür. Len, offenbar froh darüber, stürzte hin, um zu öffnen. Der Sonnenkater gab sich alle Mühe, meinem Blick auszuweichen.

Es war Gert, der uns besuchte. Schweigend, als spüre er die Anspannung, die in der Luft hing, verwuschelte er Len das Haar und kam zu uns an den Tisch.

Mir wurde gleich leichter zumute. Jetzt wusste ich nämlich, was ich tun musste.

»Willkommen zu Hause, Jungs«, begrüßte uns Gert, während er sich setzte. Zu den »Jungs« zählte er anscheinend auch den Kater.

»Guten Abend, Gert.« Es fiel mir immer noch schwer, einen Erwachsenen – noch dazu einen älteren Mann – einfach zu duzen.

»Ich habe schon gehört, was auf dem Platz vorgefallen ist«, sagte Gert und kam ohne Umschweife zur Sache. »Danka, Len, stimmt das? Mit dem Schwarzen Feuer?«

Ich sah zum Kater hinüber.

Der schaute weiter angestrengt woandershin. »Das Reden überlasse ich dir«, brummte er finster. »Also, nur zu …«

Daraufhin fing ich an, alles zu erzählen. Von unserem Aufbruch mit der Karawane bis hin zu dem sterbenden Freiflieger im Runden Turm. Nur Lens Entführung handelte ich in knappen Worten ab und im Zusammenhang mit Garet unterschlug ich einiges …

Len brachte Tee, einfach weil sich das gehörte. Aber als ich mit meinem Bericht zum Ende kam, war der Tee kalt geworden. Schweigend wartete ich darauf, was Gert sagen würde.

Er wandte sich an Len und legte ihm die Hand auf die Schulter. »Du musst jetzt tapfer sein, mein Junge«, sagte er zu meiner Überraschung.

Ich wartete weiter. Gert musterte mich und wollte wissen: »Du machst das doch selbst, oder? Len darf auf keinen Fall die Stadt anzünden ...«

»Wovon redest du überhaupt?« Gerts ruhige Worte hauten mich total um. »Das ist doch wohl nicht dein Ernst?«

Genau in dem Moment begriff ich aber auch: Doch, das war sein Ernst. Gert teilte die Auffassung unseres Katers. Damit war mir endgültig der Boden unter den Füßen weggezogen. Jetzt blieb nur noch der freie Fall, tiefer und immer tiefer.

»Lasst uns überlegen, wie wir es anstellen.« Gert sprach leise, aber entschlossen. »Wir müssen es so machen, dass euch einerseits niemand verdächtigt ... der Angriff aber andererseits auch echt wirkt.«

»Und wir wollen nur Häuser in Brand setzen, in denen niemand wohnt.« Der Kater blickte Gert fragend an. »Clubs, Lager, Werkstätten ...«

»Das wäre verdächtig«, sagte Gert. »Besser, ihr werft die Flaschen aus großer Höhe ab, wobei ihr euch über den Wolken haltet. Überlasst alles Weitere dem Wind und dem Schicksal. Ihr könnt auch an jeder Flasche ein langes Band befestigen, das würde den Fall abbremsen und die Streuung vergrößern. Außerdem könnte Danka dann landen, noch bevor die Flaschen aufschlagen. Dann geht er sofort nach Hause. Ich werde ebenfalls hier sein. Um ihm ein Alibi zu geben ...«

Gert legte das alles so nüchtern dar, als würde er jede Woche seine Stadt anzünden.

»Was sagst du zu dem Plan, Danka?«, fragte der Kater.

Ich zuckte bloß die Achseln. Was hätte ich mich streiten sollen? Es waren ja eh alle dafür. Sogar Gert.

»Vielleicht werde ich auf meine alten Tage noch einmal die Sonne sehen ...« Gert deutete ein Lächeln an und streichelte den Kater. »Was meinst du?«, fragte er ihn.

»Ich glaube schon.«

Darum ging es ihm also, um die Sonne, an die niemand mehr glaubte. Gert wollte allen beweisen, dass er keinen Unsinn dahergeschwafelt hatte. Dafür würde er sogar seine Stadt anzünden ...

Ich schielte zu Len rüber. Würde er noch einmal versuchen, mich davon abzubringen, das Schwarze Feuer abzuwerfen? Nein, er schwieg. Auch gut.

Dann würden am Ende alle die Schuld auf mich schieben.

Was ja auch stimmte, schließlich hatte ich den Kater mitgebracht.

Wir beschlossen, die Sache in einer Stunde in Angriff zu nehmen, da würde es schon spät und die Straßen leer sein. Klar, dabei beobachten konnte man mich auch dann noch, aber dieses Risiko mussten wir eingehen.

Die Zeit zog sich in die Länge wie am Silvesterabend. Wir tranken Tee und Gert fragte mich noch einmal über den Turm der Freiflieger aus und über das Wahre Schwert. Ich zeigte ihm die leere und leichte Scheide. Irgendwann brummte Len, er würde mal kurz nachsehen, ob noch viele Leute unterwegs waren. Er ging hinaus, wir unterhielten uns weiter. Wir Idioten!

Mir fiel als Erstem auf, dass mein Junior verdammt lange wegblieb. Ich schaute in die Ecke hinüber. Lens

Tasche lag noch dort, wirkte allerdings ziemlich schlaff. Ich ging hinüber und öffnete sie.

In der Tasche lag ein eingerollter alter Flügeloverall.

Mehr nicht.

4
Das Duell

Finsternis hing über der Stadt. Von den Bergen wehte ein kalter, böiger Wind herüber, selbst durch den Flügeloverall drang die eisige Kälte in meinen Körper. Der Himmel war leer, weder mit der Brille noch mit dem Wahren Blick konnte ich Len entdecken.

Wir standen auf der Abflugplattform des Turms und spähten in alle Richtungen, als erwarteten wir, Len würde gleich zurückkehren und uns das Schwarze Feuer wieder aushändigen.

»Er darf die Stadt unter keinen Umständen anzünden«, meinte Gert traurig. »Nicht er …«

»Richtig«, pflichtete der Kater ihm bei.

»Warum hast du Len dann überhaupt gehen lassen?«, fragte ich. Nicht aus Bosheit, sondern weil ich mir wirklich sicher war, dass der Sonnenkater gesehen hatte, wie Len das Schwarze Feuer aus der Tasche holte.

»Spar dir deine Anklagen, Danka!«, erwiderte der Kater. »Ich hatte keine Ahnung, was er im Schilde führte! Nicht mal im Traum habe ich daran gedacht, Len in diesen Einsatz zu schicken! Wo waren denn deine Augen, Senior?«

»Meine Augen! Die liegen auf dem Platz im Dreck! Und für die neuen bin ich nicht verantwortlich, die sind schließlich aus Licht!«

»Pst!«, ermahnte Gert uns. »Da kommt Len!«

Len sank im Sturzflug tiefer und tiefer, ein winziger Fleck nur, der sich kaum vom Himmel abhob. Hundert Meter über dem Boden breitete er die Flügel aus, erst nur ein wenig, dann voll. So bremste er ab, als hinge er an zwei kleinen Fallschirmen. Als ich mir vorstellte, wie der Wind auf Lens Arme einpeitschte, taten mir selbst die Schultern weh.

Erst unmittelbar über unseren Köpfen schlug Len mit den Flügeln und landete so sanft auf dem Turm wie sonst auch.

Unser Anblick erstaunte ihn in keiner Weise. Er legte die Flügel an und kam zu mir.

»Weshalb hast du das gemacht?«, fragte ich leise.

Len zuckte nur die Schultern. »Wolltest du das denn nicht?«

Wie kam er denn darauf? Ich hatte die Stadt nicht selbst anzünden wollen – das war ja wohl was anderes. Aber einer musste es tun. Da hatte Len eben für mich entschieden.

Und er konnte für mich entscheiden, weil ich mich in der Tat nicht um diese Aufgabe gerissen hatte.

»Wo sind die Flaschen?«, fragte der Kater in scharfem Ton.

Len wies mit einer unbestimmten Geste zum Himmel. »Da oben. Sie fallen noch. Der Wind ist stark. Keine Ahnung, wo sie runterkommen.«

Unwillkürlich trat ich einen Schritt von Len weg. Denn ich hatte mich erinnert, wer in so kurzen, abgehackten Sätzen sprach.

Lächelnd ließ Len den Blick zwischen dem Kater und mir hin- und hergleiten.

»Runter vom Turm«, sagte er. »Die Flaschen schlagen gleich auf. Nicht, dass wir sie abkriegen!«

Ich schüttelte nur den Kopf. Lens Gesicht sah ganz normal aus und bis auf seine Art zu sprechen schien er auch sonst der Alte zu sein. Trotzdem sah ich ihn mir lieber nicht mit dem Wahren Blick an.

»Wir müssen ins Haus«, wiederholte Len.

»Nein.« Ich brachte das Wort mit einer Erleichterung heraus, die mich überraschte, denn ich wusste nur zu gut, dass diese Entscheidung nicht klug war. Genauso gut wusste ich aber auch: Ich würde es mir nicht anders überlegen. »Ich bleibe hier.«

»Ich bleibe auch hier, Danka.« Gert legte mir die Hand auf die Schulter und warf mir dabei einen ernsten Blick zu.

Der Kater fing an, herumzuzappeln, sagte jedoch kein Wort, sondern lief bloß zwischen uns herum und schmiegte sich an unsere Beine.

»Gut«, meinte Len schließlich, »bleiben wir hier.«

Rund eine halbe Minute warteten wir und sahen einander an, trauten uns aber nicht, nach oben zu schauen. Der Wind zerzauste Lens Haare, sodass sie ihm in die Augen fielen, aber er schien das gar nicht zu merken. Jedes Detail dieses Moments prägte sich mir ein …

Als Erstes fing ein Gebäude Feuer, das ich kannte: der Seniorclub. Dunkle Flammen ergossen sich in null Komma nichts über das ganze Dach, das Knistern brennenden Holzes wirkte in der Stille so laut wie das Rattern eines Maschinengewehrs.

Aber vielleicht wird es ja gar nicht so schlimm, beruhigte ich mich selbst. Schließlich ist es keine Atombombe. Noch nicht mal Napalm.

Die Flammen schienen auf diesen Gedanken bloß gewartet zu haben. Das Schwarze Feuer schlingerte entlang der Mauern abwärts und strömte über das Kopfsteinpflaster, um sich über das Nachbarhaus herzumachen. Hier loderte es zum zweiten Mal auf, jetzt schon viel näher, nämlich nur noch hundert Meter von uns entfernt. Eine Hitzewelle schlug mir ins Gesicht und das flache, quadratische Gebäude am Ende der Straße krachte in sich zusammen. Auf einen Schlag, als wäre drinnen eine gigantische Bombe explodiert.

»Das ist das Waffenlager!« Gerts Stimme klang verzweifelt. »Wie hast du es nur geschafft, so genau zu zielen, Len?«

Ich drehte mich um, obwohl ich den Blick kaum vom Feuer reißen konnte, und bemerkte das verlegene Lächeln im Gesicht meines Juniors. So lächelte nur jemand, der ein unverdientes, aber dickes Lob eingeheimst hatte.

»Ich hab nicht gezielt ... Der Wind und das Schicksal ... so funktioniert es doch, oder, Gert?«

Gert schwieg. Das hat er nun davon, dachte ich.

»Der Wind und das Schicksal«, flüsterte der Kater. »Bewusst hast du natürlich nicht gezielt ...«

Da krachte es zum dritten Mal, auch diesmal ziemlich nah, ebenfalls irgendwo am Stadtrand. Gerts Gesicht erbleichte, alle Entschlossenheit und Kraft wich daraus. Mit einem Mal sah er wie derjenige aus, der er absolut nicht sein wollte: ein tatteriger alter Mann.

»Die Wohnviertel …« Das Lächeln verschwand von Lens Gesicht.

Gert flüsterte etwas und stürzte die Treppe hinunter. Ich wollte ihm schon nachrennen, aber im letzten Moment fiel mir ein, dass wir ja schneller zum Ziel gelangen konnten. Ich spreizte die Flügel und sprang vom Turm.

»Tu das nicht!«, schrie der Kater. Ich hörte nicht auf ihn. Mit den Flügeln schlagend, stieg ich höher und höher, bis mich ein Strom heißer Luft erfasste, der von dem brennenden Waffenlager herüberwehte und weitereilte, um das nächste Feuer zu entfachen. Erst jetzt, eine Minute nachdem die erste Flasche aufgeschlagen war, durchriss ein Schrei die Stille.

Die verratene Stadt erwachte.

Ich war bereits bis fast an die brennenden Häuser herangeflogen, als von einem der Türme unter mir ein Flügelträger startete, ein Junge in meinem Alter, also ein Junior. Er schoss auf mich zu, erkannte mich aber offenbar nicht. »Nach oben!«, brüllte er. »Shoky hat befohlen, die Freiflieger zu schnappen, die das getan haben!«

Na gut, dann halt nach oben. Ich stieg höher, entfernte mich aber nach und nach von den Flügelträgern, die einer nach dem andern hoch zum Himmel schossen. Natürlich dachte ich nicht daran, irgendwelche Freiflieger zu suchen. Eine Minute später machte ich eine Kehre und ging wieder tiefer.

Es brannten fünf oder sechs Häuser, inzwischen wütete schon nicht mehr das Schwarze Feuer, sondern ein ganz normales. Das grelle Licht blendete mich unangenehm, bis ich endlich auf die Idee kam, das Visier hochzuschieben. Überall wuselten Leute herum, vor allem Männer und Frauen. Flügelträger entdeckte ich kaum, die machten alle Jagd auf die nicht vorhandenen Angreifer.

Die Leute versuchten, die Brände zu löschen, wenn auch verdammt umständlich. Außerdem bewegten sie sich irgendwie völlig idiotisch. Als mir endlich aufging, woran das lag, mischte ich mich unter sie, packte immer wieder jemanden am Arm und befahl ihm, die Brille abzunehmen.

Die Flügelträger kannten keine Straßenlaternen. Der Gedanke, es könnte draußen hell sein vom Feuer, war ihnen einfach nicht in den Sinn gekommen!

Vor einem der Nachbarhäuser bildeten sich eine Kette, über die Wassereimer weitergereicht wurden. Aber das brachte nicht viel. Das Feuer kroch dem Wasser einfach davon, um sich über ein anderes Haus herzumachen. Nach und nach stellten die Leute den Versuch ein und starrten schweigend auf die dem Untergang geweihten Häuser.

»Man muss das Feuer mit Sand löschen!«, rief ich, ohne mich an jemand Speziellen zu wenden.

»In der Nähe gibt es aber keinen Sand, Danka.« Gert legte mir seine Hand auf die Schulter. Er atmete schwer, anscheinend war er den ganzen Weg hierhergerannt. »Niemand hatte mit diesem Angriff gerechnet …«

Die Häuser brannten. Wie in Zeitlupe brachen die Fensterläden ab, lautlos und irgendwie widerwillig zersprangen die Scheiben. Das Heulen des Feuers veränderte sich, die Flammen eroberten die Gebäude und fielen in ungezügelter Zerstörungswut über die Zimmer her.

»Konnten alle aus den Häusern fliehen?«, fragte Gert.

Ich wusste es nicht. Vermutlich schon. Sonst würden die Leute doch wohl nicht so ruhig herumstehen.

In diesem Moment flogen die Fensterläden im ersten Stock eines der brennenden Häuser auf, zusammen mit den Fensterflügeln. Das Zimmer dahinter brannte lichterloh. Die Silhouette des kleinen Jungen am Fenster wirkte fast wie ein Scherenschnitt. Er kletterte aufs Fensterbrett und blieb dort wie angewurzelt stehen. Unter ihm klaffte ein Abgrund von rund vier Metern, lag das Kopfsteinpflaster, auf dem das Schwarze Feuer tobte.

Die Menge verstummte. Mit einem Mal machte es bei mir klick: Die Umstehenden wussten ganz genau, dass nicht alle Leute aus dem Haus herausgekommen waren.

Neben mir seufzte Gert schwer. Er ließ meine Schulter wieder los.

Der Junge rührte sich immer noch nicht. Jeder Flügelträger, selbst der unerfahrenste Junior, wäre gesprungen. Das war doch immerhin eine Chance, wenn auch nur eine winzige!

Aber der Junge war höchstens sieben. Er hatte seine Höhenangst noch nicht verloren.

Gert sah mich hilflos an – genauer gesagt, gar nicht mich, sondern meine Flügel, die an meinen Schultern herabhingen. Begriff er denn nicht? Ich konnte nicht zu dem Jungen hinfliegen und ihn im *Superman*-Stil vom Fensterbrett angeln! Die Flammen würden mich erfassen, würden den dünnen Stoff der Flügel verschlingen und mich durchs Fenster saugen wie eine Turbine!

Doch, er begriff. Und stürzte daraufhin selbst zum

Haus, sprang einfach durch die Pfützen aus brennenden Steinen und lief Zickzack! Seine hagere Figur wirkte bei dieser Akrobatik so komisch, dass ich beinahe gelacht hätte.

Was war bloß in mich gefahren?

»Spring!« Ich ahnte Gerts Schrei eher, als dass ich ihn hörte. Er stand unter dem offenen Fenster, die Hände ausgestreckt. Die Flammen krochen schon an seinen Beinen hoch. Die Hosen fingen an zu rauchen. »Spring!«

Der Junge wollte schon einen Schritt nach vorn machen, zögerte dann aber doch. Gert wartete ungerührt ab, als ob er den Schmerz gar nicht spürte.

Alles hat seinen Preis. Gert musste für sein Ja zur Zerstörung der Stadt bezahlen. Und mir war klar, wie die Rechnung aussah, die er am Ende präsentiert bekam.

Len und ich dürften den gleichen Preis zu zahlen haben.

Schließlich sprang der Junge. Genau in dem Moment, als das Gebäude vom Schwarzen Feuer verschlungen wurde und einstürzte. Es krachte genau auf die Stelle, wo Gert in den Flammen stand.

Die Menge wich zurück. Von den Trümmern sprühten Funken in alle Richtungen. Beißender Rauch hüllte alles ein, Hitzewellen wogten durch die Luft. Ich war als Einziger am Grab von Gert übrig geblieben. Nein, nicht als Einziger …

Len stand neben mir, ich hatte bloß nicht bemerkt, wie er gekommen war. Über das Gesicht meines Juniors rollten Tränen.

»Sag doch was …«, bat ich.

Ganz langsam drehte Len mir den Kopf zu. »Das

ist meine Schuld, oder, Danka? Gert ist gestorben, weil ich …«

»Nein!«, widersprach ich. Ich packte ihn am Ärmel und zog ihn vom Feuer weg. »Das ist Schicksal. Dich trifft keine Schuld, Junior.«

Eine Hand schlug mir mit aller Wucht gegen die Brust. Keine Ahnung, ob mich dieser Jemand nur aufhalten oder ob er mich umwerfen wollte. Ich hob den Kopf. Shoky.

»Wie ihr es prophezeit habt!«, presste er mit tonloser Stimme heraus. Sein Gesicht war schwarz vom Ruß. Ohne Frage war er über den brennenden Häuser gekreist.

»Ja«, erwiderte ich. »Aber du wolltest uns ja nicht glauben …«

»Das tue ich auch jetzt nicht.« Shoky hob langsam die Hände und fuhr sich übers Gesicht, um den Ruß wegzuwischen. Doch die Spuren, die seine Finger im Gesicht hinterließen, wirkten nur noch schwärzer. »Das ist eine Provokation.«

Es klang, als wollte er sich mit seinen Worten selbst überzeugen.

»Der Krieg hat angefangen«, hielt ich ihm entgegen.

»Nein«, sagte Shoky. »Darauf fallen wir nicht rein. Wir werden nicht angreifen!«

Etwas in mir drinnen zerbrach. Sollte alles umsonst gewesen sein? Selbst Gerts Tod? War das der Preis, den Len und ich zahlen mussten?

»Du bist immer bereit, allen zu verzeihen, Shoky«, mischte sich da mein Junior ein. »Gert ist in den Flammen umgekommen – ist dir das denn völlig egal?«

»Gert?« Shokys Gesicht zuckte krampfhaft. Dass jemand aus seiner Familie dem Feuer zum Opfer gefallen war, würde ihn vielleicht von seiner Haltung abbringen.

»Die Freiflieger haben die Stadt angezündet«, fuhr Len fort. »Willst du ihnen das durchgehen lassen?«

Wie brachte er das fertig? Wie konnte er die Freiflieger für das verantwortlich machen, was er selbst vor einer halben Stunde angerichtet hatte? Wie konnte Len Gerts Tod als Trumpf ausspielen, wo seine Tränen noch nicht mal getrocknet waren?

»Halt den Mund!«, schrie Shoky. »Dieser Text stammt doch von Danka! Wir ziehen nicht in den Krieg! Diesen Überfall habt ihr provoziert!«

Ich sah mich um. Ein Ring von Flügelträgern, Erwachsenen und Mädchen hatte sich um uns gebildet. Alle hatten sie überstürzt irgendwas angezogen, waren verwirrt und begriffen nicht, worum es eigentlich ging.

»Und wer ist für deinen Text verantwortlich, Shoky?«, flüsterte ich.

»Ich selbst.«

»Dann übernimm auch die Verantwortung!« Ich spürte, wie die bis eben leere Scheide plötzlich schwer am Gürtel hing. »Wenn du die Flügelträger nicht in den Krieg führst, werden wir uns einen anderen Anführer suchen.«

Jetzt kam es darauf an, dass die Flügelträger sich gegen Shoky stellten, nicht etwa gegen mich.

»Willst du ein Duell?«, fragte Shoky.

»Ich will den Krieg gegen die Freiflieger.«

»Den wird es nicht geben.«

»Dann will ich ein Duell!«

Mit einer geschmeidigen und eleganten Bewegung zog Shoky sein Schwert. Die Menge vergrößerte sofort den Kreis um uns. »Wir tragen es auf dem Boden aus«, erklärte Shoky. »Ohne Flügel.«

In der Luft hätte er kaum Chancen gegen mich gehabt. Umgekehrt galt das auf dem Boden für mich. Shoky war älter als ich, erfahrener und kräftiger.

»Soll mir recht sein.« Ich tastete nach dem Wahren Schwert. War Shoky mein Wahrer Feind? Er hatte mir die Augen ausgestochen, sperrte sich gegen unseren Plan …

Andererseits versuchte er bloß, seine Stadt zu retten.

Deshalb zog ich das Schwert des Tuak und sah Shoky mit dem Wahren Blick an.

Shoky wollte sterben.

Das überraschte mich dermaßen, dass ich erstarrte und das Schwert losließ. Auf Shokys Gesicht lag eine Müdigkeit, als wäre er nicht zwanzig, sondern vierzig. Er glaubte weder an das Licht noch an die Finsternis. Selbst an das kleine Haus unter einer fremden Sonne glaubte er nicht mehr, im Unterschied zu allen anderen Senioren.

Der Angriff auf die Stadt hatte Shoky den Rest gegeben. Er wollte keine Entscheidungen mehr treffen, er wollte nur noch sterben.

Sein erster Ausfall war ein Schlag mit nur halber Kraft, den ich problemlos parierte.

Wir umkreisten einander, die Schwerter gezückt, die Wand aus Menschen zögerte kurz, bevor sie sich ausdehnte, um uns Platz zu machen. Niemand dachte mehr an die vor sich hinbrennenden Gebäude, die nun schlagartig zur Dekoration für das Duell mutiert waren.

»Shoky«, flüsterte ich, »wir können gewinnen. Zusammen können wir gewinnen …«

Der Schlag war eher schön anzusehen als wirkungsvoll, ein schwungvoller Hieb Richtung Hals. Ich brauchte mich bloß zu ducken und das Schwert über meinem Kopf wegzischen zu lassen.

»Ich werde dich nicht angreifen, Shoky. Lass uns über alles red…«

Die Schwerter heulten erbärmlich auf, als sie gegeneinander schepperten. Jetzt machte Shoky Ernst, und nur der Wahre Blick half mir, seine Schläge im Voraus zu erkennen und abzuwehren.

»Shoky, wenn du mich umbringst …«

Schlag, Sprung und Abwehr.

»… oder ich dich, dann wäre Gert ganz umsonst gestorben …«

Waren mir die Worte also doch über die Lippen gekommen.

»Mein Großvater hat seit geraumer Zeit an Altersschwachsinn gelitten.« Shokys Bewegungen wurden nun wieder etwas langsamer. »Wir haben keine Chance, Danka.«

Dann kam der nächste Angriff, so schnell und genau, dass ich nicht mehr reagieren konnte. Klirrend landete die Klinge auf meiner Parierstange, das Schwert fiel mir aus der umgeknickten Hand. Shoky setzte nach und ließ mir keine Gelegenheit, mein Schwert aufzuheben. Okay, ich hatte noch das Wahre Schwert … und die Flügel, um mich dünne zu machen und damit den Respekt der Flügelträger für immer zu verlieren.

Abwartend beobachtete ich Shoky, in dessen Augen Todessehnsucht stand.

»Du willst nicht allein sterben«, sagte ich leise, damit nur er mich hörte. »Du willst alle anderen mit dir ziehen und die Flügelträger den Freifliegern zum Fraß vorwerfen.«

Die Klinge zitterte an meinem Hals.

»Ich werde doch nur der Erste sein, Shoky«, fuhr ich flüsternd fort. »Danach kommen die anderen dran. Du hast deinen Kampfwillen eingebüßt … und deshalb wird es Tausende von Toten geben.«

»Wir haben keine Chance, Danka.«

»Solange der Kater und ich leben, haben wir eine Chance.«

»Aber was für eine?«

»Keine große. Nur ein wenig Hoffnung …«

Shoky lächelte schief. Er senkte das Schwert und ließ seinen Blick über die verstummten Zuschauer schweifen.

»Ihr könnt davon ausgehen, dass der Senior Danka und ich mit diesem Duell unsere Nerven beruhigt haben! Alkk!«

Ein hellhaariger, linkischer Junge drängelte sich durch die Menge und schaute Shoky fragend an.

»Wer ist bei dem Angriff gestorben?«, erkundigte sich Shoky.

»Der kleine Junge und der Alte, in dem Haus dort …« Alkk wies vage in die Richtung. »Außerdem die beiden Mädchen, die im Club saubergemacht haben.«

»Aber niemand von denen, die kämpfen können«, schlussfolgerte Shoky bitter.

»Kira hat sich den Arm verbrannt.«

»Das wird heilen. Können mich alle hören?«

Niemand sagte ein Wort, aber Shoky hatte auch nicht mit einer Antwort gerechnet.

»Dann hört mir zu! Ich wende mich nicht an die Flügelträger, denn die folgen mir ohnehin. Ich wende mich an die Mädchen, Erwachsenen und Alten. Wir Flügelträger brechen auf, das Licht zu suchen. Denjenigen, die nicht mehr kämpfen können, rate ich, sich in eine der Nachbarstädte zu begeben. Oder zu den Händlern.«

Mir fiel ein, welche Bedeutung die Wendung »das Licht suchen« für Flügelträger hatte, oder auch der Ausdruck, jemand sei »zum Licht aufgebrochen«. In dem Moment wurde mir klar, wie genau Shoky seine Einstellung zu dem bevorstehenden Kampf in Worte gebracht hatte: Wir zogen in den Tod.

Ob er deshalb nachgegeben hatte?

Aus der Menge trat nun ein Mann hervor, der etwa fünf Jahre älter war als Shoky. Er hatte dunkles Haar und dunkle Haut. Ich erinnerte mich an ihn, er hatte Shoky darauf hingewiesen, dass sich jemand um mich kümmern müsse, nachdem man mir die Augen ausgestochen hatte.

»Seit wann gelten erwachsene Männer als kampfunfähig, Senior der Flügelträger?«

»Wann habt ihr denn zuletzt gegen die Freiflieger gekämpft?«, fragte er mit erstaunt hochgezogener Augenbraue.

»Es ist noch nicht lange her, Shoky. Und wer beschützt denn die Karawane der Händler?«

Shoky blieb hartnäckig. »Erwachsene ziehen nicht in den Kampf. Ihr habt eure Pflicht erfüllt. Jetzt …«

»… jetzt dürfen wir also nur noch für ein Plätzchen unter einer fremden Sonne kämpfen? Ja?«

Shoky antwortete nicht.

»Fang lieber keinen Streit mit mir an, Junior«, meinte der Mann in einem Ton, der fast zärtlich klang, und klopfte Shoky auf die Schulter.

Komisch, dachte ich, Len wird also immer mein Junior bleiben. Er würde es jedenfalls bleiben – wenn wir nicht aufbrechen würden, das Licht zu suchen.

5
Der Aufmarsch

Du solltest unserem Plan endlich zustimmen!«, sagte der Kater zu Shoky.

Wir saßen zu dritt zusammen, Len war in sein Zimmer hochgegangen und hatte die Tür hinter sich zugemacht. Ich hatte ihn nicht zurückgehalten. Zu deutlich war mir noch in Erinnerung, wie er gelächelt hatte, als er die brennende Stadt sah.

Shoky war immer noch nicht damit herausgerückt, was er eigentlich von unserem Plan hielt. »Du willst also, dass wir den Köder spielen?«, fragte er den Kater.

»Nicht ihr, sondern die Erwachsenen.« Der Kater lächelte nachsichtig. »Sie haben ja die Entscheidung getroffen, ebenfalls in den Kampf zu ziehen. Das kommt uns sehr zupass.«

Shoky erwiderte kein Wort.

»Die Freiflieger werden bemerken, dass wir anrücken, und uns am Fuß des Hauptturms erwarten.« Der Kater strich sich mit der Pfote übers Gesicht und fügte nachdenklich hinzu: »Ja, sie werden uns bemerken und sie werden uns erwarten ... Die Erwachsenen werden den Bodenkampf so lange führen, bis die Freiflieger endlich ihre gesamten Kräfte aufbieten. Erst dann greifen die Flügelträger ins Gefecht ein. Sollte unser Feind zu diesem

Zeitpunkt noch Reserven haben – beispielsweise zur Verteidigung des Turms oder der näheren Umgebung –, wird er diese daraufhin auch in den Kampf führen. In dem Moment dringen Danka, Len und ich in den Turm ein.«

»Und dann?«

»Das kann ich nicht sagen«, meinte der Kater in aller Entschiedenheit. »Aber wenn wir in den Turm eindringen, werden wir auch siegen.«

»Werden sich die Wolken verziehen?«, fragte Shoky.

»Auch das kann ich nicht sagen«, antwortete der Kater absolut ruhig.

Shoky studierte die Karte, über die sich eine achtlos eingezeichnete Linie zog. Das war der Weg zum Hauptturm der Freiflieger.

»Eine Frage noch, Kater. Unser Weg führt uns am Pass der Siebzehn vorbei. Dort steht ein Turm der Freiflieger …«

»Um den machen wir einen Bogen«, entschied der Kater.

»Ich führe meine Leute mit aller Wahrscheinlichkeit in den sicheren Tod«, sagte Shoky. »Ich muss ihnen unterwegs wenigstens einen kleinen Sieg spendieren.«

»In Ordnung«, meinte der Kater. »Dann zerstören wir ihn.«

Shoky stand vom Tisch auf und sah mich an. »Ich hoffe nur, ich mache keinen Fehler, wenn ich dir vertraue, Danka«, sagte er.

»Wenn es schiefgeht, dann werde ich sterben«, antwortete ich bloß.

»Das wäre nur gerecht«, meinte Shoky. »In einer Stunde brechen wir auf. Packt eure Sachen.«

Die Tür schlug hinter Shoky zu, wir blieben allein zurück.

»Was erwartet uns im Hauptturm, Kater?«, wollte ich wissen.

»Der Sieg«, antwortete er, während er sich putzte.

Mit einem Mal ekelte mich das alles an. Ich erhob mich, tigerte durchs Zimmer, blickte noch einmal auf Kurts Bild, auf das, wo die Freiflieger und die Flügelträger aufeinander zuflogen und am Horizont verschmolzen.

»Sag mal, Kater, sind wir eigentlich immer noch Freunde?«, fragte ich leise. Die Freiflieger und die Flügelträger formierten sich auf dem Bild zu einer endlosen Kette. Der Kater schwieg, und ich spürte, dass er mich ansah.

»Danka, mein Junge«, sagte der Kater mit einer völlig anderen, zärtlichen und traurigen Stimme. »Sei ... wenn möglich ... nicht böse auf mich ... oder auf das Licht ... Es stimmt schon, ich verhalte mich nicht gerade wie ein Freund. Verzeih mir.«

»Was hast du denn auf einmal?«, fragte ich und drehte mich zu ihm um.

Der Sonnenkater weinte.

»Was ist denn?«, fragte ich hilflos.

»Glaubst du etwa, es sei leicht, ein Werkzeug des Lichts zu sein?« Der Sonnenkater hob den Kopf. »Stimmt, ich bin im Grunde nicht dein Freund. Befreundet kann man nur sein, wenn man einander ebenbürtig ist. Aber ich führe dich auf den Weg, den du gehen musst, zwinge dich, schneller klug und erwachsen zu werden, als es eigentlich möglich ist.«

Im ersten Moment nahm ich ihm seine Worte übel, dann machten sie mich jedoch nur traurig.

»Ich verstehe dich ja, Kater … Ich glaube dir und ich mag dich.«

Der Sonnenkater schüttelte den Kopf. »Das brauchst du nicht, Danka. Das ist nicht das, worauf es für mich ankommt. Denn auch, dass du mich magst, macht uns nicht ebenbürtig …«

»Kater …« Ich streckte meine Hand aus und berührte sein warmes Fell. »Warum musste ich denn so schnell erwachsen werden?«

»Ein Junge hätte es nicht geschafft, das Wahre Schwert zu holen … oder den Weg bis zum Ende zu gehen.«

»Warum hast du dann nicht gleich einen Erwachsenen aus meiner Welt herausgeschleust?«

Der Kater schnaubte. »Ein Erwachsener wäre doch nie und nimmer mit mir mitgekommen! Erwachsene taugen bloß für Welten mit Photonen, Protonen und Laserpistolen. Verzeih mir. Und du brauchst mich wirklich nicht gernzuhaben.«

»Gut«, erklärte ich betont ernsthaft. »Dann werde ich dich eben nicht mehr gernhaben. Aber wenn wir gesiegt haben, dann können wir doch wieder Freunde sein, oder?«

»Wenn ich diesen Moment erlebe.«

Ich senkte den Kopf und presste den Kater an mich. Ich wollte seine Wärme, sein Licht und seine Ruhe spüren – und sei es nur für die Stunde oder die halbe oder wie viel Zeit uns blieb.

»Gegen wen muss ich mit dem Wahren Schwert kämpfen?«

»Das kann ich dir nicht sagen. Das widerspräche dem Vorgehen des Lichts, Danka. Ich führe dich und zwinge dich, eine Entscheidung zu treffen. Dennoch bleibt es deine eigene Entscheidung. Bitte versteh das.«

»Und wenn ich es nicht verstehe?«

»Dann wird ein anderer Junge in diese Welt kommen.«

Eine Weile blieb ich noch sitzen, den Kater an mich gedrückt. Irgendwann stand Len mit geröteten Augen vor mir. »Ich habe unsere Sachen gepackt, Senior.«

»Gut«, sagte ich. »Und noch was: Du brauchst …«

»Ich weiß«, unterbrach mich Len, »ich werde dich nicht mehr gern haben.«

Der Pass der Siebzehn hieß schon lange so, schon seit der Zeit, als es noch eine Sonne am Himmel gab. Irgendwie hatte ich geglaubt, bei den Siebzehn handle es sich um Flügelträger, die am Pass gekämpft hatten, oder um Freiflieger, die von einem tapferen Helden getötet worden waren. Aber nichts dergleichen. Siebzehn Menschen waren über den Pass gezogen, voll beladen mit Waren zum Verkauf. Eine Lawine begrub sie unter sich, riss sie den Hang hinunter – und brachte sie damit direkt zum Ziel ihrer Reise! Alle siebzehn hatten überlebt! Zur Erinnerung an dieses Ereignis erhielt der Pass seinen Namen.

Ich hörte Shokys Erzählung und zuckte nur mit den Schultern. Die Leute waren an ihr Ziel gekommen, was wollten sie mehr? Vom Hauptturm der Freiflieger trennte uns noch ein halber Tag.

Zunächst aber stießen wir auf jenen Turm der Freiflieger, den Shoky unterwegs zerstören wollte. Ein kleiner, gedrungener Bau, der wie ein Fass aussah, stand dicht an einer Felswand, über die ein popeliger Wasserfall plätscherte. Die Sturmeinheit der Flügelträger – fünfzig Teams hatte Shoky für den Angriff ausgesucht – schlichen sich entlang des Hangs an den Turm heran. Weitere dreihundert Flügelträger-Teams und rund fünfhundert erwachsene Männer hielten sich auf Abstand. Insgesamt waren das nicht gerade viel. Selbst in der Vergangenheit galten tausend Soldaten noch nicht als Armee.

»Was meinst du, sind da drin viele?«, erkundigte ich mich bei Shoky, der sich mit dem Angriffssignal Zeit ließ.

Der Senior der Flügelträger schüttelte bloß den Kopf. »Das werden wir gleich erfahren«, meinte er schließlich. »Mehr als ein Dutzend dürften es nicht sein.«

Doch da irrte Shoky sich.

Als die Flügelträger losstürmten, hagelten uns aus den Schießscharten des Turms die Pfeile nur so um die Ohren. An der Turmspitze klappte eine Luke hoch, aus der schwarze Schatten heraussprangen und auf uns zugeflogen kamen. Zwei Dutzend Freiflieger und weitere Armbrustschützen feuerten fast ununterbrochen.

»Die Wesen der Finsternis!« Shoky sprang auf und schaute erst mich, dann seinen Junior an. »Pass auf ihn auf!«, befahl er diesem.

Shokys Junior war ein stämmiger, kräftiger Junge um die fünfzehn. Er nickte, ohne etwas zu sagen. Shoky stürmte zum Turm.

»Würdest du lieber kämpfen?«, fragte ich den Jungen. Er gab mir keine Antwort. Offenbar mochte er mich nicht und seine Aufgabe ging ihm gewaltig gegen den

Strich. Was war das auch, einen fremden Senior zu beschützen, der den Helden mimt, dabei aber jünger als man selbst ist! Obwohl mir diese Einstellung nicht gefiel, hielt ich den Mund. Denn den Schutz brauchte ich wirklich!

Als ich nämlich beschlossen hatte, mich der kleinen Sturmeinheit anzuschließen, hatten das weder der Kater noch Shoky gutgeheißen. Beide fanden, ich solle mein eigentliches Ziel nicht aus den Augen verlieren und mein kostbares Leben nicht aufs Spiel setzen. Pah! Alles hatte damit geendet, dass der Kater und Shoky nachgaben, mir aber das Schwert des Tuak abnahmen – damit ich mich bloß nicht in die Schlacht stürzte. Ich hatte keinen Widerstand geleistet, denn ich wollte ja gar nicht mitkämpfen, sondern nur mal allein sein. Um in Ruhe über alles nachzudenken – was ich nicht konnte, solange der Kater und Len in meiner Nähe waren.

Die Flügelträger und die Freiflieger schlugen wie wild aufeinander ein. Um den Turm kreisten zwei Schwärme, anders konnte man das nicht nennen. Schon nach kürzester Zeit brachte ich es nicht mehr fertig, Freund und Feind zu unterscheiden, es gab nur noch funkelnde Schwerter, das Schlagen der Flügel, das zu einem einzigen Knattern verschmolz, sowie ab und zu einen Schrei, kurz bevor ein Opfer abstürzte.

Bei diesem Kampf waren wir in der Überzahl. Die Freiflieger würden alle sterben.

Fast taten sie mir ein bisschen leid.

Der alte Freiflieger fiel mir ein, der in seinem Turm gestorben war. Was spielt es schon für eine Rolle, wofür du kämpfst, hatte er gesagt. Und ich? Hätte ich nicht tatsächlich ebenso gut bei den Freifliegern landen können?

Quatsch! Wie kamen diese komischen Gedanken in meinen Kopf? Schließlich wollte ich den Menschen helfen … dem Licht dienen …

Mit einem Mal begriff ich auch, warum ich unbedingt zu diesem Turm gewollt hatte. Ich brauchte ein Zeichen, einen Beweis dafür, dass ich recht hatte. Ich wollte nicht für das Licht sterben, sondern verstehen, warum ich diese Seite gewählt hatte.

Die leere Scheide des Wahren Schwerts wurde schwer. Das wunderte mich nicht. Es musste ein Zeichen geben und es musste eine Wahl geben. Der Weg, auf den mich der Sonnenkater geführt hatte, machte viele Biegungen …

Aus dem Knäuel der Kämpfer löste sich ein Freiflieger. Er flog knapp überm Boden, breitete die schwarzen Flügel aus und landete drei Meter vor uns. Das Blut am Schwert der Finsternis schimmerte rosa.

Shokys Junior trat einen Schritt vor, um mich zu decken.

»Du nicht!«, rief der Freiflieger und fuchtelte mit dem Schwert. »Geh weg. Ich will den da.«

Mein Bodyguard wartete. Er schätzte die Kräfte realistisch ein und spielte auf Zeit, um sich nicht in eine hoffnungslose Attacke stürzen zu müssen.

»Du hast es so gewollt!« Der Freiflieger machte einen raschen Ausfall. Shokys Junior duckte sich und versuchte, einen Treffer zu landen. Der Freiflieger parierte den Schlag und ging selbst zum Angriff über. Die Klinge wirkte wie eine Verlängerung seines Arms, seine Bewegungen waren präzise und entschlossen. Mir half der Wahre Blick, seinen nächsten Hieb zu erahnen, aber mein Beschützer verfügte nicht über dieses Können.

Ich jedoch hatte kein Schwert. Das Wahre Schwert musste noch auf meinen Wahren Feind warten – selbst wenn dieser finstere Junge, der mich nicht leiden konnte, inzwischen von dem Freiflieger kurz und klein gehackt wurde. Das sagte mir der kalte, erwachsene Teil meines Ichs, der mir geholfen hatte, das Labyrinth des Schwerts zu durchlaufen. Ich wusste, dass Shokys Junior sterben würde … und dass sein Tod mir jene wertvollen Sekunden sichern würde, in denen Hilfe kam.

Der Freiflieger drängte Shokys Junior gegen einen Felsblock, von denen hier mehr als genug herumstanden. Der Junior brauchte bloß zwei, drei Sekunden, um hochfliegen oder wenigstens auf den Stein springen zu können ….

Ich stürzte mich von hinten auf den Freiflieger, auch wenn ich ganz genau wusste, dass ich keine Chance hatte. Er würde meine Bewegung bemerken – und mich mit seinem Schwert mitten im Sprung aufspießen. Ich würde sterben und nicht mal meinen Beschützer retten!

In Sekunden, die sich hinzogen und zu einer Ewigkeit ausdehnten, sah ich mit dem Wahren Blick, wie der Freiflieger den Rücken durchdrückte und das Schwert in seiner Hand erstarrte. Er spürte, wie ich ansetzte, und wartete auf den Schlag im Rücken.

Ich riss meine Hände nach vorn und schubste den Freiflieger mit aller Kraft. Die schwarze Figur schwankte, blieb aber stehen, als wäre sie aus Stein. Ich rutschte aus und fiel hin.

Der Freiflieger drehte sich um, bückte sich, packte mich mit einer raschen Bewegung beim Kragen und riss mich hoch. Sein Gesicht war genau vor meinem, ein erwachsenes, kaltes Gesicht. Und ein erstauntes. Ich nahm seinen Geruch wahr, den scharfen, unangenehmen Geruch von jemandem, der schon kein Mensch mehr war.

»Warum hast du das gemacht?« Die Lippen des Freifliegers bewegten sich fast gar nicht. »Du hättest dich raushalten müssen.«

»Und einfach nur zusehen?«, krächzte ich. Der Kragen schnürte mir die Kehle ab und ich bekam keine Luft mehr.

»Ja. Was sind deine Motive?«

Plötzlich verzerrte Schmerz das Gesicht des Freifliegers. Es wurde ganz grau. Sein Griff lockerte sich. Als ich diesmal fiel, konnte ich mich immerhin noch im letzten Moment mit den Händen abfangen. Auf der Erde sitzend, sah ich die Spitze von einem Schwert, die aus der Brust des Freifliegers herausragte. Shokys Junior hatte unser »Gespräch« nicht zur Flucht genutzt.

»Was sind eure Motive?«, wiederholte der Freiflieger, während er die Schwertspitze mit den Fingern betastete. »Was?«

»Für dich ist es zu spät, das zu begreifen«, antwortete ich, wobei ich ihm in die Augen blickte, die langsam erloschen.

Der Freiflieger, nur noch ein Haufen Schotter, krachte in sich zusammen. Als die Steinhand auf mich zukullerte, sprang ich weg.

»Was ist passiert?« Shoky landete schwerfällig neben

uns. Er sah mich kurz an, dann ging er zu seinem Junior, der sein Schwert abwischte.

»Alles in Ordnung, Mission erfüllt«, erklärte der Junge finster. Hach, dieser Held! *Mission erfüllt!*

Shoky klopfte ihm auf die Schulter und schaute nach oben. Der Kampf am Turm war bereits entschieden. Die Flügelträger hatten die Plattform erobert und stemmten gerade die geschlossene Luke auf. Ihre Schwerter funkelten böse.

»Na, dann wollen wir mal Kleinholz aus dem Turm machen.« Shoky sah länger zu dem Turm hinüber und sagte unvermittelt: »Mein Bruder ist damals hierhergekommen, als er zum Freiflieger werden wollte.«

Ich nahm diese Worte hin, ohne mich darüber zu wundern. »Warten wir mit der Zerstörung noch, Shoky«, sagte ich. »Erst wollen wir uns das Fundament dieses Turms mal näher anschauen.«

Wir stiegen die Wendeltreppe hinunter, Shoky, sein Junior und ich. In einigen Räumen waren noch Flügelträger. Sie wühlten in den Schränken, schauten sich die fremden Waffen an und die Bücher, die mit seltsamen, schnörkeligen Zeichen geschrieben waren. Klar, so oft nehmen die Flügelträger keinen Turm ein! Trotzdem ärgerte mich dieser Beutezug.

Die Treppe führte uns in den Keller. Der war leer und dunkel. Das Visier half mir in dieser absoluten Finsternis nichts. Schimpfend trieb Shoky eine Fackel der Freiflieger auf, deren purpurrotes Licht immerhin besser war als nichts.

»Was suchst du hier unten?«, fragte Shokys Junior plötzlich. Es war das erste Mal, dass er mich ansprach.

»Hier muss irgendwo ein Sonnenstein sein«, antwortete ich hektisch.

»Bei den Freifliegern?« Der Ton des Juniors sagte mehr als tausend Worte.

Ich schaute mich noch einmal im Keller um, einem großen, runden Raum mit einem Steinfußboden.

»Wenn es hier einen Sonnenstein gibt, dann haben die Freiflieger ihn eingemauert«, bemerkte Shoky skeptisch.

Ich widersprach ihm nicht, sondern fing an, nach einer Luke zu suchen. Irgendwann spürte ich einen kalten Luftzug an der Hand, der aus einer Ritze im Boden drang, die mit bloßem Auge nicht zu erkennen war.

Darunter gab es noch einen Raum, der etwas kleiner war und eine niedrige Decke hatte. In ihm standen Sessel, die zwar ganz gemütlich aussahen, aber aus steinhartem Holz waren. In der Mitte des Raums stand ein großes, niedriges Etwas, das mit einem Tuch aus schwarzem Stoff verhüllt war. Ich trat an das Ding heran und hob das Tuch vorsichtig hoch.

Das Tuch war ein Spiegel! Obwohl der Stoff weich und geschmeidig war, handelte es sich bei seiner Rückseite um einen richtigen Spiegel. Als ich das Tuch zur Hälfte weggezogen hatte, spürte ich eine Welle eisiger Kälte an meinen Beinen.

Shoky schrie auf und schirmte das Gesicht mit der Hand ab, sein Junior wich einen Schritt zurück. Den Spiegelstoff fest gepackt, bewegte ich mich im Rückwärtsgang zu den beiden hin.

So legte ich einen schwarzen Felsblock frei, von dem kaltes schwarzes Licht ausging.

»Das … das ist kein Sonnenstein«, erklärte Shoky. »Was ist das, Danka?«

Woher sollte ich das denn wissen? Ich schaute mich noch einmal um. Die Sessel standen im Kreis, der Felsblock lag in ihrer Mitte. Was hatten die Freiflieger in diesem Raum getan? Gebetet und dem schwarzen Stein einen heiligen Eid geleistet? Sich in den Eisstrahlen gewärmt? Sich von ihm »ernährt«, wie es der Sonnenkater ja auch mit Licht machte? Oder sich einfach entspannt? War das vielleicht ein Stein der Finsternis? Gab es so etwas überhaupt? Und wenn ja, was hatte es damit auf sich?

Ich versuchte, die Kälte zu ignorieren, die mir bis auf die Knochen drang, und näherte mich dem Stein wieder. Ich hockte mich neben ihn. »Kannst du vielleicht sehen und denken?«, fragte ich leise. »Denn wenn ich es hier mit Zauberei zu tun habe, ist schließlich nichts unmöglich, oder?«

Meine Hände und mein Gesicht wurden ganz taub, aber auch darum kümmerte ich mich nicht. Ich musste verstehen, was es mit dem Stein auf sich hatte, musste es einfach herauskriegen …

Den Flügelträgern jagte er eine Heidenangst ein, aber mir nicht. Ehrenwort. Ich hatte es verlernt, vor etwas Angst zu haben. »Was ist, Stein, leuchtest du vielleicht einfach andersrum? Schluckst du Licht, anstatt es auszusenden?«

Du leuchtest andersrum …

Ich streckte die Hand aus und berührte die schwarze

Oberfläche. Sofort versengte ein höllischer Schmerz meine Finger, als steche jemand spitze Nadeln in meinen Körper und sauge mir alles Blut raus.

Es tat weh. Es war dunkel. Und leer.

Schlagartig begriff ich alles: Was es mit einem Sonnenstein auf sich hatte und warum Licht und Finsternis gegeneinander kämpften und wer mein Wahrer Feind war. Aber schon im nächsten Moment war mir dieses Wissen wieder entglitten. Der Stein unter meiner Hand vibrierte, als wollte er bersten.

Da fiel plötzlich Licht – warmes, gutes, fröhliches Wahres Licht – in den Keller. Ich verstand nicht auf Anhieb, dass jetzt nicht mehr Kälte meine Hand verbrannte, sondern Hitze, denn beides fühlte sich zum Verwechseln ähnlich an! Genau wie eben spürte ich spitze Nadeln, die mich jedoch diesmal mit Wärme vollpumpten.

»Licht …« Shokys Stimme zitterte. »Das war ein Fluch der Freiflieger. Hast du ihn aufgehoben, Danka?«

Shoky hielt sich immer noch die Hand vor die Augen, aber jetzt, um sich vor dem blendenden Licht zu schützen. Ob ich wollte oder nicht, ich musste lächeln.

»Ja, Shoky«, antwortete ich freundlich und ein wenig besserwisserisch, wie ich es manchmal auch tat, wenn ich mit Len sprach. Dann beugte ich mich zu dem Sonnenstein hinunter. »Dir ist es egal«, flüsterte ich, damit die Flügelträger mich nicht hörten, »welches Licht du aussendest, nicht wahr? Du hast es gut. Denn für dich ist alles einfach.«

Der Sonnenstein antwortete nicht. Möglicherweise konnte er mich ja tatsächlich hören, aber sprechen – das konnte er mit Sicherheit nicht. Ich wärmte mir die Hände über ihm, bevor ich aufstand. Shoky und sein Junior starrten wie hypnotisiert auf das Licht. Sie kriegten nicht mal mit, wie sich Risse in den Kellerwänden auftaten, wie ganze Steine knirschend zu Sand zerfielen.

»Gehen wir, Flügelträger«, forderte ich sie auf. »Der Turm der Freiflieger ist an dieses Licht nicht gewöhnt. In fünf Minuten stürzt er ein. Weg hier!«

Der Hauptturm der Freiflieger war schon aus weiter Ferne zu erkennen. Eine schwarze Nadel, die sich in den Himmel bohrte und die bald schrumpfte, bald wuchs, je nachdem ob unser Pfad uns bergauf oder bergab führte. Verzweifelt hofften wir, noch nicht entdeckt worden zu sein.

Len, der Kater und ich liefen am Ende der Kolonne. Als die kleine Armee aus Flügelträgern und Erwachsenen das nächste Mal Rast machte, aßen wir endlich etwas, bevor der an der Spitze marschierende Shoky zu uns kam.

»Ich glaube, die haben uns gesichtet«, teilte er umstandslos mit.

Der Kater sah Shoky mit einem ironischen Blick an. »Wie kommst du denn darauf?«, höhnte er.

»Das spüre ich.« Shoky nahm dem Kater seinen Ton nicht übel.

»Die haben uns schon seit Langem entdeckt«, erklärte der Kater. »Glaubst du etwa, es war ein Zufall, dass in dem Turm, wo Danka den Sonnenstein gefunden hat, so viele Freiflieger waren? Das war ihre letzte Warnung.«

»Ach ja?« Shokys Miene verfinsterte sich.

»Wir müssen uns jetzt teilen«, fuhr der Kater fort. »Wir haben unser Ziel, ihr eures.«

Ich entfernte mich ein Stück von ihnen und hockte mich auf den Boden. Der Kater erklärte Shoky immer wieder Punkte, über die wir uns längst geeinigt hatten. Len blieb noch eine Weile bei ihnen stehen, kam dann aber zu mir und setzte sich neben mich.

»Habt ihr hier Regen?«, fragte ich, während ich zu der dichten, grauen Wolkendecke hinaufschaute.

»Nur sehr selten«, antwortete Len.

»Wenn wir gewinnen, wird es auch wieder öfter Regen geben.« Plötzlich wollte ich ihm unbedingt etwas anderes versprechen als den unvermeidlichen Kampf im Turm.

»Schön«, meinte Len. Nachdenklich fügte er hinzu: »Es ist wahrscheinlich ziemlich dämlich, die ganze Zeit wie wild zu kämpfen und kurz vor Schluss zu sterben.«

»Wovon redest du denn da?« Meine Alarmglocken schrillten.

»Ich werde das Ende nicht miterleben, Danka«, sagte Len. »Das weiß ich.«

»Hör auf damit ...«

»In mir drin wird es immer kälter«, sprach Len weiter, als hätte er mich nicht gehört. »Inzwischen jagt mir das nicht mal mehr Angst ein. Du weißt, was das heißt?«

Ich nickte. Warum sollte ich mich dumm stellen?

»Denk an den Schlüssel.« Als Len mir unvermittelt auf die Schulter klopfte, zuckte ich zusammen. Dabei war das eine völlig übliche Geste – nur eben nicht für Len. »Wenn die Flügel sterben, stirbt auch der, der sie trägt.«

Ich wollte ihm sagen, dass ich den Schlüssel nicht zerbrechen würde, niemals, unter gar keinen Umständen. Aber ich fürchtete, Len könnte die Lüge spüren. Deshalb schwieg ich.

»Denk an den Schlüssel«, wiederholte Len.

Schließlich kam der Kater zu uns, wir saßen beieinander und beobachteten, wie die Flügelträger und die Erwachsenen über den Pfad zogen.

Wir mussten über Berge kraxeln, über die kein Pfad mehr führte. Obwohl wir nur langsam vorwärtskamen, hetzte der Kater uns nicht. Wenn er nicht in Lens Armbeuge saß, krabbelte er ihm in den Ausschnitt und schlief dort, wobei er nur hin und wieder mal auftauchte, um uns den Weg zu weisen. Selbst als wir unser Nachtlager aufschlugen, wich der Kater meinem Junior nicht von der Seite. Schließlich wurde es mir zu bunt, und ich fragte ihn, was das sollte.

»Das ist meine Tarnung«, erklärte der Kater bereitwillig. »Mein Licht können die Freiflieger ohne Weiteres spüren, aber wenn ich in Lens Nähe bin, löscht er es.«

»Und ich tu das nicht?«

»Mit dir ist doch alles in Ordnung«, mischte sich Len plötzlich ein. Er streckte sich auf dem nackten Fels aus und wollte schlafen. »Um zu sehen, dass in deinen Augen ein Licht schimmert, muss man dir direkt gegenüberstehen ... Aber dein Kater leuchtet meilenweit, wenn ich sein Licht nicht neutralisiere ...«

»Alles machst du dir zunutze, Kater«, sagte ich leise. »Selbst ein Unglück. Selbst den Kummer.«

Der Kater ging scheinbar gar nicht auf meine Worte

ein. »Viele Jahre haben wir ehrlich und anständig gegen die Kräfte der Finsternis gekämpft. Haben niemanden getötet oder in den Tod geschickt und sind kein unnötiges Risiko eingegangen ... Währenddessen ist die Finsternis bloß erstarkt. Jetzt reicht es. Wir kämpfen ehrlich, doch wenn wir von einer Situation profitieren können, warum nicht?«

»Vor allem, wenn man die entsprechende Situation so leicht herbeiführen kann. Willst du nicht lieber im Unterstand schlafen, Len?«

»An den habe ich gar nicht gedacht«, antwortete Len leicht verblüfft. Er breitete die Arme aus, sein Flügeloverall blähte sich und verwandelte sich in ein Zelt.

Damit waren der Kater und mein Junior verschwunden. Nun baute auch ich mein Zelt auf.

In dieser Nacht hatte ich einen Traum, einen seltsamen Traum, in dem ich mit einem Freund sprach. Dabei hatte ich doch bisher nie einen Freund gehabt! Dieser erwachsene Freund hatte die Flügel eines Freifliegers. In der Dunkelheit konnte ich sein Gesicht nicht erkennen. Aber das war auch nicht wichtig. Ich brauchte einen Rat, allein darauf kam es mir an, auf den Rat. Was sollte ich machen, wenn das Licht sich als schrecklicher herausstellte als die Finsternis? Mit wem sollte ich dann in den Kampf ziehen? Wie schaffte ich es, weder mich selber noch meine Freunde zu verraten? Ich erzählte ihm alles, was passiert war, als ob wirklich ein Gesprächspartner vor mir stünde, obwohl ich doch genau wusste, dass ich schlief und verzweifelt an der Grenze zwischen Traum und Wirklichkeit entlangbalancierte. Ich brauchte einen Rat – von meinem

Freund im Traum, von meinem zweiten Ich, vom Licht, von der Finsternis …

»Versuchst du immer noch, Licht und Finsternis gegeneinander abzuwägen?«, fragte derjenige, von dem ich träumte.

»Ja.«

»Das bringt nichts. Vergleiche nicht eine Wahrheit mit einer anderen. Vergleiche die Menschen.«

»Warum?«

»Weil nicht der Glaube uns macht, sondern wir den Glauben. Kämpfe für diejenigen, die du liebst. Wenn du dabei auf der Seite des Lichts stehst, können diejenigen, die du liebst, stolz auf dich sein.«

»Ja«, sagte ich, während ich aufwachte. »Jetzt habe ich es verstanden.«

Wind wehte und schüttelte den Unterstand durch. Ich lauschte seinem jämmerlichen Pfeifen, bis ich hörte, wie sich Lens Zelt zurückverwandelte. Daraufhin stand auch ich auf, streckte die Arme aus und der feste Stoff schrumpfte knatternd zusammen.

Der Kater saß in Lens Armbeuge, sein Fell hatte sich vor Aufregung gesträubt.

»Es wird Zeit.« Der Kater nickte mir mit einem misstrauischen Blick zu. »Bist du bereit?«

»Ja. Du kannst stolz auf mich sein.«

Der Kater verstand nicht, was ich meinte.

»Wir brauchen uns nicht länger zu verstecken«, sagte er. »Die Flügelträger und die Freiflieger kämpfen inzwischen auf Leben und Tod. Fliegen wir zum Turm!«

»Und dort?«, fragte ich. Mir war wieder eingefallen,

dass alle Flügelträger gestorben waren, die den Turm am Pass der Siebzehn angegriffen hatten. »Sollen wir uns etwa durch eine der Mauern graben? Oder landen wir oben auf der Plattform, wo uns alle sehen können?«

»Wir werden schon reinkommen«, antwortete der Kater. »Dort gibt es viele Türen ... für solche wie uns.«

Wir stiegen in den kalten Himmel auf, und der Turm wuchs uns sofort entgegen, kroch hinter den Bergen hervor, diese schwarze Nadel, die in die Wolken stach. Er war ganz nah und die zehn Flugminuten verschmolzen zu einem einzigen kurzen Moment. Wie sehr ich mich in diesen Tagen an die Flügel gewöhnt hatte ...

Einen Eingang fanden wir tatsächlich auf Anhieb. Der Kater sprang von Lens Arm runter und flog zielsicher auf eine der Schießscharten zu, die in den Turm in einer Höhe von zehn Metern eingelassen waren. Die Öffnung war durch ein feines Gitter gesichert, durch das nicht mal der Kater kriechen konnte. Er hing vor dem Spalt in der Luft und schaute uns erwartungsvoll an.

Aus irgendeinem Grund wollte er, dass *ich* die folgenden Worte aussprach.

»Versuch's mal, Len«, bat ich meinen Junior.

Als das Gitter bei der Berührung seiner Hände in der Wand verschwand, zwängte ich mich als Erster durch die Schießscharte. Ich konnte es nicht mehr erwarten, die Gesichter meiner Feinde zu sehen. Und ich wollte endlich das Gewicht des Wahren Schwerts in meiner Hand spüren.

Aber niemand lauerte uns auf.

6
Der Wahre Feind

Im Turm war es dunkel und still. Wir befanden uns in einem kleinen Raum, der eine halbrunde Wand hatte. Durch eine offene Luke in der Decke führte eine Leiter, ein dünnes und unsolides Metallding, das überhaupt nicht hierherpasste. An der Wand brannte eine Fackel mit schwarzer Flamme. Durch das Visier konnten wir sogar in ihrem Licht, diesem rotlila Schummerlicht einer Dunkelkammer, etwas erkennen.

»Sie sind oben«, sagte Len tonlos.

»Sicher?«, fragte ich.

»Ich spüre sie«, erklärte Len ruhig. »Sie … sie rufen mich.«

Der Sonnenkater schielte alarmiert zu Len rüber, marschierte dann schweigend zur Leiter hin und flog parallel zu ihr durch die Luke ins nächste Stockwerk.

»Len!« Ich versuchte den kalten Klumpen, der in meiner Brust wuchs, zu ignorieren. »Du solltest da besser nicht raufgehen. Ich schaff das schon allein. Ich habe ja das Wahre Schwert.«

»Noch bin ich ja kein Freiflieger.« Lens Lippen verzogen sich zu einem seltsamen Lächeln, wie ich es noch nie an ihm gesehen hatte. »Ich kann durchhalten … solange wir zusammen sind.«

Ich stellte mich dicht vor ihn hin, fasste ihn beim Ellbogen und sah ihm in die Augen. Sie waren wie immer. Nur ganz tief unten, im schwarzen Abgrund der Pupille, zitterte der dunkelrote Widerschein der Fackel.

»Len, wir lieben dich. Wir glauben an dich …«

Das hätte ich mir auch sparen können. Das hier war weder der Ort noch der Zeitpunkt für solche Worte. Sie hingen in der Dunkelheit, leer und leblos, womit sie vorzüglich zu diesem Turm der Freiflieger passten – aber nicht zu Len und mir. Freiflieger können ebenfalls lieben und glauben, nur sehen ihre Liebe und ihr Glaube anders aus.

»Gehen wir, Danka«, meinte Len. »Der Kater wird schon wütend, das spüre ich.«

Er nahm inzwischen also schon Wut, Bosheit und Schmerz wahr!

»Gut, Len.« Ich nickte.

Die Eisensprossen der Leiter waren kalt. Ich kletterte voran, Len folgte mir. Weit oben, über unseren Köpfen, schwirrte als winziger orangefarbener Punkt der Sonnenkater.

Nach einer Weile gelangten wir in einen großen, runden Raum. Auch er war leer. Allerdings gab es hier mehr Fackeln, ihr purpurrotes Licht brannte in den Augen. Mitten im Raum schlängelte sich eine Wendeltreppe weiter nach oben.

»Müssen wir etwa ganz bis zur Spitze rauf?«, fragte ich.

»Nein.« Len schüttelte den Kopf. »Höchstens noch hundert Meter, mehr nicht.«

Als ich mir einen Anstieg von hundert Metern vorstellte, fingen meine Beine an, zu zittern. Und dann würden wir uns da oben auch noch mit den Freifliegern schlagen müssen …

»Hast du etwa Angst?«, fragte der Kater und sah mich scharf an.

Statt zu antworten, stapfte ich zur Treppe. Der Boden in dem Raum war mit schwarzen und weißen Fliesen ausgelegt, da und dort waren Luken eingelassen, aus denen Eisenleitern herausragten. Das hier musste eine Art Zentrale der Wachposten sein, zu der alle Wege aus den unteren Stockwerken des Turms führten. Nur gab es keine Wachen mehr, denn alle waren in den Kampf gezogen …

»Danka!«, schrie Len verzweifelt.

Ich wirbelte herum – und sah, wie aus der Luke, an der ich gerade vorbeigekommen war, ein schwarzer Schatten herausschoss. Der Freiflieger landete schwer und seine Krallen kratzten den Boden auf. Er starrte Len an. Über sein Gesicht huschte der Anflug eines Lächelns. Dann betrachtete er den Kater und verzog das Gesicht, als tue ihm etwas weh.

Meine Freunde interessierten ihn nicht weiter. Bedenkenlos kehrte der Freiflieger ihnen den Rücken zu und steuerte auf mich zu. Angesichts seiner sicheren und festen Schritte schoss mir ein Gedanke durch den Kopf: Das ist mein Wahrer Feind! Ich griff mit der Hand an den Gürtel und wunderte mich nicht im Geringsten, dort den Griff des Wahren Schwerts zu spüren.

»Du bist gekommen«, sagte der Freiflieger. Vielleicht bildete ich es mir nur ein, aber ich glaubte, aus seiner

Stimme Freude herauszuhören. »Du bist einer von uns. Ich wusste es.«

Nun erkannte ich auch das Gesicht, das dem von Shoky so ähnelte.

»Ich bin keiner von euch!«, widersprach ich.

»Doch, doch«, sagte der Freiflieger in beruhigendem, sanftem Ton.

Ich grübelte immer noch darüber nach, ob ich das Wahre Schwert ziehen sollte, und vergaß dabei ganz, dass ich ja auch noch ein normales besaß.

In dem Moment sprang der Sonnenkater den Freiflieger an. Er landete auf dem Kopf des Freifliegers und rammte ihm laut fauchend die Krallen ins Gesicht.

Der Freiflieger schrie auf. Er riss die Hände hoch und wollte den Kater von seinem Gesicht wegzerren, konnte ihn aber nicht mal berühren. Das Fell des Katers loderte in einem blendenden weißen Licht, und vom Gesicht des Freifliegers stieg Rauch auf, als hätte das Licht ihn tatsächlich verbrannt.

Meine Betäubung ließ nach. Ich zückte das Schwert des Tuak und stürzte mich auf den Freiflieger. Der wälzte sich jedoch bereits auf dem Boden, presste die Hände vors Gesicht und winselte leise. Der Kater sprang von ihm runter und schwebte in der Luft. Rauchende schwarze Tropfen fielen von seinen Krallen auf den Boden.

Ich habe nur zwanzig Krallen, hatte der Kater mal gesagt. Zwanzig *scharfe* Krallen, wie sich jetzt gezeigt hatte!

Ich setzte dem Freiflieger meine Schwertspitze an die Kehle. Der hörte sofort auf zu heulen und rührte sich nicht mehr.

»Ich bin keiner von euch«, wiederholte ich, als ob es allein darum ginge.

»Das bist du doch«, entgegnete der Freiflieger überraschend ruhig. »Hast nur noch nicht die richtige Seite gewählt ...«

»Und ob ich das habe!«

»Das kommt dir bloß so vor.«

Len, der sein Schwert ebenfalls gezogen hatte, kam zu uns. Irritiert sah er mich an: Worauf wartest du denn noch?

»Warum hast du mich nicht angegriffen, Freiflieger?«, flüsterte ich.

»Du hast mich entkommen lassen. Damals in den Bergen. War seitdem meine Pflicht, dich auf unsere Seite zu ziehen.«

»Soll ich ihn töten?«, fragte Len.

Ich schüttelte den Kopf.

»Das hättest du nie geschafft, Freiflieger. Ich habe meine Seite vor langer Zeit gewählt.«

»Dann bring mich um«, meinte der Freiflieger in einer Mischung aus Rat und Befehl.

»Das werde ich nicht tun«, sagte ich, wobei ich mich selbst über meine Worte wunderte. »Hau ab. Geh, wohin du willst. Die Finsternis wird untergehen und ihr alle mit ihr. Versteck dich besser im tiefsten Keller, denn hier wird es bald Wahres Licht geben.«

»Du dummer Junge. In unseren Kellern gibt es zu viel Licht. Dort kann ich mich nicht verstecken.«

»Was für ein Licht?«, mischte sich der Kater sofort ein.

Der Freiflieger schielte zu ihm hin. Das Blut aus den unzähligen tiefen Kratzern war ihm in die Augen gelaufen. »Es gibt nur ein Licht und nur eine Finsternis. Wir bauen unsere Türme auf einem Fundament aus Sonnensteinen.«

»Um die Steine auf diese Weise vor den Flügelträgern zu verstecken?« Ich war mir sicher, recht zu haben.

»Nicht nur. Die Finsternis schöpft nämlich auch Kraft aus dem Licht.« Der Freiflieger setzte ein schiefes Lächeln auf, legte den Kopf in den Nacken und musterte Len. »Genauso wie das Licht aus der Finsternis«, schloss er dann.

Len stach zu. Ruckartig und ohne auszuholen, denn er hielt sein Schwert bereits zu nahe an der Brust des Freifliegers. Trotzdem reichte seine Kraft.

»Weshalb hast du das gemacht?«, fragte ich, während ich beobachtete, wie um die Klinge herum schwarzer Sand aus dem Freiflieger herausrieselte.

»Er ist unser Feind«, erklärte Len bloß.

Die nächsten Sekunden standen wir schweigend neben dem schwarzen Sandberg, der noch die Form des Körpers zeigte.

»Ich gehe jetzt runter«, erklärte der Kater schließlich.

»Ja, gehen wir«, stimmte ich ihm zu.

»Hier liegt ein Missverständnis vor. Ihr beide geht nach oben. Aber ich muss nachsehen, ob es da unten Sonnensteine gibt.«

»Wozu?«

»Sie bedeuten Kraft.«

Erst da begriff ich, dass er tatsächlich nicht mit uns hinaufgehen würde, um den Herrn der Finsternis zu suchen.

»Können wir denn ohne diese Kraft nicht gewinnen?«, wollte ich wissen.

»Diese Kraft brauchen wir für etwas anderes.« Der Kater war ganz offenbar nicht in der Stimmung für Erklärungen. »Geht jetzt! Und hab keine Angst, Danka. Ich bin sicher, dass du deinen Wahren Feind erkennen wirst ... und dass das Wahre Schwert dir beisteht.«

Eine Glaswand schien uns voneinander zu trennen. Ich protestierte nicht, nickte nur und meinte: »Die auf dem Weg nach oben grüßen dich, Kater.«

Entweder verstand er die Anspielung wirklich nicht, oder er tat so, als ob. Jedenfalls stapfte er schnurstracks zu der Luke, aus der der Freiflieger gekommen war, und sprang in den dunklen Abgrund. Sofort wurde es im Raum schummriger.

»Vielleicht sollten wir lieber warten, bis er wieder da ist?«, meinte Len mit einer Stimme, die ganz fremd klang.

Ich sah ihn mir lange und aufmerksam an. Schließlich schob ich das Visier hoch. Zum Teufel mit diesem purpurroten Halbdunkel! Ich rang mich dazu durch, etwas zu tun, was ich mir geschworen hatte, nie wieder zu tun: Ich betrachtete Len mit dem Wahren Blick.

Len verschmolz fast mit der Finsternis. Von dem, was meinen Junior einmal ausgemacht hatte, war nichts mehr übrig. In seinem Körper, der immer noch der Körper eines Menschen war, herrschten ausschließlich Dunkel, Finsternis und Nacht.

»Len, dort in den Bergen kämpfen die Flügelträger in diesem Moment gegen die Freiflieger«, sagte ich. »Sie lenken die Freiflieger von diesem Turm hier ab. Wenn wir jetzt zögern, werden alle unsere Freunde umgebracht.«

Bildete ich mir das nur ein oder löste sich die Finsternis in Len wirklich ein wenig auf?

»Daran habe ich nicht gedacht …«

»Halte durch, Len. Wir sind fast am Ziel.«

Eine ganze Weile standen wir einander gegenüber. Ich hatte keine Angst mehr vor Len. Und er selbst schämte sich nicht mehr für das, was die Freiflieger mit ihm getan hatten.

»Möchtest du vielleicht hier warten?«, fragte ich.

»Das würde alles nur noch schlimmer machen.« Len wich meinem Blick aus.

»Dann lass uns raufgehen.«

Wir stiegen die Wendeltreppe weiter hinauf, dorthin, wo mein Wahrer Feind auf mich wartete. Noch immer hatte ich nicht die geringste Ahnung, wer es war: Der Herr der Finsternis oder … jemand ganz anderes.

Und das Wahre Schwert hing schwer in der Scheide und machte keine Anstalten, sich wieder zu dematerialisieren. Die Leiter führte uns aufwärts durch die steinerne Röhre des Turms, dem Kampf entgegen, der vielleicht unser letzter sein würde.

Es war ein sehr langer Weg.

Nachdem wir gut fünfzig Meter hochgeklettert waren, mussten wir wohl oder übel anhalten. Die Erschöpfung verlangte ihren Tribut. Natürlich hätten wir uns Kraft von den Flügeln holen können, aber dann hätten wir keine Reserve mehr für den Kampf gehabt.

Wir standen beide auf einer Stufe, Len lehnte mit dem

Rücken an der Wand, ich am Geländer. Der runde Schacht war breit genug, um hinunterzufallen, aber zu schmal, um die Flügel zu spreizen. Da unsere Knie aneinanderstießen, spürte ich, wie Lens Beine zitterten.

Meine natürlich auch.

»Ich habe Angst, Danka«, gab Len plötzlich zu.

»Vor dem Herrn der Finsternis?«

»Äh … ja klar … vor dem auch.«

Entlang der Wendeltreppe gab es kaum Fackeln und Len konnte mich vermutlich selbst mit dem Visier nur schlecht erkennen. Dafür sah ich, wie sein Gesicht kreidebleich wurde.

»Wenn etwas passiert, Danka, denk an den Schlüssel. Er zerstört nicht nur die Flügel, sondern auch denjenigen, der sie trägt.«

»Hör auf!«, schrie ich, wobei ich für einen Moment vergaß, dass wir uns in Acht nehmen mussten. »Red nicht so einen Scheiß!«

»Ja, vielleicht rede ich Scheiß, aber du sollst trotzdem an den Schlüssel denken«, verlangte Len hartnäckig. »Und außerdem … Ich wollte dir noch sagen, dass du der beste Freund bist, den man haben kann. Danke, für alles.«

Was ich darauf antworten sollte, wusste ich nicht.

»Und noch was, selbst wenn das jetzt nicht der richtige Zeitpunkt ist«, fuhr Len fort, »nur falls … ich es nachher vergesse. Freunde hat man nie für lange. Freunde sterben entweder oder verraten dich. Aber als du aufgetaucht bist, da habe ich geglaubt, diesmal ist alles anders. Nur hatte ich dann leider ziemlich Pech.«

Ich schluckte einen kratzenden Klumpen hinunter, der

mir im Hals steckte, und wollte sagen, dass längst noch nichts verloren war, dass wir siegen würden und Len wieder der Alte werden konnte. Aber plötzlich streckte er den Rücken durch, stieß sich von der Wand ab und presste heraus: »Hauptsache, du stirbst nicht, ja?«

Stumm nahm ich seine Hand und wir blieben eine Weile so stehen. Wenn Worte leer klingen, dann sprich einfach nicht. Irgendwann setzten wir unseren Weg nach oben fort.

Dann endete die Treppe.

Der Raum war kleiner als der unten, denn hier war der Turm schmaler. In den runden Mauern gab es anstelle von Fenstern Spiegel, die vom Boden bis zur Decke reichten. Sie zeigten die schwarzen Fackeln, Len und mich, die anderen Spiegel ... Der Raum wirkte endlos und schien in alle Himmelsrichtungen auseinanderzudriften.

»Hier sind wir richtig«, sagte Len.

Obwohl im Raum niemand war, spürte ich, dass Len recht hatte. Vielleicht weil von den Spiegelwänden eine Kälte ausging, die sogar durch den Flügeloverall drang.

Die Wendeltreppe führte zwar noch weiter hinauf, ging durch die Decke ganz bis zur Spitze des Turms. Aber auch ich wusste, dass wir nicht mehr weiter hoch mussten. Wir waren am Ziel.

Zwischen den Spiegeln waren Graffiti in unverständlichen Buchstaben oder Runen in die Wände geritzt. Als ich sie mit dem Wahren Blick betrachtete, zuckten sie und krümmten sich. Die Flammen der Fackeln flackerten, als wehe durch den Raum ein Wind, den wir nicht spüren konnten.

»Wir sind hier!«, schrie ich. »He, wir sind da!«

Schlagartig packte mich Angst: Was, wenn niemand auftauchte? Wenn es keinen Kampf geben würde? Wenn alles bliebe wie bisher?

»He!«, schrie ich noch einmal.

»Ich bin auch hier«, sagte jemand mit hölzerner Stimme hinter mir. Ich wirbelte herum und sah gerade noch, wie die schwarze Figur eines Freifliegers aus einem der Spiegel trat.

Stimme und Gesicht dieses Freifliegers kannte ich nur zu gut.

»Hau ab, Iwon«, meinte ich ohne jede Furcht. »Wir sind nicht deinetwegen hier. Spendier dir noch ein paar Minuten Leben … falls ihr eure Existenz Leben nennt. Wir brauchen den Herrn der Finsternis, den Herrn der Freiflieger.«

»Ich bin der Herr«, antwortete Iwon ungerührt, während er näher kam.

»Du lügst!«, widersprach ich intuitiv.

Iwon zuckte mit den Schultern. »Herr der Finsternis – das ist die Bezeichnung der Flügelträger«, sagte er. »Wir nennen ihn den Gegenwärtigen. Und der Gegenwärtige ist derjenige, der am besten mit einem akuten Problem zurechtkommt. Das Problem bist du. Der Gegenwärtige bin ich.«

»Und mich lässt du dabei ganz außer Acht?«, fragte Len heiser.

»Ja, sozusagen. Was willst du von uns, Danka?«

»Ich will nichts von euch. Ich will etwas für die Flügelträger. Ich will das Licht.«

»Das Licht?« Iwon zuckte abermals mit den Schultern. »Weshalb bist du sicher, dass das Licht besser ist als die Finsternis? Momentan betrachtest du alles aus der Sicht des Lichts ... und von dieser Seite aus ist es schwierig, etwas über die Finsternis zu erfahren. Versuche erst mal, uns zu verstehen, dann entscheide.«

»Wer die Finsternis versteht, für den gibt es kein Zurück zum Licht.«

»Vielleicht liegt das ja daran, dass die Finsternis besser zu den Menschen passt?«

Was sollte ich darauf antworten?

»In dir steckt etwas sehr Starkes, Danka«, fuhr Iwon fort. »Das Licht hat dich zuerst gefunden und auf seine Seite gezogen. Das war Pech. Aber wieso soll das Licht besser sein als die Finsternis? Verrate mir das!«

Diese Frechheit brachte mich zum Lachen. Len brach ebenfalls in Gelächter aus, wenn auch in ein verhaltenes.

Iwon verzog die Lippen ungeschickt zu einem Lächeln. »Gut, wir sind die Finsternis«, sagte er. »Aber wir gießen kein Schwarzes Feuer über Städten aus.«

Len fuhr zusammen, als hätte er eine gewischt bekommen. Mir wurde schlecht.

»Wir haben das Schwarze Feuer nicht über die Menschen gegossen ... und sie angelogen ...«

»Ihr entführt sie und macht sie zu Freifliegern!«

»Nur selten. In der Regel kommen sie freiwillig zu uns. Nicht wahr, Len? Dich hatte Kurt doch auch schon beinahe überredet. Erst im letzten Moment hast du gekniffen. Du bist ein Feigling, und das ist sehr schlecht, wenn du für das Licht bist. Du bist ein dummer Angsthase. Bei uns hättest du es viel leichter ... Warum hast du dich in unser Leben eingemischt, Danka? Willst du den Helden spielen? Das wird dir nicht glücken. Das Wahre Schwert allein bringt dir überhaupt nichts. Du musst auch deinen Wahren Feind kennen ...«

Iwons Worte trafen mich wie schwere, eiskalte Hagelkörner. Ich versuchte, mich vor ihnen zu ducken, ihnen zu entkommen, denn darauf etwas antworten – das konnte ich nicht.

»Willst du wieder nach Hause, Danka?«

Wie bitte? Ich ließ sogar den Schwertgriff los.

»Eine Tür war im Tal ... aber die ist mit Schwarzem Feuer begossen worden. Verborgene Türen mögen das nicht und verbrennen sofort. Die zweite Tür hast du selbst zerstört, Danka. Zusammen mit unserem Turm. Ich nehme dir das nicht übel, denn du hast ja geglaubt, das Richtige zu tun. Aus Sicht der Finsternis hast du dir insofern nichts zuschulden kommen lassen. Unser Pech, wenn du stärker bist als wir ... Aber die dritte Tür existiert noch. Schau doch mal auf die Wand hinter mir.«

Stimmt, da gab es eine Verborgene Tür. Eine Holztür, bemalt mit weißer Ölfarbe und mit einem Glasknauf.

»Geh zurück in deine Welt, Danka. Überlass den Streit zwischen dem Licht und der Finsternis denjenigen, die schon keine Menschen mehr sind, und denjenigen, die noch nie Menschen waren. Überlass ihn demjenigen, der zwei Jungen in den Tod schickt, während er selbst gerade zu Mittag isst.«

Er wusste alles über mich und den Sonnenkater. Und darüber, was im Turm vor sich ging.

»Entscheide dich, Danka. Ja, wir sind Feinde und werden es auch bleiben. Aber wir müssen uns nicht gegenseitig umbringen. Geh in deine Welt. Von mir aus mit Len, wenn du das willst.«

»Daraus wird nichts, Iwon«, schaltete sich Len ein. »Ich werde nicht von hier weggehen, ist das klar? Das ist mein Land. Und wenn ich nicht fortgehe, wird Danka auch bleiben!«

Jetzt wandte sich Iwon an Len: »Tut mir leid, Len. Sie haben dich gut bearbeitet. Wie könnte ich dich da noch umstimmen …? Kurt!«

Len trat dicht neben mich. Aus einem Spiegel – nicht aus jenem, aus dem Iwon gekommen war, sondern aus einem anderen – stieg ein zweiter Freiflieger heraus.

Ihn kannte ich nicht – im Unterschied zu Len.

Als er noch ein Mensch gewesen war, musste er neunzehn oder zwanzig Jahre alt gewesen sein. Das ist das Höchstalter für einen Flügelträger. Aber das galt nicht für die Freiflieger – sie hinderte das Alter nicht am Fliegen.

»Hallo, Junior!«

Seine Stimme klang warm und wie die eines Menschen. Allerdings hatte ich den Eindruck, es koste Kurt gewaltige Mühe, mit dieser Stimme zu sprechen.

»Ich bin nicht dein Junior.« Lens Stimme war nur noch ein Flüstern.

»Doch. Hast du vergessen, wie ich zu dir gekommen bin und dir vorgeschlagen habe, mein Partner zu werden? Wie du dich gefreut hast, als du die ersten Flügel bekamst? Und wie ich dir dann das Fliegen beigebracht habe?«

Len zitterte wie im Fieber. Ich stellte mich neben ihn, aber das schien er gar nicht mitzukriegen.

»Du hättest damals keine Angst haben sollen, ein Freiflieger zu werden, Junior. Es ist gar nicht so schlimm, wie du denkst. Und es tut auch nur am Anfang weh. Aber das macht nichts, Len. Du bist eben auf deinem eigenen Weg zu uns gekommen. Für uns ist das kein Problem. Bloß das Licht kennt nur einen einzigen Weg, der gerade wie ein Strahl sein muss. In der Finsternis dagegen existieren Abermillionen von Wegen. So oder so wärst du irgendwann bei uns gelandet. Jetzt sind wir wieder zusammen.«

Ich sagte kein Wort, denn ich wusste, dass ich mich da nicht einmischen durfte.

»Ich habe dir deinen Schlüssel zurückgegeben, Junior, denn du hast Angst bekommen und wolltest umkehren. Du hättest ihn nicht wieder weggeben sollen. Danka wird ihn dir nicht zurückgeben. Stimmt's, Danka?«

Len drehte sich um und sah mich an. Mir konnte nur eine Lüge helfen, das wusste ich. Genauso, wie ich wusste, dass ich auf gar keinen Fall lügen durfte.

»Ich werde ihn nicht hergeben. Es ist ein Geschenk. Solange ich lebe und solange du lebst, werde ich ihn nicht hergeben.«

»Da siehst du's«, sagte Kurt. »Aber keine Bange. Wir retten dich, selbst wenn die Flügel deinen Körper umbringen. Du brauchst keine Angst zu haben, ich bin jetzt wieder dein Senior.«

Er trat dicht an Len heran und legte ihm die Hand auf die Schulter. Und Len bewegte sich nicht, er rückte nicht von ihm ab!

»Das könnte dir so passen«, zischte ich.

Len drehte sich zu mir um. »Danka …«, flehte er mich an.

Dann verstummte er.

Kurt redete weiter beschwörend auf ihn ein. »Du kannst Danka nicht so sehen wie wir. Sonst hättest du ihn schon früher durchschaut. Er ist erwachsen, hinterhältig und gnadenlos. Du hättest nie eingewilligt, sein Junior zu werden, wenn du ihn je so gesehen hättest. Wenn Danka selbst ein Freiflieger werden würde, wenn wir ihn nicht umbringen müssten … Ja, das würde natürlich alles ändern. Vielleicht würden wir dann sogar Freunde werden – wie das die Menschen nennen.«

»Wir werden nicht zu Freifliegern! Und wir sterben nicht!« Ich knallte die Hand wieder auf den Griff des Wahren Schwerts.

»Wenn du kein Freiflieger wirst, stirbst du.« Iwon fuchtelte mit den Armen und kalter Wind umwehte mich.

»Wir sind zu dritt!«, drohte Kurt mir.

»… und du ganz allein«, schloss Len leise.

Sollte es das gewesen sein?

Ich wich zurück, Richtung Mauer, Richtung der Spiegel, dorthin, wo die Kälte herkam.

Nein, noch war nicht alles verloren. Auf Len bräuchte ich natürlich mit dem Wahren Schwert nicht loszugehen. Schließlich hatte ich ja seinen Schlüssel.

Damit war die Frage: Wer von den beiden? Iwon oder Kurt? Derjenige, der damals als Strafe meine Menschenaugen verlangte, oder derjenige, der es jetzt auf meinen Freund abgesehen hatte?

Oder brauchte ich hier weder den Schlüssel noch das Schwert? Irrte ich mich?

Die Häuser, die im Schwarzen Feuer loderten.

Shoky, der weinte.

Der alte Gert, der das Licht nun doch nie wieder sehen würde.

Und war dieses Licht wirklich so sehenswert?

»Danka!« In Lens Stimme lag ein bittender und flehender Ton. »Lass uns mit ihnen mitgehen! Wir brauchen keine Angst zu haben! Sogar ich fürchte mich nicht …«

»Du bist ja auch nie ein Feigling gewesen«, antwortete ich meinem Junior. »Du konntest nur deine Angst nicht so gut verstecken wie andere. Und Angst haben wir alle. Sogar Kurt und Iwon. Jeder von ihnen fürchtet sich, dass ich das Wahre Schwert gegen ihn ziehe.«

Die Klinge klirrte, als ich sie aus der ledernen Scheide zog. Es war ein ganz normales Schwert. Es leuchtete nicht mit einem Zauberfeuer und sprang mir nicht aus der Hand, um meinen Feind zu ermorden.

Es war ganz einfach ein Wahres Schwert. Die Gesichter von Kurt und Iwon wurden kreidebleich.

Mit meiner freien Hand holte ich aus der Innentasche meines Flügeloveralls den Schlüssel. Als ich Lens Blick auffing, schüttelte ich den Kopf.

»Ich will ihn doch nicht zerbrechen, Len. Ich will ihn nur in der Hand halten – bis alles vorbei ist. Es ist ein Geschenk von dir – und ich habe noch nicht oft ein Geschenk von einem Freund bekommen. Denn bisher hatte ich keine Freunde.«

»Wofür brauchst du das Licht überhaupt, Danka?«,

schrie Iwon. Er hatte vor Angst die Kontrolle über sich verloren.

»Ich weiß es nicht«, gab ich ehrlich zu. »Ich mag die Dunkelheit einfach nicht. Vielleicht kennt das Licht tatsächlich nur einen einzigen Weg – aber wenigstens sind alle anderen Wege in ihm sichtbar. Du brauchst keine Angst zu haben, Iwon. Und auch du, Kurt, weichst ohne Grund vor mir zurück. Das Wahre Schwert ist nicht für euch bestimmt. Ich habe meinen Wahren Feind gefunden.«

Sie blickten synchron zu Len rüber. Der starrte mich unverwandt an. Mein Junior stand ganz dicht neben mir, mit der Schwertspitze hätte ich ihn berühren können, ohne einen Schritt zu machen.

Doch ich drehte Len den Rücken zu und schaute in den Spiegel. Betrachtete mich selbst, mein erwachsenes und begriffsstutziges Ich. Das nicht verstand, warum ich den Schlüssel immer noch nicht zerbrochen und Iwon nicht mit dem Wahren Schwert umgebracht hatte.

»Also *darauf* würde es hinauslaufen, wenn ich mich erwachsen verhalte?«, sagte ich zu meinem Spiegelbild. »Du solltest nie etwas tun, das du für falsch hältst, und dich damit rausreden, dass Erwachsene es so machen.«

Daraufhin hämmerte ich mit dem Schwert auf den Spiegel ein, der in tausend feine Scherben zersplitterte. Jede einzelne von ihnen zeigte mein zitterndes, sterbendes Gesicht.

Es tat weh. Sehr weh.

Als ob sich Tausende von Nadeln überall in meinen Körper bohrten.

Die purpurroten Flammen der Fackeln brannten kurz matter. Ich hörte ein leises Geräusch, mit dem ein weiterer Spiegel zerbrach. Komischerweise spiegelte ich mich in dem schon gar nicht mehr. Weder so, wie ich jetzt war, noch als Erwachsener. Dann barsten nach und nach alle Spiegel, als wären sie miteinander verbunden. Silberne Funken wirbelten durch die Luft.

Scherben übersäten den Boden und im Raum war es jetzt viel dunkler. Dafür hatte sich jedoch auch die Kälte verzogen, die von den Wänden ausgegangen war.

»Wie bist du darauf gekommen?«, fragte Iwon erstaunt. »Egal! Dein Schwert ist weg. Dein Spiel ist aus.«

Stimmt, das Wahre Schwert war verschwunden. Es hatte sich so schnell und selbstverständlich dematerialisiert, dass ich gar nicht auf Anhieb begriff, dass meine Hand leer war. Den Schmerz spürte ich noch, der sickerte langsam von der Haut tief in meinen Körper ein. Unbeholfen tastete ich nach dem Gürtel und zog das zweite Schwert, die Arbeit des Gnoms Tuak.

»Das nützt dir nichts«, sagte Kurt. »Wir sind zu dritt. Wir sind stärker. Wirf das Schwert weg.«

Sie mussten jetzt nicht mehr wie Menschen reden.

Das Schwert mit beiden Händen vor mir hochhaltend, wartete ich ab. Kurt rückte von rechts an mich heran, Iwon von links. Nach einer Weile zog auch Len zögernd sein Schwert und folgte Iwon.

Ich strengte den Wahren Blick so sehr an, wie es ging, stieg aber trotzdem nicht hinter ihre Absichten. Vielleicht weil die Klingen der Freiflieger mit einem schwarzen Licht loderten, das mir in den Augen brannte.

»Wir sind in der Überzahl.« Iwon grinste, aber irgendwie krampfig, sozusagen aus alter Gewohnheit. »Du hast verloren.«

»Wir sind gleich stark – und verloren habt ihr«, meinte Len da plötzlich.

Sofort schlug er auf Iwon ein, der sich gerade zu ihm umdrehte.

Lens Schwert war eine ganz normale Klinge, und er rammte sie seinem Gegner nicht sehr tief in den Körper, höchstens zehn Zentimeter. Doch die kleine Wunde genügte völlig. Iwon schrie noch, mit einer wimmernden Stimme, als sein Körper bereits anfing, zu versteinern.

Jetzt stand uns nur noch Kurt gegenüber. Er sprang auf Len zu und seine Klinge aus blendender Finsternis bohrte sich in die Brust meines Juniors.

»Du warst schon immer viel zu romantisch!«, rief er, während er zustieß.

Ich stand nur da wie erstarrt und beobachtete, wie Len auf den scherbenbedeckten Boden sackte und aus seiner Brust ein Rauchfaden aufstieg, der sich nur mit dem Wahren Blick erkennen ließ. Die Schwerter der Freiflieger nehmen ihren Opfern immer etwas. Aber anscheinend hatte Kurt diesmal nur Finsternis erhalten.

Ihn anzugreifen war dumm, aber ich konnte nicht einfach dastehen und tatenlos zuschauen, wie Len starb. Deshalb stürzte ich mich auf Kurt und schlug zu.

Er riss sein Schwert hoch und kappte die Klinge des Tuak direkt am Griff. Der Waffenhändler hatte das schlechte Metall nicht grundlos bemängelt. Schon im nächsten Moment ging Kurt wieder auf mich los, allerdings nicht mit dem Schwert, sondern mit dem Fuß, und trat mich so, dass ich im hohen Bogen bis an die Wand geschleudert wurde und dort hinknallte.

Komisch, aber ich hatte überhaupt keine Angst. Kurt stapfte auf mich zu, und seine Krallen kratzten über den Fußboden. Eine Spiegelscherbe, auf die ich gefallen war, steckte schmerzhaft in meiner Hand. Mein Rücken tat vom Aufprall weh. Mein zweites Wesen, der Erwachsene in mir, existierte nicht mehr. Trotzdem hatte ich keine Angst.

Kurts Hand packte mich beim Ausschnitt meines Flügeloveralls und riss mich hoch. »Das war's dann wohl, Danka.«

»Du hast einmal gut gezeichnet, Kurt!«, brachte ich heraus, während ich gierig nach Luft rang.

»Ich zeichne immer noch gut. Sehr gut.«

»Schade, dass ich keine Bilder mehr von dir zu sehen kriege.«

Die Scherbe steckte nach wie vor in meiner Hand, diese spitze Glasnadel. Die ich jetzt Kurt mit aller Kraft in den Bauch jagte.

Kurts Hand löste sich von meinem Ausschnitt. Er ließ mich fallen, aber auch das Schwert. Wie in Zeitlupe und mit klappernden Zähnen zog er die Scherbe aus seinem Körper.

Mir blieben nur wenige Sekunden. Ich bückte mich und griff nach Kurts Schwert. Prompt ließ Schmerz mich aufschreien. Die Waffe hatte mir die Hand verbrannt.

Die Schwerter der Freiflieger waren nichts für mich. Vermutlich weil in mir zu viel Licht wohnte …

Mit der Schuhspitze kickte ich die Klinge weg. Sie schlitterte über den Boden, um dann scheppernd die ausgetretenen Stufen der Wendeltreppe hinunterzufallen. Irgendwann verstummte das Geschepper, und zwar ganz abrupt. Wahrscheinlich war das Schwert in den Schacht gefallen …

»Du zögerst es nur hinaus«, sagte Kurt, während er sich nach Lens Schwert bückte. Doch er zuckte zurück. Anscheinend konnte er die Waffen der Gegenseite ebenfalls nicht benutzen. »Aber ich bin stärker.«

Klar war er stärker. Schließlich war ich erst vierzehn! Und er schon zwanzig. Außerdem brannte in ihm die Finsternis und er befand sich auf ureigenem Terrain.

»Ohne Len …« Kurt schielte zu seinem ehemaligen Junior. »… wärst du schon in den Bergen gestorben. Mein Fehler. Ich hätte ihn nicht gehen lassen sollen. Den Mistkerl!«

Absolut gelassen und gleichgültig trat er Len in die Seite.

Len war tot, ihm konnte das egal sein …

Mir aber nicht.

In meinen Stoß legte ich die ganze Kraft, über die meine Flügel noch verfügten. Und alle Genauigkeit, die mir der Wahre Blick erlaubte. Ich schleuderte Kurt in Richtung der Verborgenen Tür.

Keine Ahnung, was ich mir davon versprach. Dass Kurt am Stein zerschellte oder dass …

Kurt flog drei Meter, bevor er mit dem Rücken gegen die Tür knallte. Sie schwang auf, so leicht, als ob sie hundertmal pro Tag aufginge, öffnete sich sperrangelweit, direkt ins grelle Sonnenlicht hinein, in die Menge, die durch eine belebte Straße in einer unbekannten Stadt eilte.

Der Freiflieger gab keinen Ton von sich. Er führte seinen Kampf wortlos, streckte die Arme aus, und aus seinen Fingern fuhren spitze, lange Krallen heraus, mit denen er sich am Türrahmen festhakte. Kurt starrte mich an, als er auf der Grenze zwischen den Welten balancierte. Hinter ihm gingen Menschen vorbei, völlig unbeirrt. Sie blickten nicht mal zu ihm hin.

Es war dann das Sonnenlicht, das Kurt fertigmachte. Er versuchte immer noch, durch die Tür zurück in seine Welt zu gelangen, doch seine Arme versteinerten bereits, und die schwarze Membran der Flügel segelte wie federleichte Ascheflocken durch die Luft, auf die Menschen, auf die beleuchtete Schwelle, auf die Verborgene Tür.

Mit einem leichten Klatschen stürzte Kurts Körper in sich zusammen, zerfiel zu Staub. Erst jetzt reagierten die Menschen auf ihn und wichen ihm aus. Genau in dem Moment hielt auch die Mauer um die Verborgene Tür herum nicht mehr stand. Das Sonnenlicht hatte sie geschmolzen wie ein Dampfstrahl ein Stück Eis. Die Steinmauer krachte nach außen weg und Finsternis trat an ihre Stelle.

Die Verborgene Tür war verschwunden.

Ich rannte zu dem Loch, durch das kalter Wind hereinwehte. Die Steine fielen immer noch nach unten, denn bis zum Fuß des Turms waren es mindestens zweihundert Meter. Das, was noch von Kurt übrig war, landete in meiner Welt.

Tief in meinem Herzen wusste ich, dass ich ihn auch selbst hätte umbringen können. Dass ich Lens Schwert hätte nehmen und in dem Moment zuschlagen können, als Kurt versucht hatte, sich in den Turm zu retten. Aber ich war froh, dass mir das erspart geblieben war, denn ich wollte nicht töten.

Und gemalt hatte er ja wirklich gut.

Ich ging von der Mauer weg, zurück zu Len, hockte mich neben ihn und machte mich ungeschickt daran, seinen Puls zu ertasten. Dabei genügte ein Blick auf seine Wunde, um zu wissen: Das hatte absolut keinen Sinn.

Hartnäckig hoffte ich trotzdem auf ein Lebenszeichen – auch wenn sein Herz längst nicht mehr schlug.

7
Der Verlust eines Freundes

Ich saß immer noch neben der eingekrachten Mauer, die leere Scheide des Wahren Schwerts im Schoß, und betrachtete den reglosen Len, als der Sonnenkater auf mich zugerannt kam.

»Ich habe gewusst, dass du deinen Wahren Feind erkennen würdest«, sagte er bloß.

»Du weißt immer alles im Voraus«, antwortete ich.

»Nein, Danka! Ich habe nicht damit gerechnet, dass … dass Len …«

Er hockte sich vor Len hin und berührte sein Gesicht mit der Pfote. Anschließend rieb er seinen Kopf an Lens Wange. Irgendwo in der Leere, die sich in mir breitgemacht hatte, flammte ein kleiner, warmer Stern auf.

»Du bist ja gewachsen, Kater! Du bist jetzt fast ein richtiger Zauberer! Also mach ihn wieder lebendig!«

»Was mich daran hindert, ist dieses ›fast‹«, brummte der Kater und kam zu mir.

Eine ganze Weile sahen wir uns an, bevor ich schließlich sagte: »Du willst mir also weismachen, dass wieder alles okay ist? Die letzte Verborgene Tür zur Erde ist zerstört, die Sonne scheint hier immer noch nicht, mein Freund ist tot – aber du findest, dass alles in Butter ist!«

Von den Bergen wehte kalter Wind herüber, der sich

über die günstige Gelegenheit zu freuen schien, mal durch einen Turm zu fegen, der ihm vorher verschlossen war. Der Wind brachte Brandgeruch mit – den Geruch verbrannter Menschen.

Shokys Worte fielen mir wieder ein. *Das ist unser Leben. Wir haben uns an dieses Gleichgewicht gewöhnt, das du zerstören willst.*

»Zwischen Licht und Finsternis darf es kein Gleichgewicht geben«, sagte der Kater heiser.

Aha! War der Kater jetzt also imstande, meine Gedanken zu lesen!

»Ja, und was heißt das? Wie geht es jetzt weiter?«, fragte ich und legte die Scheide des Wahren Schwerts auf den Boden. Ich würde sie nicht mehr brauchen. Nie wieder. Dann stand ich auf, ging rüber zu Len, setzte mich neben ihn und bog ihm die starren, kalten Finger der Faust langsam auf. Damit er nicht auch noch im Tod weiterkämpfen musste.

»Was machst du da?«, wollte der Kater wissen.

»Ich verabschiede mich von ihm«, antwortete ich und schloss die Augen. Hätte noch gefehlt, dass ich jetzt anfange zu heulen.

»Danka, wir haben gesiegt! Nimm dir das nicht so zu Herzen. Sicher, Len kommt nicht zurück, aber …«

»Gesiegt, ja? Und wo bitte schön ist die Sonne?«

»Die Sonne bin ich.«

»Was?« Ich kriegte einen Lachkrampf, machte die Augen aber immer noch nicht auf. »Du? Wohl als Sonne im Westentaschenformat!«

»Nein, ich werde recht groß sein«, erklärte der Kater

ohne einen Hauch von Ironie. »Hier im Keller lagern hundert Tonnen Sonnensteine, Danka. Ich werde ihr Licht trinken, groß wie dieser Turm werden, und ich werde sehr hell leuchten.«

»Aha«, sagte ich spöttisch. »Und wie lange wird dir dieses Licht reichen?«

»Nicht sehr lange. Ein paar Tage nur. Aber du erinnerst dich vielleicht noch, dass die Liebe ebenfalls Wahres Licht ist, oder? In dieser Welt leben Millionen von Flügelträgern, denen nichts geblieben ist außer ihrem Glauben, eines Tages kehre die Sonne in ihre Welt zurück. Sie werden mich lieben, und diese Liebe … dieses Licht wird mir reichen, um für sie zu scheinen.«

»Und wenn sie dich irgendwann nicht mehr lieben? Wenn sie vergessen, was die Finsternis ist … und was das Licht.«

»Dann werde ich sterben«, antwortete der Kater bloß. »Aber ganz ehrlich, das habe ich nicht vor.«

»Das hatte Len auch nicht.«

Darauf wusste er nichts zu sagen.

»Und jetzt? Hängst du dich jetzt am Himmel an den Platz ihrer alten Sonne?«, fragte ich.

»Nein, Danka, wo denkst du hin? Dafür bin ich zu klein. Aber ich werde um ihre Welt herumfliegen. Das entspricht nicht ganz ihrer Sonne … ist aber immerhin etwas.«

»Du bist schon großartig«, meinte ich. »Das hast du gut geplant. Geh jetzt und iss dich satt.«

Über uns schlugen leise Flügel. Ich hob nicht mal den Kopf, um mich zu vergewissern, ob es ein Flügelträger war – oder nicht doch ein Freiflieger.

»Was ist dein größter Wunsch, Danka?«, wollte der Kater plötzlich wissen.

»Ich will nach Hause.«

»Ich werde dir dabei helfen.«

»Wirklich?« Ich sah den Kater an. »Und wie?«

»Wenn ich erst mal die Sonne bin, Danka, wird mir nicht mehr daran gelegen sein, dir zu helfen. Das wird mir zu klein, zu belanglos erscheinen. Verzeih mir.«

»Ist schon okay.« Ob ich wollte oder nicht, ich musste grinsen. Mir fiel wieder ein, wie ich den Kater in den Armen gehalten hatte und er vor Hunger beinahe gestorben wäre. Wie klein er damals gewesen war und wie unglücklich. Und wie ich geweint hatte, weil ich nicht wusste, wie ich ihn retten konnte.

»Mir wird nur ein winziger Augenblick zur Verfügung stehen«, fuhr der Kater mit ernster Miene fort. Wenn er meine Gedanken gelesen hatte, verriet er das durch nichts. »Ein Moment, in dem ich bereits ein Wahrer Zauberer bin, mich aber auch noch an unsere Freundschaft erinnere. In diesem Moment kann ich dir jeden Wunsch erfüllen.«

»Soll ich ihn dir verraten?«, fragte ich ganz leise.

»Das brauchst du nicht, Danka. Denn ich erfülle deinen Wahren Wunsch. Nicht das, worum du bittest, sondern das, was du wirklich willst.«

Ich schaute zu Len hinüber. Die Finsternis war ganz aus seinem Gesicht verschwunden. Er sah wieder genauso aus wie früher, ein ganz normaler Junge mit blasser Haut. Len hätte mir meinen Wunsch verziehen. Und ich? Würde ich mir auch verzeihen?

»Und was will ich, Kater?«

»Viel«, sagte der Kater nach kurzem Zögern. »Dass Len nicht tot ist, dass du das Wahre Schwert wieder in Händen hältst, dass ich nicht fortgehe, dass die Sonne scheint. Aber mehr als alles andere willst du offenbar zurück nach Hause.«

»Dann geh«, forderte ich ihn auf.

Als hätte der Kater nur auf diese Worte gewartet, rannte er die Wendeltreppe hinunter. Einen Moment lang hörte ich noch das Trappeln seiner Pfoten, dann war alles still.

Ich ging neben Len in die Hocke und streichelte über seine kalte Hand. Vor Freunden hatte ich jetzt keine Angst mehr, selbst vor toten nicht. Ein Freund verrät dich oder stirbt – so oder so verlierst du ihn. Len zum Beispiel war gestorben. Der Kater lebte noch, aber …

Ich trat an die aufgerissene Mauer und blickte in die Tiefe. Ich könnte Len in meine Arme nehmen, im Gleitflug mit ihm nach unten segeln und dort warten, bis der Turm einstürzt und aus seinen Ruinen der ehemalige Kater hinauf in den Himmel fliegt. Noch im selben Moment würde ich mich zu Hause wiederfinden … während die Flügelträger hier die Sonne genießen, Len mit allen Ehren beerdigen und über mich eine schöne Legende spinnen würden. Dass ich im Kampf gestorben war. Oder das genaue Gegenteil: dass ich das Licht verraten hätte, zum Freiflieger geworden wäre, von Len umgebracht worden wäre, ihn aber auch noch hätte töten können.

Nein, ich würde nicht aus dem Turm fliehen. Und Len sollte auch hierbleiben. Wenn der Turm einkrachen würde, würde er sich in ein Denkmal für Len verwandeln.

Ich stand lange an dem Loch, schaute hinunter und über die Berge, in denen immer wieder das Schwarze Feuer aufzüngelte. Die Flügelträger und die Erwachsenen waren immer noch im Kampf mit den Freifliegern, aber sie würden es schon schaffen. Gleich würde an ihrem Himmel die Sonne scheinen und die Freiflieger würden panisch in alle Richtungen fliehen. Oder sie würden in der Luft versteinern und als schwarzer Staub auf die Berge niederrieseln.

Als der Turm erzitterte und schwankte, wusste ich, dass die Verwandlung des Sonnenkaters in die Sonne begonnen hatte. Außerdem wurde mir schlagartig klar, dass ich nicht mir nichts, dir nichts in meinem Zimmer landen würde. Zunächst mal würde eine neue Verborgene Tür entstehen.

Das beruhigte mich total. Mit einem Wahren Zauberer, der deine geheimsten Wünsche kennt, legst du dich besser nicht an. Austricksen kannst du ihn natürlich auch nicht. Aber du kannst sein Geschenk ablehnen. Falls du den Mut dazu findest.

Und zumindest davor fürchtete ich mich nicht.

Die Steine bröckelten aus den Mauern heraus. Die Fackeln, die mit schwarzen Flammen gebrannt hatten, verloschen eine nach der anderen, als tobe irgendwo ein Hurrikan, den ich weder sehen noch spüren konnte. Der Turm bebte, auf dem Marmorboden entstanden Zickzackrisse. Mit einem langen Heulen krachte die Wendeltreppe ein. Ich hörte, wie unten die ersten Teile aufschlugen, während die oberen Stufen immer noch durch den Turm in die Tiefe sausten.

Ich hockte mich neben den toten Len und legte meine Hand auf seine Schulter.

»Keine Angst, ich lasse dich nicht im Stich«, flüsterte ich. »Du hast mich ja auch nicht verraten.«

In der Tiefe des Turms donnerte es grollend. Die Finsternis um uns herum erzitterte: Um den Turm herum brach sich das Licht seine Bahn. Die Wolkendecke am Himmel ging in Flammen auf und die Welt verwandelte sich von einer Sekunde auf die nächste aus einer tiefschwarzen in eine feuerrote. Der Turm neigte sich langsam und unaufhaltsam zur Seite.

»Du hast mich doch nicht vergessen, Kater?«, schrie ich in die sich auflösende Finsternis. »Und selbst wenn! Deine blöde Verborgene Tür werde ich trotzdem nicht aufmachen!«

In diesem Moment riss ein weißer Strahl den Fußboden auf. Über den Stcinen bildete sich Schaum und sie zerfielen. Als der Strahl mich traf, tat das jedoch überhaupt nicht weh. Ich spürte bloß die Wärme, die in meinen Körper strömte. Das war es also, das Wahre Licht …

Als ob sich hundert Sonnenkater an mich schmiegten, um mich mit ihren Körpern zu wärmen.

Ich dachte gar nicht darüber nach, was ich tat. Ich wusste einfach, was nötig war. Ganz langsam, um ja keinen Tropfen des Lichts zu verschütten, streckte ich mich neben Len aus. Eine Hand legte ich ihm aufs Gesicht, die andere auf die Brust, genau auf die Stelle, an der das Schwert der Finsternis in ihn eingedrungen war. Ich spürte, wie das Licht durch mich hindurchrauschte und in Len floss. Der Turm neigte sich immer tiefer und tiefer. Doch die Wunde unter meinen Fingern brauchte ewig, um sich zu schließen.

»Warum hältst du mich denn im Arm?«, fragte Len mit schwacher Stimme. In dem ganzen Gepolter hörte ich ihn kaum. Trotzdem wartete ich noch ein paar Sekunden ab, bis er sich bewegte und die letzten Tropfen Licht in ihn eingedrungen waren.

Erst dann sprang ich auf. »Weg hier, Len!«, brüllte ich, obwohl ich davon überzeugt war, dass es für uns zu spät war.

Ich schubste ihn zu dem Loch in der Mauer. Viel Kraft brauchte ich dafür nicht, denn inzwischen hatte sich der Turm stark geneigt und war kurz vorm Einstürzen. Als ich sah, dass Len zögerte, weil er nicht begriff, was hier vor sich ging, gab ich ihm einen Tritt in den Hintern. Er taumelte und fiel in die Tiefe. Dann sprang ich selbst. Im Fallen breitete ich die Flügel aus.

Der Turm hatte anscheinend nur auf diesen Moment gewartet. Die oberen Stockwerke brachen ab und segelten sanft nach unten, wobei sie sich noch in der Luft in einzelne Steinblöcke auflösten. Dann knickte der Turm in der Mitte ein, genau an der Stelle, wo die Mauer fehlte. Ich sah, wie Len, der etwas unter mir flog, die Flügel spreizte. Vor dem leuchtenden Untergrund hob sich seine Silhouette klar wie eine Zeichnung ab. Als der Steinregen auf uns einprasselte, wusste ich, dass wir ihm nicht entkommen konnten.

In diesem Moment spaltete sich unter uns der Boden und eine Sonne stieg auf.

Sie erinnerte überhaupt nicht mehr an den Kater. Es war eine ganz normale Sonne! Okay, sie war ziemlich klein, hatte vielleicht nur einen Durchmesser von rund zwei Kilometern und wirkte etwas puschelig. Wir fielen direkt in sie hinein.

Die schwarzen Steine, aus denen der Turm erbaut war, loderten auf und zerfielen zu Staub. Wir dagegen schwebten einfach durch die Sonne hindurch wie zwei Staubkörner durch einen gigantischen Sonnenstrahl.

Ich spürte nichts als Wärme. Na ja, ich hatte auch noch den Eindruck, eine raue Zunge würde mir über die Wange lecken. Aber vielleicht täuschte ich mich da auch.

Drei Kilometer vom Turm entfernt landeten wir. Da existierte der Turm allerdings schon gar nicht mehr. Nur eine riesige Staubwolke hing noch in der Luft. Am Himmel strahlte die Sonne, die auf ihrem Weg zum Zenit war. Momentan wirkte sie etwas zu groß, aber natürlich würde der Kater in eine solche Höhe aufsteigen, dass sie wie eine echte Sonne aussah. Dann würde er um diese Welt kreisen. So lange, wie ihn alle liebten.

Ich stand da, betrachtete die Sonne und weinte. Len kam mit angelegten Flügeln zu mir.

»Man darf doch nicht in die Sonne schauen, Danka«, brachte er zaghaft hervor.

»Doch«, flüsterte ich, nachdem ich den Kloß in meinem Hals runtergeschluckt hatte. »Doch, Len, in die schon. Das ist unser Kater.«

Wir blieben so lange stehen, bis die Sonne wie eine echte aussah. Das heißt natürlich: wie eine Sonne von der Art, wie *ich* sie kannte.

»Was ist denn mit mir los gewesen, Danka?«, fragte Len.

»Die Trümmer haben uns unter sich begraben«, log ich. »Der Kater hat uns dann gerettet. Danach ist er zu einer Sonne für deine Welt geworden.«

»Ach ja, wir waren verschüttet«, meinte Len, wenn auch nicht gerade überzeugt. Er betastete seinen an der Brust aufgerissenen Flügeloverall, stellte jedoch keine weiteren Fragen.

»Jetzt werdet ihr erleben, wie die Sonne auf- und untergeht«, sagte ich zu Len. »Und nachts könnt ihr Sterne sehen, das sind die Sonnen der anderen Welten. Dann gibt es noch den Regenbogen und … und …«

Ich musste schon wieder weinen. Len nahm mich in den Arm.

»Sag mal, Danka«, meinte er, »habe ich mir das nur eingebildet oder ist die letzte Verborgene Tür in deine Welt …«

»Sie war im Turm.«

»Und was willst du jetzt machen?«

Ich sagte kein Wort.

»Und der Kater? Konnte er dich nicht nach Hause bringen, bevor er sich in die Sonne verwandelt hat?«

Auch diesmal gab ich keine Antwort.

»Ich … ich danke dir.«

»Jetzt hör schon auf mit dem Scheiß«, blaffte ich ihn an, wobei ich spürte, wie die Leere in meiner Brust schmolz, und zwar völlig, bis auf den letzten Rest. An ihre Stelle trat Licht. Oder Wärme. »Du an meiner Stelle hättest dasselbe getan.«

»Und wer war dein Wahrer Feind, Danka?«

»Frag mich das nicht, ja?«

»Okay. Wollen wir gehen?«

»Warum gehen? Wir fliegen.«

Ich breitete die Flügel aus. Die armen Dinger hatten ordentlich was abgekriegt! Vom heißen Boden stieg Wind auf, den ich abpasste, ohne vorher mit dem Wahren Blick hinzusehen. Len folgte mir. Wir stiegen immer höher, ohne ein Wort zu sagen, immer weiter nach oben, als wollten wir den Kater einfangen, um uns von ihm zu verabschieden oder ihm einfach für alles zu danken. Doch als die Landschaft tief unter uns wie ein bunter, wenn auch etwas düsterer Teppich dalag – nämlich ganz in Schwarz, Grau und Braun, mit nur wenigen dunkelgrünen Grasflecken – und als uns die Luft ausging, da wussten wir, dass die Sonne zu hoch für uns stand.

»Jetzt wird alles anders!«, rief ich Len zu, während ich gierig einatmete. »Weißt du, wie schön bald die Wälder, Felder und Flüsse aussehen werden, wenn du über sie drüberfliegst?«

»Weißt du es denn?«

»Ich kann es mir vorstellen!«

Len lachte. Ein kühler Wind strich über uns, flüsterte mit leiser Stimme und erlaubte uns, zu segeln. Und nirgends gab es noch Finsternis. An keiner Stelle. Ich wusste, dass sogar dort, wo das Licht des Sonnenkaters noch nicht schien, die Finsternis der ganz normalen Nacht gewichen war. Die Flügelträger würden die Sterne sehen, die Freiflieger mussten sich in den tiefsten Höhlen verstecken.

»Wir haben eine Sonne!«, schrie Len.
»Wir haben Licht!«, stimmte ich ein.
»Wir haben Flügel!«
»Wir haben uns!«

Wir lachten wieder los und steuerten im Gleitflug auf die Berge zu, dorthin, wo die Flügelträger gegen die Freiflieger gekämpft hatten. Wir brauchten uns nicht abzusprechen, wohin wir fliegen wollten.

Die anderen erwarteten uns offenbar schon.

Eine kleine Gruppe von Flügelträgern stand auf einem Hochplateau, von wo aus sie die Reste des Turms sehen konnten. Die Ruinen interessierten sie aber gar nicht, ja, nicht mal die Sonne fesselte sie – sie hatten nur Augen für uns. Als ich Shoky ausmachte, freute ich mich. Dann sah ich allerdings, wie viele tote Flügelträger ringsum auf den Felsen lagen – und meine ganze Freude verpuffte.

»Ihr habt uns die Sonne zurückgebracht«, sagte Shoky, nachdem wir gelandet waren. In seiner Stimme hörte ich keine Freude, sondern nur Verwunderung.

»Wir alle haben sie zurückgebracht«, widersprach ich, doch Shoky schüttelte nur den Kopf.

»Und was jetzt?«, fragte er. Er stellte die Frage in einem Ton, der nicht etwa spöttisch war, sondern so, als ob er von mir einen Befehl erwartete.

»Was ihr wollt!«, mischte sich Len ein. »Wer möchte, kann für die Händler arbeiten. Oder ihr könnt einfach leben.«

Shoky nickte ergeben.

»Sind viele umgekommen?«, fragte ich überflüssigerweise.

»Vor allem von den Erwachsenen«, antwortete Shoky. »Die Freiflieger haben sie erwischt, bevor wir zuschlagen konnten.«

»Hat jemand was zu essen?«, erkundigte sich Len.

Von allen Seiten streckten sich uns Hände entgegen, mit den Resten des jeweiligen Flugproviants. Die Flügelträger wussten, in welchem Maße die Flügel unsere Kraft aufsaugten, und niemand hielt die Frage für frech. Während wir aßen, erzählte Shoky uns, wie der Kampf verlaufen war, wie die Freiflieger die Erwachsenen in eine Schlucht abgedrängt hatten, aber gleichzeitig ihre Verteidigungsposten nicht verlassen hätten. Erst als sie nicht mehr mit einem Angriff rechneten und ihre Aufmerksamkeit nachließ, hätten die Flügelträger sie aus dem Hinterhalt angreifen können.

»Fast keiner von ihnen ist entkommen«, schloss Shoky mit bitterem Hass. »Als dann die Sonne aufging, sind die Letzten von ihnen in der Luft versteinert.«

Bestimmt gab es noch viel, was er uns erzählen konnte. Über jede Minute der Schlacht und davon, wie seine Freunde gestorben waren. Nur wollte ich das alles im Moment nicht hören. Und Len anscheinend auch nicht.

»Wir fliegen jetzt«, erklärte ich Shoky.

Shoky verstummte mitten im Wort.

»So schnell schon?«, fragte er traurig. »Müsst ihr noch irgendwas erledigen?«

»Nein«, schaltete Len sich ein. »Wir sind hundemüde. Wir fliegen nach Hause und schlafen uns aus.«

»Sicher«, meinte Shoky. »Kann ich vielleicht mit euch mitfliegen?«, fragte er so plötzlich, als sei ihm dieser Gedanke gerade gekommen. »Ich muss in der Stadt Bescheid geben, wie die Lage ist.«

Ich zuckte die Schultern. Warum nicht?

Shoky rief einen der Senioren zu sich, an den ich mich vage von meinem ersten und einzigen Besuch im Club erinnerte.

»Gnat, du und Alkk, ihr übernehmt das Kommando über die Flügelträger. Ich fliege in die Stadt. Ihr durchkämmt die Umgebung und die Ruinen des Turms. Wo ist eigentlich Alkk?«

Gnat runzelte die Stirn. »Sein Junior wurde verletzt«, erklärte er. »Sie sind da drüben, am Abhang.«

Ohne ein Wort zu sagen, ging Shoky hinüber zum Hang. Len und ich folgten ihm.

Alkk kannte ich, er hatte bei meinem Besuch im Seniorclub mit Shoky zusammengesessen. Wahrscheinlich waren die beiden Freunde.

Als wir auftauchten, hob Alkk den Kopf und lächelte hilflos und unnatürlich. Er hockte da, den Kopf seines Juniors im Schoß. Der war noch ganz jung, elf vielleicht. Der Flügeloverall des Juniors war an der Brust zerfetzt, rosafarbener Schaum blubberte an der Stelle heraus.

»Und das«, sagte Alkk zusammenhanglos, »ist passiert, da war die Sonne schon aufgegangen. Kannst du uns nicht helfen, Senior Danka?«

Ich schüttelte bloß den Kopf. Ich hatte keinen einzigen Tropfen Wahres Licht mehr, alles hatte ich an Len abgegeben, ohne das geringste bisschen zurückzubehalten.

»Und was sollen wir jetzt machen?« In Alkks Frage lag eine Hoffnung, als ob ich ein berühmter Arzt oder ein mächtiger Zauberer wäre. Letzteres dachten sie vermutlich wirklich von mir.

»An ihn glauben und ihn lieben«, wiederholte ich die Worte des Sonnenkaters. »Wir haben nichts anderes als unseren Glauben und unsere Liebe und wir hatten nie etwas anderes.«

8
Aufbruch

Bisher war ich noch nie mit einem richtigen Senior geflogen. Deshalb behielt ich Shoky neugierig im Auge, als wir jetzt zu dritt in die Stadt zurückflogen.

Okay, er flog ziemlich schnell und passte die Strömungen manchmal dermaßen gut ab, als verfüge er über den Wahren Blick. Wahrscheinlich half ihm seine jahrelange Erfahrung. Allerdings ließ sein Flug jene Leichtigkeit und Schönheit vermissen, die du bei jedem Junior beobachten kannst. Sein Gesicht war konzentriert, als müsse er eine schwere Arbeit erledigen.

Shoky eine Pause anzubieten verbot sich von selbst. Andererseits konnte ich kaum mit ansehen, wie er flog. Doch mir kam der Zufall zu Hilfe.

An einer schmutzigbraunen Hügelkette, wo Pfützen im Sonnenlicht verdampften und die seltenen Grasflecken grün leuchteten, erspähten wir plötzlich eine Karawane.

Ich wunderte mich darüber sehr, denn die Sonne stand erst seit einer guten Stunde am Himmel, da würde sich ja wohl kaum jemand in der Welt der Flügelträger schon mit der täglichen Arbeit befassen. Trotzdem setzten die Händler ihren Weg fort.

»Siehst du sie?«, rief ich Shoky zu. Der nickte und schien sich über die Möglichkeit einer Pause zu freuen.

»Landen wir!«, rief ich und ging bereits tiefer.

Die Karawane kam langsam zum Stehen. Die Begleitsoldaten postierten sich um die Büffel herum und legten ihre Armbrüste an.

Die sollten es bloß wagen!

Ich ging zwanzig Meter vor der erstarrten Karawane runter, kurz darauf landeten Len und Shoky, die schwarzen Flügel ausgebreitet, neben mir. Zu dritt marschierten wir auf die kleine Gruppe an der Spitze der Kolonne zu. Sie bestand aus mehreren Soldaten und zwei Händlern, nein, Händlerinnen.

»Hallo, Danka«, begrüßte mich Garet mit einem Winken. Reata, die hinter ihr stand, zwinkerte mir zu.

In mir drin wurde alles leer und mein Herz hämmerte wie wild. Garet kam mir ein paar Schritt entgegen und legte mir die Hand auf die Schulter.

»Freut mich, dass du gewonnen hast«, sagte sie. »Glücklicherweise kämpft die Dämmerung nicht gegen das Licht. Denn diese neue Welt hier braucht viel … sehr viel aus anderen Welten. Und nur wir können den Samen für die Felder liefern, die Tiere für die Weiden, das Glas für die Fenster …« Garet lächelte. »Sonnenbrillen und Sonnencremes.«

»Und bezahlt wird dann mit Licht?«

»Nein, natürlich nicht. Es gibt Waren, die bringen weitaus mehr ein als Licht, Danka. Gute Krieger zum Beispiel kosten erheblich mehr.«

Ich schwieg. Ich hatte nicht die Absicht, mich mit den Händlern rumzustreiten. Das Einzige, was ich ihnen am liebsten gesagt hätte, war: Verpisst euch ein für alle Mal!

Aber ausgerechnet Garet konnte ich diese Worte nicht ins Gesicht sagen.

»Die Dämmerung kämpft nicht gegen das Licht«, wiederholte Garet. »Beide sind stark genug, um sich den Frieden leisten zu können. Darauf lief alles hinaus, seit dem Zeitpunkt, an dem du den Kater getroffen hast. Es verlief alles nach seinem Plan.«

»Nicht alles«, sagte ich leise, damit Len es nicht hörte. »Dort im Turm habe ich zum Beispiel gemacht, was ich für richtig hielt …«

»Das ist wahr«, bestätigte Garet zu meiner Überraschung bereitwillig. »Deshalb gefällst du mir ja auch, Danka.«

Trotz dieser freundlichen Worte wich ich zurück, als würden sie mir Angst einjagen. Es war in der Tat so: Die Dämmerung kämpfte nicht gegen das Licht, das Licht nicht gegen die Dämmerung. Aber Frieden gab es zwischen den beiden auch nicht. Konnte es nicht geben.

»Lebt wohl«, wünschte ich Garet oder der ganzen Karawane, das wusste ich nicht genau. Vielleicht auch meiner eigenen Kindheit.

»Leb wohl«, erwiderte Garet. »Wir werden uns unter diesem Himmel nicht wiedersehen.«

Meine Flügel schmerzten, als ich in den Himmel hinaufstieg – den blauen Himmel mit der puscheligen orangefarbenen Sonne. Die Flügel schrien nach einer Pause, aber ich musste jetzt einfach in Bewegung bleiben.

Zum Glück stellten weder Len noch Shoky eine Frage. Wir flogen weiter, weg über die nackten Berge, über kleine Flüsse und die Türme der Freiflieger, die sich in

Trümmerhaufen verwandelt hatten, über die Städte der Flügelträger, durch deren Straßen eine bunte Menschenmenge zog, weil alle Leute aus ihren Häusern strömten.

Über Lens Stadt war der Himmel allerdings leer, in den Straßen entdeckte ich nur ganz kleine Kinder. Hier waren fast alle in den Krieg gezogen.

»Ich fliege zum Platz«, informierte Shoky mich, als wir tiefer gingen. »Wir müssen allen Bescheid sagen …«

»Ich fliege da nicht hin, tut mir leid.« Ich sah Shoky herausfordernd an – er akzeptierte meine Entscheidung jedoch. Fast körperlich spürte ich den Schmerz in Shokys Flügeln, als er da so in der Luft schwebte.

»Das war mein letzter Ausflug, Danka«, sagte Shoky seltsam feierlich. »Ich bin zu schwer, ich werde nicht mehr fliegen können. Aber ich bin froh, dass wir diesen Kampf gemeinsam durchgestanden haben … Schade, dass ich es nicht war, der dich gefunden hat.«

Was sollte ich ihm darauf antworten?

Shoky streckte mir die Hand hin, was sehr schwer ist, wenn du auf der Stelle flatterst, und berührte meine Schulter.

»Die Frau des Händlers hat gesagt, ihr würdet euch unter diesem Himmel nicht wiedersehen. Auch wir werden uns nie wiedersehen. Das fühle ich. Vielen Dank, dass wir den Himmel sehen können. Leb wohl.«

Er legte die Flügel an und schoss im Sturzflug nach unten. Erst knapp über den Boden bremste er ab.

»Was ist mit ihm?«, krächzte Len.

»Ich weiß es nicht«, sagte ich. »Fliegen wir nach Hause, Len.«

Wir landeten auf unserem Turm und gingen über die Wendeltreppe runter ins Haus. Als Erstes zog ich den Flügeloverall aus, warf ihn aufs Bett, ließ mir Badewasser ein, blieb zwanzig Minuten in der Wanne und wusch mir den süßen Brandgeruch und den staubfeinen Sand ab. Danach duschte ich mich eine gute Minute mit eisigem Wasser und schrubbte mich mit dem Handtuch trocken, bis es schmerzte.

Jetzt war mein Kopf wieder klar, sogar meine Laune hatte sich gebessert. Die Müdigkeit war jedoch nicht verflogen, sie hatte sich bloß tief in mein Inneres verkrochen. Ich zog mir Shorts an und ging rüber in mein Zimmer.

In meinem Bett schlief Len. Den Flügeloverall hatte er noch immer an, und die schwarze Membran der Flügel zitterte leicht, als reagiere sie auf seine Träume. Vermutlich hatte Len auf mich gewartet, um mit mir zu reden, doch dann hatte ihn die Müdigkeit überwältigt.

Ich legte mich neben ihn, verschränkte die Arme unterm Kopf und starrte stumpf an die Decke. Ich glaubte, nicht einschlafen zu können, denn der Turm des Herrn der Finsternis, der Wahre Feind, der tote Len und der Sonnenkater beschäftigten mich noch viel zu sehr. Aber Len atmete im Schlaf absolut gleichmäßig, außerdem fiel ein schmaler Lichtstrahl durch die nur halb vorgezogene Gardine herein und streichelte mit seiner Wärme meine Hand.

Da schlief ich dann doch ein.

Ich wachte so ruckartig auf, als hätte mich jemand angestoßen. Mein ganzer Körper tat weh, wahrscheinlich hatte ich dermaßen tief geschlafen, dass ich mich nicht ein einziges Mal gerührt hatte. Len hatte sich auf die Seite gedreht, sein Gesicht bohrte sich in meine Schulter.

Vorsichtig, um meinen Junior nicht zu wecken, stand ich auf, ging rüber zum Fenster und zog die Gardinen ganz zurück. Wie schön, dass Lens Haus fast am Stadtrand lag. Die Sonne ging gerade am Horizont unter, nur der obere Rand lugte noch funkelnd über den Bergen hervor. Kein einziges Haus nahm mir die Sicht auf die Sonne, und weiches Abendlicht strömte ins Zimmer.

»Gibt es nachts Sterne?«, fragte Len verschlafen, während er sich im Bett aufsetzte.

Ich hatte nicht bedacht, dass man die Flügelträger wohl leichter mit Licht weckt als mit einem Knuff in die Seite oder einem Eimer kaltem Wasser.

»Mit absoluter Sicherheit«, verkündete ich.

Len kam zu mir ans Fenster, eine Weile standen wir Hand in Hand nebeneinander und beobachteten den Kater, der hinter den Horizont kroch.

»Wie fängt man einen Sonnenfleck, Danka?«, fragte Len halblaut.

»In der Regel mit einem Spiegel.«

»Bin gleich wieder da ...« Len flitzte aus dem Zimmer, kam aber wirklich sofort zurück. In seinen Händen hielt er ein kleines Kästchen.

»Hier drin hat Gert den Sonnenstein aufbewahrt«, erklärte Len verlegen. »Ich habe es aufgehoben ... zur Erinnerung.«

Er öffnete das Kästchen, und ich sah, dass es mit Spiegeln ausgekleidet war.

»Stell es ins Sonnenlicht, solange die Sonne noch nicht

untergegangen ist.« Plötzlich war mein Mund ganz trocken. Len zuckte mit den Schultern und hielt das offene Kästchen in Richtung Fenster.

Über den dunklen Stoff der zurückgezogenen Gardinen schwebte ein kleiner Sonnenfleck. Len und ich sahen uns an, schließlich nickte ich vorsichtig.

»Bleib doch! Geh nicht weg«, bat Len im Flüsterton.

Eine Sekunde lang glaubte ich, es würde nichts passieren. Doch dann vibrierte der Lichtfleck, pumpte sich zu einem Ball auf und leuchtete viel heller.

»Ihr dummen Jungen!«, rief der Kater, als er zu Boden glitt.

»Weshalb das denn?«, fragte Len empört.

»Auf die Idee hättet ihr schon längst kommen können!«, belehrte ihn der Kater im Ton eines Oberlehrers, während er in seine Armbeuge sprang. »Meint ihr vielleicht, es ist ein Vergnügen, am Himmel entlangzukriechen und für allerlei Schwachköpfe zu leuchten?!«

Ich setzte mich aufs Fensterbrett und versuchte, mir ein Grinsen zu verkneifen. Len kam mit dem Kater auf dem Arm zu mir.

»Was ist, willst du mich nicht begrüßen?«, schnauzte der Kater mich an.

»Wir haben uns doch heute schon gesehen«, erwiderte ich.

Der Kater fabrizierte einen theatralischen Augenaufschlag, hob die Pfote und leckte sie wütend ab.

»Okay, okay. Also hallo und guten Abend!«, sagte ich und nahm den Kater vorsichtig auf den Arm. Schon im nächsten Moment begann er, mir die Hand zu lecken.

»Möchtest du Sahne?«, erkundigte sich Len, der mir heimlich zuzwinkerte.

»Die ist doch sicherlich sauer geworden, während wir in der Schlacht waren.« Der Kater schüttelte sich.

»Ich habe Kondensmilch.«

»Ach ja?«

Len stürzte ohne ein weiteres Wort aus dem Zimmer. Nun waren der Kater und ich allein.

»Danka«, flüsterte er, ohne mich anzusehen, »dort, im Turm, da musste ich dich allein lassen ... Ich bin unendlich froh, dass du ihn wiederbeleben konntest ...«

»Darüber sprechen wir nicht mehr. Nie wieder. Abgemacht?«, bat ich sehr ernst.

Der Kater nickte.

»Und wer ist jetzt da oben?« Mein Blick wanderte zum Himmel, der langsam dunkel wurde.

»Ich.«

»Wie geht das?«

»Ein Teil von mir, mein großes und neues Ich, ist da oben bei der Sonne geblieben. Aber mein kleines und altes Ich habe ich zu euch geschickt, als ihr dann endlich auf den schlauen Gedanken mit dem Wahren Spiegel gekommen seid.« Der Kater grinste. »Ach, dieses neue Ich tut meinem alten Ich so unendlich leid. Dieses arme, große Ich. Das kriegt ja nicht mal Sahne ...«

»Einmal Sahne, bitte schön«, erklärte Len, der gerade wieder reinkam.

Der Kater sprang von meinem Arm und umrundete misstrauisch die Schüssel mit der dickflüssigen Kondensmilch.

»Was soll das sein?«, fragte er. »Wie soll ich das lecken können?«

»Wenn du willst, verdünne ich es mit Wasser …«

»Untersteh dich!«, rief der Kater entrüstet und nahm einen ordentlichen Schluck von der Kondensmilch.

Während Len und der Kater sich noch zankten, ging ich leise nach unten. Ich nahm ein paar neue Flügeloveralls aus dem Schrank, einen für mich und einen für Len, und packte Proviant in eine Tasche. Einen Moment lang blieb ich vor einem von Kurts Bildern stehen, vor dem, wo die Flügelträger und die Freiflieger aufeinander zusteuern. Schon toll, wenn du so zeichnen kannst! Schade ist dann nur, wenn dein Leben und deine Bilder so weit auseinanderklaffen.

Ich ging wieder rauf in mein Zimmer, warf Len schweigend den neuen Overall zu und zog meinen an. Der Kater, der seine Schüssel ausschleckte, schielte zu mir hoch. »Wollt ihr einen Spazierflug machen?«

»Tu nicht so scheinheilig«, blaffte ich ihn an.

»Sonnenkater *scheinen* immer – aber du musst sie deswegen nicht gleich für *heilig* halten«, meinte der Kater süffisant. »Wohin wollt ihr denn?«

»Die Frage ist doch wohl, wohin du willst!« Jetzt riss mir der Geduldsfaden. »Oder willst du mir etwa weismachen, das Licht hätte dich einfach so zu uns geschickt? Das würde ich dir nie im Leben glauben! Wir müssen doch wieder irgendwo gegen die Finsternis kämpfen!«

Der Kater stieß ein Schnauben aus, plumpste auf den Boden und wälzte sich auf dem Rücken, wobei er die ganze Zeit kicherte.

»Was hast du denn?«, fragte Len irritiert, während er den Flügeloverall anzog.

»Ich ... lach mich ... kaputt!«, meinte der Kater, halb flüsternd, halb gickelnd. »Unser ewiger Held! Der Junge mit dem Schwert! Nimm dich in Acht, Finsternis, zum Kampf gegen dich tritt an ...«

Mit einem Mal verstummte der Sonnenkater und sprang zur Seite, um sich vor dem Kissen in Sicherheit zu bringen, das auf ihn zuschoss. Als er sah, dass ich bereits nach dem zweiten angelte, schnitt er eine Grimasse und sagte schnell: »Du dummer Junge, niemand hat die Absicht, dich in eine neue Schlacht zu schicken! Und mir reichen die ewigen Kämpfe auch!«

»Und warum hat das Licht dann erlaubt, dass du zu uns kommst?«, fragte ich misstrauisch, wobei ich das Kissen immer noch in der Hand hielt.

»Damit ich in deine Welt zurückkehre und von unserem Erfolg berichte! Es steht euch selbstverständlich frei, mich zu begleiten ...«

Meine Finger öffneten sich ganz von selbst. Das Kissen klatschte auf den Boden.

»Mit so etwas macht man keinen Spaß«, sagte ich, wobei ich hörte, wie verräterisch zittrig meine Stimme klang.

»Ich scherze auch nicht.«

»Aber du hast doch gesagt, es würden nur drei Verborgene Türen von einer Welt in eine andere führen.«

»Richtig. Nur drei. Aber dafür gibt es Millionen von Türen, die in ganz andere Welten führen, in denen wir dann die Türen suchen können, die uns zu deiner Erde bringen.«

Das war so logisch, so nachvollziehbar, dass ich mich einfach nur fragte: Warum war ich nicht selbst darauf gekommen?

»Bist du jetzt sauer, weil du nicht selbst darauf gekommen bist?«, sagte der Kater sanft. »Das ist nicht nötig. Wie hättest du denn an die Existenz einer weiteren Welt glauben können?«

»Aber wir waren doch schon in einer anderen Welt ... in diesem ... Tamal ... zusammen mit Garet«, brachte ich mit letzter Kraft heraus.

»Du hattest dir aber alle Mühe gegeben, diesen Ausflug zu vergessen.« Der Kater grinste frech. »Wir können zurückkehren, Danka, und darauf kommt es an.«

Ich nickte langsam. Dann schaute ich Len an. Der saß auf dem Bett, das Schwert in der Scheide aus schwarzem Leder quer über den Schenkeln, und zeichnete mit der Schuhspitze die kompliziertesten Muster in den Boden.

»Len ...«

Er blickte hoch.

»Kommst du mit uns mit?«

»Wer will mich denn da haben, in eurer Welt?« Len lächelte schief. »Wer braucht mich da schon?«

»Ich«, sagte ich streng. »Oder genügt das nicht?«

»Doch«, antwortete Len ernst, »das genügt. Dauert es eigentlich lange, bis wir in Dankas Welt kommen, Kater?«

»Wir werden irgendwann ankommen«, verkündete der Sonnenkater vage, aber optimistisch. Er schwieg kurz, dann merkte er, dass uns die Antwort nicht zufriedenstellte, und fügte hinzu: »Vielleicht brauchen wir dafür etwa zehn Stunden, vielleicht aber auch zehn Jahre.«

»Dann muss ich dich auf jeden Fall begleiten, Senior«, sagte Len schnell. »Was da unterwegs alles passieren kann!«

Schon komisch: Manchmal braucht man für eine Freundschaft mehr Rechtfertigungen als für den Verrat.

»Danke, Junior«, antwortete ich bloß.

Der Sonnenkater schnurrte leise. »Ich bin sehr froh, dass sich alles so schön gefügt hat«, sagte er schließlich.

»Werden wir jetzt die Verborgene Tür suchen?«, fragte ich.

»Wieso suchen?« Der Kater erhob sich in die Luft und schwebte zur Wand. In seinem schwachen, orangefarbenen Licht traten die Umrisse einer Gittertür zutage.

»Dahinter sind bestimmt Photonen, Protonen und Magnetfelder …«, sagte ich.

»Vermutlich eher Elektropeitschen und Silberkugeln.« Abrupt schoss der Kater von der Tür weg. »Aber hier müssen noch andere sein, hinter denen es lustiger zugeht …«

Die nächste Tür lag hinter der Waffensammlung, die an der Wand hing. Eine harmlose Tür, in der Tat irgendwie lustig, eine Art Schaufenster aus buntem Glas, durch das Licht fiel.

»Die sieht ganz passabel aus«, entschied der Kater. »Öffne sie, Danka. Ich gehe als Erster, du und Len, ihr folgt mir.«

Ich stellte mich vor die Tür und stieß sie gehorsam auf, denn eine Klinke gab es nicht. Doch bevor ich durchging, drehte ich mich noch einmal um und schaute zum Fenster hinaus, wo es bereits Nacht wurde.

Was in dieser Welt wohl als Nächstes verkauft wird? Vielleicht die Finsternis?

Und welches Gut war in der Welt verkauft worden, in die wir gleich gelangen würden?

Schulter an Schulter traten Len und ich durch die Verborgene Tür.

Inhalt

Das große Fantasy-Abenteuer von Kenneth Oppel:
Die Fledermaus-Saga

Aus dem Englischen von Klaus Weimann

Silberflügel

Band 1, Gulliver (78681), 352 Seiten

Der Beginn eines fantastischen Abenteuers der jungen Fledermaus Schatten, die die Wahrheit wissen will über die Geheimnisse ihrer Vorfahren und die ewige Feindschaft zwischen Eulen und Silberflügeln.

Sonnenflügel

Band 2, Gulliver (78933), 400 Seiten

Schatten hat die Kolonie aus höchster Gefahr gerettet. Doch zwei Geheimnisse lassen ihm keine Ruhe: Warum legen die Menschen den Fledermäusen Ringe an? Und wo ist sein Vater?

Feuerflügel

Band 3, Gulliver (78934), 432 Seiten

Greif, Schattens Sohn, schafft es, den Menschen Feuer zu stehlen, um damit den Horst zu wärmen. Doch dieses Feuer verbrennt seine Freundin Luna lebensgefährlich und Greif verkriecht sich vor lauter Scham …
bis ein schlimmes Erdbeben alles verändert.

www.gulliver-welten.de

Beltz & Gelberg,
Postfach 10 01 54, 69441 Weinheim, www.beltz.de